A RAINHA DOS REIS

CB018023

Maria Dahvana Headley

A RAINHA DOS REIS

Tradução de
Marilene Tombini

EDITORA RECORD
RIO DE JANEIRO • SÃO PAULO
2013

CIP-BRASIL. CATALOGAÇÃO NA FONTE
SINDICATO NACIONAL DOS EDITORES DE LIVROS, RJ

Headley, Maria Dahvana, 1977-

H343r   A rainha dos reis / Maria Dahvana Headley; tradução de
Marilene Tombini. – Rio de Janeiro: Record, 2013.

Tradução de: Queen of Kings
ISBN 978-85-01-09490-2

1. Cleópatra, Rainha do Egito, m. 30 a.C. – Ficção. 2. Rainhas
– Egito – ficção. 3. Ficção americana. I. Tombini, Marilene.
II. Título.

12-2982   CDD: 813
                                              CDU: 821.111(73)-3

TÍTULO ORIGINAL EM INGLÊS:
Queen of Kings

Copyright © 2011 by Paper Trail, Inc.

Texto revisado segundo o novo Acordo Ortográfico da Língua Portuguesa.

Editoração eletrônica: Abreu's System

Direitos exclusivos de publicação em língua portuguesa somente para o Brasil
adquiridos pela
EDITORA RECORD LTDA.
Rua Argentina, 171 – Rio de Janeiro, RJ – 20921-380 – Tel.: 2585-2000,
que se reserva a propriedade literária desta tradução.

Impresso no Brasil

ISBN 978-85-01-09490-2

Seja um leitor preferencial Record.
Cadastre-se e receba informações sobre nossos lançamentos
e nossas promoções.
Atendimento e venda direta ao leitor:
mdireto@record.com.br ou (21) 2585-2002.

Para Robert Schenkkan,
maior magia do meu mundo,
em prol de quem, de bom grado, negocio com qualquer Deus
e combato qualquer monstro

Prólogo

Eu, Nicolau, o damasceno, que já fui filósofo de um rei, que já fui tutor dos filhos de uma rainha, que já fui biógrafo de um imperador, agora vivo no exílio. Dirijo-me ao túmulo, seja viajando para o Hades ou vagando como um espírito a lamentar pelas margens do Aqueronte. Não posso dizer quais deuses me reivindicarão, pois há muito tempo deixei Damasco e seus deuses para trás, trocando-os pelos do Egito e de Roma. Meu corpo findará seus dias aqui em Averno, sem ser pranteado.

A única coisa que sei com certeza é que ela virá me pegar.

Em virtude da minha posição, testemunhei mais do que qualquer outro homem. Vi câmaras cheias de ouro e ruas empilhadas de ossos. Vi lagos se transformarem em sangue. Observei a lua dançar na ponta dos dedos de feiticeiras e estrelas extinguirem suas luzes ao comando de imortais. Vi bestas selvagens enviadas à guerra por uma mulher. Vi uma leoa tornar-se rainha, e uma rainha tornar-se um monstro.

Vi coisas que não posso dizer em voz alta, mesmo estando destinado a escrevê-las aqui.

Narrarei a história que o imperador me proibiu de contar. Escreverei a verdade como a conheço, na esperança desesperada de que possa ser suficiente. Não posso lutar sozinho. Conto apenas com as palavras.

Que essas palavras sejam suficientes para salvá-los.

O velho sábio parou de escrever, passando os dedos pela cicatriz que lhe serpenteava o braço, desde a palma da mão até o ombro, e lhe descia pelas costas. Fazia tanto tempo que estava ali que parecia que tinha nascido com ele, mas ainda lhe provocava dor, especialmente quando trovejava. Fora da gruta de Sibila, o ar cheirava a tempestade, e a cicatriz de Nicolau cintilava, demonstrando conhecimento do tempo. O tremor de sua mão quase obstruía sua escrita e ele inspirava com dificuldade. Ele a detera por tempo quase demasiado. Ela andava pela Terra, e não havia nada que ele pudesse fazer para impedi-la agora, nada além disto.

Ele dirigiu os pensamentos de volta ao Egito de sua juventude. As passagens claras, pavimentadas de mármore de Alexandria, o lampejo no olhar das mulheres, a sensação de seus pés calçados em sandálias em contato com a rua. As barcaças douradas e os rostos brilhantes. Ele viera para o centro do mundo. Todas essas coisas, na memória, tinham uma doçura, uma ternura, que ele sabia que lhe escapariam à medida que escrevesse. O passado distante era um poço claro e sua história subsequente era uma medida de tinta escura sujando as águas. Ou de sangue, talvez. Suas memórias estavam manchadas de vermelho.

Naquela época, ele era um inocente, convencido da imortalidade, se não da carne, pelo menos das palavras. Considerava-se um escritor de grandes verdades, imaginando suas histórias nas mãos dos jovens pensadores, seu nome inscrito em monumentos, seu túmulo coroado.

Esses sonhos há muito tempo ruíram. Nicolau tinha visto o futuro, e lá não era lugar para poetas.

Ele pensou no *Museion*, onde tinha estudado com seus amigos, trabalhando, de modo tão arrogante, no que acreditava que seria a primeira e única história verdadeira do universo. Terminou a obra, 144 livros, só para vê-los queimar. Escreveu muitas verdades, onde deveria ter escrito mentiras. Imaginava-se amigo do imperador e, portanto, intocável, mas estava enganado.

Nicolau teve sorte. Os romanos nunca encontraram sua obra real e por isso ele se sentia agradecido. Era essa obra que ele tinha em mãos agora, enquanto tentava reunir coragem para acabar de escrever o que era necessário.

Ele pensou nela, em seu aceno gracioso, com a mão cheia de joias, quando lhe incumbira da tarefa que destruiria a vida dele, assim como a dela.

— Consiga-me um feitiço — sussurrou ela, tão viva em sua memória como se estivesse diante dele. Ele sentiu o perfume condimentado de sua pele, o mel em seu hálito. — Um feitiço para uma evocação.

Se ele iria ou não ajudá-la nem estava em questão. Ela sorriu para ele, que viu em seus belos olhos escuros sua esperança, sua necessidade.

Na última vez que ele a viu, seus olhos tinham mudado para algo bem diferente.

Então ele prometeu cumprir a ordem dela e o fez de boa vontade. Como não o faria? Nicolau não fora o primeiro homem a sacrificar a própria vida pela vida dela, mas ele também sacrificou a vida de inúmeros outros. Fazia mais de cinquenta anos que ele assistia, impotente, às profecias se cumprirem, sabendo que ela mal tinha começado.

Ele vira o futuro nos olhos de seu imperador. O soberano, em delírio, insone e assombrado, lhe confidenciara suas visões, fazendo-o jurar segredo, o que agora não fazia mais sentido. O imperador Augusto, ele que tinha controlado o mundo, ou achava que tinha, estava morto, e em breve Nicolau teria o mesmo destino.

O sábio estremeceu, sentindo a geada lhe percorrendo os ossos. A cicatriz latejou. *Fatale monstrum*, os romanos a tinham chamado. "Augúrio fatal". Ou, se pensássemos no duplo sentido da palavra, e esta certamente fora a intenção, "*monstro fatal*".

Senhora do fim do mundo.

Contudo, ele a conhecia. Nem sempre seu coração fora sombrio. Talvez nem agora fosse totalmente sombrio.

Nicolau desejava ter morrido anos antes, sem saber das coisas que estava para contar hoje. Ele tivera uma vida longa, e sua memória estava perfeita. Este era seu castigo particular.

Agora só sobrara ele entre os que sabiam da verdade. O único, além dela. Apesar de ser um sacrilégio, apesar de ser imprudente pôr em palavras, ele precisava advertir o mundo futuro. Deixar esta vida sem fazer isso seria um ato irredimível, e sua alma já vergava ao peso dos pecados. Eles saberiam mais no futuro. Aprenderiam. Talvez viessem a aprender o suficiente para se salvar do poder que Nicolau, em sua juventude idiota, ajudara a libertar no mundo.

Ele olhou para o céu acima de Averno por um instante. O sol pendia no horizonte, um círculo de fogo, e acima dele as nuvens de tempestade se reuniam, emitindo uma luz cor de cobre e violeta. Um raio abriu um talho em uma delas. A lua surgiu, amarela e agourenta, assim que o sol desceu, lutando contra a noite e o trovão.

Tudo estava em jogo.

As pessoas do futuro não saberiam o que as aguardava a menos que Nicolau lhes contasse esta história. Não teriam defesa. Ele pensou por um instante nesse mundo, o mundo que nunca chegaria a ver. Era um mundo tão distante que quase nada restaria das coisas que ele tinha amado. Augusto tinha lhe contado suas visões: prédios desmoronando, cidades desaparecendo sob ondas, guerras e derramamento de sangue. Máquinas estranhas, cintilantes e massas sem língua, todos falando os idiomas dos bárbaros.

O imperador tinha visto o futuro, e ela estava lá.

Fatale monstrum, Nicolau repetiu mentalmente. O nome dela e seu destino. Ele já teria partido quando ele se realizasse e, contudo, ainda tinha um papel a cumprir.

O sábio acendeu o lampião e pegou o estilete e a tabuleta. Inspirou fundo. Esta seria sua última obra. Precisava fazer direito.

Que esta seja a história verdadeira e precisa da morte falsificada de Cleópatra, rainha do Egito, no primeiro ano do reinado do imperador Caio Júlio César Augusto, e dos atos assombrosos e terríveis que se seguiram.

Que esta seja a história da ascensão de uma rainha e da queda de um mundo.

LIVRO DOS RITUAIS

*"Pois relatam, também, que ela carregava veneno no cabo oco de um peque-
no punhal escondido nos cabelos: e mesmo assim não havia marcas em seu
corpo nem qualquer sinal perceptível de que estivesse envenenada, assim
como essa serpente também não foi achada em seu túmulo. Alguns dizem
que havia duas pequenas mordidas em seu braço, quase imperceptíveis...
E assim prossegue o relato de sua morte."*

— Plutarco, tradução para a língua moderna a partir
da tradução para o inglês de Sir Thomas North
Vidas dos nobres gregos e romanos

1

O garoto ia em disparada pelas ruas de pedras, saltando e se esquivando, tentando compensar o atraso que o caos da cidade provocara. Alexandria estava cheia de soldados contundidos e ensanguentados, pertencentes à infantaria de Marco Antônio, e o garoto seguia impetuosamente entre seus corpos, aqui passando em paralelo a uma espada na horizontal, ali se abaixando para escapar do golpe de um punho cerrado. Esta era a sua cidade, e ele conhecia as passagens secretas para seu destino. De súbito ele abriu uma porta e disparou casa adentro, pulando uma janela nos fundos e desculpando-se aos gritos com a velha mãe que perturbara. Com um salto mortal atravessou o peitoril, pousando de pé, e num impulso continuou a correr, imaginando-se à frente de um exército apressado, um invasor assaltando os portões de alguma cidade exótica.

Ninguém estava perseguindo o garoto, mas ele estava empregado hoje, era mensageiro assalariado e seu empregador havia enfatizado a necessidade de ser veloz.

Seu coração inchou de orgulho ao sentir a bolsinha que apertava no punho. Ele receberia a outra metade da remuneração quando entregasse a mensagem. Fora pura sorte conseguir o serviço. Tinham lhe agarrado pelo ombro quando ele retornava de uma visita a um amigo no campo sem o conhecimento de sua mãe.

Fora da cidade, perto do hipódromo, os romanos aguardavam em suas barracas enquanto, na cidade, os soldados que ainda serviam a Marco

Antônio andavam a esmo, embriagados por causa da derrota, misturando-se aos outros civis.

Este era o único jeito de não ser pisoteado ao abrir caminho correndo pelo bairro judeu, próximo ao palácio de Cleópatra e penetrando a parte grega de Alexandria. Ele passou voando pelo *Museion*, onde se podiam ver os sábios curvados sobre os pergaminhos, recitando, concentrados em seu trabalho, apesar da queda da cidade. Lá estava o sábio tutor dos filhos da rainha, parado no meio do pátio, discutindo com um de seus colegas, ambos gesticulando e com os rostos vermelhos. O garoto cogitou se os médicos ainda estavam trabalhando nos prédios do *Museion*. Ele ouvira histórias gloriosas de dissecações, de cadáveres sendo contrabandeados lá para dentro por portas ocultas, o sangue empoçando nas pedras do calçamento. Era uma ideia fascinante.

O garoto passou pelo centro de Alexandria, onde os mercados faziam seus negócios como se a cidade não estivesse sitiada. A guerra gerava dinheiro, e os soldados, mesmo derrotados, tinham sede. O garoto passou apressado pelas bancas tentadoras, pelos adivinhos e fabricantes de brinquedos, pelos vendedores de castanhas torradas e pelas dançarinas que giravam e batiam os pés, arremessando lenços coloridos para o ar.

Desejoso, ele esticou o olhar para dentro de um bordel, enfiou o queixo pelo vão da porta e inalou o perfume.

— Você não presta para os negócios, garoto — disse uma cortesã de aspecto severo, torcendo-lhe a orelha e guiando-o novamente para a rua.

O farol ainda brilhava na Ilha de Faros, situada na costa, e o garoto abriu um sorriso diante da brancura que cintilava na fachada de mármore da maravilha de Alexandria. Um dia, ele o escalaria até o topo. Diziam que a luz utilizava a energia do sol e que podia ser direcionada para as embarcações inimigas a grande distância, fazendo com que se incendiassem espontaneamente. O garoto se perguntou por que o farol não fora direcionado para destruir os navios romanos desse modo. Talvez houvesse muitos.

Finalmente, ele chegou ao beco da Cidade Velha que o levaria a seu destino. Foi fácil reconhecer o lugar, guardado como estava pelos legionários armados, os únicos soldados da cidade que não estavam bêbados e as únicas pessoas na área que não eram egípcias.

Um legionário apareceu diante do garoto, os braços cruzados diante do peito. O garoto olhou para cima para fitá-lo nos olhos.

— Tenho uma mensagem urgente — disse ele.

— Que mensagem? — perguntou o soldado.

— Não posso falar com ninguém que não seja o general Marco Antônio — explicou o garoto.

— Quem o enviou? — perguntou outro soldado.

— Venho a mando da rainha — respondeu o garoto, recitando as palavras exatamente como fora instruído. — Sirvo a Cleópatra.

2

Doze horas antes, Marco Antônio servia vinho a todos os seus criados e soldados, brindando à sua bravura e lhes desejando boa sorte se decidissem abandoná-lo e uma boa luta se decidissem ficar para a batalha final.

Enquanto as prostitutas chegavam para confortar os que estavam com o bolso cheio do soldo da guerra, Marco Antônio andava pelas ruas de Alexandria, trilhando seu caminho de volta ao palácio, passando por guardas e escravos, por estátuas de rostos tristes de antigos soberanos, reis e rainhas, príncipes e conquistadores. Passou pelos quartos onde os filhos dormiam, inocentes da queda iminente. Marco Antônio olhou seus rostos, dos gêmeos e do filho mais novo. Os filhos mais velhos, um dele e um de sua mulher, já tinham sido levados da cidade. O que seria feito deles? Ele não ousava pensar nisso. Não era o modo romano matar os filhos da realeza, ou pelo menos não tinha sido até agora. Ele não queria pensar que as coisas tivessem mudado desde sua retirada do serviço a Roma. Entretanto, isso era uma guerra. No passado ele fora o conquistador. Era estranho de repente ser o conquistado.

Cleópatra o aguardava no vão da porta do quarto.

— Não acabou — disse ela, tirando-o do transe. Desvencilhando-se dos pensamentos, ele a tomou nos braços, saboreando, mesmo nesses tempos obscuros, sua forma junto a ele.

— Acabou — disse ele. — Logo acabará.

Ele passou as mãos pelas costas e pelos quadris redondos dela e a puxou para seu peito em um abraço apertado. Foi quase dominado pela dor. Se não vencesse na manhã seguinte, os romanos — os seus romanos — a arrancariam dele, e ele não poderia fazer nada para impedi-los.

Marco Antônio fora casado três vezes antes e tinha até pensado que havia amado, mas estava enganado. A única coisa que ele queria era esta mulher. Ela era seu general, sua rainha. Assim tinham desejado os deuses.

Marco Antônio correu os dedos pelo pescoço de Cleópatra, pelas clavículas, e ela inclinou a cabeça, observando-o enquanto ele a tocava. Seu corpo gerara e lhe dera três filhos, além de seu filho com Júlio César, e, aos 38 anos, ela ainda parecia uma jovem, com sua pele lisa e bronzeada, a boca de feição irônica, os cílios escuros e longos. Ele podia ver algumas rugas começando a se formar em volta daqueles olhos. A passagem do tempo lhe caía bem. Suas curvas tinham ficado mais macias, embora ela ainda estivesse esbelta. Ela nunca estivera mais bela, mesmo em sua simples camisola, o rosto sem a costumeira maquiagem, os dedos e braços desnudados das joias. Ele desatou os nós em seus ombros e deixou a camisola cair.

Ela foi até a janela e abriu as cortinas para que a lua cheia os iluminasse.

— Um bom presságio — sussurrou Cleópatra, sorrindo para ele. — Venceremos esta guerra.

Ele olhou para ela, nua, cintilando ao luar. A coluna ereta, a pele dourada, o cabelo preto ainda preso com pinos brilhantes.

— Nós *vamos* vencer esta guerra — repetiu ela, o tom subitamente feroz.

— Temo que já a tenhamos perdido — disse ele.

— Talvez eu saiba de algo que você não sabe — retrucou Cleópatra.

— Há uma legião escondida nas adegas do palácio? — perguntou ele, rindo com amargura. Ele não tinha homens suficientes. Sabia disso desde o início e lutara mesmo assim.

— Os deuses estão do nosso lado. Posso sentir — disse ela, os maxilares se enrijecendo com determinação. De repente, inclinou-se para fora da janela, a testa franzida, olhando para algo que passava na rua abaixo.

Marco Antônio se ergueu para ver o que ela estava olhando, mas ela se virou para distanciá-lo da janela, empurrando-o de volta para a cama.

— Não olhe para fora — disse ela. — Não há nada de errado. A cidade dorme. Olhe para mim.

Por um instante Marco Antônio pensou no que ela o impedira de ver, mas ela o afagou, o beijou e jurou que juntos eles prevaleceriam.

Como sempre, ele foi incapaz de resistir a ela. Na verdade, nem queria. Se este era o fim, então que fosse passado com sua amada, as mãos memorizando a cavidade lisa no alto de sua coxa, os lábios cantando suas dobras sedosas. Marco Antônio se maravilhava diante desse milagre, sentindo-a inspirar, mesmo quando ele soltava um grito, os dedos dela apertando seus ombros e os músculos se retesando em torno dele.

— De novo — sussurrou ela e ele viu que seus olhos estavam cheios de lágrimas. Beijou-lhe o rosto até sumirem.

Eles passaram horas fazendo amor, mesmo com os sons lá fora ficando cada vez mais altos, com música e riso, gritos e chamados.

— Sou sua — jurou ela outra vez e ele acreditara nela, era dela que tirava sua força.

— Assim como sou seu — disse ele. — Até que ambos estejamos mortos.

— E depois? — perguntou ela.

— E depois — respondeu ele, abraçando-a apertado, sentindo o coração bater junto ao dela.

Ao amanhecer, ele se despediu de Cleópatra com um beijo e marchou com as tropas remanescentes pelo Portão de Canopo rumo ao hipódromo, decidido a ir com honra ao encontro da morte.

Da encosta de um morro, ele observou sua frota, as galeras remando na saída do porto, jogando-se corajosamente contra a força de Otaviano. Talvez Cleópatra tivesse razão. Talvez ainda pudessem vencer.

Ele ergueu o punho fechado no ar, preparando-se para soltar um grito de guerra, quando, lá na água, seus homens subitamente ergueram os remos para saudar o inimigo. Pouco depois, sua legião egípcia içou a bandeira romana e se juntou à frota de César. Os dois exércitos remaram de volta em direção à Alexandria, para juntos atacarem a cidade.

Marco Antônio se virou para consultar o líder de sua cavalaria egípcia e o homem acabou a guerra com uma única frase.

— Cleópatra agora pertence a Roma — disse o homem. — Os exércitos do Egito vão para onde Cleópatra for.

— Como assim? — perguntou Marco Antônio. Aquelas palavras não faziam sentido. Os exércitos egípcios serviam a Marco Antônio, e o único objetivo de Cleópatra era defender a cidade.

O homem olhou Marco Antônio com uma ligeira expressão de pena.

— Sua rainha o traiu, senhor. Nós já não o servimos.

— Mentiroso! — gritou Marco Antônio, tirando a espada da bainha para golpear o homem por sua imprudência, mas ele já se distanciava a galope com sua companhia, deixando Marco Antônio e seus últimos soldados leais irremediavelmente em inferioridade numérica contra os inimigos romanos e os próprios homens de antes. Ainda assim, eles não o levaram prisioneiro. Não o mataram. Por que não? Que ordens estariam seguindo?

Com certeza não as dela. Ela nunca faria uma coisa dessas. Nunca.

Com o restante de sua infantaria, Marco Antônio atacou as forças de Otaviano perto do hipódromo, mas foi forçado a recuar para a cidade, ao mesmo tempo em que assimilava o terror do acontecido. Atordoado, Marco Antônio entrou em Alexandria, mal percebendo as forças inimigas abrindo caminho pelos portões atrás dele.

Traído. A verdade fervia dentro dele.

"Eu sou sua", ela havia jurado, mas era mentira.

Não havia outra explicação para o que acontecera.

Cleópatra comandara as legiões egípcias a abandoná-lo, ordenara que seus próprios homens o deixassem. Ela o vendera para salvar a si mesma.

O que será que receberia em troca?

Será que tinha feito com Otaviano o que fez com Júlio César quando ele marchou sobre Alexandria? Contrabandeou-se para o acampamento dele e o cortejou? César tinha lhe dado o trono. Otaviano poderia deixar que ela o mantivesse, bastaria receber o suborno certo. Essa era uma guerra pessoal, mais que política. Otaviano desejava a vergonha de Marco Antônio e que modo melhor de conseguir isso do que tomando sua mulher e todos os seus soldados leais? Para rir enquanto Marco Antônio ficava sozinho e derrotado?

Seus homens o cercaram e o levaram para os bairros superpovoados da Cidade Velha, ocultando sua figura reconhecível atrás dos escudos.

— O que foi que você fez? — gritava ele sem parar e seus guardas, pressionando-o a entrar num prédio decrépito, cercando o prédio com suas espadas, não sabiam dizer se ele se referia à sua rainha ou a si mesmo.

3

Fora ela mesma, a rainha do Egito, quem desejou pressionar a ponta do punhal mais fundo na palma da mão. Lentamente, o sangue surgiu no ferimento e, com ele, uma sensação estranha e terrível. Por um instante, ela sentiu como se tudo o que amava lhe estivesse vetado, preso para sempre do outro lado das paredes do mausoléu. Ela parou, o coração batendo forte.

Não, era apenas medo e o tempo corria. Determinada, Cleópatra fez um corte mais rápido até que o sangue pingasse pelos dedos para dentro do cálice, pronto para colhê-lo.

Ela olhou para a incisão, que ia da linha da vida até a do coração, tentando não tremer. Estava fazendo o que era certo.

Não havia outra escolha. Seu inimigo estava acampado bem ali, do outro lado do Portão do Sol, suas forças dominando a resistência remanescente do Egito.

Cleópatra precisava fazer este feitiço ou perderia seu reino. Sua nação já fora lugar de mágicos e deuses. E seria novamente. Ela não se renderia.

Cabelos soltos, pés descalços e pintados, olhos delineados com traços grossos de kajal, ela estava no centro de um símbolo intrincado, facetado, que incorporava inúmeros hieróglifos gravados com pigmentos. Em cada ponto geométrico, encontravam-se inestimáveis pirâmides de ébano, canela e lápis-lazúli finamente moídos, prontas para se dispersarem com um sopro. Aqui um escaravelho desenhado com pó de malaquita e ali um disco solar feito de açafrão. Tigelas de metal polido intercaladas em volta da câmara fumegavam com nuvens de incenso, um perfume ao mesmo tempo doce e cáustico. Sua coroa, com as três cobras de ouro, brilhava sob a luz da lamparina.

Cleópatra sentiu um calafrio, percebendo a friagem do mármore sob seus pés. O sangue que se acumulava na ponta de seus dedos era a coisa mais quente no aposento. Ela estava só no mausoléu que construíra com o marido, Marco Antônio, o lugar mais seguro e protegido da cidade, ou assim ela esperava. As duas damas de companhia de Cleópatra vigiavam as escadas que levavam para o segundo andar da estrutura, embora houvesse pouca necessidade disso. A cripta, projetada não apenas para sepultar restos mortais, mas como uma fortaleza, tinha dois andares, e o de baixo era desprovido de janelas e portas, constituindo-se apenas de paredes de pedra, lisas e grossas. O andar de cima tinha apenas uma entrada, uma janela gradeada a uns 40 metros acima da cabeça de um homem, acessível apenas pelo interior. O lugar estava inacabado — Cleópatra e Marco Antônio não esperavam necessitá-lo tão cedo — mas completo o bastante para ser formidável.

Todos os tesouros de Alexandria estavam empilhados ao redor dela, todo o cofre de guerra do Egito, juntamente com potes porta-fogo, papiro e madeira, empilhados de uma extremidade à outra da câmara, a melhor maneira de atear fogo, caso as coisas não decorressem como Cleópatra esperava.

Estava tudo pronto. Tudo, menos Marco Antônio, que estava em algum lugar fora das muralhas da cidade, teimosamente combatendo uma última e perdida batalha contra os invasores. Ele deveria estar ali, ao lado dela, mas o tempo se esgotara. Duas horas antes, ela mandara um mensageiro atravessar correndo a cidade para dizer ao marido que nem tudo estava perdido, para lhe oferecer sua companhia, mas Marco Antônio não viera.

Ela não conseguia se permitir pensar no que aquilo poderia significar.

Acordara ao seu lado naquela manhã e, por um instante, olhando as rugas em seu rosto adormecido, sua barba grisalha, as cicatrizes e contusões em seu corpo, ela se sentira mais uma mulher que uma rainha. O ano anterior envelhecera Marco Antônio e, onde Cleópatra sempre tinha visto coragem e força, agora ela via sua mortalidade. O tempo de hesitação tinha acabado e, contudo, ao pensar no dia seguinte, no poder que ela planejava evocar, seu coração se acelerou com incerteza.

Cleópatra não contou a Marco Antônio o que planejava fazer. Sabia que ele não aprovaria e não havia tempo de discutir com ele. Ela era a rainha. As decisões cabiam só a ela. Esta era a pátria dela, não dele.

Entretanto, ao vê-lo ao seu lado na cama, ela subitamente se sentira muito tola, cogitando se este seria o último dia em que abraçaria os filhos, o último dia em que beijaria o marido. Ela estava para convocar poderes desaparecidos há milhares de anos. E se não obtivesse sucesso? Cleópatra quase sacudiu Marco Antônio para acordá-lo com um plano de fugir e levar as crianças. Mas, ao pôr a mão em seu peito para acordá-lo, ele abriu os olhos.

— Nós venceremos esta guerra — ele lhe disse e sorriu.

Sua determinação a levou de volta ao seu dever, às responsabilidades para com o reino, com o povo, com a coroa. É claro que ela não podia fugir. Era a rainha. Deveria salvar seu reino.

Ela ajudou Marco Antônio a vestir a armadura, despediu-se com um beijo e foi para a sala do trono reunir-se com seus conselheiros, como se aquele fosse um dia igual a qualquer outro, e não o dia em que ela poderia perder tudo.

Os conselheiros recomendaram que ela enviasse sua coroa ancestral ao conquistador, mas ela recusou. Em vez disso, fez um sacrifício público para garantir a Otaviano que ela estava a ponto de lhe entregar Alexandria. Uma cabra. Suas narinas se franziram ao odor do sangue. Não havia possibilidade de rendição, mas era de seu interesse sugerir o contrário.

Agora Cleópatra estava com vontade de vomitar, fosse por medo ou expectativa, ela não sabia. Ela seria a primeira em milhares de anos a realizar este feitiço, assim como se apresentava. Havia trechos faltando e Nicolau, o sábio que o traduzira, os tinha suposto. Ela só esperava que ele estivesse certo.

O sábio se recusara a acompanhá-la ao mausoléu, insistindo nervosamente que ele não tinha nenhum papel a desempenhar. Ele não estava errado, ela lembrou a si mesma. Ninguém além dela poderia realizar esse sacrifício. Ela era a soberana, a faraó. Cabia a ela fazer aquilo, algo reservado à realeza, e se acabasse mal...

Ela não podia perder a coragem agora.

Na escuridão do cerco, Cleópatra se recordara das histórias do tempo anterior a Alexandre. Os antigos deuses do Egito tinham intervindo muitas vezes na vida dos homens, selvagens em vez de belos, sedentos de sangue em vez de solícitos. Eles tinham nascido das águas do Caos e suas naturezas — luxúria, ira, fome — não se diluíam pelas regras da civilização. A deusa padroeira de Cleópatra era Ísis, mas Ísis não era a deidade certa para esta tarefa. Ao longo dos séculos, ela evoluíra para algo que fazia parte excessiva do novo mundo, excessivamente uma parte de Roma.

Sekhmet, sugeriu Nicolau. Uma deusa mais antiga e mais sombria.

A Dama Escarlate, alguns a chamavam. Ou então Dama do Massacre. A respiração de Sekhmet era o vento do deserto, e seu propósito era a guerra. A deusa com cabeça de leão era protetora da batalha, que andava altivamente pelas terras e destruía os inimigos do faraó. Morte e destruição eram seu néctar. Ela era a deusa do fim do mundo, a Senhora do Pavor, e bebia o sangue de seus inimigos. Com a mesma facilidade, Sekhmet beberia o sangue dos romanos. Eles não fariam ideia do que os destruíra. Se Otaviano pensava em conquistar Cleópatra, podia muito bem morrer tentando.

Cleópatra inspecionou os preparativos. A deusa, em forma de um ícone incrustado em coral, lápis-lazúli, malaquita, cornalina, jaspe-sanguíneo e opala, ocupava um novo lugar de honra, num relicário perto dos túmulos. O ícone era mais antigo que qualquer outra coisa ali dentro, datando de uma época muito anterior ao reinado da família de Cleópatra. Quanto ao resto, Cleópatra passara a vida inteira adquirindo esses tesouros. Mais que uma vida inteira. As porções que ela não obtivera por conta própria, como oferendas e presentes, tinham sido passadas antes por seu pai e pelo pai dele, pelas avós régias e pelo próprio Alexandre. Tinham se acumulado por mais de trezentos anos, oriundos de toda a África e da Macedônia, da Itália, da Índia, das águas e desertos, do céu, das cavernas e das estrelas, das fronteiras do mundo.

Todo o tempo, o Egito fora governado pela família dela, belos e ferozes descendentes dos deuses.

Era adequado que ela salvasse o Egito, usando seus talentos e sua engenhosidade. Seu pai fora um soberano de vontade fraca. Os homens antes dele tinham sido iguais, engordando com os luxos que lhes cabiam como reis. Cleópatra e sua avó, por outro lado, guerrearam e conquistaram terras. Haviam feito alianças e mediado conciliações. Esta era a culminação da obra de Cleópatra.

Então, por que ela sentia tanto medo? Uma gota de sangue voou de sua mão trêmula, salpicando o ícone. Rapidamente, ela recolheu a mão.

— Consiga-me um feitiço — ela ordenara aos sábios dias antes, quando ficou claro que Otaviano não desistiria de reivindicar o Egito para si. — Um feitiço para uma evocação.

Nicolau, o damasceno, tutor dos gêmeos de Cleópatra, encontrou este feitiço no fundo de sua coleção, apesar de lamentar que não estava completo. Uma parte do pergaminho tinha sido perdida no incêndio da Grande Biblioteca de Alexandria, e o que restara não estava claro.

Cleópatra chamou outro sábio, este egípcio, para ajudar na tradução. Ao ver o pergaminho, ele se assustou.

— Onde foi encontrado? Isso não deveria existir. O feitiço não é para ser usado levianamente — informou-lhe, indignado.

— Levianamente? — questionou Cleópatra. — Não faço nada levianamente. Você acha que o Egito é governado com leviandade?

— É proibido — insistiu ele.

— Sou uma rainha. Nada é proibido. Não é um feitiço para plebeus. Eu mesma o realizarei.

— Então, Vossa Majestade é uma tola — disse o egípcio, fitando-a nos olhos.

Ela ficou chocada. Como ele ousava lhe falar daquele modo? Ela ainda era a soberana, apesar de não saber por quanto tempo mais isso seria verdade.

— O trecho perdido do texto conteria feitiços para proteger o faraó que evocasse a deusa. Não pense que sua posição forçará Sekhmet a obedecer seus desejos. Ela destrói. Esta é sua natureza. Uma natureza que não será facilmente controlada.

— Eu pensava que você fosse um homem de letras — disse ela. — Não um aldeão plebeu. Traduza o feitiço. O que eu fizer com ele não é da sua conta.

— Não o farei — retrucou ele, a voz trêmula. — Não posso.

— Então irá morrer — advertiu ela. Como ousava retardar a defesa de Alexandria?

— Prefiro morrer pela mão de uma rainha que pela mão dessa deusa.

Ela o fitou por um instante, impressionada por sua ousadia, mas enojada com a resistência. Mandou decapitá-lo, e Nicolau, nervoso, traduziu o restante do pergaminho.

Agora, enquanto seu sangue enchia o cálice, Cleópatra sentia ressurgir o pavor que banira naquela manhã. Colocou o cálice ao lado do ícone e acendeu uma pirâmide de incenso, inspirando profundamente. *O odor da morte*, pensou, e instantaneamente se corrigiu. Não. Era o odor da vitória.

Havia mais de um ano desde a Batalha de Áctio e Otaviano, o homem que Cleópatra ainda considerava um general infantil, passara esse tempo debochando do Egito enquanto reunia forças para invadi-lo. O garoto frágil de olhos cinza-claros já não era uma criança.

Fazia 16 anos desde a última vez que o vira, durante uma visita ao seu então amante, Júlio César. Ela tinha 21 anos e era mãe recente de Cesário, primeiro e único filho de César. Otaviano estava acamado, magro feito um esqueleto, febril, quando César e Cleópatra chegaram na casa de sua mãe.

Como ela gostaria de ter sabido o que sabia agora: que o frágil sobrinho-neto do imperador de Roma um dia sitiaria sua cidade. Poderia tê-lo matado e se livrado de anos de dor.

Ao contrário, sentou-se ao seu lado na cama e afastou seu cabelo fino e cacheado da testa. Otaviano havia acabado de completar 17 anos, mas aparentava 12. Ele abriu os olhos para examinar Cleópatra.

— Estou morrendo? — perguntou-lhe o garoto. — Eles não vão me dizer.

— Claro que não. Terá uma vida longa — prometeu ela, mesmo podendo ver seu coração acelerado sob a pele quase translúcida e as pontas de seus ossos projetando-se, como os de um pássaro, por todo o corpo.

Coitadinho, foi o que na verdade ela pensou, aconchegando-o embaixo da coberta antes de sair do quarto.

Agora aquele coitadinho exercia mais poder do que qualquer outro no mundo.

Cleópatra passara cada instante do último ano à sua mercê, infrutiferamente subornando seus vizinhos governantes e extraindo promessas de proteção enquanto consolava o marido. Marco Antônio estava dominado pela culpa por causa da derrota em Áctio. Cleópatra não culpava o marido. *Ela* era a rainha. Ela devia saber melhor o que fazer naquela batalha. Os fundos para a guerra em progresso pareceram o mais importante e, então, quanto Áctio começou a dar a impressão de ser uma derrota, ela fugiu para Alexandria com seu ouro. O marido a seguiu, seus navios servindo-lhe de escudo e esse Otaviano, armado com uma maldita propaganda, pintava Marco Antônio como leal a uma rainha estrangeira em vez de manter lealdade à própria pátria.

As tropas romanas de Marco Antônio, cerca de 50 mil homens, traídos pela sua partida, o desertaram, deixando o Egito com uma fração das legiões que previamente comandara, e Otaviano declarou vitória, bradava seu triunfo pelos quatro cantos do mundo.

Agora ele chegava à costa de Alexandria praticamente sem oposição, mantido à distância apenas por Marco Antônio e as pequenas forças remanescentes. Ele achava que já tinha conquistado o país.

Não tinha.

O punhal para o ritual fora afiado o bastante para matar sem que a vítima percebesse o ferimento. Se o feitiço falhasse, porém, não seria Otaviano a ser morto. Cleópatra nunca chegaria perto dele o suficiente.

Não. Se a evocação fracassasse, seria ela a morrer e pelas próprias mãos. Ela não podia permitir que os romanos a levassem como prisioneira, um troféu para desfilar pelas ruas da Itália. Há muito tempo ela e Marco Antônio tinham concordado que, se a cidade fosse tomada, os dois cometeriam suicídio. Seria a única atitude honrada que lhes restaria.

Onde ele estava? Outra onda de pânico passou por Cleópatra. Fazia horas que o mensageiro fora enviado, horas desde que Marco Antônio deveria ter retornado.

Ela se obrigou a voltar à concentração. Não podia parar para se preocupar. Não havia tempo. O carmim brilhante enchia o cálice de ágata e Sekhmet o aceitaria.

Precisava aceitar, caso contrário o Egito cairia, e Cleópatra e Marco Antônio iriam junto. A rainha do Egito não estava pronta para morrer.

Até então, essa guerra tinha sido combatida inteiramente entre mortais.

As coisas estavam para mudar.

Cleópatra jogou as mãos para o ar como havia praticado, girando como os ventos do deserto, evocando as forças que estavam armazenadas na areia. As sílabas guturais do feitiço se contorceram, estalando e se derretendo em sua boca, sua língua sentindo o gosto amargo das palavras e depois lançando-as para os céus.

A porta sacudiu com uma batida frenética. Cleópatra parou no meio da frase, o cálice equilibrado sobre os dentes à mostra do ícone. Quem seria corajoso o bastante para interromper a rainha? Ela só podia pensar em uma pessoa que ousaria fazer isso e na única pessoa que também sabia como acessar a passagem secreta que levava dos palácios ao mausoléu.

— Marco Antônio? — chamou ela, o alívio lhe inundando o corpo. Ela deu um passo para fora do círculo sagrado e correu para a porta.

Não era Marco Antônio, mas a dama de companhia de Cleópatra, Charmian, os olhos desvairados. Olhando a mão ensanguentada de Cleópatra, ela emitiu um som de aflição.

— Onde está Marco Antônio? — perguntou a rainha e, não obtendo resposta, sacudiu a moça pelos ombros. — Onde ele está? Por que não respondeu ao meu mensageiro?

— Disseram que ele está escondido na Cidade Velha. Talvez não tenha recebido sua mensagem.

— E? — incentivou Cleópatra, a pele arrepiada de medo. Algo acontecera.

— Dizem que ele entrou pelos portões louco de raiva. Seus homens se juntaram a Roma e o abandonaram na batalha. Ele jura que Vossa Majestade o traiu.

Cleópatra sentiu o ar da câmara zumbindo o feitiço meio completo.

Por que isso estava acontecendo? O que ela fizera de errado? Ela era uma deusa. *A nova Ísis*. E Marco Antônio era seu Osíris e Dionísio. Mesmo assim, ali estava ela, barricada no próprio mausoléu inacabado, encarcerada com seu tesouro. Nada teria valor sem seu amor, tudo estaria partido.

Ela olhou o punhal em sua mão, viu o sangue que manchava a lâmina. Sentiu a energia na câmara rachando o ar. Ela não terminara o feitiço, mas ele começara.

Não tinha volta.

4

Marco Antônio estava sentado com a cabeça apoiada nas mãos, alternando ódio e desespero. Sua mente teve um lampejo da noite anterior, do corpo de Cleópatra em seus braços, os lábios dela nos seus e ele balançou a cabeça, tentando se livrar da imagem. Eles haviam prometido morrer antes de se renderem e agora...

Se ela tivesse ido para o lado de Otaviano, nada restara a Marco Antônio no céu ou na Terra.

Desde o início da invasão, ele observara quatro legiões de soldados, que antes foram suas forças leais, virem do ocidente e atacarem Alexandria. As tubas do inimigo (e, ah, que dor chamar Roma de inimiga, o lugar onde nascera, a cidade que fora sua mãe e sua amante) afogavam seus discursos e os homens não desejavam escutar.

Eles o odiavam por Áctio e tinham razão para isso.

Ele havia escolhido Cleópatra a eles, a tudo.

— *Cleópatra pertence a Roma* — dissera o chefe da cavalaria. Não a Marco Antônio. Como ele podia ter sido tão burro? Ela nunca lhe pertencera.

Quando ele a conheceu, 12 anos antes, fazia pouco que ela já não pertencia a Júlio César. Marco Antônio convocara a rainha a ir a Tarso responder pelas acusações de que ela auxiliara financeiramente Cássio, o inimigo de Roma, que tinha conspirado no assassinato de César.

Na época, Roma estava pobre depois de vários anos de guerra civil. O Egito e sua rainha, herdeira de gerações de realeza ptolemaica, eram abastados, não só em tesouros, mas em grãos. Marco Antônio precisava de seu apoio e, se pudesse instigá-la com alegações para consegui-lo, sem dúvida o faria.

Ela navegou até lá em uma barca dourada com velas roxas, sob um dossel tecido em fio de ouro. Marco Antônio, aparentemente a única pessoa em Tarso que não havia sido informada da chegada de Cleópatra, foi desertado, justamente quando se preparava para falar a uma multidão. O súbito êxodo dos mercadores e fregueses o deixou desnorteado, mas, ao sair da praça do mercado, ele sentiu no ar o aroma de perfumes orientais e foi atraído para a beira da água.

Com os olhos semicerrados contra o sol, ele finalmente detectou uma presença resplandecente, vestida como Vênus, assistida por criados com roupas de cupidos e ninfas. Enviou um mensageiro, convidando a rainha para jantar. Com seu típico menosprezo à hierarquia, ela instruiu Marco Antônio a ser, do contrário, seu convidado.

Após o banquete, eles se sentaram no convés da barca, as lamparinas acima cintilando como constelações. A voz dela era baixa e musical e ela falava com os vários criados e com as pessoas de Tarso também, a cada grupo em seu próprio idioma. Elogiou-o com o comentário de que seguia sua carreira militar há muitos anos. O mais sedutor de tudo foi que ela ria, jogando a cabeça para trás em puro deleite, brincando com ele e implicando, como se nenhum dos dois fosse uma pessoa consequente, como se fossem duas crianças que tinham se encontrado na praça do mercado e estavam fazendo um jogo de adivinhações.

A mulher de Marco Antônio na época, Fúlvia, não tinha senso de humor. Ele nunca a vira rir.

A noite acabou no quarto de Cleópatra. Ele não ficou envergonhado; qualquer homem em pleno juízo teria feito o mesmo.

Ao entrar nos aposentos da rainha, já enrijecido pela expectativa, Marco Antônio sentia a volúpia de uma satisfação perversa, considerando-se tremendamente esperto. Ele conquistaria poder sobre Cleópatra e ela se enterneceria por ele, as duas coisas colaborando para suavizar suas negociações. Ele entrou às tontas, entrevendo o quarto no escuro, mas ela não estava lá. Ele passava as mãos pelos travesseiros para ter certeza quando ela saltou sobre ele, tendo uma faca nas mãos. Ele ficou tão sobressaltado que não emitiu qualquer som ao cair no chão.

— Roma quer me usar — disse ela. — Isso é verdade?

— Roma não — disse ele, sorrindo. — Um romano. E apenas por meus próprios intentos.

— Renda-se — disse ela em seu ouvido, ajoelhada sobre ele, que inalou seu aroma e sentiu a pele macia de suas coxas em seu peito. Nua e sem qualquer vergonha.

— Renda-se a mim — repetiu ela e ele quase deu uma risada. Será que ela não percebia o quanto era pequena? Ele poderia contornar sua cintura com uma das mãos. Será que ela não sabia que era uma mulher?

Seu sorriso sumiu quando ele sentiu as cordas amarradas em seus pulsos sendo atadas à cama. Ele não sabia se ela estava brincando ou lutando com ele. A faca estava afiada, disso ele tinha certeza; pressionada em sua jugular.

— Eu me rendo — concordou Marco Antônio, já tramando o próximo passo. Ele a viraria de costas, a desarmaria e então eles teriam uma conversa. O que ela pensava que estava fazendo? Ele era um general. Fora ele que a convocara.

— Então, você é meu, romano — disse ela e ele ouviu o sorriso em sua voz. Ela deslizou para a frente e ele sentiu sua umidade. Esqueceu a faca.

Ela não o desamarrou até de manhã e, quando o fez, deu uma risada diante de seus pulsos vermelhos.

Ele estava perdido.

Anos se passaram. Fúlvia morreu e ele se casou novamente, forçado a uma aliança política, com a irmã de Otaviano, Otávia, mas Cleópatra continuava sendo sua verdadeira mulher. Dois anos antes, ele se divorciou de Otávia e se casou com Cleópatra numa cerimônia formal. Mesmo quando Otaviano se declarou inimigo e Marco Antônio foi difamado pelas ruas de Roma, Cleópatra ficou ao seu lado, sua igual.

Doze anos haviam se passado desde o primeiro encontro e o relacionamento deles continuava tão glorioso como sempre fora. Agora ele olhava amargamente para o braço e ainda conseguia ver as marcas brancas que os dentes dela tinham deixado naquela primeira noite, a cicatriz feito uma tatuagem em comemoração a uma vitória. Quando o sol surgiu, ele tinha ouvido as palavras saindo de sua boca, sem planejar.

— Eu amo você — jurou ele.

Mesmo ficando chocado, ele sabia que era verdade, mais verdade que qualquer outra coisa em sua vida. Segurando o rosto dela entre as mãos, ele olhou dentro de seus olhos.

— Sou sua — disse ela. — Você é meu e eu sou sua.

Será que teria mentido, mesmo então?

É claro que ele a escolhera às suas tropas. Ela era sua mulher. Não havia outra opção, mas 50 mil homens, seus amigos queridos, seus soldados, tinham se tornado seus inimigos com aquela decisão. Tinham voltado para Roma.

Dois dias antes, cansado de sacrificar soldados, Marco Antônio enviou uma carta desafiando César a um combate de homem a homem, cujo resultado decidiria a guerra, mas Otaviano enviou uma resposta, concisa, se não covarde: que o tipo de combate que Marco Antônio propunha, o do gladiador comum, não estava à altura dos padrões dos primeiros cidadãos de Roma, e que Marco Antônio tinha muitas outras opções se quisesse morrer. Marco Antônio não esperava outra coisa. O novo César não tinha motivo para lutar em tal disputa. Já tinha a cidade cercada e o exército de Otaviano queria o sangue de Marco Antônio.

— Traidor! — zombavam os homens no campo de batalha no dia anterior. *Traidor*.

Os pensamentos dele foram perturbados pelos sons que vinham do aposento ao lado.

— Venho a mando da rainha — insistia uma voz alta e determinada. — Sirvo a Cleópatra.

Marco Antônio praguejou. O que estava fazendo ali, à mercê de mensageiros dela?

Seu criado, Eros, entrou no quarto e abriu mais a porta para admitir um rapazote que fez Marco Antônio lembrar de seu próprio filho, Alexandre Hélios. Será que ela escolhera aquele mensageiro de propósito? Ele não veria mais seus filhos, não importava o que acontecesse ali.

Ele imaginou sua mulher nos braços de Otaviano, em seu manto roxo, com a coroa. Por que ela não seguiria esse novo César? Ele seria o futuro soberano do mundo. Otaviano lhe daria tudo o que Marco Antônio não lhe dera. Aquele rapazote empertigado, aquela criança hipócrita, estava para ser o imperador e ela subiria ao trono com ele. *Imperatriz Cleópatra*.

O mensageiro fez uma mesura respeitosa.

— Diga — bradou Marco Antônio. — Não me faça perder tempo.

— A rainha está morta — disse o mensageiro.

Marco Antônio achou que tivesse ouvido mal. Aproximou-se do garoto, fitando-o nos olhos.

— O que foi que disse?

O garoto falou lentamente, como se as palavras tivessem sido doloridamente memorizadas.

— A rainha se matou. Ela o traiu pelos romanos e, sentindo-se culpada, suicidou-se.

Marco Antônio ficou imóvel, ouvindo as palavras ecoarem, e então caiu de joelhos, o aposento girando à sua volta. Mesmo que eles tivessem falado de suicídio, planejado tal ato, ele nunca a imaginou morta. A imagem que lhe preencheu a mente era de seu corpo profanado, contundido e golpeado, erguido no ar como um troféu pelos centuriões de Otaviano.

Ela o amava ou não teria morrido por ele. Se o traiu, já não importava. Eles não ficariam separados por muito tempo.

— Eros — disse ele. Seu criado conduziu o rapaz porta afora e lhe deu umas moedas pelo esforço.

Marco Antônio retirou a armadura, peça por peça, até ficar diante do criado apenas de túnica. Passou sua espada para o homem.

— Lembra-se de sua promessa? — perguntou ele.

— Lembro — perguntou Eros, mas seus olhos estavam incertos. Estavam juntos há anos e Marco Antônio fora um bom senhor. Ele hesitou.

— Então cumpra-a — disse Marco Antônio, abrindo os braços, expondo o peito. — Depois que isso for feito, vá até Otaviano. Termine essa guerra antes que qualquer outro homem morra. Ele o recompensará e poderás então ir e fazer o que quiser.

Eros concordou e ergueu a espada sobre a cabeça, mas no último instante, virou a lâmina e enfiou-a no próprio corpo.

— Não! — gritou Marco Antônio, saltando para a frente para segurar o cabo, um segundo tarde demais.

Tudo estava desmoronando. Toda a precisão do exército romano, todos os anos vividos como general e acabara nisso, em caos, em desespero, sua cidade invadida, sua amada morta e seu criado pessoal estatelado no chão, o sangue correndo pelo canto da boca, os olhos ficando vidrados enquanto Marco Antônio se ajoelhava ao seu lado. Ele sentiu a mente confusa, as paredes se curvando em sua volta.

Do lado de fora, outro mensageiro exigia ser recebido. Marco Antônio tentou planejar. Ele seria feito prisioneiro, seria transportado para Roma, seria julgado, sepultado longe dela.

Marco Antônio puxou a espada do corpo de Eros. Tirou duas moedas do saquinho pendurado na cintura e colocou-as sobre os olhos do criado. Era só o que podia fazer para ajudar o homem a chegar ao seu merecido lugar no Hades.

— Venho em nome da rainha! — A porta chacoalhava. — Cleópatra exige que eu fale com Marco Antônio!

Encostado na parede, ele oscilou ao ouvir o nome dela. Ela nunca mais o chamaria, nunca mais daria risadas com ele.

— *Sou seu* — disse ele, onde quer que ela estivesse. — *Sou seu.*

Com toda a força, enfiou a lâmina no estômago. Uma dor abrasadora, seu corpo resistindo à morte, assim como sua mente resistira. Apesar da dor, ele teve uma sensação de profunda satisfação. Não haveria mais incerteza. Estava acabado. Fechando os olhos, ele se deitou lentamente no chão, pensando em sua mulher.

A porta sacudiu de novo, alguém se jogando contra ela.

— A rainha pede que Marco Antônio se reúna a ela em seu mausoléu! Ela o informa que nem tudo está perdido! — gritou o mensageiro do lado de fora do aposento.

— A rainha está morta, seu tolo! — gritou o soldado em resposta. — A rainha se suicidou.

— Não! — disse o mensageiro. — Acabo de estar com ela. Eu me atrasei na cidade!

A porta se abriu e um soldado horrorizado tropeçou sobre o corpo de Eros, ficando ao lado do de Marco Antônio.

— Ele está ferido! — gritou o legionário para os outros guardas lá fora, que logo encheram o quarto.

— Não — disse Marco Antônio, agora calmo, sentindo a vida se esvair. — Estou morto.

— Mas eu reconheço o homem — disse o soldado. — É o secretário da rainha, Diomedes, e ele diz que ela está viva! O primeiro mensageiro mentiu. Ela o chama para junto de si.

Marco Antônio respirou fundo, trêmulo, tentando readquirir a consciência. Era muito para se assimilar. Uma mensagem falsa? Ela estava viva?

— Levem-me até Cleópatra — ordenou ele e ao perceber a hesitação nas fisionomias dos homens, falou com voz mais forte. — Vocês me levarão até a rainha. Esta será sua última tarefa ao meu serviço. Façam-na bem-feita.

Eles fizeram o melhor curativo possível, cobriram Marco Antônio para protegê-lo dos olhares inimigos e então levantaram a maca sobre os ombros, saindo para a rua.

O colchão era um barco e havia um mar revolto abaixo dele. Marco Antônio protegeu os olhos do sol com a mão. O farol ergueu-se em seu campo de visão, liso e branco, uma obra perfeita. Ele tinha morado na Ilha de Faros por um tempo, em uma casinha distante da cidade, aos pés da grande torre de pedra. Foi logo depois de seu retorno de Áctio, quando seu sofrimento pelas próprias traições era excessivo para aguentar na companhia de outros.

No topo da torre, tão alta que mal podia ser vista, uma estátua dourada de Zeus brilhava ao sol. Marco Antônio sorriu, vendo-a ainda lá a brilhar, enquanto ele atravessava a cidade, uma testemunha de sua procissão fúnebre.

Os únicos sons que ele ouvia quando ficou naquela casa eram os das ondas batendo na praia. Não havia Roma, nem legiões, nem amor. Ele nunca se sentira tão em paz. Poderia ter ficado naquela pequena casa para sempre, como um filósofo em sua caverna, mas ele sentiu a ânsia por companhia, por bebida e jogatina, além de sonhar com sua mulher. Andou de volta pela estrada do dique e, ao chegar ao palácio, encontrou tudo em seu lugar, como se nunca o tivesse deixado. Ele voltara aos braços dela então e a eles voltava agora. Se tinha morrido por ela, que ela visse o feito. Que houvesse um fim.

Um soldado egípcio, embriagado e desgrenhado, inclinou a cabeça quando Marco Antônio passou carregado, achando que já estivesse morto.

— É o rei que carregam? — perguntou o soldado aos homens de Marco Antônio.

— É Marco Antônio — responderam eles.

— Vocês estão carregando o rei do Egito, o honrado marido da nossa rainha — disse o soldado.

Por baixo da coberta, os lábios de Marco Antônio se abriram num sorriso doloroso. Nunca tinha imaginado que morreria rei.

5

O garoto voltou em disparada por Alexandria, cantando para si mesmo. Entregara a mensagem a Marco Antônio e vira o grande homem em pessoa. Ele ainda era heroico de se ver, apesar da sujeira da batalha que trazia. Seu cabelo escuro estava rajado de prata. O garoto vira isso sob a luz fraca da construção. Mas seus braços ainda eram musculosos e o peito, largo e vestido com a armadura.

Talvez um dia o garoto crescesse para ser um guerreiro e, se isso acontecesse, ele esperava ficar alto e forte como Marco Antônio. O grande soldado olhou para o garoto, que viu que ele controlava o sol e a lua. Deu-lhe um tapinha no ombro. O corpo do garoto ainda vibrava com essa honra.

Ao chegar no limite da cidade, o Portão do Sol estava aberto e o garoto passou apressado, rumando para o acampamento romano. Um homem alto, de peito largo, saiu de uma barraca e fitou-o com cuidado, os lábios cerrados.

— Você o viu? — perguntou ele ao garoto.

— Vi — disse o garoto com orgulho.

— Tem certeza?

— Era Marco Antônio — insistiu o garoto. — Ele caiu de joelhos quando eu lhe disse que a rainha estava morta.

O homem balançou a cabeça e o garoto cogitou se ele estava zangado. Ele se virou e conduziu o garoto para dentro da barraca onde antes tinha recebido o encargo.

Um homem frágil, de cabelos claros, sentado num banco de três pernas, aguardava lá dentro. Ele avaliou o garoto com olhos cinza-claros.

— Seu mensageiro voltou — disse o guia do garoto, de modo conciso. — Eu não teria conduzido as coisas desse modo. Marco Antônio estava em inferioridade numérica. Era só uma questão de tempo.

O homem de olhos cinzentos ergueu o queixo e lançou um olhar feroz para seu general.

— Está questionando minha honra, Agripa?

Agripa não respondeu. Fitou o companheiro por um instante e depois se virou e saiu da barraca. Nervoso, o garoto o observou saindo.

— Não pedi o seu conselho — falou o benfeitor do garoto para Agripa.

Sua expressão mudou ao olhar para o garoto.

— Deste meu recado a Marco Antônio?

O garoto corou de prazer por ter realizado sua missão com sucesso.

— Está feito — disse ele.

— Bom — disse o homem e teve um leve estremecimento. Fechou os olhos por um instante. — Bom.

6

Ouviu-se uma barulheira vinda de cima, pedras sendo atiradas nas grades da janela. Cleópatra, que estava ajoelhada, se levantou rapidamente, ainda agarrando o punhal. Quem vinha buscá-la? Marco Antônio? Ou Otaviano?

Charmian desceu correndo as escadas, o rosto pálido.

— Seu marido chegou — sussurrou ela, a voz em pânico. — Seus homens o trouxeram.

O *trouxeram*? Como assim? Era ele quem guiava seus homens, não o contrário. E por que ele não veio pela passagem?

— Diga-me o que está acontecendo! — falou Cleópatra de modo ríspido, agarrando a moça pelos ombros.

— Ele foi trazido numa maca. Está coberto.

Cleópatra já corria escadaria acima para ir até a janela, o coração acelerado de pavor. Era culpa dela. Ela nunca deveria tê-lo deixado voltar à batalha. Sabia disso depois do que tinha visto pela janela na noite anterior. Os deuses de Marco Antônio tinham deixado a cidade, declarando que a guerra estava perdida. Houvera uma celebração invisível quando Dionísio partiu pelo centro de Alexandria, a procissão despercebida, mas ruidosa com as trombetas e harpas, a batida dos passos de dança, os tambores e trinados.

Atrás dela no quarto, Marco Antônio tinha esticado os braços em sua direção.

— O que está fazendo fora da cama? — perguntou ele.

— Olhando a lua — disse ela. — Cheia e dourada. Um bom presságio. — Ela não disse para quem.

— Nós venceremos esta guerra — disse-lhe ela, pensando em Sekhmet, imaginando-se mais poderosa que qualquer presságio. — Venceremos esta guerra.

— Venha para cá comigo — retrucou seu marido, levantando-se da cama como se quisesse ver por si mesmo o que chamava a atenção dela, mas ela o empurrou de volta. Eles se amaram como se o tempo tivesse parado, como se não precisassem se preparar para uma batalha, como se o perigo não os espreitasse pela manhã, como se esse tipo de noite não tivesse fim.

Cleópatra enviara seu amado desprotegido para a batalha e agora estava pagando por sua arrogância.

Ela abriu a grade, inclinando o corpo para fora, um alvo para qualquer arqueiro. A guarda pessoal de Marco Antônio estava ali embaixo. E em uma maca, coberto com um pano...

Cleópatra sentiu-se oscilante. Havia uma mancha de sangue no lençol, o carmim se espalhando pelo chão claro.

O chefe da guarda olhou para cima. Cleópatra pôde ver o pesar em seu semblante.

— Houve uma mensagem falsa — disse ele. — Ele acreditou que Vossa Majestade havia se suicidado e desejou segui-la.

— Ele está morto? — sussurrou ela, mal conseguindo fazer com que as palavras saíssem de seus lábios.

Marco Antônio ergueu a mão para tirar o pano que lhe cobria o rosto e o peito.

— Ainda não — disse ele. Seu rosto estava cinza de sofrimento; a mão que segurava o ferimento, ensanguentada.

Cleópatra cerrou os dentes para não gritar. Como isso podia ter acontecido? Se ela tivesse seguido seu plano original, se não tivesse ficado, pensando em domar os deuses, ela deveria estar ao lado dele embarcada, singrando o mar verde e prata, a costa da Índia, os filhos deles a salvo em suas camas abaixo do convés.

— Vim para morrer ao seu lado — disse Marco Antônio. — Vai me receber?

Soluçando, ela jogou a corda e deixou que os homens o preparassem para ser içado. Ela e suas damas o puxaram até a janela, o ferimento na mão dela se abrindo de novo ao segurar as cordas. Olhando o rosto dele durante a subida, ela sentiu todas as dores que ele estava sentindo. Ele não iria chorar em frente aos seus homens. Quando ele já estava no mausoléu, as roupas dela estavam ensanguentadas. Ela sentia os membros como que mergulhados na cera, lentos e amortecidos.

— Antônio — murmurou ela, afagando-lhe o rosto, o peito, os braços. Ela conhecia cada parte dele. Os velhos ferimentos de guerra, listras brancas em sua pele bronzeada de sol e este novo ferimento, ainda aberto. De repente, os olhos dele se concentraram nos dela.

— Por que me traiu? — sussurrou ele. — Eu teria feito qualquer coisa por você.

— O que diz? — gritou ela, mas ele não escutava.

— Vinho — pediu ele.

Fraco demais para levantar o cálice, ela o segurou em seus lábios, na esperança de lhe aliviar a dor.

— Não deve morrer sem mim — disse ela, mas ele a olhou sem ver. Nunca, em todos os anos que ela o conhecia, ele a atravessara com o olhar. Ela sempre fora seu foco, como se ela andasse por um raio de luz enviado pelo próprio Rá.

— Eu a verei de novo — disse Marco Antônio e sorriu.

Depois ficou imóvel.

Tudo ficou imóvel, o ar, a fumaça do incenso, as batidas do coração de Cleópatra. As damas ficaram paradas, olhos arregalados, esperando por uma respiração, que não veio.

Uma lágrima caiu do rosto de Cleópatra no de Marco Antônio e ela a observou escorrer por sua pele. A mancha de sangue na túnica dele se espalhou, cada vez maior, e ele não se moveu.

Um grito subiu pela garganta de Cleópatra.

— Não vai morrer sem mim! — Ela caiu num pranto convulsivo, inclinando-se para a frente, abraçando-o, as mãos agarrando a túnica ensanguentada. Seu corpo sacudia, cada lugar que ele tocara, cada lugar que beijara.

Aquele não podia ser o fim da história deles.

Lá fora, o som de pés correndo e de gritos, espadas colidindo, os homens de Marco Antônio enfrentando os de Otaviano. Tinham vindo buscá-la.

Ela se levantou cambaleando e correu para dentro do círculo sagrado, as mãos pingando com o sangue dele. Ela tinha feito a pasta de mel e cinzas, adicionado a pele de leão e a pele de cobra. Agora a poção aguardava o ingrediente final.

Ela se ajoelhou na pedra fria do piso. Jogou a cabeça para trás e cantou o feitiço, sua voz fazendo o ar trepidar, num chamado aos céus, as mãos firmes agora que ela segurava o cálice de ágata cheio do próprio sangue.

Proibido.

A advertência do sábio egípcio veio à sua mente e ela balançou a cabeça freneticamente para afastá-la. Nada era proibido. Nada. Este era o seu amor.

Embora essa fosse a deusa da vingança, hoje ela seria evocada para ressuscitar os mortos também.

Cleópatra respirou fundo com um estremecimento e realizou a última parte do feitiço, derramando o sangue dos reis nos dentes expostos do ícone. Ficou observando conforme o vermelho escorria pela garganta dele.

Ouviu-se um som impetuoso. O tempo girou à sua volta como um vento siroco, algo cortante, que chamuscava. O ar se carregou de fagulhas e as bordas do tesouro brilharam na escuridão.

No escuro, o som de passos suaves na pedra.

Cleópatra se virou e a deusa estava diante dela, formidável. Brilhava na noite eterna da câmara lacrada com o fogo do sol, a cabeça de leoa coroada com uma cobra viva se contorcendo e o corpo de mulher, os braços adornados com joias, os dedos em forma de garras. Seu manto, ajustado à sua forma, era vermelho-sangue com rosetas sobre cada seio e o pelo do pescoço e do rosto era dourado.

Ela ascendeu ao teto e ao seu lado todo o esplendor dos tesouros do Egito ficou obscurecido. Ela era a filha de Rá, segundo Nicolau contara a Cleópatra, criada do sol do olho ígneo do deus. Seu calor cintilava no ar.

— Sekhmet — sussurrou Cleópatra e a deusa rugiu, o som fazendo as moedas chacoalharem e ecoando pelas paredes do mausoléu.

Onde estavam as damas de Cleópatra? Caídas nas escadas, adormecidas como se estivessem sob o efeito de narcóticos, guardando o aposento contra intrusos. Como podiam dormir na presença disto?

Marco Antônio também dormia, a pele pálida e fria. Morto. A angústia da dor trespassou o peito da rainha, uma súbita sensação de ruína. Este era o fim de tudo e ela o provocara, acreditando que poderia ter tudo sem pagar por nada.

— Traga-o de volta — ordenou Cleópatra a Sekhmet. Seus temores não importavam. — Traga-o de volta para mim. Ajude-me nesta vingança.

Cleópatra ergueu a coroa da cabeça. O Egito iria pertencer aos velhos deuses novamente. Adeus a Ísis, adeus aos gregos e romanos. Ela devolveria o país aos seus primórdios, aos seus leões e crocodilos, aos seus chacais, falcões e cobras.

A deusa encarou ela, um lampejo de diversão em seus grandes olhos amarelos.

Não basta, disse ela, ou não disse. Ficou subentendido. Mais seria necessário. O sangue do coração da última rainha do Egito, de repente Cleópatra soube. Este seria o sacrifício para trazê-lo de volta de Duat, o Mundo Subterrâneo do Egito.

— Pegue o que desejar — disse Cleópatra, abrindo os braços, oferecendo sua garganta, os seios e os pulsos. Ela sobrevivera a coisas piores que isso. Estava sobrevivendo agora.

A deusa saltou sobre os tesouros, os dentes expostos, as garras estendidas e a pele começou a brilhar com o cintilar impiedoso do sol do meio-dia. Seus dedos e membros fumegaram, ficando enevoados com o calor e Cleópatra revestiu-se de coragem para a agonia que estava por vir. Uma marca em brasa, um impacto crepitante, ela pensou. Mas não foi assim.

Sekhmet se transformou. Uma serpente extraordinária enroscada diante da rainha. Ela olhava Cleópatra profundamente, avaliando sua fraqueza.

Cleópatra ficou agradecida. As serpentes eram as criaturas sagradas de sua linhagem. Eram coisas lindas, as cobras, e esta não era exceção. Suas escamas eram esmeraldas cobertas por uma fina camada de ouro; os olhos, cruéis rubis.

Cleópatra vislumbrou presas de diamante quando a deusa lhe atacou o pescoço. Até agora nenhuma dor. Apenas uma sensação de interrupção do tempo, um giro, o som do ar passando apressado. Então seu pescoço ardeu com uma dor que não era dor, mas um calor ardente. Uma doçura irresistível a percorreu.

Cleópatra descobriu que seus pés já não tocavam o chão. Seu corpo — ela sentiu tamanha ternura por ele agora, esse corpo frágil e mortal —, pendurado pelos dentes da serpente, e como se assistisse de muito longe, ela viu a própria pele empalidecer. Seus dedos se apertaram e depois relaxaram. Sua visão se preencheu com os lugares além do céu noturno, com o brilho branco-azulado da lua. Ela estava morrendo e mesmo assim não se importava nem um pouco, nem com isso, nem com qualquer coisa que já tivesse acontecido ou que aconteceria no futuro.

Então a deusa a soltou e Cleópatra foi dominada por uma dor agonizante. Ela era uma árvore e cada folha estava incendiando. Era uma cidade e cada construção estava sendo pilhada. Óleo fervente corria pelas ruas, os cidadãos fugiam, com os cabelos feito nuvens de fumaça, as roupas em chamas laranja e azuis. Ela era um vulcão em erupção e sua pele ficou sulcada com a passagem da lava, túneis profundos de calor abrasador. As solas de seus pés se derretiam onde tocavam o chão e ela cambaleava para não cair. A deusa era a luz de mil de sóis e Cleópatra sentiu sua pele descascar, os ossos expostos. Ela estava virando cinzas. Nenhum humano poderia viver em chamas. Seus olhos se dilataram, cegos.

Pensou em me evocar para servi-la? Você, que esquece seus deuses?

As palavras apareceram na mente de Cleópatra, ecoando lá, como o som de homens pisando no convés, preparando-se para a guerra. Ela podia sentir o cheiro de seu próprio sangue escorrendo pela garganta e sobre os seios, assim como podia sentir o odor da ira emanando de Sekhmet, atando os braços da rainha, como se ela já estivesse mumificada.

Não é uma de nós. Acha que desejo seu sangue?

— Isso é tudo o que tenho — sussurrou Cleópatra, a voz devastada pela fumaça e pela dor.

É? A deusa deu uma risada, um som terrível. Em algum lugar da câmara um cálice de vidro sacudiu, trepidou e voltou a ser a areia da qual havia sido feito. *Creio que tem algo mais.*

— Qualquer coisa — Cleópatra conseguiu dizer olhando para Marco Antônio. — Qualquer coisa que eu tenha é sua.

E então Cleópatra sentiu uma mudança. A dor era cegante, mas incerta. De onde vinha? O que lhe fora tomado? Uma súbita sensação de perda, um buraco no centro de seu ser. Seu corpo entrou em convulsão em torno dessa ausência e ela começou a gritar, e não conseguia parar. Ela era uma casca, tão fina quanto a casca de um ovo, e dentro dela estava o vazio, a noite escura, o frio impetuoso, o brilho gelado de estrelas moribundas. Ela ofegou em busca de ar e nada encontrou. Estava se afogando, e seu coração, seu coração...

Seu amado gemia.

Dirigindo-se a ele, ela viu suas pálpebras tremularem.

A alegria surgiu dentro dela, substituindo o vazio que estava lá apenas alguns instantes antes. Com ele ao seu lado, ela se sentia inteira. Voltara a ser ela mesma.

Correu e se ajoelhou ao lado de Marco Antônio, as mãos em seu peito, sentindo-se expandir quando ele respirou pela primeira vez. Correndo os dedos pela sua pele, ela a sentiu esquentar sob seu toque. A dor que ela sentia, se não tivesse passado, já não importava.

Os olhos escuros de Marco Antônio se abriram e ela o beijou. Passando os dedos pelo abdome dele, ela tateou as bordas do ferimento que o tinha matado e sentiu que este se fechava. A deusa cumprira a promessa.

— *Vos es mei* — sussurrou ela em latim. — Você é meu.

Ele ergueu as mãos para segurar o rosto dela, afagar seu queixo, os lábios, os lóbulos das orelhas, o cabelo.

— Você me seguiu — disse ele e sorriu. — Achei que não o faria.

Ela percebeu que ele pensava que ambos estivessem mortos, viajando juntos para o Duat.

— Não. Estamos vivos — disse ela. — Eu o trouxe de volta.

Deitando o rosto em seu peito, ela escutou o coração batendo.

— Sou sua — disse ela, os olhos marejados de lágrimas.

Marco Antônio se mexeu com incerteza, inquieto, silencioso. Suas mãos levantaram o rosto dela e ele a fitou nos olhos.

— Você me traiu — disse ele.

— Senhora! Vai ser levada viva! — Charmian deu um grito esganiçado lá das escadas e depois atravessou o aposento correndo até a extremidade oposta, seguida por um dos legionários de Otaviano. De algum modo, ele tinha penetrado no santuário, escalado as paredes, removido as grades e entrado pela janela.

Cleópatra se virou, procurando Sekhmet, mas a deusa tinha sumido. Sumido! Como é que este homem, este plebeu, ousava entrar em seu local sagrado? Como ousava provocar a saída da deusa?

Cleópatra se jogou na frente do marido, bloqueando o acesso do soldado a ele.

— Está na presença de uma deusa — disse ela ao invasor, sem que a voz tremesse. Ela estava em posse de si mesma outra vez, a rainha do Egito, destemida. — Saia daqui ou enfrente as consequências.

Ela só precisava de mais alguns minutos para que Marco Antônio se recuperasse e então eles seguiriam adiante, juntos novamente. Ela mostraria compaixão. Deixaria este homem ir embora.

Caso contrário — ela agarrou seu punhal. Era um ato único na vida, a evocação de tal poder, e ela sobrevivera a ele apenas por sorte. Tinha dado todo o sangue que podia e ainda andava sobre a Terra. Não poderia trazer seu amor de volta uma segunda vez.

O legionário se apressou na direção da rainha e de seu amado, a espada desembainhada.

De repente, Cleópatra foi abalada pelo *conhecimento*. Conseguia sentir o cheiro do suor do legionário, o suor de uma marcha sem fim, não paga, de anos de batalha. E mais que isso. Ela conseguia sentir o cheiro dos filhos dele lá em Roma, conseguia saber de sua fome e esperança. Ela podia sentir o cheiro do mar nos cabelos dele. Conseguia sentir sua saudade de uma mulher, qualquer que fosse. *A Rainha Puta*, era isso que ele supunha dela. Agora ela ouvia o pensamento dele, de levá-la feito uma prisioneira acorrentada como presente para seu senhor. Ele a considerava fraca.

O tolo. Ele não era nada para ela.

Seu coração se inflou com uma fúria pura, branca. Seus membros estremeceram, a coluna tornou-se uma espada de fogo e seus pulmões se encheram do calor da areia do deserto.

Ela se ouviu ofegar, sentiu-se consumida e então o mundo ficou preto.

Ela olhou para baixo, para sua mão, sentindo algo estranhamente pesado. A cabeça girava, torturada pela dor, e ela estreitou os olhos, tentando se concentrar no que segurava.

O que era aquilo? Ela ficou olhando por um instante, incerta, os dedos pressionando suas bordas escorregadias, escaldantes. A coisa ficou roxa em seus dedos, densa e profana, ainda tremendo com um último sopro de vida.

Era o coração dele.

Ela lhe arrancara o coração.

Com um grito, ela o jogou longe dela, longe de Marco Antônio. Suas damas moviam-se furtivamente, encostadas nas paredes, os olhos arregalados de pavor.

Contra a própria vontade, Cleópatra se deparou olhando o corpo destroçado do legionário. Havia um gosto de metal em sua boca, o sangue corria de seus lábios, encharcando-lhe as roupas.

O que ela havia feito?

— Senhora — sussurrou Charmian. — Senhora?

Marco Antônio tomou fôlego, uma trepidação de agonia. Cleópatra se virou e viu a espada do legionário perfurando o corpo de seu amado. Ela fora lançada durante a luta e o pregava no chão. O sangue. O cheiro de ferro, o gosto de mel. Ela teve ânsia de vômito, segurou a boca, apavorada, e suas mãos saíram escarlate de seus lábios.

— Cleópatra — sussurrou o marido. — Venha aqui.

Ela cambaleou para o lado de Marco Antônio e tocou sua pele. Enrijecendo. Esfriando.

— Você não vai morrer agora — disse ela, a voz embargada. — Você não pode.

Pressionando a boca na dele, ela bombeou ar para seus pulmões. Ao se afastar, o sangue do legionário manchava os lábios de Marco Antônio.

Ela o trouxera de volta da morte apenas para vê-lo morrer outra vez. Percebendo a ausência de som, ela gemeu. O coração não batia. O ar não entrava nem saía.

As escadas chacoalharam com os passos dos legionários. Ela se virou para vê-los. Dúzias de homens, armados, gritando. Estavam vindo para levá-la ao seu general. Ela se sentiu estranhamente calma. Eles não a levariam viva. Agora que ele se fora, nada mais importava. Ela tinha fracassado e este era o fim.

Os legionários se apinharam em volta dela, as armas empunhadas, gritando e dando empurrões, mas ela estava além deles.

— Renda-se por ordem do imperador — gritaram eles, puxando-a pelas mãos, jogando-a no chão, mas sua mão já estava agarrada ao punhal ritual.

Ela o virou e enfiou no abdome, sem sentir a dor que deveria ter sentido.

E quando retirou a adaga do corpo, nenhum sangue manchava a lâmina.

Três noites depois, a rainha conquistada do Egito acendeu a pira que cremou seu marido. E todos festejaram em Roma. Uma prisioneira cercada pelos inimigos, ela podia ouvir suas trombetas, o cheiro fétido de seu banquete, atravessando as águas até Alexandria. O mundo vibrava proclamando o nome do novo soberano enquanto Cleópatra se postava diante da pira de Marco Antônio, atordoada e tonta como se estivesse num sonho.

"Ave César" eles cantavam enquanto Cleópatra erguia a tocha para tocar a mortalha de Marco Antônio. Ele estava imóvel como uma estátua, apesar do calor que readquirira. Ela o trouxera de volta e o perdera de novo. Eles tinham se falado. Ele se considerava traído por ela, que o adorava, ela que evocara a deusa e abrira mão de...

Ela não queria saber do que abrira mão.

Não queria saber por que permanecia ali, entre os vivos, que não era o seu lugar.

A cerimônia se realizou no escuro, para impedir que as multidões se aglomerassem. Nem mesmo as crianças da realeza assistiram. Cleópatra queria saber onde tinham sido presas. Com certeza ainda estavam vivas, caso contrário ela teria sentido. Entre os presentes no funeral estavam apenas Cleópatra e os romanos, o general Marco Agripa, assessor de Otaviano, e muitos funcionários subalternos. Fosse por piedade ou insulto, Otaviano não apareceu. Seria o último ato de Cleópatra como rainha de seu país.

Em uma explosão luminosa, seu amado entrou em combustão.

Cleópatra levantou o queixo e observou a nuvem de fumaça que um dia havia sido seu rei. Tudo o que ela queria era cair nas chamas e unir-se a ele, mas os guardas que a cercavam a impediram de se mover.

A fumaça obscureceu as estrelas e Cleópatra pensou nos deuses que ficaram em falta com ela, nas deusas que a tinham enganado. Ela estava viva, e ele morto. Ela vivia e não sabia por quê.

Ela esticou os dedos para sentir as chamas. Alguém berrou uma ordem e os romanos a puxaram para trás. Eles a deixaram — na verdade, a *fizeram* — ficar até a pira se apagar. Quando tudo estava transformado em cinzas, na maior das infelicidades, ela se ajoelhou sobre os restos carbonizados e recolheu o que restara do corpo do marido. Pela primeira vez, suas lágrimas caíram desde o horror no mausoléu.

Ao tocar nas cinzas, uma sequência de imagens estranhas e clamorosas passou por sua mente: as galés saudando Roma, ela mesma dormindo nua na cama, a armadura de Marco Antônio sendo afivelada, a espada que ele usou para se apunhalar, o farol brilhando no céu, seu próprio rosto, enevoado e lívido, tomado pelo pesar. Ela sacudia com os soluços reprimidos, mas eles só a deixaram segurar as cinzas por um instante.

Um centurião de fisionomia pétrea, antigo soldado de Marco Antônio, pegou as cinzas de suas mãos e as colocou numa caixa de prata, que Cleópatra reconheceu por ter sido ela mesma a encomendá-la. As laterais eram decoradas com imagens de Ísis e Dionísio. Ela a mandara fazer como presente de casamento para Marco Antônio e, tolamente, ordenou que os deuses ali representados tivessem rostos humanos. Dionísio tinha um furo no queixo e Ísis, uma coroa de cobras. Suas mãos estavam entrelaçadas, o casamento dos deuses de Cleópatra e Marco Antônio.

Ela não era uma deusa. Por que tinha cometido a estupidez de se declarar tal coisa? Tudo isso, tudo, era culpa sua. Ela começara as coisas já em movimento e agora perdera o controle. Sua vida era uma carreta descendo uma encosta, os cavalos relinchando aos tropeços, incapazes de impedir a própria queda.

A caixa seria levada para o mausoléu. Os assassinos sepultariam Marco Antônio no Egito. Pelo menos isso eles haviam consentido. As cerimônias cabíveis, os rituais. Os desejos de Marco Antônio seriam concedidos. Ele renunciara aos seus ritos romanos, declarando-se um cidadão do país dela. Enquanto suas cinzas permanecessem no Egito, ela esperava que sua alma acabasse viajando para o Duat. Cleópatra não estaria lá para encontrá-lo.

Ela o imaginou vagando sozinho pelas cavernas do mundo dos mortos, rumando para o Belo Oeste, sem ela. Eles tinham planejado suas vidas e mortes com tanto cuidado e agora tudo tinha sido por nada.

Ela vivia.

Todavia, com essas cerimônias, ele pertencia a este país. Ou assim esperava Cleópatra. Ela percebeu que não sabia mais de nada, de nada verdadeiro, de nada sólido desde o que acontecera no mausoléu. Quem sabia qual Mundo Subterrâneo o reivindicaria ou o que os deuses lhe fariam quando estivessem de posse dele? Quem sabia a quem ela ofendera?

Ela ficou observando enquanto eles se afastavam com a caixa que continha Marco Antônio. Com excessiva rapidez, ela perdeu de vista os legionários e foi deixada na escuridão com os guardas que a levariam de volta ao palácio.

Os romanos a mantiveram presa em seu próprio quarto, onde ela aguardava a convocação do imperador.

Do lado de fora de seus aposentos, as sentinelas andavam pelo mármore, os passos ecoando na mente de Cleópatra. Suas luxuosas roupas de cama tinham sido tiradas por temor que ela as usasse para se enforcar. A única coisa que restara fora o colchão nu, mas não importava. Desde a morte de Marco Antônio ela não tinha dormido, nem comido.

Sua mente estava permeada por uma escuridão imprevisível. Seria loucura? Será que ela teria imaginado tudo o que aconteceu no mausoléu? Num terrível vislumbre, ela se viu em uma muda de linho sujo, pés enlameados, cabelos desgrenhados, vagando pelas estradas, caindo, sua carne bicada por abutres, mesmo assim ainda vivendo, uma casca vociferante. Este seria seu legado, não seus anos de soberania, de proteção da cidade contra os romanos, não seu amor puro por Marco Antônio.

A Louca Rainha Cleópatra.

Ela abriu os mantos e passou os dedos pela pele para confirmar o que já sabia. Lisa. Nenhuma evidência do punhal que lhe penetrara logo abaixo das costelas. Ela estava fria e tremia como se estivesse febril, mas seu corpo, pelo menos, não estava ferido. O mesmo não podia ser dito de sua alma.

Algo, tudo, estava terrivelmente errado. Ela conseguia sentir, mas não descobrir o que era.

Durante toda a noite, ela ficou deitada de olhos bem abertos, cada som ampliado, a escuridão deslumbrante.

Ao amanhecer do sexto dia após a morte de Marco Antônio, ela abriu as janelas para ver o sol nascer, no passado, um prazer especial. Buscando se consolar com o ritual, ela ficou diante da janela observando o céu índigo se transformar num dourado claro, mas assim que o sol surgiu na borda do mundo e lhe tocou o rosto, ela sentiu uma dor abrasadora. Ofegante, recuou da janela num salto, a pele queimando.

Hesitante, ela esticou os dedos de volta para a luz e eles criaram bolhas como que mergulhados em óleo fervente. Ela os puxou de volta, aninhando a mão no seio. Seus olhos lacrimejaram e se inflamaram com o sol. Sibilando de dor, ela fechou as janelas com uma batida forte.

Será que ela tinha ofendido Rá, assim como a filha dele? Será que poderia abrir as janelas e morrer sob a luz do sol?

Não. Conforme observava, sua mão se curava com uma velocidade angustiante. Onde a pele havia sido queimada, já estava lisa outra vez. Em breve, era como se a queimadura nunca tivesse acontecido.

Tudo indicava que até essa dor só a enfraqueceria, e temporariamente. Ela tentou se acalmar contando as batidas do coração, sem conseguir ouvi-las.

Verificou de novo. Nada. Silêncio onde sempre houvera movimento e canção, vazio onde sua alma habitara.

A deusa tinha levado seu coração, sua alma, seu *ka*.

Enroscada no canto do quarto, trêmula, com as mãos apertadas junto aos seios, Cleópatra sentia o lugar onde a escuridão lhe tinha tocado. Mesmo que morresse, sem um coração para ser pesado, ela nunca conseguiria entrar no Mundo Subterrâneo egípcio. Não poderia seguir Marco Antônio. Imaginou-se atravessando de barca as águas até a Ilha do Fogo, Osíris parado na praia esperando para julgá-la. O que ela lhe ofereceria? Não tinha nada.

Sentada no escuro, ela escutava o som do nada, o batimento do nada, sentia o espaço oco dentro de seu peito.

Enfim, depois de dias de solidão, Eiras e Charmian chegaram para adornar o cabelo da rainha e maquiar seu rosto para a audiência com o imperador. As damas seguraram um espelho de metal polido para que a rainha visse seu reflexo. Ali, ela estava linda, exceto pelas faces encovadas que nenhuma pintura conseguia ocultar e pela marca das presas de Sekhmet, luminosa na pele de seu pescoço.

Pela primeira vez desde a morte de Marco Antônio, Cleópatra fitou os próprios olhos e viu uma estranha habitando sua carne. Respirou fundo.

Pela primeira vez, ela percebeu que essa estranha tinha fome de matar a todos no palácio. Todos na cidade. Seus dedos se flexionaram, dotados de um fogo peculiar. A coisa dentro dela, a coisa que ela não estava preparada para aceitar como sua, tinha fome de matar todos no *mundo* e talvez fosse capaz de fazê-lo.

Todos, menos a ela.

Ela sentiu um som surgindo, sussurrando por trás de seus lábios, um rugido que poderia estilhaçar vidros, fazer uma cidade desmoronar, e, bem do fundo de seu corpo, bem do fundo da sua mente, algo lhe falou.

Você é minha, disse a voz, escura e cintilante como a noite.

Cleópatra estremeceu, em pânico. Que pensamentos eram esses? Que voz havia roubado as palavras de Antônio? Imagens vacilantes desfilaram pela sua mente, lagos de sangue, cidades destruídas. Coisas que ela nunca vira. Coisas que nunca desejara ver.

Charmian, preocupada, segurou sua mão.

— A senhora está bem? — perguntou ela.

Cleópatra endireitou a coluna, sentindo uma energia ígnea percorrendo-a, esforçando-se para ficar sentada. Loucura. Claramente era loucura. Ela deveria resistir. Tocou a testa, esperando encontrá-la fervendo, mas estava fria como mármore.

Eiras aplicou-lhe o verde dos insetos sagrados nas pálpebras e delineou seus cílios com kajal aquecido.

— Perfeito — disse a moça, apesar de franzir a testa enquanto pintava de carmim os lábios estranhamente gelados de sua senhora.

Juntas, Eiras e Charmian trançaram seus cabelos, estranhando o filete prateado que aparecera desde a morte de Marco Antônio, uma fita cintilante.

De repente, Cleópatra percebeu que já não era jovem. O deus do sol tinha visto seu rosto por 38 anos, embora já não o visse mais. Ela se sentia anciã e, apesar disso, não estava mais próxima do túmulo do que essas mocinhas. A morte não a queria.

— Ele é seu, senhora — disse Charmian, ajeitando o longo decote do vestido de linho fino de Cleópatra, depois os pingentes e o diadema de lápis-lazúli para melhor emoldurar seu rosto. — Seu César era da mesma estirpe desse homem. Com certeza, eles compartilham das mesmas tentações. Nenhum homem resiste a ela, basta que sorria.

— Vossa Majestade enfeitiçará este homem como fez com todos os outros — garantiu-lhe Eiras, lambuzando óleo perfumado atrás das orelhas de Cleópatra, salpicando pó de ouro em seus ombros nus. De algum modo, as damas de companhia tinham se esquecido do que viram no mausoléu ou eram leais demais para falar disso.

Charmian enrolou uma joia em forma de serpente no braço de Cleópatra e amarrou um véu de seda em seu pescoço para ocultar a evidência da deusa. Pelo menos havia isso para comprovar a lembrança de Cleópatra. Aquelas marcas de duas presas inchadas nas bordas, ardendo com um fogo invisível.

Ela queria desaparecer, morrer como deveria ter morrido, mas, em vez disso, o primeiro cidadão de Roma desejava jantar com ela. Ele temia que ela estivesse planejando uma morte por fome, um martírio que não refletiria bem sobre ele.

— Coma alguma coisa — implorou Eiras, oferecendo-lhe um prato de figos fatiados, sua fruta favorita em dias melhores. O cheiro, o centro úmido e vermelho a repugnaram. Ela morreria de inanição se pudesse. Seu estômago se revolvia de fome; sua boca estava ressequida de sede, contudo a água a deixava enjoada e o vinho não a atraía. Ela não conseguia comer.

Ela mataria Otaviano, prometera a si mesma. Ele pagaria pelo assassinato de Antônio. *Foi* assassinato. Marco Antônio estava vivo quando o legionário lhe atravessou a espada. Ela faria o imperador de Roma pagar pela morte de seu amado, não importava o que lhe custasse.

— O imperador se aproxima — sussurrou Eiras.

Cleópatra olhou para cima, mas não foi o imperador que entrou no aposento. Eles enviaram os filhos dela.

Os gêmeos de 10 anos, Alexandre Hélios e Cleópatra Selene, correram em sua direção. O sol e a lua, ela e Antônio os batizaram, imaginando a si próprios, os pais régios — oh, ela se arrependia agora — sendo o céu. O menor, Ptolomeu Filadelfo, de apenas 4 anos, vinha atrás deles, sorrindo entusiasmado para a mãe, o rosto sujo de doces.

Ele os tinha, era o que Otaviano estava lhe dizendo. Eles estavam à sua mercê, caso sua mãe não lhe desse o que desejava.

Uma onda de sofrimento a transpassou. Ela amava os filhos. Muitas vezes, dispensava as governantas e os tutores, passando horas a ensinar seus filhos a falar, ler e escrever, dividindo com eles seu domínio dos idiomas do mundo. Ela os acarinhava em árabe, os repreendia em grego, os elogiava em egípcio, negava-lhes as vontades em macedônico. Ela os alimentara em hebraico e agora que eles estavam crescidos, os aconselhava em latim.

— Mamãe — chamou Ptolomeu, a alegria em sua voz desequilibrando o que lhe sobrara de calma. O furo em seu queixo, a inclinação da cabeça...

Seus filhos eram a imagem de Marco Antônio. Cada rosto lhe trazia de volta a fisionomia dele, as noites passadas bebendo e dançando, as mãos dele em sua cintura, os lábios em seu pescoço e as lembranças lhe renovaram o pesar. Ela podia ver tudo como se estivesse acontecendo de novo, eles dois dividindo um manto, andando pelas ruas da cidade, se fingindo de plebeus. Eles tinham se considerado imortais, mas ele estava errado. E ela? Ela não imaginara que eles acabariam assim, ela privada de um marido, seus filhos privados do pai e todos eles arruinados.

Ela podia sentir a ausência explodindo dentro de si, a terrível sensação que tivera no mausoléu, o vazio, a aridez, o céu preto e a falta de um coração, a pele congelada, seu amor detido e desesperançado.

Ptolomeu foi para o seu colo, aconchegando-se em seus braços e, embora ela tentasse ficar forte, o agarrou. Não queria mostrar a Otaviano que os amava. Se ele soubesse disso, seria mais provável que os matasse.

— Levem-nos daqui — ordenou ela, desesperada para não chorar diante das crianças. O pai delas estava morto. Será que elas sabiam? Cleópatra se criara apenas com o pai, a mãe havia morrido ao dar à luz. Será que seus filhos não sentiam a estranheza dentro dela?

— Mas, mamãe — disse Ptolomeu, as lágrimas já correndo pelas faces. Ele estava com um brinquedo, um leãozinho entalhado em ébano, e o mostrou para a mãe. Os dedos que seguravam o brinquedo eram gordinhos e ela sabia que ele nunca sobreviveria sem ela. Ainda era muito pequeno. As lágrimas lhe correram pelas faces e ela o segurou bem apertado por um instante e então o soltou.

Ele ficou olhando para ela, confuso. Seus olhos pareciam com os de Marco Antônio naqueles últimos momentos. Marco Antônio, que ficara convencido de que ela o traíra.

Os gêmeos consolaram o irmão. Cleópatra Selene, a bela filha de cabelos pretos, olhou para trás ao ser levada para a porta. Seus olhos ardiam voltados para Cleópatra.

— Quem é? — perguntou ela, o tom ríspido. — Não é nossa mãe.

Cleópatra ficou em silêncio por um instante, apesar de sentir as palavras da filha como tinha sentido o sol, abrasadoras. O que será que sua filha tinha visto?

— Não estou bem — disse Cleópatra enfim, a voz trêmula. — Sua mãe não está bem.

— Estão dizendo que traiu nosso pai — disse Selene.

— Estão mentindo! — gritou Cleópatra. Os filhos se encolheram e ela se ajeitou novamente na poltrona. Não deveria gritar com essa criança. Sua própria filha. — Quem disse isso?

— Estão dizendo que matou um homem no mausoléu — insistiu a filha, os olhos arregalados e assustados, mas o tom áspero.

— Quem disse isso? — perguntou Cleópatra de novo. — Diga. Quem?

— É verdade?

— Não deve falar com sua mãe desse modo, Selene — disse uma voz vinda do vão da porta. — Não é respeitoso. Ela é sua rainha.

Cleópatra ergueu a cabeça lentamente.

Lá estava o monstro, um homem levemente louro com olhos cinzentos inquietantes. Ele nem se dera ao trabalho de vestir roupas formais para o encontro.

Ptolomeu correu para o conquistador e Otaviano o pegou no colo. Cleópatra se levantou, os músculos doendo com o esforço para permanecer do seu lado do aposento. Ela deveria pensar na segurança deles, deveria fingir que não ligava.

Otaviano largou Ptolomeu e acenou para os gêmeos de Cleópatra. Eles saíram do aposento, apenas Selene olhou para trás.

— A senhora *nos* traiu — disse Selene. — Dizem que traiu nosso pai, mas foi a nós que traiu.

Então eles se foram.

Sem qualquer respeito, Otaviano sentou-se na poltrona de Cleópatra, deixando-a de pé. Ele avaliou a rainha, olhando-a lentamente de cima a baixo. Perplexa, ela se sentou no sofá. Não seria forçada a ir para a cama.

— Achei que estaria linda — disse ele finalmente —, considerando-se todas as vidas que destruiu.

Apesar de sua dor, Cleópatra quase deu uma risada. Seria esta a conversa que eles teriam, ali, agora, depois de tudo o que havia acontecido? Será que ele achava que ela se importava com a beleza? Ainda assim, mesmo enquanto pensava nisso, ela cogitou como estava. Será que não era mais bonita, mesmo embelezada e resplandecente, envolta em sedas diáfanas como que embrulhada de presente aos conquistadores? Não. Ela se enxergara no espelho. Ele estava meramente tentando feri-la, a seu modo mesquinho.

Ela ficou desgostosa ao perceber que conseguira.

— Assim como eu pensei que fosse ser um homem — sibilou Cleópatra. — Parece que nós dois estamos desapontados.

— Você vadiou por muito tempo na companhia de eunucos e bêbados — disse Otaviano. — Não é de admirar que não reconheça um homem quando vê um. Seu consorte...

— Meu *marido* — corrigiu Cleópatra.

— O marido de minha irmã Otávia, Marco Antônio, era um glutão. Nunca viu um vinho ou uma mulher que não tenha provado. Você foi uma refeição exótica, nada mais. Ele provou Cleópatra e depois seguiu pela mesa, afundando a colher em todos os outros pratos. Não acha que seu amante tenha sido fiel, não é? Não o foi a Fúlvia, nem a Otávia e certamente não o foi a você.

Cleópatra não se deixou abalar por aquele mentiroso. Antônio tivera uma rainha à sua disposição, pronta para fazer amor com ele e aconselhá-lo na batalha, tudo ao mesmo tempo. Eles tinham passado inúmeras noites juntos, o quarto repleto de sedas macias e cartas marítimas. Cleópatra traçando as rotas de seus navios até enquanto ele lhe beijava as coxas. Que necessidade ele poderia ter sentido de outras mulheres quando estava casado com uma igual? Não. Aquilo não era verdade.

— O que deseja de mim? — perguntou ela. — Não tenho nada para você.

— Um encontro amigável — disse o menino general, dando um sorriso antipático.

Em outros tempos, ela o teria seduzido. Falado docemente, estendido os braços em movimentos graciosos, teria cantado e dançado, mostrado sua importância. Fizera isso no passado e lucrara, com ninguém menos que o pai adotivo dele, contrabandeando-se até os aposentos de Júlio César, embrulhada num tapete e sendo desenrolada de dentro dele como um espírito, e dali deslizando diretamente para sua cama. Mas o tempo tinha passado e as coisas haviam mudado. Hoje, ela não encontrava em si a possibilidade de seduzir o inimigo. Era como se seu passado não lhe pertencesse.

E havia algo repugnante em Otaviano. Ele não tinha cheiro. O que era ele, essa coisa transformada em imperador?

— Libações? — ofereceu ela.

— Não bebo — retrucou ele.

— Suponho que não coma também — disse ela.

— Não enquanto uma rainha passa fome diante de mim — disse ele e sorriu, revelando dentes pequenos e um pouco tortos. Depois puxou a poltrona dourada em direção ao sofá.

— Tal cortesia é incomum num bárbaro — comentou ela.

— Sou um homem de família. Minha filha Júlia é minha maior alegria. Eu não faria seus filhos perderem a mãe — disse ele. — Por mais bastardos que sejam.

A fúria tomou conta dela.

— Eles não são bastardos — retrucou ela. — A mãe deles é uma rainha. Duvido que os romanos possam entender.

Otaviano se inclinou para a frente, o cotovelo apoiado no joelho.

— A menos que jante comigo — disse ele, a voz e o sorriso imutáveis —, serei forçado a cortar a garganta de seus bastardos.

Ela inspirou profundamente, cheirando esse homem insignificante. Ela arrancaria qualquer coração que ele tivesse e beberia seu sangue aguado.

— O que me faria comer? — perguntou ela, seu tom brutalmente polido. — Não vejo banquete para um imperador aqui. É a *você* que devo jantar?

Ela deu uma risada, mas algo se contorceu por dentro.

Foi uma brincadeira. Palavras mordazes, apenas isso. Ela não estava bem, não estava bem. Sua pele estava fria. Seus mantos, molhados. Será que ele não via? Como podiam esperar que ela ficasse ali sentada escutando-o falar sobre cortar a garganta de seus filhinhos? O bárbaro.

Por que ela não o matara ao conhecê-lo? Ele estava tão fraco, aquele menino esquelético acamado, febril. Tão vulnerável.

Não, ela não era uma assassina, não naquele tempo, e sabia disso.

Ela havia mudado.

— Estou doente... — Ela conseguiu dizer e teve uma ânsia de vômito, cobrindo a boca com o véu.

O general acenou, fazendo seus homens trazerem bandejas.

— Está fraca de fome — disse ele, enfiando em seus dedos um pedaço de carne assada e temperada pingando gordura.

Ela sentiu os músculos se retesando em suas costas e em seus braços, mesmo contra sua vontade. Suas coxas ficaram tesas. Ela ia saltar sobre ele...

Pressionando o corpo no encosto do sofá, ela tentou se controlar.

Não. Ela comeria o que ele lhe oferecia. Se isso comprasse a vida de seus filhos, não teria preço. Ela sabia que quando as pessoas sentiam muita fome, costumavam ter alucinações. Talvez fosse apenas isso, a voz em sua cabeça, os estranhos desejos. Ela pôs o pedaço de carne entre os dentes.

Os sucos fluindo. A carne fétida, podre. Sua garganta se fechou e ela cuspiu a comida.

— Não permite que eu me mate, contudo tenta me matar com veneno? Já me viu morrer quando tirou meu marido de mim. Agora mesmo está jantando com uma morta.

Ele cortou uma fatia de carne do mesmo prato, pôs um pedaço na boca e o mastigou.

— Não está envenenada — disse ele. — E você é uma tola teimosa. Minha comida não é fina o suficiente para a dama?

Ele fez sinal para seus homens, que se aproximaram de Cleópatra. Um deles veio por trás, trazendo uma corrente por baixo da capa e, antes que a rainha percebesse o que acontecia, ele acorrentou seus punhos.

O metal lhe queimou a pele e ela gritou diante da dor inesperada.

— Vejam, uma corrente feita para uma rainha — disse Otaviano. — Não colocou Marco Antônio num trono de prata enquanto se sentava acima dele, no de ouro? E ele achou que o nomeava rei em vez de escravo, o tolo. Esta corrente foi forjada daquele trono.

— Ele nunca foi meu escravo — sussurrou Cleópatra, contorcendo-se no sofá, desejando se livrar da dor. — Ele é meu marido. Convoque um médico, estou dizendo, não me sinto bem.

Impassível, Otaviano permaneceu encarando-a.

— Vejam as lágrimas falsas da vadia. Eu as conheço, senhora, assim como conheço os falsos gemidos de prazer de uma prostituta. Forcem a comida goela abaixo se ela não quiser comer por vontade própria — disse ele e saiu do aposento. — Não serei conhecido como aquele que matou de fome a rainha do Egito.

8

Do lado de fora do quarto de Cleópatra, Otaviano se encostou na parede do corredor ofegando pelo esforço da conversa. Não esperava que o encontro fosse tão aflitivo, provocando emoções e ameaçando lhe desarticular a voz. Apesar disso, ele achava que se postara bem, mas não tinha certeza. Talvez não devesse ter envolvido as crianças. Talvez nem devesse ter se encontrado com ela.

Otaviano gemeu baixinho, vendo Cleópatra como se ela ainda estivesse na sua frente, o diadema no cabelo, o vestido leve drapeado sobre os seios. Os lábios carnudos. Ela não parecia bem, mas, de todo modo, tinha sido muito marcante vê-la tão de perto.

Ela era sua prisioneira. Ele podia fazer o que quisesse com ela...

Não. Não era seguro.

Cleópatra era uma feiticeira, isso ele sabia. Era óbvio que Marco Antônio ficara enfeitiçado por anos. Abandonou Roma por ela, abandonou a glória, a paz. Deixou tudo o que fazia dele um homem para segui-la feito um escravo, beijando seus pés e carregando-a sobre os ombros em meio às multidões. Era vergonhoso.

Mesmo sem querer, a mente de Otaviano fervia com visões dos dois se amando. Apenas com esforço conseguia evitá-las. Ele se recusava a pensar nela do modo como havia pensado naqueles últimos 16 anos. Lembrava-se claramente de seu único encontro com ela, apesar de estar claro que Cleópatra o esquecera.

Se Otaviano fechasse os olhos, conseguia evocar cada detalhe da importância da jovem rainha ao lado de seu leito de enfermo, do pesado contorno dos seus seios cheios de leite, do modo como eles se revelaram quando ela se inclinou sobre ele, dizendo-lhe que ele sobreviveria à febre que quase o matara.

Tinha sido aquela frase que o fizera lutar para se libertar do delírio, a esperança de vê-la novamente o manteve vivo.

E agora, ali estava ele em seu palácio, o conquistador dela.

Ao receber a notícia do suicídio de Marco Antônio, uma estranha incerteza surgiu dentro dele. Agira desonestamente ao enviar aquela mensagem falsa, mesmo que apenas Marco Agripa soubesse o que ele tinha feito. Para o próprio horror, Otaviano começou a chorar diante de seus homens e se flagrou vasculhando a arca, desencavando antigas correspondências e atirando-as no ar.

— Ele era meu amigo — ouvira-se gritando. — Eu o adverti! Tentei adverti-lo para se afastar daquela bruxa!

Eles nunca tinham sido verdadeiramente amigos, mas, apesar das diferenças, até essa série de batalhas mais recentes, tinham lutado do mesmo lado por 15 anos. Quando Marco Antônio desapareceu nos braços de Cleópatra, Otaviano deu uma batida ilegal no templo das virgens vestais em busca de seu testamento e descobriu provas de traição.

Mesmo que ele morresse na pátria, o testamento de Marco Antônio exigia que seu corpo fosse enviado para o Egito e para Cleópatra. Nenhum romano pediria tal coisa. Roma era o lar e o coração. Otaviano leu as surpreendentes estipulações no Senado, conclamando apoio para a guerra. Se Marco Antônio fosse tão leal ao Egito a ponto de querer que sua alma lá descansasse, o que o impediria de outras fidelidades? E se Cleópatra desejasse mais dele? E se ela desejasse Roma como seu brinquedo?

Otaviano se flagrou num esforço desvairado, ficando atônito ao não conseguir impedir que Marco Antônio partisse para a cama de Cleópatra.

Agora, no entanto, Otaviano se perguntava se o esforço fora legítimo. Marco Antônio tinha morrido por Cleópatra. Talvez ele tivesse se casado com o Egito por amor, não por ambição.

Otaviano tossiu, inalando o pó de algum canto do palácio. Ele não queria nada a não ser ir embora daquele país desgraçado. Deixaria algum outro a cargo do Egito. Algum general inferior. Ele já tinha em mente uma lista de homens adequados a quem Roma devia uma recompensa. Este inferno cheio de mosquitos seria a recompensa. Otaviano se enfureceu por ter sido forçado a essa guerra por arrogância, pela desobediência de Marco Antônio às leis de Roma. O homem podia ter sido discreto sobre seu caso amoroso. Nunca devia ter se separado de Otávia. Tinha provocado Otaviano e mereceu o fim que teve.

Ele foi andando pelo corredor, deleitando-se com o som dos passos pesados. Que ela ficasse lá em seus aposentos se lamentando. Que se recusasse a comer, apesar de ser óbvio que sentia fome. Ele não se importava. Ela tinha destruído Marco Antônio e agora destruía a si mesma e nada importava ao futuro imperador de Roma.

Nada disso importava nem um pouco.

Os soldados enfiaram a carne na boca de Cleópatra como se ela fosse uma ave de engorda e depois a deixaram, ainda acorrentada. Ela vomitou sem parar, sendo ajudada por sua dama, que lhe banhava o rosto e o pescoço com água fria.

As horas se passaram e a cada momento a fúria de Cleópatra aumentava. Seus punhos ardiam onde as correntes roçavam e seu corpo se insurgia contra o metal. Agora, a voz em sua cabeça soava como a sua própria. Não importava o quanto lutasse com o metal, ele não cedia e sua pele se rasgava e restaurava, cicatrizando-se invisivelmente, se escaldava e curava. Ela uivava de exaustão e raiva quando o dia raiou, enquanto os pássaros noturnos voltavam para seus ninhos, os galos cocoricavam e a cidade começava a falar.

— Vou dizer que comi — resmungou ela quando os soldados voltaram. — Farei um juramento. Solte essas correntes. Seu senhor não ficará sabendo.

Um soldado olhou para o outro e deu de ombros.

— Alguma comida deve ter entrado — disse ele. — Pelo menos ela engoliu.

Cleópatra olhou dentro dos olhos do soldado. Um rapazote bem franzino. Ainda virgem.

— Liberte-me — sussurrou ela e o soldado se aproximou. Agora ela podia sentir seu cheiro, a carne doce, o corte em sua pele onde o sangue tocara a lâmina quando se barbeara. Sua casa era uma pequena estrutura feita de árvores que seu pai havia derrubado no alto de um morro. A jovem aldeã que ele amava, filha de um sapateiro, e o gosto dos lábios dela nos dele, uma vez apenas, no dia em que ele partiu para a guerra. Os dois tinham se deitado num prado de flores silvestres observando as nuvens passando pelo céu, assim como Cleópatra fizera uma vez, há muito tempo, com Marco Antônio ao seu lado...

Não, ela não iria pensar em Marco Antônio.

O soldado se aproximou mais, olhando para ela, a fisionomia aberta como a de uma criança. Ele estendeu a mão.

Nervoso, o outro rapaz engoliu em seco.

— Não devemos conversar com os prisioneiros — lembrou ao companheiro. — Ela é esperta, essa aí. Armou uma cilada para Marco Antônio, entrelaçou sua cintura com as pernas e o levou para a cama. Você viu o que aconteceu em Áctio. Ela o desertou, fugindo com seus navios, deixando-o morrer. E o que foi que ele fez? Abandonou seus homens e a seguiu para cá. Não é de admirar que tenha se matado.

Cleópatra mordeu o lábio para não gritar com ele. Estava enganado. Todos estavam enganados.

— Eu só quero tocá-la — gaguejou o primeiro soldado. — Só para ver como é uma rainha.

Cleópatra soltou a mais sedutora das risadas, mas, à distância, observava-se, apavorada com os próprios atos. O que estava tentando fazer? Com certeza não.

— Solte meus punhos — disse ela ternamente. — E veja se as histórias que ouviu são verdadeiras.

Ele se inclinou, aproximando-se ainda mais. Ela sentiu seus lábios se abrirem ao sentir o cheiro da pele dele.

— Todos dizem que ela é linda, mas não me parece — reclamou o outro soldado.

Seus punhos estavam soltos. Ela esticou as mãos e se preparou. O pescoço pálido do rapaz estava a poucos centímetros de sua boca. Seu cheiro doce lhe penetrava as narinas. Ela pressionou os dedos no peito dele, inclinando-se para a gloriosa veia que pulsava em seu pescoço.

Naquele instante, o outro soldado abriu a cortina e o sol recém-nascido entrou, cegante, subindo no horizonte.

— Pronto — disse ele. — Agora podemos dar uma olhada nela.

Mas a rainha estava se encolhendo para fugir da luz ardente, atordoada pelo que estivera a ponto de fazer. Jogou o corpo na sombra e virou o rosto para a parede. Suas mãos tremiam e, com esforço, ela forçou os músculos a ficarem imóveis. Estava salivando e a língua estava áspera, como a de um gato.

— Deixem-me — disse ela, e, ao hesitarem, ela gritou as palavras outra vez. — DEIXEM-ME!

Eles saíram, desgostosos. Coisas mutáveis as mulheres. Em um minuto estão prontas para o amor, no instante seguinte, para a guerra, e os homens nunca sabem o que vem depois. Seguiram pelo corredor, murmurando, os corpos altos batendo nas tapeçarias, o odor de suas histórias desaparecendo.

A rainha respirou fundo. O perigo tinha se acabado.

Um pássaro pousou na janela e, antes que Cleópatra soubesse o que estava fazendo, suas mãos já o tinham arrancado da luz do sol e seus ossos ocos estalavam em seu aperto. A maciez das penas. A palpitação do coração. Ainda vivia.

Ela não iria...

Não conseguiria...

Ela soluçou ao beber o sangue da andorinha.

10

O tutor estava lá fora, na entrada do palácio, praguejando contra si mesmo. Não podia mais permanecer em Alexandria. Sentiria saudades das crianças reais. A menina era brilhante, impetuosa. O menino, seu irmão gêmeo, era tolo em comparação a ela, sempre querendo brincar de luta, enquanto a irmã lia em sete idiomas. A serviço da rainha, Nicolau tinha se concentrado em educar as crianças para serem eruditas, embora só a menina gostasse dos livros. Agora, tinha sido tudo em vão. A cidade estava tomada e não importa o que realmente havia acontecido, ele seria considerado um inimigo do estado.

Embora Cleópatra estivesse aprisionada, ele desconfiava que não seria por muito tempo. As alianças se modificariam. Ele soubera de seu encontro com Otaviano e talvez ela o tivesse seduzido. O povo da cidade estava convencido de que em breve ela estaria governando novamente, dessa vez com mais poder que antes, a nova senhora do imperador romano. A rainha era astuta em tais questões.

Entretanto, havia coisas sobre Cleópatra que apenas Nicolau sabia e elas perturbavam seu sono.

Ele sentiu isso no instante em que ela invocou Sekhmet. Um bando de pássaros caiu do céu sobre o mausoléu de Cleópatra e Marco Antônio. No pátio do *Museion*, ele se ajoelhou e pegou um deles. As penas estavam misteriosamente chamuscadas, como se ele tivesse voado no rastro de um meteoro. Algo tinha dado errado com o feitiço.

O *seu* feitiço. Nicolau saiu em disparada rumo ao mausoléu e Cleópatra, mas era tarde demais.

Quando chegou, foi só para testemunhar a rainha do Egito, com os pulsos amarrados para trás, sendo baixada da janela de cima pelos centuriões de Otaviano. Ela tinha as mãos, o rosto e o vestido cobertos de sangue e seus olhos estavam pretos e encovados de sofrimento. Rapidamente, Nicolau se virou para que ela não o visse.

Ele seria culpado, tivesse o feitiço fracassado ou funcionado.

Mais tarde, porém, Nicolau subornou um médico para que examinasse o corpo do legionário que Cleópatra tinha matado. Na câmara subterrânea do *Museion*, ele ficou paralisado de horror, olhando para o ferimento exposto onde o coração do cadáver deveria estar. A rainha devia estar de posse de algum tipo de arma, os médicos concluíram. Uma faca muitíssimo afiada, porém de superfície irregular.

Nicolau temeu saber mais que isso.

Ele nunca entendeu por que ele, um tutor subalterno dos filhos da rainha, fora escolhido para procurar e traduzir o feitiço de invocação, mas o fizera avidamente, nutrindo ideias secundárias de obter o favorecimento de Cleópatra, mesmo quando a cidade parecia estar a ponto de cair.

Antes de tudo isso acontecer, ele estava convencido de que ela ascenderia outra vez, readquirindo o poder sobre o Egito e talvez sobre outros territórios também, e que quando isso acontecesse, ele a acompanharia na ascensão. O historiador da rainha. O amante da rainha, sim, diga, era o que ele mais desejava, e a invocação fora um projeto tentador demais para resistir. A oportunidade de ficar perto dela, de se encontrar com ela secretamente. Ele tinha adorado examinar os registros comidos pelas traças e mordidos pelos vermes, sentindo as fragrâncias de ervas antigas, percorrendo os dedos pelas cores brilhantes dos hieróglifos. Enfim, um rolo de papiro, dando estalidos, amarrado num cordão vermelho. Ao abri-lo, partes dele se desintegraram em suas mãos.

O pergaminho representava uma evocação, um faraó ajoelhado num altar, fazendo cortes nas mãos. A deusa era inconfundível, com a cabeça de leoa, o disco solar equilibrado sobre ela e o corpo feminino voluptuoso. Nicolau fez um estudo profundo, mesmo que um tanto apressado, dos elementos do feitiço: as peles e os venenos de cobra, o mel, as ervas, os pigmentos e desenhos corretos. A coisa mais importante, é claro, era o sacrifício de sangue. Ele fez algumas suposições sobre o restante do feitiço, algumas conclusões instintivas, pensando naquilo como um exercício acadêmico.

Nunca imaginou que poderia ter ido tão longe.

Afinal, Nicolau era um historiador, não um mago. Tinha chegado recentemente de Jerusalém, onde servira como filósofo pessoal do rei Herodes, seguindo um sonho de maior envergadura. Cleópatra e Marco Antônio pareciam ser os soberanos que acabariam sendo lembrados, enquanto Herodes seria uma força em declínio.

Agora, Nicolau maldizia sua ambição. Fora um tolo. Seus atos tinham lhe deixado uma única escolha. Fugir de Alexandria ou morrer, e ele não tinha planos de morrer ali, no início de sua carreira.

Nicolau deu as costas para o palácio com suas janelas fechadas e foi andando noite adentro, rumo ao porto. Encontraria um navio e partiria.

Não poderia rever Cleópatra, disso ele sabia. Nunca mais, se valorizasse a vida.

Se ela retornasse ao poder, ele seria executado. E se o feitiço *tivesse* funcionado, como ele temia, quem sabia o que ele havia libertado?

Nicolau não ficaria em Alexandria para descobrir.

11

Os tolos acharam que lhe haviam impedido o acesso a qualquer arma, mas o palácio era a sua casa, e ela conhecia cada pedra. Atrás delas, abaixo delas, escondidas por todo canto, havia facas e relíquias. Ela fez cortes nas palmas das mãos e observou os ferimentos se abrirem e fecharem de novo, sem sangue, como guelras de peixe. Já não seria possível evocar a deusa, não como o fizera antes.

A única possibilidade era escutar os sussurros que lhe preenchiam a mente.

Você é minha. A mim pertence.

— Preciso falar com Nicolau — disse ela a Charmian. — Encontre-o e traga-o à minha presença.

Beba.

— Ele foi embora da cidade, senhora — disse-lhe a moça horas mais tarde. — Ninguém soube me dizer para onde foi.

Tenho fome.

Ela executara o único outro sábio que podia tê-la ajudado, o egípcio. Via sua fisionomia agora, suas advertências contra a evocação. É proibido, dissera. Proibido.

O pássaro saciou sua sede por algumas horas apenas. Com Charmian, ela precisou exercer grande força de vontade para não agir. Os dentes eram como lâminas em sua boca. Encostada num canto do quarto, ela abraçou os joelhos. Transformara-se numa assassina. Se ainda não, logo o seria.

Era apavorante essa certeza de estar a um triz de perder o controle. Toda sua vida fora um estudo calculado de comedimento. Reserva e sedução. Sedução e manipulação. As artes de uma rainha. Apenas Marco Antônio ficara isento. Ela o amara e a princípio isso também a deixara apavorada. Agora não havia ninguém que a impedisse de fazer o que a voz queria que ela fizesse. Não havia ninguém que a amasse o suficiente para salvá-la.

— Existe um antigo templo perto de Tebas, onde os leões vão beber — contara-lhe Nicolau quando eles treinavam para o ritual. — O santuário de Sekhmet. O feitiço, diz o pergaminho, vem de lá.

O santuário era a única esperança de Cleópatra, mas ela estava ali, prisioneira. E se saísse? Ao pensar no que aconteceria se ela fosse andar entre seu povo, entrou em pânico. Aqui, pelo menos, ela não poderia causar nenhum mal aos seus cidadãos, mas as coisas pioravam a cada noite que passava. Cada noite ela ficava mais forte.

Cleópatra sempre amou a liberdade, adorava andar entre seu povo junto com Marco Antônio. Eles tinham passado incontáveis noites caminhando, passeando pela cidade, observando as andorinhas a brincar no céu crepuscular, a rainha sem coroa, o cabelo penteado num estilo de plebeia e Marco Antônio sem a armadura, o rosto sujo, um soldado romano anônimo. Invisíveis, ou assim eles se imaginavam, contavam piadas e jogavam dados, cantavam nos bares, dançavam entre o povo de Alexandria, sem guardas, sem ouro, nada além dos dois e a respiração entre eles.

Certa noite, Marco Antônio parou no meio de uma dança. Seu semblante resplandecia de amor por ela, que jogou o manto sobre os ombros dos dois e o afastou das festividades, indo para a rua e entrando num beco. Eles fizeram amor na penumbra e ela, encostada numa parede, gritou de prazer genuíno. Esse homem, rei de tudo o que ela amava.

Nada poderia tirá-lo dela, era o que pensava na época, sentindo-se em absoluta posse de seu destino, poderosa, segura. Tão humana e tão tola.

Agora, a liberdade que ela contara como certa se fora. As paredes do palácio a continham e, pior que isso, uma estranha vivia dentro dela, com sede, cheia de garras e dentes, de pura fome. Ela sabia que havia perdido coisas que não poderiam ser recuperadas.

O médico do palácio lhe trouxe receitas, esmagou ervas no almofariz, passou mel em sua pele. Ela não podia lhe contar o que havia de errado. Reteve o fôlego e os maxilares ficaram tensos quando ele se aproximou.

— Não consigo comer — disse ela.

— Então beba — disse ele, oferecendo-lhe suco de romã e murmurando palavras mágicas.

Por um instante, ela se animou com a cor, um vermelho forte e em seguida riu amargamente.

— Não consigo beber — disse ela, mas conseguia chorar. As lágrimas corriam de seus olhos conforme a fome lhe torturava o corpo. Os músculos de suas costas davam a sensação de serem lâminas. Suas costelas estavam proeminentes.

Fora do palácio, seu conquistador ministrava uma audiência especial, perdoando os cidadãos de Alexandria por crimes cometidos contra Roma durante a guerra. Devedores foram perdoados. Ele conquistaria seu povo enquanto ela ainda vivia, os convenceria de que era melhor ser governado por um romano que por uma rainha. Esse era o objetivo dele.

Eles a acorrentaram, seis guardas lutaram para impedi-la de se soltar e Otaviano a visitou novamente, exigindo a contabilidade de seus tesouros.

Que tesouros ela tinha deixado?

— Meus filhos — disse ela.

Ele suspirou.

— E o que você quer que eu faça com seus filhos? — perguntou ele. — Eles vão se defender sozinhos?

Ela não esperava que ele fosse negociar. Gaguejou, despreparada, e então pensou em uma solução.

— Envie-os ao irmão deles, Cesário. Só então eu lhe direi o que possuo.

Ela o mataria assim que soubesse que os filhos tinham deixado a cidade. Ele viria verificar esse último extrato do ouro de Alexandria e ela se inclinaria para ele, chegando perto, mais perto.

Ele olhou para ela, o rosto imberbe, olhos despreocupados.

— Sou um homem de família — disse ele novamente. — Pensarei nisso.

Será que isso significava que ele pretendia fazer o que ela pedira?

— Mas para onde eu os enviaria para encontrá-lo?

Ela hesitou. Será que poderia confiar em sua honra?

— Koptos — disse enfim. — Nós enviamos Cesário a Koptos com seu tutor e dali para o Mar Vermelho e Myos Hormos. Ele não deve ter chegado ainda.

Otaviano sorriu. Ela não conseguiu concluir nada de seus pensamentos, nada de seus medos, nada de seus planos, o que a deixou inquieta.

— O filho de César — murmurou ele. — Eu gostaria de conhecê-lo. Parece-se com o pai?

— Sim — disse Cleópatra, os ossos estalando. Sua pele ardia onde a corrente envolvia os punhos. Sua mente estava meio embaçada. — Ele é bem como César era — continuou, impaciente para chegar a um acordo. — Qualquer um veria. É o único filho de César.

Otaviano se contraiu, os maxilares cerrados. Ela viu seu olhar se obscurecer.

— Acho que não — disse ele rispidamente. — *Eu* sou o único filho de César. Seus filhos são meus. Seu ouro, seus palácios, seus livros? Meus. Já não é mais a soberana aqui. Eu soube que Marco Antônio deu a você as bibliotecas de Pérgamo, que não lhe pertenciam e ele não tinha permissão para dar.

Ela o encarou, os olhos inflamados.

— O seu querido César incendiou a biblioteca de Alexandria e me deviam uma substituição — retrucou ela, ainda amargurada, mesmo nesse estado medonho, com a perda do tesouro de Alexandria. Dezenas de milhares de pergaminhos haviam pegado fogo quando César saqueou a cidade. Não tivesse a biblioteca sido incendiada, não tivesse o pergaminho da evocação sido danificado, talvez as coisas fossem diferentes.

— Não lhe devem nada — disse Otaviano, baixinho, divertindo-se, a calma recuperada. — Está agora conquistada. Não entende o significado da rendição? Você se rendeu a mim e o mundo todo está a par. Você é *minha*, Cleópatra. A *mim* pertence.

As palavras de Marco Antônio. Os direitos de Marco Antônio.

Ela soltou um grito rebelde, sem palavras, jogou-se para a frente, esticando os grilhões e cuspiu no rosto sorridente de Otaviano. Ele recuou, enojado, fazendo um sinal para que um criado o limpasse.

— Eu tenho o que necessito, de qualquer maneira — disse ele. — Não é a única a saber onde se escondem seus tesouros.

O secretário de Cleópatra foi chamado e ele fez uma busca na contabilidade diante dos dois, encontrando erros e enunciando-os, traindo-a, a ela que o trouxera do interior, ensinara-lhe a profissão, salvara-o da pobreza.

Os guardas, o secretário e Otaviano se retiraram de seus aposentos e isso, pelo menos, era uma bênção. Ela já não estava atormentada pelo cheiro de suas carnes. Eiras e Charmian a atenderam, adornando-lhe o cabelo e lavando o ferimento em seu pescoço, mas ela ouviu suas damas murmurando do lado de fora do quarto.

— A rainha enlouqueceu — sussurrou Eiras para Charmian.

Cleópatra reclinou-se, fingindo dormir, mas seus sentidos estavam aguçados. Conseguia ouvir cada palavra dita no palácio, desde as profundezas da cozinha até o alto das torres. Conseguia ouvir os falcões pousando no telhado e homens pisando no pátio. Conseguia ouvir ratos seguindo seu caminho por passagens secretas e traças roendo sedas. Conseguia ouvir morcegos adejando nos cantos escuros, partindo para uma noite de caça. Essas mulheres eram tolas de pensar que ela não as podia ouvir falando.

— Precisamos mostrar nossa fidelidade ao imperador se quisermos ter alguma esperança de sobreviver a ela — continuou Eiras, a voz um sussurro rouco.

— Ele planeja matá-la? — perguntou Charmian. Havia um tom de remorso em sua voz. Cleópatra só precisava escutar o que havia sob a superfície das palavras e tudo que a moça estava pensando se revelava.

Charmian tinha conseguido traçar seu caminho da aldeia ao palácio e agora tudo aquilo havia sido em vão. Ela planejava fugir com, pelo menos, alguns mantos da rainha e talvez com uma ou duas joias e então se oferecer como dama de companhia da mulher do imperador. Cleópatra viu uma visão de Roma na cabeça da moça: pináculos gloriosos, belos homens, frutas maduras. Ela acreditava que deixaria de ser uma escrava. Cleópatra sorriu amargamente diante disso. A moça estava errada.

A própria Cleópatra, uma rainha recém-coroada, tinha sido praticamente uma escrava em Roma na época que lá viveu como amante de Júlio César. A cidade supunha que ela estivesse se vendendo a César para comprar seu patrocínio ao próprio trono. Os senadores a tratavam não como uma rainha, mas como uma simples mulher, que servia apenas para gerar filhos. Quando se encontravam com ela, olhavam por cima de seu ombro, dirigindo seus pedidos a César. Ela inventou uma fantasia de que os controlava, mesmo com os cabelos soltos e o bebê em seu peito, mas em Roma, apenas as virgens vestais tinham poder público separadamente do fruto de seus úteros. Certamente, Cleópatra não pertencia a essa espécie. A moça também não pertenceria. Era uma escrava, e assim permaneceria.

— A humilhação a matará, se ele não o fizer. Os homens dizem que ele planeja levá-la para a Itália em três dias, ela e os filhos. Mandaram que eu fizesse as malas. Como se eu fosse uma criada qualquer — disse Eiras.

— O que vão fazer em Roma?

— Ele vai fazer com que desfilem acorrentados e nós também.

— Será que ele não vai tomá-la como esposa?

— Esposa? Levá-la para a cama, talvez, mas nunca como esposa.

As mulheres riram disso. Agora Cleópatra podia ver que elas nunca entenderam seu amor por Marco Antônio, nem seu pesar. O que seria o amor para elas?

— É provável que ela esteja com sífilis — disse Charmian. — Ouvi dizer que o marido dela cortejava as escravas da cozinha.

Cleópatra silvou em silêncio. Elas deviam temê-la, deviam tremer e, em vez disso, ficavam gorjeando do outro lado da porta. A fome lhe corroía o estômago.

— Eu não me importaria em aquecer a cama do imperador — disse Eiras, envaidecida. — É um homem bonito, mesmo sendo um pouco baixo. Ele me olhou. Você notou?

Mesmo tendo a porta entre elas, a rainha podia vê-la. O cabelo caindo feito seda preta sobre os ombros lisos. Em sua aldeia, ela era conhecida pela beleza. Não mais desde que viera trabalhar para a rainha. Aqui, ela fora obrigada a usar um penteado simples, assim como os trajes, de modo a não competir. Aqui, ela não era ninguém. Cleópatra podia cheirar sua história, mesmo através da pedra. O odor não era desagradável e sob ele havia calor, a vida da moça tamborilando sob a pele, como a carne suculenta de um grão de uva contido pela mais fina das cascas.

Cleópatra estava tonta de fome e atordoada com o estranho estado de consciência. Ela conseguia sentir cada canto de Alexandria, como uma criatura que enxerga no escuro, em busca de sua presa. Podia ver as coisas, mesmo estando no palácio, como prisioneira.

A noite caiu, as sombras dançavam nas pedras e as ruas de Alexandria se iluminavam com o ouro gasto impetuosamente pelos romanos. Todos os bordéis da cidade estavam cheios, assim como cada consultório médico, abrandando as doenças venéreas que se espalhavam das prostitutas para os soldados e dos soldados para as prostitutas. Abatiam-se cabras para os banquetes e touros sangravam em bacias. Um grupo de homens jovens passou por baixo da janela do palácio, embriagados e fazendo desordem, soltando gargalhadas. O cheiro de sangue, lascívia e expectativa subiu e entrou pelas janelas abertas, enchendo o quarto.

Cleópatra não podia mais esperar. Ela estava presa, sim, mas não acorrentada e, subitamente, sentiu que poderia se libertar. Querendo a confiança de seu povo, Otaviano fingia que ela estava no palácio como sua convidada, rendendo seu trono de boa vontade para ele, e agora ela se aproveitaria de seu erro. Havia poucos guardas. Ela iria sair dali.

— Charmian — chamou ela, tornando a voz tão doce quanto hidromel. — Eiras, venham atender sua rainha.

Elas a aprontariam para a noite, disse a si mesma, e ela fugiria, deixando-as para trás. Seu manto escuro e áspero, o cabelo trançado como o de uma plebeia. Ela andaria pelas ruas, sem ser vista, inalando o ar da noite. Isso seria suficiente. Com certeza, seria suficiente.

As moças entraram no quarto. Eram tão bonitas, os pescoços longos, as faces coradas, nervosas com a possibilidade de suas fofocas terem sido ouvidas. Ela sorriu, fingindo que não tinham.

— O que deseja que façamos? — perguntou Eiras.

A rainha se levantou do sofá, o corpo vibrando.

A moça se aproximou com uma fisionomia questionadora.

Sua expressão mudou ao ver os olhos da rainha. Estavam arregalados e dourados, dilatados. Não eram humanos.

Cleópatra sentiu a surpresa da dama de companhia e viu a si mesma por meio da visão da moça. Ela era um monstro. Um animal.

Ela inalou o medo da moça como se fosse o seu próprio. Seu corpo se encheu de desejo, um calor abrasivo, uma fome cortante.

Ela saltou.

12

Os dentes de Cleópatra já estavam no pescoço da moça quando um grito surgiu em sua garganta. O belo som inaudível da voz de Eiras foi um murmúrio para a rainha, absorvido em seu corpo como música.

Seu sangue era salgado e brilhante e os dedos da rainha se espalharam pela pele da dama de companhia, segurando seu rosto macio e bronzeado. Ela tinha 17 anos, era isso? Uma criança. Eiras se debateu, emitindo sons abafados, de desespero. Sua vida era forte. A cada movimento, Cleópatra bebia a juventude, a força, a ambição da moça. Bebeu sua história, seus sonhos, suas esperanças, seus ciúmes e pesares.

— Ajude-me — sussurrou a moça e Cleópatra sentiu o pedido saindo de seu coração, passando pelos lábios, as palavras como barcos oscilantes na corredeira de um rio, antes de saírem do corpo da moça e entrarem no de Cleópatra.

Sua pele se aquecia conforme o sangue fluía por seus lábios, quente e puro, perfeito. Ela se ouviu gemendo de prazer, o corpo tremendo enquanto se alimentava, a pele se retesando e os quadris estremecendo. Era disso que ela precisava. Isso estava certo.

Ela bebeu o desejo de Eiras pelos soldados fortes que marchavam para Alexandria, o calor de seu rubor enquanto ela ficava parada nas sombras, à espera daquele que seria seu amante. Bebeu suas simples esperanças de ter filhos, uma casa, uma árvore no jardim, comida na mesa e roupas bonitas para vestir. Lambeu em seu pescoço o líquido doce, o vinho dos deuses.

O corpo de Eiras começou a se debater. Suas mãos se atracavam desesperançadas, mas Cleópatra mal a notava. Ela era uma presa, um inseto ou pássaro, e Cleópatra era uma felina, brincando com ela enquanto comia.

A voz dentro dela cantava de prazer. *Beba*, cantava. *Beba!*

Ela era uma rainha e, antes disso, a filha de um rei. Escravos tinham lhe trazido bandejas de comida, servido vinho e feito seus bolos de mel.

Os escravos sempre a tinham alimentado.

A faísca da vida começou a abandonar a moça. Sua carne ainda estava flexível, mas ela já não respirava. Com a mão no seio da escrava, Cleópatra sentiu o coração da moça parar de bater e, com a boca em seu pescoço, sentiu o fluxo do sangue ficar mais lento, a pulsação finalmente parar. Quando acabou de se alimentar, ela deitou Eiras. Olhou-a por um instante.

Seu corpo cantarolava baixinho, um som feroz, glorioso, uma canção, um chamado para reentrar no mundo. Um chamado para se alimentar. Cleópatra olhou para baixo, para o corpo da moça e sentiu como se um exército tivesse se revelado. Ela não era mais o que tinha sido, uma mulher, uma mortal. Não.

Ela era mais.

A voz sombria dentro dela gritava em triunfo.

Seus olhos se viraram para o canto, facilmente encontrando a outra escrava, que se escondia nas sombras, as mãos cobrindo a boca, chorando.

— Por favor — sussurrou Charmian. — Por favor, não. Não contarei a ninguém. Eu nunca devia ter dito aquelas coisas. Marco Antônio era um bom rei. A senhora é minha rainha.

Cleópatra a ouviu, mas aquilo não tinha importância. Não havia nada além do seu corpo, ainda palpitando de fome, nada além do sangue que ainda agora a preenchia e a alimentava. Seus olhos estavam inundados de vermelho. Ela podia sentir o cheiro do terror da moça se irradiando de sua pele como perfume.

Sua sede não tinha limites, sendo mais profunda que o mar que cercava sua cidade, e ela sentiu que poderia beber até o mundo ficar vazio.

Balançando a cabeça, ela tentou se livrar da imagem de oceanos cheios de sangue e cadáveres. De repente, seus olhos se abriram mais. O que ela estava fazendo?

Por que devia ser sacrificada? Ronronou a voz dentro dela. *Por que devíamos passar fome?*

— Não tenha medo — Cleópatra ouviu-se dizer, a voz suave, o sangue abrandando sua garganta. — Não vou machucar você. Preciso da sua ajuda.

— O que quer que eu faça? — perguntou a moça, ainda chorando, tentando readquirir a compostura. Ela sairia correndo, estava pensando, assim que Cleópatra lhe desse as costas. Voltaria para o interior, de onde nunca mais sairia. Ela pensou em sua mãe e na irmã menor. Pensou na margem do rio e nos antigos templos, de repente estimados.

Cleópatra ouviu aquilo tudo e, mesmo assim, não conseguia mais se encontrar. A voz dentro dela estava alta demais. A sensação era de ouvir o próprio coração falando.

— Vista-me — disse Cleópatra. Ela sairia para o mundo como planejara. O mundo belo, pulsante, o escuro, a música e as danças, os bordéis. Mas ela não iria como uma camponesa.

Sairia como a rainha que era, vestida com seu mais fino traje, radiante, ornamentada de joias. Não tinha sido uma deusa na vida anterior. Tinha sido uma mulher que fingia ser divina, que fingia ser imortal. Agora ela era uma deusa e nada poderia impedi-la. Ela sentia o sangue da moça preenchendo-a, correndo dentro de si e a sensação era de puro poder.

— Vista-me com meu traje de casamento — disse ela. — E traga-me a coroa.

Depois de Charmian ter atado cada laço e ajustado cada fivela, lavado seus pés e os calçado nas sandálias, ornamentado seus cabelos com véus tecidos de ouro, Cleópatra curvou a cabeça, como que por modéstia.

— Como estou? — perguntou.

— Linda, minha rainha — disse a moça, sentindo uma deliciosa vibração de esperança agora. Ela iria viver. Seria livre.

— Vou lhe pagar pelos seus serviços — disse Cleópatra.

A moça não estava acostumada a ser paga. Ficou parada, atônita. Depois pensou que aceitaria o que lhe era oferecido. Ouro, talvez. O bastante para mantê-la calada e certamente o bastante para reiniciar a vida em algum outro lugar.

— Obrigada — sussurrou ela. — Obrigada pela honra.

Estendeu as mãos.

Mais, disse a voz de Sekhmet, surgindo no interior de Cleópatra. *Mais*.

Lá no fundo, uma fraca voz humana se opunha, exigindo saber o que ela estava fazendo, ordenando-lhe que parasse. Ela a baniu. Não era escrava de ninguém. Não receberia ordens, ainda menos de algo tão fraco, tão impotente.

— Vou lhe pagar com a maior de todas as honras — disse Cleópatra à escrava. — Você irá alimentar sua rainha.

Ao terminar, ela se deitou no sofá dourado, tonta de prazer. Seu corpo estava saciado e suas pálpebras, pesadas, pela primeira vez em dias.

Enquanto bebia no pescoço da moça, algo maravilhoso ocorreu. Uma recompensa, talvez, daquela de quem se alimentava. Seu coração, quieto todos esses dias, começou a bater. A princípio devagar, mas depois mais rápido.

Afinal, ela não o tinha perdido e, com um coração, ela ainda poderia entrar no céu. Se o seu coração estava dentro do peito, poderia ser pesado no Mundo Subterrâneo. Poderia contar a Osíris suas façanhas na terra e prestar testemunho dela no tribunal dos mortos. Ela teria permissão de entrar no Duat.

Com Marco Antônio.

Era a morte dele que havia lhe dado esse poder. Não seria em vão. As batidas do coração não duraram muito, apenas alguns minutos, mas tinham sido suficientes para lhe garantir que ela ainda estava viva, que ainda era Cleópatra.

Ela vingaria a morte dele. Tiraria esses vilões de seu palácio. Tomaria seus filhos de suas garras. Encontraria Cesário em Myos Hormos e o traria para casa. Dessa vez, não precisaria de nenhum exército. Tinha a força de mil, ali, na ponta de seus dedos.

Mataria todos que se opusessem a ela.

Pela primeira vez desde que tudo isso começara, o sono caiu sobre Cleópatra como um véu.

Ela iria sonhar, só por algum tempo, e depois iria adiante, para o mundo.

13

Enfim, a rainha do Egito estava morta. Otaviano andava incerto sobre quanto tempo suportaria ocupar o palácio com ela.

Sua resistência oficial ao suicídio dela fora mera formalidade, um mal necessário com o propósito de trazer seus súditos para seu lado. Cada vez que eles se reuniam, ele, de certa forma, esperava encontrá-la enforcada ou apunhalada e ela, em vez disso, o fitava com olhos encovados, morrendo de fome à vista de todos.

Finalmente, rangendo os dentes, certo de que Cleópatra seria forçada a se matar para evitar ser carregada feito um troféu para Roma, ele deixou vazar o boato e ordenou que a guarda em torno de seu quarto fosse diminuída. Depois, aguardou, impaciente, agoniado entre a culpa e o êxtase.

Cinco horas depois, estava feito. O espião enviado para olhar pela vigia confirmou e agora chegara a hora da descoberta oficial do corpo.

Ele mal pôde conter o som que ameaçava irromper de sua boca, uma espécie de soluço ofegante. Cerrou os dentes. Não permitiria. Marco Agripa o fitava e, fazendo uma concessão à paranoia de seu general em relação a assassinos à espreita, o novo soberano do Egito enviou Agripa antes dele, para bater na porta do quarto da rainha, enquanto ele tentava dominar as próprias emoções. Era o triunfo, apenas isso. O triunfo há muito desejado, há muito merecido.

Cleópatra enviara mensagens incoerentes a Otaviano nos últimos dias, exigências de que fosse colocada ao lado do marido no mausoléu, estivesse ela viva ou morta, fazendo apelos em torno do destino dos filhos, mas ele não os honraria. Eram os pedidos de uma prostituta. Ele era um imperador. De que lhe servia seus últimos desejos? Ele tinha o que necessitava dela. A localização dos tesouros de Alexandria, inclusive de Cesário, o herdeiro do trono romano.

Apenas Marco Agripa reprovava os métodos de Otaviano. Ele andava mais calado que de costume, mais conciso, mas o homem era um conservador. Otaviano era o mundo novo. Agripa voltaria a si. Sempre voltava.

Otaviano entrou no quarto, atrás de Agripa. Estava praticamente escuro ali, não fossem os dois lampiões ardendo com luminosidade baixa.

Ele se sobressaltou com um movimento inesperado nas sombras, perto de onde presumia que o corpo de Cleópatra estivesse deitado. Seus homens levantaram as espadas. Mas só o que viram foi a jovem e bonita escrava da rainha, ajoelhada ao lado do corpo, arrumando o diadema.

Otaviano olhou as mãos da moça, trêmulas, segurando a coroa. Sem dúvida, eles a surpreenderam roubando.

Ela estava com uma aparência estranha, essa escrava. Sua pele parecia machucada, os olhos se reviravam e os lábios estavam azuis.

— Qual é o problema, Charmian? — perguntou um dos soldados de Otaviano, aproximando-se dela.

Ela se virou para os homens e lhes lançou um olhar traidor.

— A rainha morreu — disse ela. — E eu também estou morta. Cumpro meu último dever para poder ir para o céu.

Ela caiu no chão e o homem de Otaviano correu até ela. Soturno, ele olhou para cima. Aos seus pés o corpo de outra servente estava contorcido.

Otaviano se regozijou internamente. Estavam todas mortas, e pelas mãos da rainha. Isso facilitava as coisas. Ele faria um grande alarde do seu pesar e convenceria os cidadãos de que nada disso havia sido provocado por ele. As lágrimas lhe encheram os olhos, antecipando sua atuação. Ele praticara bem. Algumas das lágrimas, ocorreu-lhe de modo desagradável, eram reais, mas ele não pensaria nisso agora.

Ele levaria consigo o cadáver dela. Essas múmias dos tempos antigos eram coisas impressionantes, em seus ataúdes dourados de madeira. O herói de Otaviano, Alexandre, o Grande, recebera esse tratamento e seu túmulo, próximo aos palácios de Cleópatra, continha seu corpo, brilhando num sarcófago. Isso, porém, era uma tradição antiga, nem grega nem romana, e ele não prestaria a Cleópatra tal homenagem para que fosse adorada até muito depois da morte.

Otaviano mandaria enrolar seu cadáver em linho simples e o colocaria no alto de uma carreta cercada de flores, um desfile espetacular com os filhos acorrentados atrás dela. Assim, todos saberiam que era ela. Não haveria boatos de um ataúde vazio.

Quando isso estivesse acabado, ele espalharia as cinzas de Cleópatra pela Itália, o faria ele mesmo, durante uma cerimônia. Ela, que roubara Marco Antônio de Roma, alimentaria o solo de seu país com seu pó.

Com os maxilares tensos, Otaviano aproximou-se do cadáver da rainha, desviando-se de Agripa, que estava ridiculamente parado, com a espada ainda desembainhada.

Ali estava ela, envolta num pano tecido em ouro com o debrum real púrpuro. Estava reclinada em um sofá dourado, o corpo tão maleável e torneado como fora em vida, e...

Ele não olharia o corpo dela.

— *Terá uma vida longa* — ela lhe dissera isso há 16 anos e agora estava morta, e ele, diante de seu cadáver.

Ela ainda usava o mesmo perfume.

Desgostoso consigo mesmo, Otaviano afastou o passado da mente.

Ele derreteria esse palácio inteiro, transformando-o em dinheiro, e agradeceria aos deuses. Roma seria novamente rica, como era seu destino. Ele pagaria seus soldados. Tinha sido uma coisa mesquinha levá-los ali sem pagamento, com todos os seus tesouros escondidos naquele mausoléu e com suas ameaças de incendiar o lugar, mas este Egito estava enfim conquistado.

Ele notou que os seios de Cleópatra estavam visíveis através do tecido, um deles completamente exposto, o mamilo rijo, como se tivesse sido recentemente tocado. Ou beijado. Seu braço estava levantado, expondo melhor a indecência.

Otaviano — não, *Augusto*; esse era o nome que ele havia escolhido e pelo qual seria conhecido em breve — bufou de repugnância. Qualquer que fosse o veneno que a rainha tivesse consumido, ele a tratara como uma amante. Ela estava muito mudada desde o último encontro dias atrás, quando, inexplicavelmente, revelara a localização de Cesário. Ele só podia supor que ela estava delirante de pesar. Por que outro motivo tinha sido tão tola? Cinzentos e desolados, seus olhos estavam obscuros. Ela parecia enferma. Nada nela o atraía, o que tinha sido um alívio.

Entretanto, morta, Cleópatra resplandecia, e uma camada de transpiração cobria sua pele. Sua posição era estarrecedora, um joelho dobrado, a outra perna pendurada na beira do sofá. Suas costas tinham se arqueado, num espasmo em seus últimos momentos, sem dúvida.

O quarto estava silencioso demais, distante dos ruídos da cidade.

Ele tinha vencido. Seus inimigos estavam mortos. Otaviano estava intrigado por não se sentir tranquilo.

Ele se aproximou de Cleópatra para arrumar sua roupa, disse ele a si mesmo, para protegê-la dos olhares curiosos, mas, na verdade, queria passar a mão em sua pele, pressionar os lábios em seu pescoço. Ele queria...

— Chamem os médicos — disse ele, afastando-se repentinamente. — Que eles determinem como foi que ela caiu.

Agripa se inclinou sobre a rainha, tirando o lenço de seu pescoço.

— Não é necessário — disse ele. — Foi uma víbora. Aqui está a marca de sua picada.

Otaviano deu um salto.

— Mate-a — ordenou, reprimindo o tremor de sua voz.

— Ela já se foi — respondeu Agripa. Otaviano olhou em volta desconfiado. Podia estar escondida em algum lugar: nos trajes da rainha ou nos das serventes. Sob os estofados. Como teria entrado nos aposentos? Sem dúvida, foi trazida para dentro. A rainha era astuta. Ele se aproximou dela novamente, esforçando-se para respirar normalmente.

— Mostre as marcas — ordenou. — E chame os *Psylli*. Faremos tudo o que for preciso. Talvez ela ainda não esteja morta.

As marcas das presas eram estranhamente grandes e brilhavam em contraste com a palidez de sua pele. Otaviano as olhou por um instante, perturbado, e depois se virou. Qualquer coisa que a tivesse picado não havia sido uma víbora típica, mas algo bem maior. Era um modo doloroso e estranho de morrer. Por que ela parecia tão tranquila?

O grupo de magos, especialistas em picadas de cobra, chegou. Ajoelharam-se ao lado da rainha para sugar o veneno de sua garganta, mas ela não reviveu.

— Ela está morta — disse o líder dos *Psylli*, o rosto escuro e sério. — Mas sua alma não está distante. Há algo estranho nela. Ela não está como parece.

Otaviano deu de ombros para a colocação do homem. Por que Roma se importava com sua alma?

Ele dispensou os *Psylli*, pagando-os em ouro. Até o anoitecer a notícia do suicídio da rainha e das tentativas do imperador para salvá-la se espalhariam pela cidade.

Agripa hesitou no vão da porta.

— Vá — disse Otaviano. — Quase terminei aqui.

Quando Agripa se foi, Otaviano se inclinou sobre Cleópatra uma última vez, para lhe retirar a coroa. Ele deixou a mão repousar sobre seu seio, ainda incrivelmente macio. Dava para pensar que seu coração ainda batia.

Inclinou-se um pouco mais, inalando seu perfume, dizendo a si mesmo que estava simplesmente inspecionando o inimigo. Uma última conversa com o adversário, antes que se fosse para sempre.

— César me ensinou que os verdadeiros líderes lutam com palavras, e não com espadas — disse-lhe ele. — Um exército ouve uma ordem que acha ter vindo de sua rainha e se volta para seu comandante. Um homem ouve a mensagem de que sua rainha se suicidou e age para salvar a própria honra. Eu fiz o que você teria feito, teria vindo ao meu país com seu exército? Agora viajará a Roma com seu imperador. Você, que disse que não pertencia a ninguém, pertence a mim.

Ele se inclinou ainda mais, aproximando-se dela. Pressionou a boca em seus lábios entreabertos e então...

Os olhos da rainha se abriram.

14

Pelo resto da vida, o imperador se lembraria do que viu naquele dia, olhando nos olhos de uma rainha morta. Visões, pensou a princípio. Uma profecia, percebeu, à medida que continuaram. Ele estava vendo o que viria.

Ele viu o futuro traçado à sua frente como pedras preciosas sobre um tecido negro, cada momento distinto, cada momento vibrando com seu próprio horror.

Nuvens negras cheias de raios cortantes. Corpos mutilados, esqueletos. Navios encalhados em praias agonizantes. Ratos atacando corpos, cobrindo-os tão completamente que não sobrava pele visível. Otaviano tentou se convencer de que eram as armadilhas da guerra. Embora fosse jovem, comandara exércitos, vira a civilização.

Isso, esse lugar em chamas, esse horror, não era isso.

Aqui, soldados conduziam mulheres e crianças para dentro de máquinas, rasgavam seus trapos, seus calçados, seus pertences, seguravam bastões de metal na altura de seus olhos com as vítimas encostadas em cercas, as mãos atrás da cabeça, esperando que a morte as levasse. Aqui, crianças guerreiras matavam outras crianças guerreiras, brandindo cutelos e bastões de metal, jogando coisas que explodiam os corações, farreando num êxtase de violência, cantando e gritando enquanto esmagavam os crânios das crianças menos afortunadas. Aqui, pessoas nuas e moribundas corriam pelas ruas de alguma cidade escura, a pele se derretendo, boquiabertas de horror.

Lobos andavam a esmo por ruas de pedras, à espreita nas travessas onde ainda havia casas. Um bebê chorou, apenas para ser apanhado por um animal. Ele viu uma mulher com cabelos feitos de chamas e rosto branco, coroada de ouro, a boca se abrindo num grito de agonia, um homem barbudo jogando as mãos para cima, evocando uma enorme criatura de chifres. Ele viu uma ilha de fogo, um rio de lava, criaturas voando pelo céu.

Um coração humano numa balança, sendo pesado.

Uma enorme serpente agitada e enrolada, as presas cintilando ao luar, acima de uma arena estranhamente familiar a Otaviano. Monstros metálicos voavam pelo ar e se incendiavam, pessoas saltavam de dentro, e, abaixo de tudo, corria o sangue, que formava rios escarlates desaguando nos oceanos e colorindo suas águas. As grandes bestas marítimas insurgindo-se, barbatanas e dentes, lutando sobre cadáveres inchados.

O céu chovia fogo.

Otaviano se viu de súbito em um pesadelo, um rapaz frágil andando por uma estrada deserta e, atrás dele, uma leoa a passos suaves, sangue escorrendo pelo ventre.

Ele gritou à distância, tentando enviar um aviso, e a leoa — já não na estrada, mas, impossivelmente, com ele no palácio — virou-se para encará-lo, seu corpo se transformando, ficando maior.

Era uma mulher agora, com cabeça de leoa, e olhava para ele, vendo-o inteiramente. Ele sentiu seus órgãos se dissolvendo e um miasma vermelho flutuando sobre seus olhos. A boca da criatura se curvou num sorriso e Otaviano foi novamente transportado para um lugar que pareceu, por um instante, tranquilo.

Um pomar verdejante, um céu estrelado e ele, andando pelas trilhas entre as árvores. Estava velho agora, mais velho que seu verdadeiro pai era quando morreu, mais velho que César também. Sua pele estava tão seca quanto papiro e as mãos, abertas diante dele, tinham marcas senis. Sua coluna estava curvada e uma perna era mais curta que a outra, fazendo-o mancar. Ele mastigava a comida com dentes podres e engolia com dor.

Nervoso, ele fitou o escuro, sentindo-se observado por um predador. Tentou gritar, mas sua garganta se fechou e algo que ardia lhe penetrou.

Então ele a viu, Cleópatra, imutável, de pé na sombra. Ela foi em sua direção, as mãos estendidas, garras nas pontas dos dedos. Ele viu seus dentes pontudos expostos. Sentiu seu hálito no rosto.

Acima dele, as árvores estendiam sua escuridão contra o céu, apagando as estrelas e ele estava caindo de costas, em convulsão, vomitando fogo.

— Guardas! — gritou, e Marco Agripa entrou no quarto seguido de seus homens.

Otaviano estava banhado em suor e descobriu que estava ajoelhado diante da rainha. Não conseguia se levantar. Os homens, espadas em punho, correram de uma extremidade à outra do aposento, procurando o inimigo que incomodara seu líder. Agripa se ajoelhou ao lado de Otaviano.

— Sente-se mal? Precisa de um médico? — perguntou Agripa, e ele não conseguiu responder.

Agora os olhos dela estavam fechados, como se nunca tivessem se aberto, como se ele nunca tivesse enxergado as profundezas do... quê? O que ele tinha visto? De uma coisa sabia, que nunca iria querer ver tais visões — tais augúrios novamente.

— O que aconteceu aqui? — Agripa quis saber. — Há algum inimigo?

— Ela estava... — Otaviano parou. Agripa não acreditaria nele. Como poderia lhe dizer que uma morta não estava morta? Que ele tivera uma visão do fim dos dias nos olhos dela? Agripa pensaria que ele estava louco. — Pensei ter visto a víbora, mas me enganei. — Pondo-se de pé com esforço, Otaviano ordenou. — Sepultem-na. — Ele já não queria nada que tivesse a ver com seu plano de levar o cadáver com ele para Roma e fazê-lo desfilar pelas ruas como prova de sua vitória. — Sepultem-na com Marco Antônio, se era isso que ela tanto desejava. Fortifiquem o túmulo com duas camadas de argamassa de pedras. Assegurem-se de que não haja entradas nem saídas. Não queremos nada saindo. Ponha guardas em todo o perímetro. Dê-lhes as melhores armas.

Agripa o encarou, aturdido.

— Saindo? — perguntou.

— Está me questionando? — perguntou Otaviano, enfim readquirindo a autoridade. Finalmente, conseguia inspirar. Seu traje suado esfriou na pele, mesmo no calor do aposento. Ele não iria olhar a rainha. Não iria.

Seus olhos não tinham fundo. Neles, ele vira a esfera do céu, os limites do horizonte e o mundo vivo, verdejante, logo antes de tudo escurecer.

Ele cremaria o corpo dela se soubesse no que isso resultaria. Poderia estimular as visões a se tornarem realidade, como uma faísca num graveto, e ele seria o homem que originara o fim do mundo.

Não, ele pensou, a respiração voltando com excessiva rapidez, a cabeça girando, o curso mais seguro a tomar seria emparedá-la com o homem que tanto queria. Os rituais apropriados, um funeral digno de uma rainha, de uma esposa. Isso a aplacaria. Afinal, era isso que queria, essa criatura sem alma, essa coisa. Amor.

— Não a toque! — gritou ele quando um dos homens pôs a mão no braço da rainha. E se ela acordasse? Os homens, acostumados a obedecer ordens peculiares, ergueram o sofá com Cleópatra e o carregaram acima da cabeça, numa procissão fúnebre. Agripa, porém, encarou, preocupado, Otaviano.

— O que aconteceu? — perguntou Agripa baixinho, e Otaviano balançou a cabeça. Não conseguia responder.

Cleópatra ficou imóvel enquanto eles a erguiam, um sorriso nos lábios, como se tivesse sido levada em um sonho agradável.

O monstro dormia, Otaviano reconheceu. Mas por quanto tempo?

— E acorrentem-na — ordenou.

15

Ela acordou na escuridão. Lá longe, o som de passos marchando cercava o prédio onde ela se encontrava. Bem acima, o calor do pálido luar passava pelas pedras. Ali, o cheiro de argamassa nova e de poeira. Sua boca estava seca. Ela agitou o pano que a cobria e esticou os dedos. Eles se curvaram ao tocar a madeira.

Agora ela percebia, estava nua. Usava apenas a coroa e uma corrente de prata lhe envolvia o corpo, prendendo-a à prancha de madeira.

A dor da prata a acordara.

Agora a rainha reconhecia o lugar. Era seu próprio mausoléu, mas o cômodo tinha sido modificado, todos os seus tesouros, roubados, até as pérolas tinham sido arrancadas das paredes. Como ela acabara indo dormir lá? Como fora acorrentada? Onde estava sua roupa? Ela tinha sido vestida em seus mais finos trajes, lembrava, gloriosa em suas vestes de seda do casamento, ornada de joias.

A corrente lhe marcava a pele, lhe envolvendo o corpo, como uma serpente estranguladora, pressionando sua carne macia, mordendo-a. Cruzava-se nos ombros e atava seus braços dos lados antes de lhe envolver o peito e o abdome. Suas pernas estavam acorrentadas também e todo o seu corpo estava atado na prancha de madeira onde ela deitava.

Ela se encheu de pavor. Estava aprisionada. Será que teria o fígado comido pelos pássaros como na lenda grega? Será que estaria imobilizada para ser torturada, implorando aos deuses, sem obter resposta?

O cheiro de carne queimada ainda pairava no ar. As cinzas de Marco Antônio. A caixa de prata sobre a pira ao seu lado, aberta. Ela podia sentir o gosto de seus ossos cada vez que inspirava e, pior que isso, podia sentir o gosto do pesar dele, de suas grandes perdas, de seus temores. Até o último minuto ele acreditou que ela o negociara pelo Egito, entregando-o a Roma, conspirando secretamente com o inimigo. Seus olhos ficaram marejados, mas não havia nada que pudesse fazer agora. Seu amado tinha morrido sem confiar nela.

Houve um movimento do outro lado das paredes. Asas de couro. Morcegos voltando para casa após a caça, ocultando-se nas frestas das pedras. Devia estar quase amanhecendo. Quantos dias haviam se passado? Por quanto tempo ela havia dormido? Por que havia dormido ali, afinal?

Ela tinha pequenos fragmentos de recordação do que havia acontecido nas horas antes de sua chegada ali. Uma fome. A satisfação. A sensação de seu corpo se expandindo de prazer, se aquecendo. O que havia comido?

Ela recordava do toque dos lábios do imperador nos dela. Tinha sentido a pressão que ele fazia em suas coxas, sua mão em seu seio e, mesmo assim, ela não tinha conseguido se mexer. Ele tinha falado com ela. Num esforço, ela tentou se lembrar do que ele havia lhe dito.

Uma confissão, ele tinha lhe dito o quanto pecara contra ela, mas ela só se lembrava do gosto de suas palavras, não do som.

Algo o deixara apavorado. Ele tinha perdido o orgulho, a confiança, e voltara a ser um menino com medo do escuro. Sabia que ela estava viva e a sepultara por esse motivo.

Ela estremecia e gritava, e sua pele, encostada na corrente, mudava de estado. Cada elo lhe queimava e lhe cortava a carne. Tentou ficar imóvel, esperando que seu corpo parasse de gritar se ela não se mexesse.

A cripta estava sem ar, ou quase. Eles tinham fechado a maioria das entradas de ar próximas ao teto. A janela lá em cima também já não existia, isso ela conseguia sentir, e quando se imobilizou e estendeu os sentidos — que estranheza, ser capaz de sentir as coisas além da visão — ela sabia de tudo. Tinham colocado uma camada de pedras do lado de fora das paredes do mausoléu e depois uma camada de alabastro, sem fazer economia, terminando a estrutura como ela própria pretendia. Dava para sentir os cinzéis, as inscrições entalhadas em sua superfície. Dava para sentir a marcha dos guardas, vários deles, em volta do prédio, usando armaduras como se estivessem preparados para a batalha.

Por que fariam tal coisa, depois de tê-la colocado ali, ainda viva? Ela imaginou que estavam enganando seu povo.

Otaviano César estivera nos degraus do mausoléu, diante de uma multidão. Cleópatra podia sentir o cheiro de seu medo.

A rainha morreu, disse Otaviano ao seu povo. *Suicidou-se em pesar por Marco Antônio. Embora tenha ido contra os desejos de Roma, foi uma morte honrada.*

Seu povo desconfiou que ela tinha sido assassinada, mas não ousou desafiá-lo. Era assentir ou ser morto, isso eles sabiam. As cidades que resistiram aos romanos acabaram em cinzas. O povo de Alexandria teria demonstrado seu pesar, arrancado os cabelos e se ajoelhado, fazendo procissões em volta do mausoléu, cantando e bebendo. Ela ainda ouvia os ecos.

A rainha está morta. Vida longa ao imperador. Ave César!

Agora, esta era uma cidade romana.

Ela ouviu um homem embriagado começar a cantar na rua e os guardas a silenciá-lo. Subitamente, ela foi tomada pela ira. Estaria condenada a escutar o mundo eternamente, aprisionada longe dele?

Ela gritou com fúria, lá no escuro, mas só escutou o eco de sua voz, retornando do teto alto, ricocheteando nas paredes.

As cinzas de Marco Antônio balançaram com seu grito. Ela o aspirava, outro grito sufocado de traição e pesar, de seu sangue nas mãos dela. Ela ficaria ali para sempre, ao lado do corpo destruído de seu amado, a menos que fizesse algo para escapar.

— LIBERTEM-ME! — gritou, cada músculo se esticando e gritando contra as correntes conforme ela se soltava da prancha. Ela não tinha força suficiente para rompê-las. Sua pele estava queimada e ela sentia o metal roçando, cortando sua carne. A ira a fez ferver por dentro e ela uivou sua ordem para o teto. Os guardas a ouviriam. Alguém a ouviria. — Soltem-me! Sua rainha está viva e vocês servem um monstro!

Ela ouviu um chamado, um lamento fúnebre. A pulsação de um som do lado de fora da construção e outro som, de algo rastejando, adejando por um pequeno espaço. Um farfalhar.

Algo se aproximava.

16

Debilitado pela inquietude, Otaviano visitou o túmulo de Alexandre, o Grande. Fazia muito tempo que ele pretendia prestar homenagem ao local de sepultamento do seu herói, próximo como estava de Alexandria. Era a coisa heroica a fazer, afinal de contas, uma cena a ser descrita pelos poetas de Roma. O jovem imperador diante do túmulo de seu antecessor, herdando seu poder. *Augusto, o Grande*, pensou ele secretamente, saboreando o nome na língua.

Os escravos e guardas simplórios da necrópole insistiram para que ele visse os infinitos túmulos ptolemaicos também e ele foi forçado a descer uma desagradável escadaria de pedras até um buraco escuro, mas imediatamente se virou e correu de volta para a luz, temeroso de mais criaturas como Cleópatra, mortas e ao mesmo tempo não mortas.

— Vim para ver um rei — falou ele com rispidez —, não uma pilha de cadáveres.

Isso era para ter sido uma recompensa pela morte de Cleópatra, afinal, um ato triunfante na cidade dela antes de partir para outros lugares, outros reinos, mas o que ele tinha visto nos aposentos de Cleópatra havia mudado drasticamente o tom de sua visita.

A única coisa em que ele conseguia pensar agora eram seus olhos brilhantes, os lábios sorridentes. Ela estava viva, e ele a sepultara assim. Ao dar-se conta de que ela não ficaria sepultada, já era tarde demais. Ela viria atrás dele. Era preciso fugir do país.

Mas, antes disso, este ato era imperioso ou ele se lamentaria para sempre.

— Abra o sarcófago — ordenou. — Quero vê-lo.

Ele mandou os escravos irem embora no momento em que o ataúde foi aberto, e então forçou-se a olhar lá dentro. As feições de Alexandre, que Otaviano há muito venerava, com as quais sonhava, nada mais eram que um couro frágil. Haviam se passado quase trezentos anos desde a morte de Alexandre, envenenado no palácio de Nabucodonosor. Seu corpo fora transportado da Babilônia num tonel de mel, como se ele fosse uma abelha-rainha. O cheiro doce ainda pairava, juntamente com o da canela usada no embalsamamento. O odor confundiu a mente de Otaviano, distorceu suas lembranças. No Egito, a preciosa casca da canela era usada nos mortos, mas, em Roma, nos vivos, como ingrediente de poções de amor, e ele próprio já percorrera os becos mais obscuros de sua cidade, farejando a magia pelos corredores, onde feiticeiras faziam infusões para vender.

Otaviano foi dominado por um acesso de fúria. Seus problemas aqui, no Egito, só podiam ser resultado da obra de uma bruxa. Se não fosse por ela, ele não ficaria olhando um cadáver e cogitando se estava vivo.

— Grande Alexandre — gritou ele, as paredes ecoando à sua volta. — Presto-lhe minha homenagem.

Trouxera consigo um diadema de ouro, descoberto no tesouro da rainha, e flores para deixar no sarcófago, mas, antes, precisava ter certeza de que Alexandre realmente estava morto. Otaviano estendeu um dedo hesitante, respirando pela boca, e começou a suar frio. A mão tremia tanto que bateu no rosto do cadáver e, com um leve som empoeirado, a carne cedeu.

Otaviano deu um salto para trás, horrorizado. Agora, o nariz estava pendurado e torto. Ele comprimiu os olhos fechados, esperando pelo som terrível que anunciaria a ressurreição de um deus ferido, mas nada houve.

Os olhos do cadáver estavam fechados. Não havia ali profundezas negras, nenhum final de mundo reluzente. Nenhuma vida no corpo de seu herói. Graças aos deuses.

Otaviano se permitiu um leve suspiro de alívio. Não havia de querer lutar com ambos, Alexandre e Cleópatra. Ela era mais que suficiente.

— O que devo fazer? — sussurrou para seu herói, orando por uma revelação, apesar de agora saber que não haveria resposta. — O que devo fazer com ela?

Alexandre, o Grande, jamais teria tremido diante da magia. Feroz com sua espada, teria atacado Cleópatra, cadáver vivo ou não, monstro ou não. Teria chamado feiticeiros para tramar contra ela, pesquisado sobre poções e venenos. Teria feito tudo o que fosse necessário para conquistá-la.

Otaviano correu os dedos sobre os trajes fúnebres do grande homem. Rasgou um pedacinho do tecido e o escondeu consigo, esperando assimilar um pouco da coragem divina de Alexandre.

Otaviano também era filho de um deus, ou pelo menos era o que sua mãe, Ária, sempre afirmara, jurando que Apolo descera do Olimpo em forma de serpente e a engravidara. Segundo a lenda, Alexandre, o Grande, também tinha sido gerado por um deus em forma de serpente, o rei e mago egípcio Nectanebo, e assim Otaviano nunca vira motivo para contrariar a história politicamente útil de Ária, que tornava Alexandre e Otaviano o mesmo tipo de herói, o mesmo tipo de homem.

No momento, Otaviano não se sentia heroico. Sentia-se enjoado, pensando no quarto de Cleópatra e na víbora desaparecida. Será que a serpente não era uma deusa? O que mais poderia explicar a rainha viva e morta ao mesmo tempo?

Não.

Certamente, o abrir dos olhos tinha sido um efeito posterior do veneno da serpente — da serpente *mortal*. Não acontecia de homens ficarem com o pênis ereto na forca? Os decapitados não ficavam olhando assombrados? Certamente, se ele fosse verificar Cleópatra no mausoléu agora, a encontraria em decomposição, assim como Alexandre.

E se não...

Ele faria o que seu herói teria feito. Alexandre conquistara o mundo por meio de bravura e perseverança, por meio de atos engenhosos, e Otaviano seguiria seu exemplo. Não fugiria.

Ele era o homem que controlava Roma, e Roma controlava o mundo. Seus inimigos estavam mortos, todos, menos ela. Ele tinha o poder nas mãos. Ele a transpassaria com sua espada. Ou então a cremaria, uma ideia que lhe parecia cada vez mais atraente. Ele fora infantil, imaginando que ela incendiaria o mundo. Eram os próprios medos controlando-o. Qual feiticeira conseguiria sobreviver ao fogo? Ele a transformaria em cinzas e ela que tentasse ressuscitar disso.

Otaviano se levantou e olhou uma última vez para a figura murcha dentro do túmulo. Alexandre morreu aos 29 anos, muito antes de ter atingido todo seu potencial. Otaviano tinha 33. Não planejava morrer agora.

— Existem mais terras por aí afora do que pensava — disse ele a Alexandre, testando uma certeza que não sentia completamente. — Mais coisas que nem sequer sonhou. Eu vi o mundo e ele me pertence. É todo meu.

Ao se virar para subir as escadas, a câmara ecoou com sua última expiração, a poeira dos impérios ascendendo e caindo atrás dele.

— *Meu.*

17

Eles encheram a câmara, chegando de baixo do piso, deslizando por frestas e portais impossivelmente pequenos. Vieram de cima, quase ensurdecendo Cleópatra com seus guinchos estridentes.

Ela se encolheu de medo, a raiva sumiu com a mesma rapidez que havia se instalado. Agora ela estava apavorada com a expectativa da dor que certamente se seguiria. Eles lhe rasgariam a pele e ela continuaria desperta, sentindo cada esgarçar. Sentindo cada criatura — e agora os reconhecia, não pássaros, mas morcegos — mergulhando rumo ao seu coração. As pequenas presas, o arranhão das garras. Seu corpo, embora transformado, ainda era seu. Era sua única posse, e ali estavam ladrões, vindo para destruí-lo.

Eles a encontrariam vazia.

Porém, outra coisa estava chegando. Dava para sentir um odor seco, almiscarado. Serpentes deslizavam pela pedra, seus corpos escorregadios se confundindo com a superfície ondulada, revolvendo-se como um mar agitado. E ratos, os esqueletos se comprimindo por passagens estreitas, o pelo negro cintilante, os olhos reluzentes.

Seus súditos.

Ela soltou uma gargalhada, o som saindo forçado de seus lábios, mesclando-se a um soluço. A rainha do Egito, em seus mantos dourados perdidos. Nua diante de seus verdadeiros cidadãos, ela precisava lhes dirigir as últimas palavras. Ah, as proclamações que poderia fazer, ali no escuro.

— Salvem-me — sussurrou ela. — Sua rainha ordena.

Deu outra risada, sentindo a histeria emergir. Nada para acalmá-la ali, nem vinho ou poções, nem Marco Antônio para pôr a ponta dos dedos em seus lábios. Ela sentiu a aspereza da pele de cobra no tornozelo, o roçar de asas de couro na face, a chicotada da cauda de um rato nos dedos das mãos. Então era assim que iria acabar. Seria assim de agora até o fim dos tempos. A rainha e suas criaturas, comida, mas não consumida.

Uma serpente pressionou o crânio sob seus seios, encaixou a cabeça triangular por baixo da corrente, foi deslizando até a garganta e apareceu diante dela, os olhos cintilando no escuro, olhando-a como que intencionalmente.

Ela enlouqueceu, pensando que a serpente pudesse entendê-la. Mais estavam vindo. Ela as sentiu se retorcendo pelos membros como um manto vivo.

A serpente a fitava nos olhos, esperando por algo. Ela tentou se mexer, sem sucesso.

— Liberte-me! — gritou, cedendo à loucura. — Sou sua rainha! A rainha do Egito lhe apela!

A serpente saiu deslizando e Cleópatra riu e chorou ao mesmo tempo. Estava louca, e pior, reconhecia isso. Suas previsões tinham se tornado realidade. Ela, que era filha de gerações de reis, agora achava que podia falar com animais.

Os ratos começaram a roer alguma coisa. Que não fossem seus ossos. Ela já não conseguia sentir coisa alguma, não conseguia saber onde os animais estavam.

A corrente se deslocava em volta dela, queimando, mas ela não se importava mais. Que queime. Qualquer coisa era melhor que isso, essas bestas da noite, encostadas em seu corpo, os sons de silvos e de fome. Outra serpente deslizou pelo abdome, fazendo pressão na curva de sua cintura, onde no passado estivera um cinto incrustado de joias, tentando reis e guerreiros.

A corrente se deslocou outra vez.

Dava para ouvir os ratos roendo a madeira abaixo dela, sulcando a superfície. Ela encomendara a pira, assim como encomendara a caixa que continha as cinzas de Antônio. Agora os ratos a transformavam em pó. Tudo viraria pó, menos Cleópatra.

A corrente afrouxou. Ela esticou um braço e tocou numa serpente. Mexeu a perna e sentiu outra. A câmara estava escura, mas à sua volta havia o som de movimento.

Os morcegos subiram pela escuridão, gritando. Uma mariposa brilhou numa súbita faísca de luz e foi pega, debatendo-se contra garras.

A corrente se elevou de sua pele e ficou pendurada no ar acima dela.

Ela ficou ali deitada no escuro por um instante, impressionada, e então sentiu as criaturas aguardando, todas à sua volta.

— Obrigada — sussurrou a rainha.

A única resposta que obteve foi o suave ruído das serpentes retornando ao lugar de onde tinham vindo, dos morcegos gritando a caminho do céu e dos ratos enfiando os corpos pelas frestas das paredes. Como fantasmas, eles retornaram invisíveis ao mundo que despertava, preenchendo os espaços ocultos, as sombras. Ela se deu conta de que era como um fantasma e, escutando a partida de seus salvadores, aprendeu com o silêncio deles. Havia lugares secretos em sua cidade, lugares onde os romanos não pensariam em procurá-la.

Liberta das correntes, ela estava nua e exultante. Qualquer coisa que significasse, ou viesse a significar, estava livre.

S air do mausoléu não foi difícil, bastou pressionar a pedra e esperar que o túnel oculto para o palácio se abrisse. Afinal, como eles imaginaram que ela entrava ali? Todas as tumbas eram ligadas aos palácios e assim era há séculos.

Ela entrou pelos alojamentos dos escravos, levando apenas a caixa de prata com as cinzas de Marco Antônio envolta num pano para proteger seus dedos da estranha dor escaldante que o metal lhe provocava na pele. Escondeu-se numa adega. Era dia e ela não podia sair ao sol, especialmente no estado em que se encontrava. Precisaria de roupas escuras e algo que lhe cobrisse o rosto.

Estava confusa, incerta de onde ir em seguida, então ficou escondida. Sua cidade era uma grande desconhecida, mesmo que sempre a tivesse embalado no passado. Ela já não tinha servos, amigos em quem confiar, nem mensageiros. Não tinha quem a vestisse, pintasse sua pele ou trançasse seu cabelo.

Estava morta para todos eles.

Agachando-se, nua e suja, encostada na fria parede da adega, ela pensou nisso, impressionada. Já não era uma rainha. Podia fazer o que quisesse agora. Não havia mais política, nem conselheiros, nem declarações de guerra.

O que ela queria? O que faria agora que estava morta? *Estava* morta, disso tinha certeza. De qualquer modo, estava morta para seu país.

As coisas que amava tinham sido levadas, mas algumas ainda viviam. Seus filhos. Ela os encontraria. Seus inimigos também ainda viviam. Houve um sussurro da memória quando ela pensou em Otaviano. Viu-o ajoelhado sobre ela em seu quarto, pensando que ela estava morta, falando-lhe como se ela pudesse perdoá-lo. Confessara-lhe seus pecados. Tinha sido ele a contar a Marco Antônio que ela estava morta. Fora ele quem mandara seus exércitos desertarem seu marido.

Tudo isso tinha acontecido por causa das mentiras de Otaviano.

Quando o encontrasse, ela o faria pagar.

Quando ela entrou no palácio, o lugar fervilhava de tanto movimento, os criados correndo de um aposento para o outro, o cheiro fétido de carne assada, a excitação dos mexericos, mas, com o passar do dia, tudo se aquietou. Otaviano saíra do palácio pouco antes de sua chegada, ou assim ela supôs pelas conversas ouvidas. Levara grande quantidade de soldados, guarda-costas e arsenal, material inflamável e potes de fogo, rumando para as tumbas. Iniciaria uma pequena guerra em algum lugar de sua cidade, ela imaginou.

Quando, enfim, ela saiu da adega, movendo-se furtivamente ao longo da parede da cozinha, o lugar estava quase vazio. A criatura com quem ela acabou falando era uma velha cega debruçada sobre uma bacia, esfregando uma raiz amarga.

— Onde estão os outros criados? — perguntou Cleópatra.

— Você não é uma de nós? — perguntou a velha.

— Estive fora — disse Cleópatra, tentando reprimir seu tom real. Este não era o tipo de conversa que normalmente teria com uma escrava.

— Foram todos à execução — disse a escrava.

Isso tinha sido um golpe de sorte, mas quem Otaviano poderia estar matando agora? Os próprios soldados? Ela não se surpreenderia com tal ato. Ele realmente seria capaz de matar seus aliados de confiança. Marco Antônio fora seu amigo, seu mestre e veja o que ele lhe fizera.

Não sobrara ninguém com quem guerrear. A cidade estava rendida. Marco Antônio, morto, assim como ela, pelo que Otaviano sabia. Ela ansiava para ver a cara dele quando lhe provasse que estava enganado. Sua boca salivou. Fome. Ela ainda não conseguia se lembrar da última vez que comera. Devia ter algo a ver com o choque de seu falso sepultamento, ela concluiu. Havia falhas em sua memória. Era uma névoa de luz, um vislumbre de vermelho que não conseguia ficar claro.

Cleópatra encontrou uma faca de cozinha. No escuro, segurou uma mecha de cabelo e cortou, estremecendo quando ele caiu no chão, mechas trançadas e soltas. Um único filete brilhante de prata. Seu cabelo estivera lindo e o penteado com que fora sepultada, arrumado por Charmian, era complexo, cada nó tendo um significado específico. Essas coisas haviam terminado. Ela lamentou por elas com a mesma intensidade com que se glorificava pelo novo estado. *Livre*, lembrou a si mesma. *Livre*.

Logo, estava tudo tosquiado, um corte desordenado e a cabeça enrolada com uma faixa de pano sujo. Ela lavou a pintura do rosto com água fria e engordurada. Parecia uma escrava. Nenhum de seus súditos a reconheceria como sua rainha. Mesmo assim, ela se cobriria totalmente, pois, embora o dia estivesse acabando, o sol brilhava no horizonte e ela não imaginava que fosse ficar imune aos seus raios. Antes de vestir uma túnica, calçar um par de sandálias de couro e pôr um manto rústico de viagem, roubado de um dos quartos das cozinheiras, ela enrolou a caixa com as cinzas de Marco Antônio em um pano e a pendurou no ombro.

Por fim, ela pôs um véu na cabeça e rumou para a cidade, seguindo os sons dos festejos.

Seu inimigo estaria na execução. Ela ansiava para ver sua expressão quando aparecesse diante dele.

18

O taviano andava a passos largos pela plataforma onde o acusado o esperava. Era Cleópatra o motivo disso. O único motivo. Ela forçou a mão de Otaviano e ele se ressentiu, mas precisava encontrá-la.

Levara um minuto apenas para ver que a rainha não estava no mausoléu. A corrente que a prendia agora pendia da pira como um véu cintilante e os fechos que prendiam a corrente na prancha estavam destruídos.

Algo, ou alguém, tinha arranhado continuamente a madeira.

Que jeito ela tinha dado para escapar do prédio ele não sabia. O próprio Otaviano, alegando que procurava por algum tesouro esquecido dentro do mausoléu, tinha pedido que os pedreiros quebrassem a janela tapada no alto da construção e não havia outra saída ou entrada, não que ele pudesse ver. A bruxa havia se teletransportado para fora.

Bem, ele a teletransportaria de volta.

De algum lugar perto dali, ela o estaria observando. Apesar do pavor, ele agitava-se. Estava cercado de guardas e não seria ele quem iria morrer hoje. Marco Agripa estava ao seu lado e, mesmo ainda aturdido pelo episódio no mausoléu, o general era o defensor mais confiável que um homem podia querer.

Otaviano viu de relance o dourado dos olhos aquosos do criminoso, os membros longos sob a toga romana e temeu que não tivesse tomado a decisão certa.

O rapaz lhe lançou um olhar suplicante. Otaviano se virou, pigarreando.

— Cidadãos de Alexandria — disse ele, olhando para a multidão de olhos arregalados. Se estivesse ali, ela não estava visível. — Seu imperador vos fala.

As pessoas o aclamaram e mesmo sabendo que era falso — afinal, eles eram egípcios aclamando um conquistador — isso o agradou.

— Este homem é acusado de traição — continuou ele. Traição? Ele inventava a acusação ao dizer isso. — É Cesário, filho de Cleópatra, que também conspirou contra o império romano e contra o próprio povo.

Otaviano enviara cavaleiros a Koptos e Myos Hormos assim que Cleópatra revelara o paradeiro do rapaz. Seus mensageiros encontraram o confiável tutor do rapaz, Rhodon, em uma estalagem de beira de estrada e, enquanto Cesário dormia, inocente da traição, o preço por uma entrega pacífica foi negociado. Cinco dias antes, enquanto Cleópatra era sepultada em seu mausoléu, Cesário era entregue em Alexandria por Rhodon, que recebeu boa quantidade de ouro egípcio pela tarefa.

Otaviano estava indeciso quanto ao que fazer com o herdeiro do Egito. Conseguia ver o próprio pai adotivo no formato do maxilar do garoto de 16 anos e isso o deixou inquieto.

— Como foi que minha mãe morreu? — perguntou o rapaz a Otaviano durante o jantar na noite de sua chegada, a boca com uma expressão obstinada, sentado ereto e verdadeiro.

— Suicídio — respondeu Otaviano e o rapaz assentiu bravamente, sem fazer mais perguntas. Sem demora, Otaviano levou o rapaz para treinar com armas e testemunhou sua excelência, a pele bronzeada e lustrosa brilhando ao sol, a forma perfeita. Este rapaz, este Cesário, era tão obviamente filho de Júlio César que o ato de mandar matá-lo era quase intolerável para Otaviano.

Otaviano tinha dormido mal, sonhando que levaria Cesário para Roma e o instalaria em sua casa. Lívia, sua mulher, protestaria, é claro, mas que direito ela tinha de protestar? Casara-se com ele já grávida do filho de outro marido e quem o condenaria por adotar um herdeiro homem, quando Lívia não lhe dera um? *Este* rapaz tinha o sangue de César! Muito melhor que o enteado de Otaviano, Tibério, que não trazia nenhuma linhagem heroica em seus ancestrais. Assim como Otaviano fora adotado por Júlio César, ele iria adotar Cesário. Encaixava-se.

A simetria agradara o imperador e ele estava para anunciar sua decisão quando a ausência do corpo de Cleópatra no mausoléu mudou as coisas.

Otaviano necessitava de uma isca para atrair a rainha, e o filho devia servir. Ele anunciou que mudara de ideia, que não era possível confiar em Cesário.

Um perplexo Agripa resistiu a essa súbita mudança dos planos de Otaviano, insistindo que, se Cesário tivesse que ser executado, deveria ser em segredo. Ele temia um levante, alexandrinos furiosos resistindo à morte de seu príncipe.

Otaviano não podia explicar que a execução era uma armadilha para uma mulher morta.

Onde estava ela? Ele mapeou a multidão novamente.

Talvez aparecesse no instante final. Ele sinalizou às suas forças para que ficassem a postos. O sol estava se pondo e ele devia matar o rapaz ou perderia a luz. A multidão, quaisquer que fossem suas lealdades, desejava uma morte. Tudo isso era culpa de Cleópatra e Otaviano se ressentia com ela por isso.

Ele respirou fundo e fez um sinal de cabeça para o centurião. Não faria essa coisa suja ele mesmo. O povo aglomerado gritava, sedento de sangue, reconhecendo o gesto.

— Traidor! — gritaram e se acotovelaram mais para perto, alguns se atacando com a exaltação.

Seus homens ergueram os escudos num gesto cerimonial e ele examinou a aglomeração uma última vez. Ninguém. Apenas uma velha envolta em panos rústicos dos pés à cabeça chamou sua atenção e ela estava na ponta mais distante da multidão, tentando ir para a frente. Não era a rainha.

Otaviano olhou o rapaz, questionando sua pressa em condená-lo. Mal era filho de Cleópatra. Era muito mais filho de César. Olhou na direção de seus conselheiros, cogitando que desculpa daria para fazer essa tarde ser esquecida, cogitando como acalmaria a multidão se não lhes desse o que esperavam.

Nesse instante, os olhos do rapaz se inflamaram e ele se desvencilhou do aperto do centurião, jogando os braços para cima e o corpo para trás. Deu um chute na perna do homem mais velho, que o soltou. Cesário começou a correr, se lançando da plataforma como uma gazela e, mesmo nessas circunstâncias medonhas, Otaviano só conseguiu ficar olhando para ele, maravilhado.

Ali estava um guerreiro. Todos viram sua bravura. O rapaz era um crédito ao país de seu pai. Otaviano gesticulou, cancelando a execução.

— Perdoem-no! — conseguiu dizer, mas a multidão fazia muito barulho.

As pessoas avançavam, os punhos cerrados para o alto, dando socos e berrando, e cercaram o rapaz.

— Matem-no! — gritavam e o centurião de Otaviano, agora recuperado, saltou da plataforma com um rugido de fúria.

19

As pessoas davam chutes, atingindo Cleópatra, empurrando e puxando suas roupas. O cheiro de carne lhe cortava as narinas. Ela inalou profundamente, sentindo a pressão e o peso dos corpos encostados ao dela. Seus dedos se fecharam, ocultos sob o manto. Cleópatra quase conseguia ver o imperador, e a pretensa vítima, fosse quem fosse. Ela tentava ir mais adiante, esticando o pescoço para enxergar.

Ela estava faminta e atrapalhada pelas falhas de memória. Estava certa de que fazia semanas que não comia, desde a morte de Marco Antônio. Tinha jantado com seu amado, era isso. Na noite anterior à sua morte.

Mas, por alguma razão, ela não tinha certeza disso. Havia vislumbres em sua mente que pareciam lembranças, pele clara, sangue pingando.

A última luz do sol brilhou no escudo lá na frente, refletindo em seus olhos. Suas vestes não eram suficientes para impedir que o sol a queimasse. Ela se sentia fraca, tanto pela fome quanto pelo calor, a pele faiscando sob as roupas, os olhos turvos. Precisava sair da luz, mas não havia para onde ir. Ela foi avançando em meio à multidão na direção de Otaviano.

Estranho. Ela viu de relance alguém que conhecia, perto da plataforma. Mas não podia ser ele. Rhodon, o tutor, há muito se fora para Myo Hormos com seu filho, Cesário. Ela estava enganada.

Beba, gritava seu corpo, impelindo-a adiante.

Otaviano estava lá em cima e, mesmo sem conseguir vê-lo, ela podia sentir sua estranha ausência de odor. O cinzento homogêneo que ele era, como uma lacuna de todos os outros odores e pensamentos. Adiante.

Seguindo adiante, pressionada entre as pessoas, sua boca salivava.

Alimente-se.

Um centurião de cabeça raspada apareceu na plataforma, a toga curta recém-alvejada. Tinha ficado de molho na urina e depois enxaguada com água até passar por limpa. De onde estava, Cleópatra torceu o nariz com o cheiro fétido dos romanos, mesmo que ninguém mais conseguisse sentir. O centurião saltou da plataforma, perseguindo a vítima e então, de repente, por uma brecha na aglomeração, Cleópatra viu seu filho de relance.

Cesário.

Seu rosto em pânico, os membros esbeltos e dourados se agitando conforme fugia de seu executor. Cleópatra cambaleou com o choque, embrenhando-se cada vez mais na multidão, em direção a ele, em direção a ele. Não podia ser.

Por que ele tinha voltado a Alexandria? Estava a salvo, levado da cidade por Rhodon. Como eles encontraram Cesário? Quem o teria traído? Ela se deu conta, numa percepção devastadora.

Tinha sido ela.

— *Sou um homem de família* — jurara Otaviano, e ela confiara nele, pensando em salvar seus outros filhos, pensando em negociar com um demônio.

Ela levara os romanos ao seu filho.

— MATEM-NO! — gritava a multidão, golpeando uns aos outros no desejo de agarrar as roupas de Cesário. Cleópatra viu facas brilhando ao saírem de seus esconderijos e sentiu o cheiro de sangue derramado à sua volta.

Com o derramamento de sangue, tudo se precipitou de volta, tudo que ela fizera, sua criada se arqueando para trás, lutando para se libertar das garras de Cleópatra. A outra garota, empalidecendo silenciosamente, enquanto seu corpo caía no piso do quarto da rainha como uma roupa despida. Cleópatra ficou sem fôlego, estarrecida com as lembranças, mas não podia permitir que elas a imobilizassem.

Jogou-se para a frente, lutando para se aproximar do filho, a voz abafada pelo tumulto à sua volta.

— CESÁRIO! — gritou ela, lutando contra a multidão. Os últimos raios do sol passaram entre as frestas dos prédios e a luz refletiu nos escudos erguidos dos legionários, momentaneamente cegando Cleópatra e aumentando o calor. Perdendo o equilíbrio, ela tropeçou e caiu no chão, atordoada e fraca, o traje em desarranjo, o véu caindo e expondo seu rosto ao reflexo da luz, que deixou sua pele instantaneamente em bolhas.

Dedos lhe rasgavam as roupas e pés calçados em sandálias chutavam seu corpo preso. Os ossos se deslocavam sob a pele e se consertavam em seguida. Sua face se esmigalhou sob um calcanhar. Ela sentiu os braços se fraturarem e logo se consolidarem outra vez.

Ela tomou conhecimento do que a multidão pensava então, com aquele terrível modo de *saber*. Eles a odiavam, odiavam a família real por seu descaso, pela distância, pelos escândalos, por seus ancestrais gregos. Eles a odiavam por ter perdido a cidade deles para Roma. Era culpa dela que agora estivessem inflamados contra seu filho. Exigiam um sacrifício.

Ela soltava gritos sem palavras, tentando se erguer.

Seu filho jogou as mãos para cima e gritou uma proclamação desesperada.

— Ouçam! — gritou ele, a voz embargada, falando em grego. — Ouçam! Sou seu rei! Sou filho dos Ptolomeu! Eu os governarei, os manterei a salvo dos romanos! Eles escravizarão o Egito! Eu os manterei livres!

Ele repetiu sua declaração em latim e depois em egípcio, para provar que era um homem do povo, mas sua voz foi afogada pelos ruídos da algazarra. Suas palavras eram exatamente as erradas.

— SOU SEU REI! — gritou de novo o rapaz e Cleópatra lutava para se ajoelhar, o sol ainda lhe queimando a pele, as pálpebras em bolhas, entreolhando seu filho a pouca distância agora, quase ao alcance de sua mão.

Assim que seus dedos o tocaram, um centurião apareceu por trás dele, levou as mãos à garganta de Cesário e agarrou sua pele perfeita.

— Mate-o! — gritava a multidão e ela rasgou a túnica do centurião, desesperada para chegar ao filho antes dele. Isso não podia acontecer. Isso não. Não com ela olhando.

Alguém a chutou no rosto, derrubando-a de novo no chão e seu filho mais velho desapareceu, arrastado para um mar de corpos sedentos, assassinos, enquanto ela se arrastava na direção oposta.

Não conseguiria alcançá-lo.

Ela viu, fugazmente, os olhos cinza-claros, um cabelo louro, uma coroa de louros, quando o imperador deixou a plataforma. Ele nem sequer iria assistir ao que tinha impulsionado.

Ela ouviu o som de ossos cedendo quando o centurião envolveu os dedos no pescoço de Cesário. Ouviu o último suspiro de seu filho quando os romanos lhe quebraram o pescoço.

Seu uivo de agonia sacudiu os prédios da ágora, chamando os corvos aturdidos a descerem do céu, mas isso não interrompeu o que estava acontecendo. Não interrompeu coisa alguma.

20

O rapaz morreu em silêncio, dignamente, à moda de um rei. Otaviano só foi capaz de observar por um instante, antes de ser forçado a virar o rosto. Tinham sido necessárias 23 punhaladas desferidas pelos amigos antes que o pai de Cesário caísse no chão do Senado. Cesário foi mais homem que o próprio Otaviano, que vomitou da plataforma ao ouvir os ossos do pescoço do rapaz se quebrarem.

Então, ouviu-se aquele som, aquele uivo animal, sobrenatural, vindo de um lugar não identificado, de uma pessoa indistinta. A multidão fervia diante dele e os corvos encheram o céu, voando em círculos e grasnando.

Subitamente, Otaviano se deu conta do quanto estava exposto.

A multidão irrompeu diante de Otaviano, apressando-se em direção ao corpo do rapaz, e os centuriões puxaram seu líder, o enfiaram numa liteira e puxaram as cortinas. Havia sangue na toga branca de Otaviano; gotas escarlate bem visíveis no linho cor de marfim.

A rainha não tinha aparecido. Onde estaria? Que exército ela estaria insurgindo contra ele? Otaviano arranjou um escravo a mais para provar sua comida, caso ela pensasse em envená-lo. Era uma pequena proteção. Ela podia estar em qualquer lugar. Poderia ser parte de seu próprio exército, disfarçada de homem. Ele perfilou as tropas e mandou inspecioná-las. Agripa, seu único general confiável, abriu suas túnicas, revelando as cicatrizes e os ferimentos enrugados deixados em seus corpos pelas batalhas.

Ela não estava entre eles. Mesmo assim, parte do imperador tinha vontade de executar todos que o tinham acompanhado a Alexandria. Qualquer um deles poderia ser culpado de escondê-la. Qualquer um deles poderia ter sido seduzido por sua magia. Podiam estar conspirando contra ele neste instante. Ele bem se lembrava de sua beleza, que fazia eco em seu filho. Agora, o filho estava morto, e a mãe, não. E Otaviano não conseguia dormir nem comer. O medo o dominava no quarto e, quando se sentava à mesa, seu medo de envenenamento era grande demais para lhe permitir o consumo de algo mais que uma casca seca de pão.

Ele se lembrou de uma história terrível que envolvia a rainha de Pártia, que ceava em tempos de paz com o inimigo. Este, observando o consumo abundante que a rainha fazia da refeição, acreditou estar seguro.

Enganava-se.

A rainha tinha coberto um lado da faca de servir com uma dose letal de veneno, deixando o outro lado limpo. Ao cortar a carne, o lado envenenado foi calculadamente para seu inimigo, enquanto ela, inocentemente, se servia da outra metade do prato.

Esta rainha, inimiga de Otaviano, era certamente tão inteligente e engenhosa. Ele não confiava em nada, nada até estar instalado na segurança de Roma, mesmo sabendo que não havia como ficar totalmente protegido, nem mesmo em sua cidade. Como ele podia ter deixado que ela lhe escapasse? Ela estivera em suas mãos, conquistada e morta. Contudo, vivia.

Ele a *deixara* viver e cada momento da vida dela garantia sua morte.

Ele enviou patrulhas à sua procura, mandando virar cada pedra do pavimento, investigar cada passagem secreta. Os homens de Agripa revistaram as cozinhas, os aglomerados mais distantes dos aposentos do palácio, tudo, e não havia sinal de Cleópatra.

— A *quem* procuramos? — perguntou-lhe Agripa pela centésima vez.

— Pelo corpo da rainha — disse ele. Que era um corpo vivo ele não acrescentou.

O imperador instituiu barreiras nas estradas e no rio, anunciando que o corpo podia ter sido transportado por uma mulher solitária, contrabandeado para fora de Alexandria, mas sabia que ela escaparia de tais medidas. Que necessidade teria tal criatura de viajar por terra e água? Poderia muito bem estar viajando pelo céu, voando como um falcão sagrado ou, mais apropriadamente, como um abutre.

— Tragam as crianças — ordenou. Ele as tinha sob guarda, no fundo do palácio e agora achou que elas poderiam saber algo que ele desconhecia.

Pressionou as costas no encosto do trono de ouro de Cleópatra, praguejando contra o desconforto de sua posição. Quando os gêmeos chegaram, ele se acovardou.

O menino olhava para baixo, como apropriado, mas a menina levantou a cabeça para encará-lo. Ela era a imagem da mãe, o cabelo preto lhe caindo pelas costas, apesar de os lábios não terem a sensualidade dos de Cleópatra. A boca da menina o lembrava a de Marco Antônio, com seu traço firme em um momento de petulância, e abaixo dos lábios estava o queixo com covinha, como o de Marco Antônio. Os olhos de Cleópatra Selene eram grandes poças negras, também herdados do pai, que usava seu olhar límpido para seduzir metade das esposas de Roma.

— Onde está a sua mãe? — perguntou ele, abandonando a linha cautelosa de interrogatório que havia preparado. O olhar da menina o embaraçou.

Ela falou num idioma desconhecido, numa torrente de sons atordoantes e depois olhou para ele como quem esperava que tudo tivesse sido entendido.

— Intérprete — chamou ele. Era ridículo. Certamente, alguém estava ciente de seu problema e não o alertara a respeito. Talvez a menina fosse tola.

Ela deu um passo para mais perto dele, que involuntariamente se encolheu. Ela parecia medi-lo.

— Não há necessidade de tradutor. Nossa mãe está morta — anunciou Cleópatra Selene em latim, a voz inesperadamente grave e ríspida. — Fico surpresa em saber que o senhor não sabe onde ela está, pois fomos informados que a sepultou.

Que tolo teria lhes contado os detalhes da morte da mãe? Ele ordenara que eles ficassem isolados. Não seria bom que ficassem lamentado a morte dos pais e o culpando.

— Onde está meu irmão? — perguntou o menino, falando inesperadamente. A menina levantou a mão para silenciá-lo.

— Ptolomeu está dormindo em nosso quarto — lembrou-lhe ela e voltou a olhar o imperador. — O senhor não fala egípcio?

— Claro que não — disse ele. — Sou romano.

— Assim como nosso pai, mas ele sabe falar a língua do nosso povo. Como o senhor pode não saber?

— Eu gostaria de conhecer Roma — interrompeu Alexandre Hélios, os olhos brilhando. — Gostaria de treinar no exército.

— Eu o levarei a Roma — disse-lhe Otaviano. — Em troca de informações.

— Não queremos ir a Roma — interrompeu Cleópatra Selene. — Ficaremos aqui no palácio aguardando nosso pai. Ele está viajando e não gostaríamos de sair sem seu conhecimento. Ele lamentará a morte de nossa mãe e nós o consolaremos.

Um golpe de sorte. Ela não sabia de tudo.

— Se me contar onde está sua mãe — tentou ele —, deixarei seu pai viver.

A menina deu um sorriso detestável, que a inocentava.

— Então, o senhor é também um mentiroso? — disse ela, desta vez em grego.

Otaviano endireitou a coluna e assumiu um ar régio.

— Não me questione — disse ele.

A menina deu uma risada curta e áspera, e continuou em grego.

— Meu irmão não estuda quando o tutor vem e, portanto, não sabe falar nenhuma língua além do latim. Ele não sabe que nosso pai está morto. Ouvi os escravos comentando enquanto todos dormiam. Não quero ficar no Egito. O povo irá nos matar.

Otaviano ficou estupefato. A menina não parecia mais ter 10 anos, dava a impressão de ser uma mulher adulta, e tudo indicava que estava tentando negociar com ele.

— Pergunte a ele onde está Cesário — choramingou o menino e a irmã o beliscou.

— Ele está morto — disse Otaviano, resignado. — Ele era traidor de Roma.

O menino ficou chocado. A menina não, apesar de Otaviano captar sua fisionomia hesitando por um instante.

— Traidor? Ele não é nenhum traidor. É o filho de Júlio César! Nossa mãe diz que ele é um homem tão bom quanto seu pai — gritou Alexandre.

— Ele não era um homem — disse Otaviano. — Era um rapazote.

— Então por que o senhor o matou? — perguntou Alexandre com os olhos arregalados e descrentes.

— *Eu* não o matei. Ele morreu em batalha. Agora basta. É uma guerra. — As lágrimas corriam dos olhos do menino e Otaviano sentiu-se desgostoso.

— Nós não precisaremos ser mortos *na batalha* — informou Cleópatra Selene. — Irei com o senhor a Roma. Andarei em sua procissão, atrás do corpo dela. Não é isso que o senhor planeja? O corpo da minha mãe exibido com as víboras que a mataram? Eu o saudarei como meu imperador. Meus pais amavam um ao outro mais que a qualquer outra pessoa. Minha mãe planejava viver para sempre com meu pai, mas não planejou nada para meus irmãos e para mim. Eles se esqueceram de nós.

O lábio da menina tremeu de leve, o primeiro sinal verdadeiro de fraqueza que Otaviano vira. Ela tinha quase a mesma idade de sua filha, Júlia. Uma criança.

— O que sabe sobre viver para sempre? Ela consultou algum mago? Uma feiticeira? — perguntou Otaviano, sem conseguir se controlar.

— Nada sei sobre o paradeiro de minha mãe, mas talvez saiba de outras coisas — disse ela, olhando-o com firmeza. — Minha mãe nada fez para nos deixar a salvo. Deixou isso comigo. Eu lhe darei minha fidelidade e lhe contarei o que sei, se nos proteger.

Um ligeiro movimento chamou a atenção de Otaviano, uma agitação na tapeçaria. Seu coração chacoalhou contra as costelas. Ele saltou do trono e atravessou apressadamente o salão, espada apontada para o tecido, para o local onde sabia que ela estaria. Deu uma estocada e a ponta da espada atingiu a pedra, e ele viu apenas um rato desaparecer por uma fenda.

Otaviano mal conseguiu reprimir um grito. O Egito era como aquela parede, cheio de fendas, e Cleópatra podia estar em qualquer uma delas. A rainha podia estar a caminho de Roma. Ele poderia chegar em casa em triunfo, coroado de louros, e encontrá-la aguardando-o em sua cama, a esposa e a filha assassinadas e seu sangue manchando as mãos dela.

— Eu a protegerei — Otaviano conseguiu dizer, mesmo cogitando por que se sentia compelido a fazer promessas a uma criança. E se propunha a protegê-la de quê? Que inimigos ela tinha? Quem estava em perigo era ele.

— Então beijarei sua mão — disse ela e um minuto depois, ele sentiu os lábios dela roçando a ponta de seus dedos. — Está acertado. Seremos romanos. O senhor há de querer encontrar nosso tutor, Nicolau, o damasceno. Ele sabe o que ela evocou.

Otaviano sentiu o coração estremecer. *Evocou.* Ele havia desconfiado de algo assim.

— O senhor perguntou se ela consultou algum feiticeiro — disse a menina. — Não sei a resposta. Sei que ela consultou sábios e realizou um feitiço para evocar uma deusa da nossa cidade. Era para ser um segredo, mas nosso tutor a ajudou. Se o senhor conseguir encontrá-lo, talvez também consiga encontrá-la.

— Ela não está desaparecida — disse Otaviano. — Está morta e sepultada.

A menina o encarou.

— Então por que o senhor está tão amedrontado? — perguntou.

21

Cleópatra pulsava de fúria e pesar, de culpa, de desespero e, mais que tudo, de ira. Seu coração vazio era um vespeiro.

Os romanos lhe tinham levado seus dois amores. Marco Antônio e seu primogênito. Ela se lembrou das canções que havia cantado para Cesário no útero, da sensação de tê-lo mamando em seu peito. Ela lhe dera a vida e eles a tiraram. Cleópatra se contorceu, o corpo sendo esmagado por visões de destruição. De vingança.

Você é minha, dizia a voz em sua cabeça, um sussurro agora, uma voz que soava como sua.

— Sou sua — disse Cleópatra em voz alta.

Ela deixaria Roma em destroços. Transformaria as ruas em rios de sangue, corpos se empilhariam por onde quer que Otaviano andasse, no fórum, no Circo Máximo. Sua mulher, seus generais, sua irmã, seus amigos. Será que os cidadãos gritariam nas ruas, saudando seu bravo imperador, matador de crianças? Ela encheria o templo das virgens vestais de sangue. Todos os deuses de Roma se inclinariam para ela. Todos os líderes de Roma lhe implorariam misericórdia, e ela não a concederia. Marco Antônio e Cesário seriam vingados.

Durante a execução ela sentiu a deusa em volta, sentiu seu sorriso sangrento, ouviu sua respiração rumorosa, mas não a via em lugar algum. Ao cair no chão enquanto seu filho era assassinado, ela se deu conta de que a deusa não estava entre a multidão, e sim dentro dela.

Cleópatra podia senti-la, furiosa, ficando cega de desejo. Não dava para saber que parte desses sentimentos era dela e que parte pertencia a Sekhmet.

Ela sentia fome agora, de modo tão desesperado que, se houvesse sangue empoçado nas pedras, ela o teria lambido. Quando as estrelas apareceram e ela se recuperou dos danos provocados pelo sol, sua força aumentou. Uma língua de fogo subiu por sua espinha, lambendo-a como uma leoa, levando qualquer resistência restante.

Alimente-se. Seu corpo ordenava e ela não lhe negaria isso. Não haveria mais esquecimento do que ela tinha feito. Seus olhos estavam abertos agora.

Seu corpo lhe disse que havia pessoas dormindo atrás de janelas facilmente penetráveis. Havia gente bêbada nas ruas, de fácil colheita. Com esforço, ela se interrompeu.

Não sabia o bastante sobre a criatura em que havia se transformado. O sol a jogara por terra, a enfraquecera, corrompendo-lhe o poder. Fora só por sorte que os romanos não a encontraram lá, deitada no chão, e não a levaram de volta para suas prisões.

Ela precisava saber o que era. Precisava entender como controlar isso. Não podia se permitir a entrega completa, se perder de fome e fúria.

Aqueles potes de metal, o acender do incenso, os pergaminhos, tudo parecia ter acontecido há mil anos. A ordem de Sekhmet, dissera Nicolau. Havia um templo para a deusa em Tebas. Sacerdotisas dos velhos deuses. Um lugar onde ela poderia encontrar conhecimento.

Cleópatra não pretendia abandonar seus inimigos por muito tempo. Apenas o suficiente para deixá-los à vontade para pensarem que estavam a salvo.

Ela se sentira a salvo uma vez.

Um leve ruído a fez se virar, vasculhando o escuro na expectativa de soldados, mas a única coisa que viu foi um cachorro vagando, as costelas visíveis, o focinho no chão. Ele levantou a cabeça e a fitou com um ganido seco. Ela não iria matar um animal, não agora.

Não. A cidade estava cheia de romanos e ela podia sentir seu cheiro, sentir sua presença e ouvi-los por todo canto.

Era uma cidade de traidores também. Seu filho estivera sob a proteção de um deles. Pelo menos ela poderia se vingar *nele*.

Ela seguiu pela rua de pedras, observando os morcegos voando pelo céu, escutando seus guinchos chamando à caça. Finalmente, ela parou diante dos portões do *Museion*. Com um salto, pulou por cima e pousou no pátio interno.

Mais alguns passos e ela estava do lado de fora de uma janela aberta, inalando a história de Rhodon, tutor de Cesário. O odor das bibliotecas, dos idiomas aprendidos e esquecidos. O odor do ouro, das promessas, da ambição.

Um lampião tremulava em sua janela e o homem fazia a mala, preparando-se para partir para Roma. Cleópatra ficou parada no escuro, observando-o por um instante. Os mantos de Rhodon eram mais finos do que tinham sido até então. Ela viu um lampejo de ouro sob sua roupa de cama e o vigor corado da saúde em seu rosto. O sacrifício de seu filho o deixara rico.

Quando ele saiu para o pátio, o passo vivaz, sua sacola tilintante pendurada no ombro, ela o esperava.

Uma hora depois, a leste de Alexandria, ela entrou despercebida numa taberna à beira do mar e ficou escutando as piadas e os gritos dos homens embriagados.

— Uma faluca — pediu ela, tirando apenas o braço do manto, tendo o resto velado. Na mão ela tinha uma moeda de ouro, roubada de sua vítima. O rosto da própria Cleópatra estava cunhado num dos lados com seu nome. Do outro estava Marco Antônio. Ao verem essa moeda pela primeira vez, eles tinham rido. Ela o achava muito mais bonito do que a moeda sugeria e ele achou o mesmo sobre a imagem dela, apesar do poder que o perfil transmitia.

Ela segurava a moeda apertada na mão, com a imagem do rosto de Marco Antônio pressionada na carne. Em dias melhores, ela viajava até seu amado em sua barca dourada, uma vela de seda roxa estendida acima e remos prateados encaixados nas laterais. Agora estava reduzida a alugar uma frágil faluca de um capitão embriagado.

Um homem se aproximou dela, os olhos brilhando ao ver o ouro, e ela o puxou para dentro do manto.

— Leve-me a Tebas — disse ela. — Imediatamente. Haverá mais quando chegarmos.

Ela o viu dar um sorriso malicioso para os camaradas, dizendo-lhes sem palavras que ele adoraria levar uma mulher a bordo de sua embarcação. A Tebas? Dificilmente. Tebas ficava a dias de distância. Eles teriam que seguir para leste ao longo do Mediterrâneo até um afluente canópico do Nilo. Ele a levaria por alguns quilômetros pelo rio e veria quanto tempo ela levaria para abrir as pernas.

Todos os homens no bar tinham ideias semelhantes; dava para ouvi-los ecoar.

Ela andou a passos largos pela doca e entrou numa pequena embarcação, acompanhada pelo capitão e seu único marinheiro.

O luar acalmava sua pele ferida, curando o restante dos ferimentos provocados pelo sol mais cedo. Ela levantou o rosto para as estrelas e sentiu sua radiação fria enquanto o veleiro zarpava. Um gato se insinuou pelo cordame e se aproximou dela, ronronando. Ela afagou sua cabeça dourada e olhou dentro de seus olhos amarelos e límpidos. O gato soltou um miado e pulou em seus braços.

Em poucos instantes ela se acomodou na embarcação, apesar de não poder dormir tão profundamente como tinha dormido antes de seu sepultamento. Ao amanhecer, se esconderia sob o convés, envolta em seu manto. A embarcação era bem protegida do sol e lá ela saberia se os homens estavam dispostos a atacá-la. O balanço das águas a levou a dormir e ela caiu num breu, perdendo de vista a sensação de tempo e lugar, sonhando com o Mundo Subterrâneo, com Marco Antônio tomando a forma de um falcão e subindo para a luz do Belo Oeste que se estendia diante dela.

— Busca em todas as embarcações por ordem do imperador!

Os berros despertaram Cleópatra de sonhos com o paraíso, lágrimas correndo por suas faces e ela quase deu um grito. Pressionou as costas na lateral do barco, em pânico. Estavam à sua procura. Haviam esticado uma corrente de uma margem à outra do Nilo, bloqueando a passagem de todas as embarcações.

Havia mais de vinte soldados na margem, todos armados. Em sua maioria, cansados da guerra, mas jovens e excitáveis. Romanos. Ela ficou imóvel.

— Há passageiros nessa embarcação?

O capitão respondeu afirmativamente.

— Uma mulher, viajando sozinha.

— Que ela se mostre — ordenou um dos legionários.

Os outros riram ruidosamente.

— Que ela mostre tudo! — gritou um deles. — Por ordem dele, o Imperador do Mundo!

— Senhora? — chamou o marinheiro, puxando a cortina que Cleópatra tinha fechado para se proteger de olhares curiosos.

Não havia ninguém ali.

Os legionários fizeram uma busca no barco, mas encontraram apenas um pedaço de linho amarrotado, um manto barato e uma caixinha de prata contendo o que parecia ser pó.

Embaixo, na água, a rainha do Egito esperava que eles fossem embora.

Seus cabelos escorriam na corrente e ela mantinha a mão espalmada no casco do barco, sentindo a leve granulação da madeira. Em breve, estaria novamente dentro do barco com as cinzas de Marco Antônio, ela disse a si mesma. A ideia de deixá-las não a agradou, mas não havia outra opção. Ela entrou no rio quando os soldados se dirigiram ao seu esconderijo.

À sua volta, os peixes seguiam seu curso, bocas abertas, consumindo pequenas coisas vivas. Ela podia sentir cada um deles, as escamas se movendo, as guelras se abrindo e se fechando silenciosamente. Dava para sentir os crocodilos também, resvalando das margens e se mesclando às profundas águas férteis. Um olho amarelo se abriu ao seu lado e ela sentiu a fricção corrosiva do couro do animal em sua coxa.

Ela entrara na água suja apenas por desespero, acostumada à pureza das cisternas cheias de água da chuva sob a cidade de Alexandria, mas agora se espreguiçava de prazer. Não conhecia a vida que preenchia o Nilo, as minúsculas criaturas nem as grandes, as plantas, areias e fragrâncias de lugares distantes. Silenciosamente, ela começou a subir, a cabeça acima do nível da água para respirar, mas o barco balançou com o movimento dos legionários entrando e o casco bateu em seu crânio. Ela foi empurrada para baixo, inalando o líquido quente, os pulmões protestando, sentindo náusea, mas, ao afundar, algo começou a mudar em seu corpo.

Os olhos ficaram mais abertos embaixo da água e ela sentiu as narinas se fecharem, a espinha se agitar e se alongar, o pescoço se esticar infinitamente. Em instantes, sua forma era a do próprio rio, longa e estreita, sem membros, mas flexível. Os ossos reunidos como um perfeito colar, uma corrente articulada, e cada movimento anunciava o próximo. Ela roçou nas pernas de um legionário, que entrara na água para segurar a corda que detinha a faluca.

Ela deixou que sua parte de cima aparecesse acima da superfície, bateu com a cauda uma vez e os sentiu, nervosos, brandindo as espadas, tentando prever sua próxima localização.

— Uma serpente! — uivaram. — Uma serpente! Indo para a margem!

22

Duas horas depois, o capitão da faluca e seu marinheiro curvavam-se sobre uma mesa, contando as moedas que tinham ganhado da passageira desaparecida. Ela devia ter pulado na água e sido devorada por um crocodilo, a pobre coitada. Teria sido melhor permanecer a bordo. Depois de verem a serpente, os romanos tinham ficado com tanto medo de embarcar novamente que a deixaram passar. Agora a faluca estava passando por Damanhur. Não importava o que o capitão pretendia fazer com a mulher, teria sido melhor que pular dentro do Nilo. Quem podia saber do que ela estava fugindo? Com certeza, não era a ela que os legionários procuravam. Estavam atrás de um cadáver e, sem dúvida, não havia nenhum dentro do barco.

— Isso, ou qualquer outra esquisitice — o líder dos legionários havia murmurado. — Qualquer esquisitice feminina. — Eles não pareciam ter qualquer descrição mais específica que essa.

A faluca deslizava preguiçosamente na correnteza. O capitão decidiu ir para Naukratis e visitar os prostíbulos lá, gastar algumas de suas moedas com a inscrição de Cleópatra com mulheres antes que o novo imperador as invalidasse e exigisse que fossem derretidas e cunhadas com sua imagem. Uma brisa morna impeliu a embarcação rio abaixo numa velocidade razoável e a lua ficou alta no céu.

— Eu soube que a prostituta ruiva está de volta — disse o capitão.

— Não sei, não — respondeu o marinheiro, cauteloso. — A última vez que estive com essa mulher precisei consultar um médico e tomar um troço feito de mariposas e olíbano. Me custou metade do salário.

O capitão deu uma risada.

— Sempre tem outra vadia. Cinco mais, cada uma melhor que a última.

O marinheiro assentiu, concordando, e então olhou para cima, a expressão mudando em sua fisionomia. O capitão o fitou, curioso. A doença venérea deve ter sido terrível para justificar tal pavor.

— Olhe — sussurrou o marinheiro, apontando sobre o ombro do capitão.

Devagar, o capitão se virou no assento e então se pôs de pé num salto.

Ali estava ela, brilhando sob o luar, a passageira, nua da cintura para cima.

— Senhora — começou o capitão. De onde surgira? Ela equilibrava os braços na amurada, parte do corpo ainda na água. Estaria ferida? — Não pretendíamos deixá-la para trás.

Algo nos olhos dela o deixou atônito. Eles brilhavam, incandescentes, era isso. Até seu cabelo preto e curto parecia cintilar. Seus seios apoiavam-se pesadamente na amurada, a pele lisa cintilando com as gotas de água. Ela sorria.

Nervoso, o capitão retribuiu o sorriso. Ela estava irritada, ele podia sentir. Seria melhor atirá-la da embarcação agora, jogá-la de volta na água e deixá-la morrer. Não havia explicação para sua aparição ali, duas horas depois de ter caído na água. Com certeza ela não conseguiria nadar tão rápido quanto a faluca.

Ela se deslocou na amurada, impulsionando-se mais para cima, para subir a bordo. O capitão admirou as rosetas nos mamilos da mulher, a curva precisa de sua cintura, o umbigo. Era muito incomum ver uma mulher nua fora de um prostíbulo. Seu olhar vagou para baixo e então parou, em descrédito.

Sua passageira ondulou os quadris para pular pela amurada e o capitão deu um salto para trás, sentindo que iria vomitar. Abriu a boca para gritar, mas o som morreu na garganta. Impossível.

A mulher era metade serpente.

— Eu o contratei — disse ela, com toda a calma — e você me abandonou.

O marinheiro, com surpreendente presença de espírito, agarrou um machado, geralmente usado para cortar corda. Ergueu-o no ar e brandiu-o com toda a força na direção do pescoço dela.

Sua cauda subiu da água e o atingiu, envolvendo-o e esmagando-o justamente quando a lâmina lhe tocava a pele. A criatura pousou graciosamente no convés, o corpo resvalando, num comprimento infinito.

O capitão apavorado empurrou as moedas para ela na mesa, mas ela não lhes deu atenção. Ele caiu de joelhos, pedindo piedade. Com certeza, era uma divindade que ele falhara em transportar e agora morreria pela ofensa. Era um monstro com o rosto de uma deusa, as escamas captando a escuridão e transformando-a em luz.

Ela se ergueu enroscada, ficando mais alta que ele e o olhou sem benevolência. Seu corpo se contorceu, cobrindo quase todo o convés. Ele sentiu sua cauda se enrolar em seus tornozelos com uma força gelada.

Será que ninguém o salvaria? Não havia nenhuma aldeia por perto. Lá fora, no escuro, as únicas coisas que o ouviriam seriam crocodilos e leões, morcegos e cobras.

Ela se enrolou nele e seu último pensamento foi o da sensação de ela ainda parecer-se com uma mulher, forte e linda, que apertava todo o seu corpo como uma mulher o apertaria entre as coxas. Seu rosto lindo estava a poucos centímetros do dele. Dava quase para esquecer o que ela era.

— Mas não deveria esquecer o que eu sou — sussurrou ela, a voz amargamente doce, o cabelo macio como seda envolvendo seu punho. Ele tentou se soltar, mas já estava fraco demais.

Pouco antes de afundar as presas em seu pescoço, ela o fitou nos olhos.

23

A rainha emergiu do rio perto de Tebas e se deitou na margem do Nilo, a pele nua se aquecendo na escuridão. Deixara a embarcação para trás horas antes, ainda surpresa com a glória de sua transformação. Na viagem subaquática, seu corpo examinou o leito de lodo, absorvendo as histórias de todas as criaturas que tocava, de cada gota de água que chegara ao rio de algum outro lugar do mundo; ela sentiu as histórias das gotas de chuva caídas do céu para se tornarem o Nilo, e dos grãos de areia que outrora foram conchas de animais. Ela sentiu as histórias de crocodilos e peixes, de cobras aquáticas e criaturas que bebiam as águas do rio.

Ela pensou na destruição que descarregaria em Roma com essa nova forma. Poderia passar por caminhos subterrâneos, por lugares impossíveis à sua forma humana. Poderia falar com os animais, sentir suas necessidades e ânsias. Poderia surgir das águas do Tibre e os romanos não saberiam de sua chegada.

Ela pensou no poder que agora possuía.

O tempo passado em forma de serpente também transformara sua mente. As coisas que importavam à sua forma humana de repente passaram a significar pouco. Só ao emergir em Tebas, quando seu corpo assumiu a forma humana novamente, foi que ela percebeu que deixara para trás mais que apenas roupas e moedas. As cinzas de Marco Antônio também.

Deveria tê-las deixado no mausoléu, sepultadas em segurança, percebia agora, mas era tarde demais. Lamentou, imaginando-o sem ela. Ele estava morto, ela sabia, mas estar com suas cinzas a consolava. O corpo dele permanecia no Egito, ela percebia enfim, e, assim sendo, sua alma também. Sem dúvida, a caixa de prata afundaria e ficaria no fundo do rio para nunca ser achada. Sua alma estaria a salvo. Ela tentou acalmar a própria inquietude.

Levantou-se e foi andando em direção ao templo, um esqueleto branco fantasmagórico elevado no horizonte. Ao se aproximar, ela pôde ver que ele fora cercado pelo mato e partes de paredes haviam desmoronado. Os templos dos antigos deuses egípcios estavam bastante abandonados agora e Cleópatra sabia que era ela a culpada. Por vinte anos, ela praticamente ignorara as religiões nativas em favor dos deuses gregos e romanos.

Uma estátua de granito preto e polido do deus de cabeça de íbis, Thoth, ainda estava de sentinela. Ela ficou olhando para a estátua por um instante. Aquele era o deus egípcio do conhecimento e da ressurreição, o deus que passara a Ísis as palavras mágicas para que ela trouxesse seu marido, Osíris, de volta à vida, reunindo os pedaços de seu corpo que tinham sido espalhados de uma extremidade a outra do mundo. Por que Cleópatra não *o* evocara?

Ela agira com o único feitiço de que dispunha, lembrou a si mesma, presa no mausoléu como estava. De todo modo, Osíris não tinha sobrevivido. Ísis o perdera de novo, assim como Cleópatra perdera Marco Antônio para uma segunda morte. Osíris tornara-se o Senhor dos Mortos e Ísis fora deixada para ficar de luto.

A Nova Ísis. Cleópatra foi lentamente para o templo, todo o êxtase da transformação esquecido.

Ela passou por uma das sete entradas, no passado, resplandecente, emoldurada de cedro e remates de cobre, mas agora desprovida da madeira. O mundo e todas as suas criaturas podiam entrar e sair dali como quisessem. Ela foi entrando pelos aposentos do templo, sem ouvir nada. A sábia — a *rekhet* do templo, o motivo para a ida de Cleópatra — tinha ido embora, ou se escondia.

Finalmente, ela entrou no santuário de Sekhmet e parou, a respiração acelerada. Ali ela conseguia sentir o poder, ao contrário dos outros aposentos. Houvera sacrifícios recentemente. Suas narinas se abriam e se fechavam. Ela podia sentir o cheiro de sangue. Nada grande. Uma lebre. Um pássaro.

Na parede do fundo do santuário havia uma estátua formidável da deusa, a pedra negra e lisa entalhada na forma da conhecida leoa com corpo de mulher. O disco solar com o uraeus equilibrado no alto da cabeça da estátua e, acima de tudo, uma abertura na pedra permitia que o luar iluminasse a figura.

Cleópatra ficou diante da estátua, incerta. A luz emanava das feições impiedosas da deusa, e, embora Cleópatra soubesse que a estátua não representava a realidade, estava trêmula. A estátua a lembrava com excessiva clareza da evocação e das coisas que ela fizera no mausoléu. O coração do homem em suas mãos. A ausência evidente do próprio coração. Ela ouviu sua voz entregando *qualquer coisa* a Sekhmet. *Tudo que eu tenho é seu.*

Sem dúvida, tinha sido o certo. Agora ela tinha um poder além de qualquer coisa que já imaginara. O suficiente para vingar Marco Antônio e Cesário, suficiente para destruir seus inimigos.

Então por que estava com medo? O que havia a temer?

Estava terrivelmente silencioso. Nem sequer pássaros havia. Ela fitou os olhos planos do ícone e se lembrou da luz fulgurante na versão viva, dos dentes brancos pontudos, das garras.

Era isso que ela queria ser?

Importava? Era isso que se tornara. Podia sentir.

De repente, ela ficou toda arrepiada.

— Não há motivo para me temer — disse uma voz atrás dela. — Sou a última sacerdotisa deste templo.

Cleópatra se virou, encostando-se na estátua, sentindo suas patas de pedra entrando em seus ombros.

— Não a temo — disse ela, a voz clara e régia. Mas, de algum modo, temia.

Uma mulher de cabelos brancos parou diante de Cleópatra, olhando-a com reserva, sem nada a dizer. Aproximando-se, ela cobriu o corpo nu de Cleópatra com um manto claro debruado de vermelho.

— Esta é sua casa e é bem-vinda aqui — disse a sacerdotisa em voz baixa, mas havia outro tom ali, que não era receptivo. Cleópatra a encarou, mas os olhos da mulher nada revelavam e seus pensamentos estavam velados. — Venha comigo.

A sacerdotisa a levou do santuário para uma área aberta. Em qualquer outro templo, haveria tapetes macios e cálices de vinho. Ali, só havia a escuridão e a friagem do piso de mármore. Um animal minúsculo, talvez um roedor ou uma lagartixa, passou, arisco, e sumiu. Cleópatra sentiu a cabeça virando, seguindo seu progresso noite adentro. A língua estava áspera junto aos dentes.

— Eu a esperava — disse a sacerdotisa. — Senti quando ligou-se a ela. A terra tremeu, os animais fugiram e eu sabia que alguém viria para cá. O que procura?

— Conhecimento. — Cleópatra conseguiu dizer, apesar da fome que a surpreendera.

— Qual conhecimento? Duas tornaram-se uma — disse a sacerdotisa. — Você compartilha a alma com a deusa que eu sirvo. Mas isso, creio que já sabe.

— Não sei o bastante. Você me dirá o que sabe dela — disse Cleópatra. — De onde ela veio. O que deseja. Vim apenas por cortesia.

— Você veio para aprender como melhor matar os que lhe ofenderam. Já sabe que tipo de divindade a Senhora Escarlate é, ou estou enganada a seu respeito — disse a *rekhet*.

— Conte-me — insistiu Cleópatra e a sacerdotisa cedeu, falando lenta e calculadamente, como se fizesse muito tempo que havia decorado a narrativa.

— Sekhmet nasceu do olho divino de Rá, uma mensageira enviada para iluminar as águas do caos e encontrar coisas perdidas. Sua primeira tarefa foi localizar os dois filhos desleais de Rá, Tefnut e Shu, que tinham abandonado o pai. As lágrimas derramadas por Rá depois de se reunir a eles criaram a humanidade, mas Rá não derramou lágrimas de gratidão para Sekhmet. Em vez disso, criou um novo olho para substituí-la e a colocou em sua coroa como uma cobra cuspindo fogo. Os humanos gerados pelas lágrimas de Rá prosperaram, enchendo a Terra com seus atos sexuais e filhos, com seu consumo de alimentos e seu canto. Os deuses prosperaram, enchendo o firmamento com *seus* atos sexuais e filhos, com seus sacrifícios e sua magia, com seus rituais e com o canto de seus seguidores. Sekhmet foi deixada na coroa de Rá, cuspindo fogo, a única a defender o pai contra seus inimigos, a única filha leal.

"Quando Rá ficou velho e fraco e os humanos começaram a se insurgir contra ele, Sekhmet foi enviada ao deserto na forma de leoa para matar os traidores. Nesse dia, ela criou a dor e a morte, que antes não existiam no mundo. Ela matava tudo o que via, bebendo o sangue do mundo, indiscriminadamente. No meio do massacre, Rá mudou de ideia, apiedando-se de seus filhos humanos que morriam. Ele enganou Sekhmet, misturando uma droga ao suco de romã e jogando-o no Nilo. Ao ver sua cor, ela achou que fosse sangue. Quando cambaleou e caiu de joelhos, quando resvalou sob as águas do Nilo, chorando ao cair, Rá a atirou de volta aos céus e lá ela ficou. Até você a trazer de volta à Terra.

"Sou a última da minha linhagem — continuou a *rekhet*, olhando a escuridão além do templo. — Aqui, temos homenageado Rá e apaziguado a Senhora do Massacre com sacrifícios. Há séculos trabalhamos para manter a humanidade a salvo de sua fúria. Os fiéis diminuíram e as terras se modificam à nossa volta. Os deuses romanos vieram para nossa terra. Você sabe disso. Já não foi uma rainha?"

A *rekhet* tomou sua mão e lhe tocou a palma. Cleópatra se contraiu diante da expressão da sacerdotisa.

— Foi — disse ela, os dedos passando por sua pele, seu tom cada vez mais hostil. — Apesar de já não o ser. Não convidou os invasores para sua cama? Não chamou os romanos, adorou seus deuses, fez sacrifícios em seus altares? Tudo o que aconteceu foi obra sua. Não proclamou-se deusa? Agora está morta, ou é o que eles dizem.

A sacerdotisa largou a mão de Cleópatra, derramou algo de um vidrinho minúsculo e elegante num cálice de alabastro e tomou um gole.

— Está morta? — perguntou.

— Não estou! — gritou Cleópatra, combatendo a vontade de golpear a velha, essa mulher que não sabia o que estava dizendo.

— Tem certeza? — questionou a sacerdotisa.

A cabeça de Cleópatra girou. Morta? Ela não estava morta. E uma traidora do Egito?

O que sabia aquela mulher sobre o poder? O que sabia sobre as exigências feitas aos poderosos? Ela era sacerdotisa de uma religião esquecida. A *rekhet* devia estar agradecendo sua rainha, não julgando-a.

— O que Sekhmet deseja? — continuou a sacerdotisa, como se Cleópatra não tivesse falado. — Ela deseja o fim de tudo. Não consegue sentir isso? Não há lugar para ela no barco de Rá, ela não tem lar no Duat. Foi banida por sua família e vive com uma fome infinita, em busca de presas. Você lhe trouxe sacrifícios. Deu o suficiente para reavivá-la, suficiente para trazê-la dos céus. Ela deseja um oceano de sangue em pagamento pelos erros cometidos contra sua entidade. Irá usá-la para conseguir isso. Não há um fim pacífico à sua espera. Irá vagar com Sekhmet.

Cleópatra sentiu uma solidão ecoando por dentro.

— Esta é uma forma passageira. Até que eu tenha me vingado de Roma.

— E depois? — perguntou a sacerdotisa.

— Depois vou morrer — disse Cleópatra. — Irei me reunir ao meu marido no Duat.

A *rekhet* deu uma risada, uma risada tão antiga e triste quanto o próprio templo.

— Não vai, não — disse ela. — É escrava dela agora e ela não morre.

— Com certeza deve haver um ritual, um feitiço de separação — disse Cleópatra.

A *rekhet* balançou a cabeça.

— Não pode reivindicar dela o seu *ka*. Entregou-lhe a alma por vontade própria. A cada dia ela se fortalece com os seus sacrifícios. Você é um prêmio raro para alguém como ela. Uma rainha do Egito. Ela satisfará sua natureza com você. Juntas, irão guerrear. Juntas, matarão. Os rios correrão vermelhos e você beberá sangue neles. Agora é uma imortal e a servirá.

— Não — disse Cleópatra, surpresa consigo mesma, a voz trêmula. — Não serei uma escrava.

— Mesmo assim, terá fome. Conseguirá aquietá-la? Será capaz? — A *rekhet* olhou no fundo dos olhos de Cleópatra, julgando-a. — Derramará sangue. Você deu início a guerras. Era sua natureza muito antes de ela lhe encontrar. Ela escolheu bem. Juntas, retornarão o mundo ao caos. Este é o seu destino.

— Não há um veneno? — perguntou Cleópatra, desesperada. Deve haver algo que a separe. Algo que a mate. Sua vingança deve ser feita, mas ela não pode viver desse modo para sempre, faminta. Matando.

Sozinha e escravizada.

— Está além dos venenos — disse a sacerdotisa, a fisionomia se transformando no que poderia ser um sorriso. — Eu não.

A *rekhet* apontou o cálice, bebeu o resto do líquido ali contido e depois fechou os olhos e se encostou na coluna. Ela era muito velha, Cleópatra via agora. O poder que tinha a fazia parecer mais jovem, mas agora sua pele ficara toda enrugada.

— Eu e minhas irmãs passamos milhares de anos neste templo fazendo sacrifícios para apaziguar a deusa, para deixá-la descansar — sussurrou a *rekhet*, a voz áspera, quando o veneno começou a surtir efeito. — Você desfez nosso trabalho. Ela está livre para satisfazer seus desejos e você com ela, de mãos dadas, corações unidos, almas unidas. Pertence a ela.

Cleópatra se curvou para ouvir suas últimas palavras.

— Não ficarei para ver o mundo que criará.

24

O veleiro fantasma ficou à deriva perto de Damanhur por dois dias antes que os homens de Otaviano chamassem sua atenção a respeito. Os aldeões se recusavam a se aproximar dele. Ouviram-se sons na noite em que o barco apareceu, gritos e luta. Uma das crianças da aldeia tinha visto algo extraordinário e escuro açoitando a água.

— Sem dúvida, o capitão caiu no rio e foi devorado pelos crocodilos — disse Otaviano, mais uma vez desgostoso com a noção de governar esse país supersticioso e ilógico, mesmo à distância. Mas o mensageiro, tendo visitado os aldeões, discordou.

— Eles dizem que foi outra coisa — insistiu. — Algo que nunca tinham visto antes.

Um dos legionários de Otaviano também havia encontrado algo, um tipo de serpente. Ele ficou levemente curioso ao ouvir o relatório, apesar de estar claro que o incidente nada tinha a ver com o desaparecimento de Cleópatra. Uma serpente, não uma mulher.

Entretanto, à medida que se passaram as horas e os dias, sem sinal da rainha nem de Nicolau, o damasceno, em nenhum lugar de Alexandria, ele começou a ter uma sensação inquietante de algo familiar nas descrições da serpente.

Ao olhar dentro dos olhos de Cleópatra, ele não tinha visto um tipo de agitação serpentina? Isso lhe veio à memória novamente, sua boca bem aberta e cheia de dentes afiados, o veneno gotejando deles. A fera na visão havia se erguido numa arena, que agora ele percebia conhecer muito bem.

O Circo Máximo. Foi Roma que ele viu.

Otaviano praguejou. Ele iria por conta própria. Estava claro que não podia confiar em seus homens para encontrá-la. Eles não sabiam o que estavam procurando. Ordenou que aprontassem sua barca e a encheu de soldados armados. Pelo menos a bordo ele estaria a salvo dela. Não havia como entrar despercebida em um barco, a menos que pudesse andar sobre as águas. E essa barca, confiscada da frota pessoal da rainha, era gloriosa, brilhava ao sol como se fosse feita de ouro puro, os remos prateados cintilando, um toldo roxo real aguardando o imperador como se tivesse sido feito para ele.

Quando ele subiu a bordo da faluca em Damanhur, o cheiro era fortíssimo, e o fez cobrir o nariz e a boca com um lenço. O cheiro enjoativo e adocicado de podridão se espalhava. O sol ardia sobre a cabeça do imperador, mas nem o dia radiante abrandou seus nervos.

Uma brisa quente circulava no ar, balançando o convés e fazendo Otaviano perder o equilíbrio. Ele se apoiou numa mesa e deixou seu peso cair sobre algo que cedeu sob sua mão. A coisa silvou e ouviu-se um uivo agudo de fúria.

O imperador se jogou para a amurada do lado oposto, esperando não vomitar. Era um gato, apenas isso.

Um gato que fazia de um cadáver sua refeição.

— A tripulação não abandonou o barco — anunciou a Agripa, desviando os olhos do corpo. Ele não iria olhar para o estrago que o gato fizera no rosto do homem. — Defina o que a matou.

O gato tirou os olhos amarelos e brilhantes do cadáver e lambeu os beiços. O imperador sempre detestara gatos, mas não ousou machucar aquele. No Egito, os vis comedores de carniça eram venerados como deuses.

Ele estava sendo ridículo. Era um gato de navio. Toda embarcação tinha um. Deu-lhe um tapa, discretamente, ele esperava. No entanto, agora ele era o soberano daquele lugar, lembrou a si mesmo. Se resolvesse banir os gatos, ninguém tinha nada com isso.

O gato pulou para a amurada, de onde ficou olhando o imperador de cima, como se soubesse de seus mais profundos segredos. Arregalou os olhos, achatou as orelhas e então, deliberadamente, mostrando todas as suas presas afiadas como agulhas, silvou.

Otaviano começou a suar frio e enxugou a testa com um dos lenços roxos bordados de sua barca.

O outro corpo estava pálido e estranhamente murcho no convés, logo atrás do primeiro. O gato não tinha se alimentado daquele, então seria possível olhar. Otaviano se ajoelhou, respirando pela boca. Ele e Agripa seriam um exemplo para suas tropas, que mostravam sinais de superstição e medo.

Ele estendeu a mão — agora enluvada — para tocar o corpo e o encontrou tão enrijecido e inflexível como esperava. O rosto do homem estava virado para o lado e a causa de sua morte era bem visível, apesar do enrijecimento da carne ser peculiar.

— Picada de cobra — anunciou Otaviano.

— Este aqui foi esmagado — comentou Agripa, movendo o cadáver, e todos reunidos ali observaram com desgosto. Era como se o corpo fosse um saco de pano, cheio de pedrinhas. Todos os ossos pareciam ter sido quebrados.

Uma serpente grande — *muito* grande — entrara na embarcação, picara um dos homens e se enroscara no outro, esmagando-o. Otaviano engoliu em seco. Era muita coincidência.

Ele notou algo no braço do homem picado pela serpente. Havia outra marca, esta claramente feita pelo gato, mas havia algo estranho nela.

— Abra o cadáver — disse ele, e Agripa puxou uma pequena faca e abriu a barriga do cadáver.

Otaviano teve a terrível lembrança de um sacrifício. Estava tudo pálido na cavidade do corpo. O imperador presenciara muitas batalhas, assistira a muitos ritos à beira do leito de moribundos para saber que isso não era um efeito colateral da morte. Era alguma outra coisa.

O sangue do homem tinha sido drenado.

— Deuses — murmurou Agripa.

No dia seguinte à execução de Cesário, o corpo do tutor do rapaz, Rhodon, fora descoberto no *Museion*. Com certeza, tinha sido latrocínio, nada incomum numa cidade portuária, mas o homem que relatou a morte tinha ficado aterrorizado. Afirmava que o corpo estava estranho. Murcho. Otaviano estremeceu ao se lembrar. Na hora, ele não tinha ligado o fato à rainha.

Um dos homens gritou, fazendo sinal para que eles vissem uma peça de roupa feminina encontrada no convés. Uma capa áspera e um vestido de linho. O imperador sentiu o vestígio de uma fragrância familiar no perfume que o tecido emanava.

Subitamente, percebeu que caíra numa armadilha. Olhou em volta descontroladamente. Será que ela viria do rio ou do céu?

Outro legionário mostrou a Otaviano a pequena pilha de moedas de ouro sobre a mesa. Estavam marcadas com o rosto de Cleópatra. Otaviano sentiu a pulsação acelerar. Seu olhar pousou em outra coisa.

Uma caixa de prata gravada com as imagens de Ísis e Dionísio.

Ele vira a caixa pela última vez no mausoléu de Cleópatra. Fazia companhia à pira onde ele a acorrentara e, dentro dela, encontrava-se tudo o que restara de seu marido.

Otaviano reprimiu um gemido. Ela estivera ali. Agora estava sumida, e ele não tinha como saber onde reapareceria nem quem morreria em seguida.

Ele pegou a caixa com as cinzas de Marco Antônio. Ela não a teria carregado por toda essa distância para abandoná-la de propósito. Provavelmente fora um acidente. Mais cedo ou mais tarde, iria perceber que a havia perdido, e então...

Ele envolveu a caixa com cuidado dentro da capa. Agora, era mais preciosa que ouro, mais útil que suas armas ou qualquer refém. De acordo com Selene, ela não se importava com os filhos, somente com o marido.

A caixa poderia ser uma coisa que Otaviano tinha que Cleópatra queria.

Isso e a vida dele, era bem sabido. A única razão para ainda estar vivo é ter tido extrema sorte. Não podia mais ficar naquele país. Iria para casa, onde teria tempo suficiente para juntar as próprias forças e a de outros contra ela.

Seu estômago se revolvia do modo mais indigno.

— Retornemos a Alexandria — anunciou ele. — E depois a Roma, o mais rápido possível. Não iremos em direção à paz. Marco Agripa. Você e seus homens irão à procura de algo especial.

Agripa olhou para Otaviano, os olhos inescrutáveis.

— O quê?

— Feitiçaria — sussurrou o imperador, pensando em Alexandre, pensando no que seu herói teria feito se confrontado com tais coisas. — Magia em defesa de Roma. Não podemos lutar sem ajuda. Irá encontrar os mais poderosos feiticeiros que o mundo puder prover.

— E como saberei deles? — perguntou Agripa, claramente esperando que isso fosse um delírio de Otaviano, e não uma verdadeira ordem.

— Irá procurar aqueles que são mais temidos em suas aldeias — disse Otaviano. — Aqueles cujo fogo acende a lenha, que dançam com os demônios, que invocam as sombras.

Ele pensou nas histórias de Circe e Calipso, de Medeia. Coisas poderosas. Sim, havia feiticeiras em Roma, mas elas só realizavam magias simples.

Ele sonhava com algo maior, algo mais poderoso. Com certeza, o mundo era grande o bastante para que isso fosse encontrado. O futuro de seu país dependia disso.

As visões que tivera nos olhos de Cleópatra se tornariam realidade, a menos que ele as combatesse de volta para a escuridão.

— Ajoelhem-se — disse ele. — Todos. Oremos por força. Oremos por Roma.

25

Cleópatra se curvou para tocar o ombro da *rekhet*. Morta, como tudo morria, os pássaros e insetos, os animais, os peixes, as plantas. Cleópatra era a única coisa no mundo que não viraria pó.

Estava acorrentada a Sekhmet.

Se quisesse se reunir a Marco Antônio no Duat, se quisesse morrer um dia, ela teria que matá-la. Ainda havia muitas coisas que Cleópatra não entendia, muitas coisas estranhas. Ao mesmo tempo em que pensava nisso, ela sentia a fome dominando-a. Lampejos de vermelho. Seu corpo fervia de fúria e ressentimento. Ela encontraria o imperador, nem que precisasse segui-lo mundo afora.

Se ela tinha vendido a alma, a alma da última rainha do Egito, se Marco Antônio e Cesário tinham morrido, não podia ser por nada.

Os romanos iriam atrás da Senhora Escarlate, eles e suas sobras de metal e sangue. Mesmo estando bem distante, Cleópatra podia sentir o cheiro deles agora. Os seguidores desse imperador que matara tantas pessoas. O imperador que assassinara seu filho, cujos homens tinham matado seu marido. Otaviano não conseguiria esconder dela seus outros filhos. Ela era a mãe deles. Quando os encontrasse, destruiria seus captores.

Ela devoraria o coração do homem que a forçara a vender o próprio coração.

Ela se virou rapidamente e mirou o deserto vazio. Ainda faltavam muitas horas para o amanhecer. A lua estava alta e branca. *Selene*, pensou Cleópatra. O nome de sua filha e o da lua também. *Alexandre Hélios. Ptolomeu Filadelfo.* Seus filhos ainda eram tão pequenos.

Com a morte da sacerdotisa, o silêncio findou. Os pássaros noturnos gritaram e o vento chicoteou a areia.

Fora do templo, uma leoa baixou a cabeça para beber a água do rio. De onde estava, Cleópatra podia ver o sangue na boca do animal, que estivera caçando. Uma gazela, talvez. A leoa ergueu a cabeça e olhou na direção do templo, os olhos amarelos ardentes.

Então ela não tinha vontade própria? A sacerdotisa estava enganada a esse respeito. Cleópatra era rainha dos reis. Era mais forte que quaisquer outras que as deusas tinham levado no passado.

Cesário, ela pensou. *Marco Antônio.*

Depois que se vingasse dos romanos, depois que recuperasse seus filhos e garantisse sua segurança, ela encontraria um jeito de se separar da deusa. Ela iria para Roma e lá renasceria. Ela sentia a maravilha humana que tinha sido seu coração, agora preenchido por dentes e garras.

Ela os usaria.

Ela deixou cair o manto debruado de vermelho dos ombros e ficou nua sob as milhões de estrelas brilhantes de seu país. A mulher que fora já não existia, e em seu lugar havia algo maior.

Cleópatra caiu de joelhos e esticou as mãos na terra, sentindo a glória da forma que assumia, a graça, o poder. Suas costas se arquearam e as pernas se reuniram abaixo dela. O pelo amarelo-acastanhado em sua espinha surgiu como uma crista áspera.

Sua cauda sacudia para a frente e para trás e ela andou noite adentro, atravessando o deserto rumo ao mar.

LIVRO DAS PROFECIAS

"*Ah, ai de ti, esposa mal casada,*
Serás obrigada a entregar teu poder real ao rei romano,
E deverás restituir todas as coisas que fizeste outrora com mãos masculinas;
Deverás entregar todas as tuas terras como dote,
Até a Líbia e os homens de pele escura ao homem irresistível.
E não deverás continuar viúva, e sim coabitar com um guerreiro furioso,
terrível, um leão devorador de homens.
E então te sentirás infeliz e entre os homens serás desconhecida; pois deverás
partir em posse de uma alma sem qualquer vergonha; e tu, a majestosa,
deverá ser encerrada no túmulo... sumiu... vivendo dentro."
— *Os Oráculos Sibilinos*, cerca de 30 a.C.
Traduzido do grego por Milton S. Terry, 1899*

---

* Nota de Milton S. Terry em referência à última linha: "o texto está tão mutilado neste ponto que torna ininteligível a intenção exata do escritor."

1

Em uma pequena caverna no alto da costa rochosa da Tessália, uma sacerdotisa de Hécate tirou os olhos da água que usava para enxergar o futuro.

Navios vinham da África para o norte. A água mostrava oceanos de sangue, a queda de cidades e cadáveres empilhados nas ruas. Fantasmas e seus rancores. Animais selvagens e suas ânsias. Mostrava também algo incrivelmente poderoso, ressurrecto.

Crisate sorriu. Seus olhos dilatados eram tão negros quanto o mar abaixo de sua caverna e seus cabelos pendiam num ninho emaranhado de nós. Sua senhora, Hécate, era a padroeira das feiticeiras e de suas atividades obtinha os sacrifícios, mas o número delas havia se reduzido à medida que a influência de Roma modificou os caminhos do mundo. No alto desse penhasco da Grécia, Crisate era uma das poucas sacerdotisas restantes e sua senhora caíra em desgraça com deuses e mortais. Hécate era uma deusa antiga, um Titã, que no passado exercia grande poder sobre a terra e o mar. Entretanto, ao se opor ao rapto de Perséfone, ganhara um inimigo na figura do marido de Perséfone, Hades.

O que era um rapto transformou-se em casamento e agora o Senhor dos Mortos mantinha Hécate acorrentada na entrada para o Mundo Subterrâneo, governando os cães.

Crisate aguardava esse dia.

A água divinatória mostrava que o horizonte estava escarlate. Soldados marchavam pela terra, não à procura de batalhas, mas daqueles como Crisate, que traficavam com a magia negra. Roma buscava aliados, mas os romanos não tinham noção das Moiras que tentavam. Não tinham noção das coisas antigas que elas atraíam.

No caos havia oportunidade para mudança, para inversões de poder. Hécate, que há séculos se encontrava presa, com influência limitada, poderia se libertar. Ela vivia há muito mais tempo que os deuses que agora governavam o Hades, e seus poderes eram tão simples e profundos como os da própria Terra, a força escaldante da lava, o gelo das tempestades de neve. O coração de Hécate era feito de lascívia e fome, de morte e êxtase. Os poderes que Crisate vira na água divinatória eram igualmente antigos. Se Crisate conseguisse encontrar um jeito de canalizar tal poder, Hécate poderia vir à tona e sua sacerdotisa junto.

Crisate retirou do dedo o anel de opala com o rosto da deusa entalhado e o deixou cair na bacia, terminando a previsão. Já vira o bastante.

Lançou um rápido olhar em volta da caverna, passando pela pilha de ossos no canto. Pegou apenas algumas coisas, colocadas em sacos de couro, como bálsamos de ingredientes raros, cera de abelha, uma faca tão antiga e usada que sua lâmina era um mero sussurro de metal.

Falando em grego, baixinho consigo mesma, ela foi descendo descalça o caminho de pedras em direção aos soldados.

Conforme andava, os nós de seus cabelos se desembaraçaram por conta própria, o corpo esguio tornou-se curvilíneo, a pele enrugada ficou sedosa e os olhos, verdes e luminosos.

Ao alcançar os legionários enviados por Marco Agripa, ela parecia quase humana.

2

O barco remexia-se na tempestade, a madeira cantando e rangendo, a água salgada se infiltrando pelas fissuras. Era um cargueiro levando produtos e escravos da África para a Itália e, abaixo do convés, podia-se ouvir animais selvagens, destinados ao combate no Circo Máximo, uivando e se deslocando. Ao chegarem a Roma, seriam abrigados em túneis debaixo da cidade e os sons das bestas seriam sutilmente ouvidos pelos pedestres acima, como se a África tivesse se tornado o Mundo Subterrâneo de Roma.

Os marinheiros andavam pelo convés, inquietos, orientando-se pelas velas e reunindo as cordas, olhando para a noite, desconfiados de maus presságios. Andorinhas tinham feito ninhos nos cordames e um monstro fora visto do lado perto da popa. Sua sombra escura com a barbatana afiada seguia a embarcação, não tão funda na água para ser inofensiva. Os marinheiros se sentiam inseguros desde a saída do porto, principalmente com os guinchos e rugidos de sua carga. E os encarregados de alimentar e atender os animais sentiam-se ainda mais nervosos.

Havia algo de errado lá no escuro e os lampiões não eram suficientes para iluminar os cantos.

Uma cabra atravessou o convés apressada, o pelo sobressaindo com tufos molhados.

Uma andorinha voou em círculo.

O cheiro de pelo quente e grãos pisoteados, o cheiro de fome.

Havia algo de errado.

Um leão rugiu. Um estrépito, um som ondulante na água e um tigre respondeu. O balido lamentoso dos cabritos presos. O som de asas grandes, se elevando, captando o ar imóvel e depois caindo. Cascos pisando na madeira, o barulho das correntes. Seis leões. Seis tigres. Gazelas. Zebras. Crocodilos. Avestruzes. Um rinoceronte e um hipopótamo, o último capturado com extrema dificuldade. Os egípcios reverenciavam e temiam os animais como personificações terrenas do deus maléfico, Seth, e, mesmo enjaulado, o hipopótamo era perigoso para qualquer coisa que chegasse perto.

Escravos conquistados em batalhas eram transportados em outro ponto do porão. Os homens se destinavam ao ofício do combate, as mulheres, ao das lavanderias, bordéis e cozinhas. Todos os passageiros viajavam como uma só carne, humanos e bestas lado a lado. Em breve, seu sangue entreteria Roma, tinta vermelha derramada para escrever um conto no pó.

Uma canção desesperançada subiu das dependências dos escravos e o criado do navio subiu ainda mais alto no mastro.

Em seu parco camarote, Nicolau, o damasceno, sentava-se encolhido, gemendo de enjoo.

Ele levara tempo para sair do Egito. Três meses haviam se passado desde a noite em que ele estava do lado de fora do palácio, pronto para fugir.

— A rainha está morta — gritavam pelas ruas, e Nicolau se encheu de um alívio culpado. Ela havia se matado. Seus problemas estavam resolvidos. Ele acabou num bordel, chorando e, ao mesmo tempo, celebrando o luto. A mulher que comprou não era jovem nem bonita, mas era feita de carne e osso, nada tinha do mundo dos espíritos. Quadris largos e seios redondos, perfumada e velada por panos baratos. Com o rosto em seus cabelos, inalando seu cheiro, ele se regozijou com a vida que se lhe apresentava.

Depois, ficou vagando pela cidade, cogitando se realmente seria necessário partir, até ouvir pelas ruas sussurros nervosos de que Otaviano fizera uma busca no mausoléu e que a rainha tinha desaparecido sem deixar rastro. Em seguida, soube que os romanos estavam procurando por um acadêmico, um tal Nicolau de Damasco, tutor das crianças reais.

Os muros do *Museion* exibiam cartazes com seu nome e o anúncio de uma recompensa, e ele sabia que seus colegas poderiam entregá-lo ou escondê-lo com a mesma facilidade. Estavam todos de bolsos vazios agora que Alexandria estava ocupada. Era preciso sair do Egito imediatamente.

O porto estava fechado e sob guarda. Na companhia de um músico subornado, escondido dentro de um tambor, Nicolau se contrabandeou para fora da cidade. Quando finalmente saiu das muralhas, ele levou mais de dois meses viajando perigosamente para chegar até um porto aberto. Fez o caminho inverso por aldeias, temeroso de estar sendo vigiado. As patrulhas romanas estavam em todo lugar e os homens de Marco Agripa eram especialmente tenazes. Ele ouviu falar do acadêmico damasceno desaparecido em cada aldeia por onde passava. Era uma sorte que sua atividade lhe tivesse ensinado idiomas muito além do seu de origem. Rapidamente, Nicolau aprendeu a dizer que nunca estivera em Damasco. Não. E quanto aos estudos? Era aprendiz de padeiro.

Em sua infeliz jornada, ele foi testemunha da destruição de milhares de estátuas e gravuras de Cleópatra. Todas estavam vindo abaixo, com exceção das poucas que o imperador havia sancionado.

Os operários que trabalhavam nessas imagens relatavam estranhos pedidos dos conquistadores. O imperador ordenara que fosse acabada a construção de um templo iniciada pela rainha e cuja fachada era decorada com uma representação de Cleópatra e de seu filho, Cesário, fazendo uma oferta a Ísis.

O templo e sua decoração eram tradicionais, o rapaz representado numa versão com uma miniatura de si mesmo andando atrás dele. As almas da realeza eram retratadas desse modo.

A representação de Cesário era tradicional, mas a da rainha não.

Otaviano ordenara que ela fosse representada, no templo de Dendera, desacompanhada de seu *ka*, sua alma.

A maioria imaginou que tinha sido um ato de difamação, um deboche da mulher conquistada por Roma. Cleópatra, simbolicamente roubada de sua alma, já não era realeza. Foi um elegante insulto metafórico.

Nicolau, o damasceno, desconfiou de outra coisa.

O que saberia Otaviano?

Quando, enfim, ele chegou a um porto aberto, estava tão desesperado para sair do Egito que subiu a bordo da primeira embarcação que viu,

Perséfone, um cargueiro grego cheio de escravos e animais, com destino, ele supôs, a Atenas. Ele comprou a passagem com moedas cunhadas com a imagem da rainha, pagando mais do que esperava.

— Estas estão sendo derretidas agora — disse-lhe o capitão. Já fazia quase dois meses que a rainha tinha morrido. As moedas eram os retratos mais fáceis de apagar, jogadas numa mistura metálica e depois fundidas novamente. As novas tinham Otaviano e seu general, Marco Agripa, na frente. Na parte de trás havia um crocodilo acorrentado.

— Então fique com todas — disse o acadêmico. — Não me serão de serventia.

Eles já estavam no mar havia uma semana quando ocorreu a Nicolau perguntar qual era o destino exato da embarcação.

— Estamos indo para Roma. Os animais têm o propósito de celebrar o triunfo do imperador no Egito.

Nicolau teria rido se não fosse tamanha idiotice. É claro. Ele se colocara a bordo de um barco que navegava para os braços daqueles que o caçavam.

Agora ele estava a bordo dessa embarcação de animais, vendo-a cortar as ondas e cogitando se, apesar da fuga, de todo o planejamento, sua hora final não estava chegando. Ele vira coisas enquanto o barco seguia, visões nas profundezas verdes, e nenhuma delas era brilhante. Tubarões, com seus olhos cinzentos e insensíveis, e mais. Coisas tentaculares, nada bonitas. Nenhuma das sereias dos grandes épicos. Ele pensou por um instante em seu ídolo, Homero, que havia simplesmente vivido e morrido um poeta. Não fora um tolo feito Nicolau. Não tinha traficado com magia que não entendia.

Nicolau suspirou e coçou os olhos. Ele poderia ter desaparecido no deserto ou retornado à corte do rei Herodes, de onde viera.

Em vez disso...

As Moiras tinham arranjado as coisas de outro modo. Mesmo contra a vontade, ele a seguia para a Itália. Ela ia ao encalço de seu inimigo e dos filhos sobreviventes. Ele não tinha dúvida de que, se ela estivesse viva, era para lá que iria.

Nicolau passou os dedos pelos cabelos longos, dando-lhes puxões na tentativa de reanimar a mente e se manter acordado. Ali estava ele, balançando num barco, em um mar agitado, impotente para interromper o que desatrelara.

Em algum lugar nas profundezas de seu conhecimento, certamente devia haver uma solução. Em algum lugar havia a história certa, uma história de triunfo, de mortais conquistando os deuses. Anos de leituras, anos de aprendizado e, no entanto, ele ainda não conseguia pensar no que devia ter feito.

Subitamente, ele se sentou ereto, escutando.

Em algum lugar lá embaixo, ele ouviu de novo. Um lamento. Um gemido. Um grito.

Em algum lugar, bem abaixo dele, alguém estava morrendo.

O chefe da tribo *Psylli* observava a areia se levantando no horizonte enquanto colhia as últimas gotas de veneno das presas de sua víbora. Depois, guardou as serpentes na cesta de viagem.

— Ssh... — murmurou ele, olhando para suas triangulares cabeças brilhantes. — Durmam, doçuras.

Ele já estava pintado para o serviço, a pele cor de ébano decorada com pigmentos vermelhos e preciosas tintas violeta. Na cabeça, levava o adorno cerimonial, assim como os ornamentos de coral. Não fazia sentido evitar os romanos. A tribo nômade lhes prestava serviços regulares, com questões relativas ao envenenamento do inimigo e à cura dos que tinham sido envenenados. O próprio Usem tinha prestado serviço aos romanos há apenas três meses, quando fora a Alexandria para atender a falecida rainha Cleópatra. Apesar de ter tentado, com os dedos no coração e os lábios na picada, Usem não tinha conseguido ressuscitá-la.

Ele imediatamente percebeu que ela não tinha morrido em função do veneno de cobra, embora não conseguisse determinar a causa de sua extrema imobilidade, um corpo luminoso em seu quarto luminoso. Ela não parecia totalmente morta ou, se estava, era um tipo de morte que ele nunca encontrara antes.

Havia algo terrivelmente errado. Usem tentou falar ao homem que agora era imperador, mas os romanos o ignoraram e ele acabou desistindo, pegou seu pagamento e partiu.

Ao retornar de Alexandria, Usem consultou o vento, que ia a todos os lugares e tudo via. Agora ele entendia. Uma deusa das trevas ressurgira, uma das Antigas, e Cleópatra era seu recipiente terreno.

As forças do caos se agitavam.

Serpentes inquietas saíam de seus ninhos e leões vagavam nas aldeias pela África. Manadas de elefantes estouravam. Um dos homens da tribo de Usem tinha visto a rainha andando por uma estrada poeirenta no sul. Segundo ele, o próprio ar sacudia com seu poder. Ela matou vários aldeões antes de seguir adiante e os nômades recolheram os corpos na beira da estrada, murchos, pálidos e sem sangue.

Os sinais tinham cessado alguns dias antes, mas Usem não era tolo de imaginar que isso significasse paz. Talvez a rainha tivesse saído da África, mas não importava. Aonde ela fosse, o mundo se transformaria, e o que ela fazia era suficiente para romper o equilíbrio. O surgimento de tamanha força não era benéfico para ninguém.

Os mares se agitavam, cada vez mais altos. Ondas furiosas batiam nos muros de Alexandria. E estranhos animais eram varridos das profundezas.

Embora tivessem sido os romanos a enfurecê-la, a violência de tal criatura não se restringiria aos inimigos. Ainda assim, Usem não tinha medo. Seu povo era guerreiro por natureza. E havia como lucrar nesta luta, com mais que ouro, embora essa fosse a forma usual de pagamento pelos serviços de um *Psylli*. Não. Esta luta era questão de vida e morte, e Usem procurou tirar vantagem disso. Os romanos estavam desesperados. Ele conduziria uma negociação mais dura. Se eles quisessem empregar um *Psylli* no combate a uma imortal, isso lhes custaria mais do que estavam acostumados a pagar.

Usem, na verdade, tinha um preço em mente.

Ele olhou à volta, para o deserto plano, para os camelos e seu cavalo. Seus filhos, três meninas e três meninos, estavam na tenda e a avó deles esticava os braços para abarcá-los.

Quando os soldados chegaram ao acampamento, Usem jogou a pele de leopardo sobre os ombros. Ela representava o céu estrelado e sua posse de tal coisa mostraria seu poder aos que buscavam usá-lo.

— Cavalgarei em sua companhia, contra seu inimigo — disse ele ao líder, as palavras precisas.

— Não tem escolha — disse o centurião, assomando sobre ele. O fato de os legionários estarem montados indicava a necessidade de serem velozes. Caso contrário, teria sido uma marcha. — É o desejo do imperador que venha.

O *Psylli* deu uma risada, um estrépito seco de júbilo que sacudiu seus ornamentos e fez a areia à sua volta formar um pequeno tornado. Os ventos lhe eram caros e ele os invocou para se postarem ao seu lado.

No horizonte, o céu ficou preto, num turbilhão, formas de bestas cornudas se formando na areia. Seus olhos faiscavam raios de fogo conforme se moviam na direção dos intrusos.

Os soldados recuaram diante desse espetáculo, grunhindo em descrédito, bem como Usem pretendia que fizessem.

— Sempre há uma escolha — disse o *Psylli* ao montar no cavalo, fustigando suas ancas com os pés descalços. — Fiz a minha. Cavalgamos para a guerra.

4

O grito era repetido, alto, desesperado, desolado e depois houve um rugido tão forte que fez tremer as estruturas. Nicolau correu para o convés, onde os marinheiros estavam em pânico, praguejando.

— Se os leões estão soltos — disse um — vou subir no mastro.

— Eles conseguem subir — disse outro. — Não os viu pendurados nas árvores? Seria melhor se nos jogássemos na água.

Eles olharam por sobre a amurada, no escuro, as formas com barbatanas ainda os acompanhavam. Outras haviam se reunido à primeira e agora a embarcação era acompanhada por uma nuvem subaquática de predadores. O capitão, um homem robusto, curtido pelo tempo, com tatuagens cinzentas nos ombros que equivaliam a uma vida, olhou os tubarões lá embaixo, deu uma cuspida, puxou a espada e tentou impor a ordem.

— Se os leões estão soltos, nós os mataremos ou os devolveremos à jaula. Nada a temer, rapazes.

Outro rugido, seguido por gritos.

Gritos.

Gritos.

E silêncio. Que durou tempo demasiado.

As andorinhas se lançaram dos cordames. A lua deslizou pelo céu e o sol se insinuava abaixo do horizonte, os dedos brilhantes se agarrando na beira do mar. Todavia, a tripulação ficou no convés.

Ninguém queria ser o primeiro a investigar o que havia transpirado abaixo.

— Os leões estão dormindo — disse o capitão, mesmo sem estar inteiramente convencido disso. Havia algo no rugido que se instalara na boca de seu estômago. — Os leões se alimentaram e agora dormem.

Ninguém se mexeu. Os escravos gladiadores eram uma carga cara, no mínimo. Ninguém queria ir lá embaixo e descobrir uma carnificina. Principalmente se as criaturas que a tivessem realizado ainda estivessem lá, ocultas e famintas.

— Eu vou — disse o passageiro solitário assim que o dia raiou.

Os marinheiros o encararam.

Certamente, estava louco. O passageiro falava dormindo, balançando-se impacientemente na rede, e falava em idiomas que os marinheiros nunca tinham ouvido.

Contudo, ele não era um deles e, sendo assim, todos estavam dispostos a deixá-lo ir ao encontro de sua morte.

— Há quantos leões lá embaixo? — perguntou Nicolau, parado diante do alçapão trancado que levava ao porão dos animais.

— Seis — disse o capitão.

— Se um estiver solto, então todos estão?

— Exatamente.

O capitão estava armado com flechas untadas de acônito. Passou a Nicolau uma espada e um escudo e os marinheiros ficaram em formação, esperando para afugentar os leões do convés.

Nicolau começou a descer a escada, a cada degrau esperando sentir um bafo quente em suas costas. O lampião não era forte o suficiente para iluminar a escuridão. Ele só percorria um pequeno círculo de luz, e além do qual estava algo horrível.

O que ele estava fazendo, descendo uma escada em direção a um local escuro e assombrado?

Poderia ser uma questão de tempo até estar morto, de qualquer forma; um homem procurado indo para Roma.

Era possível ouvir respirações lá, na escuridão distante. Ele ergueu o lampião à frente, a espada na outra mão, vencida pelo tremor.

Um leão amarelo-acastanhado, olhos cor de âmbar, enorme, se espalhava no chão, a juba manchada de sangue. O animal encarou Nicolau calmamente por um instante e então, do mesmo modo inesperado, levantou o lábio e exibiu os dentes compridos. O historiador sentiu os intestinos se liquefazendo. Porém, havia grades entre eles. Este leão não havia escapado.

Ouviu-se um som atrás dele. O som do ar deslocado por um salto silencioso.

Nicolau se virou, o lampião balançando, e vislumbrou uma pele dourada antes que desaparecesse nas sombras. Ele sentiu o cheiro almiscarado da pele sedosa da criatura.

Virou o rosto lentamente e os contou. Havia seis leões na jaula.

Mas havia sete leões no cômodo.

De repente, ele ouviu o choro abafado de uma mulher. Nicolau andou com cautela em direção à porta que levava às dependências dos escravos. O lampião se apagou com sua entrada e então ele não conseguiu enxergar mais nada. Os outros sentidos compensaram, tentando tirar conclusões do invisível.

O cheiro forte, sufocante, de corpos excessivamente perto, de suor e sal, fezes e sangue.

O tremendo calor se irradiava das paredes e do chão.

O som de soluços. Uma única voz. Uma voz feminina.

Era possível ver uma luz entrando por algum lugar, uma fissura na lateral do barco. Ele foi em sua direção, pisando com cuidado, o pé escorregando em algo que ele preferiu não pensar.

A princípio, ele não conseguiu encontrá-la. O chão estava coberto de palha e...

Seus pés tocaram em objetos sólidos, estranhamente frágeis. Seus olhos começaram a se ajustar e ele recuou, horrorizado.

Corpos.

Os soluços continuavam, mais suaves agora.

Nicolau tapou a boca com a mão, engolindo bile. O leão tinha matado todos os escravos. Todos menos uma, e ela estava lá, chorando no escuro. Cada nervo do historiador gritava pela sua partida, exigindo que ele subisse correndo a escada e fosse para a luz.

Mas onde estava o animal?

Algo se moveu rapidamente diante dele na luminosidade fraca, uma forma pouco visível e impossível de definir. Ele estendeu a espada à frente e fatiou o ar. Não havia nada ali.

— Não conseguirá me matar assim — alguém sussurrou bem atrás dele. Ele sentiu a respiração no ouvido.

Ele girou, brandindo a lâmina no lugar de onde viera o som, os ombros encolhidos. Seu coração batia forte e de repente ele percebeu que...

Conhecia a voz.

Estava desgastada, já não era ressonante como tinha sido, mas ele a conhecia. Ele a ouvira contando histórias, cantando, chamando os filhos. Ele a ouvira recitando o feitiço, ao ensiná-la a pronúncia das palavras.

— Devo matá-lo também? — perguntou a voz, e então houve outro som engasgado de pura infelicidade. — Não consigo parar. Deixe-me se quiser viver.

Ele foi em sua direção. Lá estava ela, encolhida sobre um rolo de corda.

— Como pode estar aqui? — perguntou ele, fazendo um esforço. Uma pergunta imprópria.

Ela o encarou, e ele viu, na penumbra, seus olhos cintilando, a expressão fatigada. Seu rosto estava marcado pela infelicidade, a boca cheia de sangue.

— Não me conhece — disse ela. — Não sou nada que vive na luz.

O que se tornara a vida dele? Ali estava ele, em um barco de escravos no mar com a criatura que tinha sido rainha do Egito.

— Rainha Cleópatra, sou Nicolau de Damasco. Eu era tutor dos seus filhos — disse Nicolau, sem elevar a voz mais que um sussurro. — Eu a conheço.

Ela emitiu um som que era uma mistura de risada e soluço.

— Conhecia — retrucou ela. — Você me conhecia. Já não me conhece mais.

Ela levantou a mão na direção dele. Seus membros longilíneos, os dedos delicados, tudo manchado de vermelho. Ela segurava algo envolto num pano.

— Que foi que fez? — perguntou ele, a voz estranhamente alta e áspera. Estava a ponto de desfalecer e mesmo assim a raiva se insurgiu dentro dele, triunfando sobre o medo. — Havia cem escravos neste barco.

— Você achava que eram gente? — perguntou ela, levantando o queixo, e havia um vestígio do antigo orgulho. — Não eram tratados como gente. Nesta embarcação eram animais. Os romanos os alimentavam com a mesma comida dos animais. Eu era uma rainha e agora sou uma leoa. Era uma leoa e agora sou uma escrava. Era uma escrava e agora sou um animal. Como animal, tenho fome. Eu não deveria me alimentar?

— Onde está o resto? — perguntou Nicolau.

Cleópatra gesticulou, indicando o buraco na lateral do navio. Nicolau percebeu um trapo agarrado na lasca de madeira.

Os tubarões. De repente, Nicolau entendeu o cardume prateado que seguia a rota da embarcação.

— Se já me conhece, então me ajude agora — disse ela.

Nicolau deu um passo para trás. Não queria o que ela tinha para lhe dar.

Cleópatra puxou o pano que tinha nos braços e revelou o rosto de um menininho, talvez de quatro anos. Faces cinzentas, cabelo escuro e embaraçado.

Os olhos da criança se abriram e ele olhou apavorado para Nicolau. O historiador o tirou dos braços de Cleópatra. O menino não estava ferido.

— Esta era a mãe dele — Ela tocou num cadáver com os dedos. — Eu estava com as mãos nele quando percebi.

Ela abriu as mãos e mostrou machucados na pele.

O pesar no rosto do monstro arrebatou Nicolau de culpa. Ela não era totalmente monstruosa. Ainda era possível ver a Cleópatra que ele havia conhecido lá dentro.

— Eu não mataria uma criança, acredite. *Ela* toma conta do meu corpo e tem fome. Achei que fosse forte o bastante para lhe resistir.

O historiador se debateu com a própria alma. Ele ajudara a fazer isso. Ela estava ali por causa dele.

Sekhmet não ligava nem um pouco para ouro, para pedras preciosas. Só desejava sangue. Uma vez que começava a matar, não conseguia parar. Era esta sua natureza. Cleópatra não havia matado por vontade própria, mas porque ele havia traduzido aquele feitiço, traduzido mal, e evocara a deusa sem proteção para o conjurador.

Não tendo ele feito isso, a rainha estaria morta e sepultada todos esses meses. Nicolau não se encontraria a bordo daquela embarcação, caçado por romanos, um criminoso.

— O que quer de mim? — perguntou ele.

— Meus filhos estão em Roma com o imperador. Ajude-me a encontrá-los. Ele matou meu marido. Matou meu filho. Matou a *mim*.

— E mesmo assim, vive.

— Então não sabe o que são os vivos.

Ela agarrou a mão de Nicolau e a pôs em seu peito. Ele tentou se desvencilhar, mas ela o segurou ali até ele sentir a ausência do batimento cardíaco.

— Eu a ajudarei — conseguiu dizer.

5

Auðr estava ajoelhada ao lado de uma cama nas profundezas da floresta setentrional, quando ouviu os legionários se aproximando. A moça que ela atendia estava sem fôlego, a barriga inchada, azulada e rígida, o colchão de palha embaixo dela estava encharcado de sangue, e Auðr silvou, frustrada. Os cavalos lá fora a distraíam e ela precisava de todos os seus poderes para isso. Seus braços tremiam de tensão. Havia se passado tempo demais.

Do outro lado da porta, a neve caía acima dos pinheiros. Em sua pátria, os deuses vinham com as luzes nórdicas, vislumbrando suas fogueiras pelos céus, tecendo nuvens em seus teares, cantando com o trovão. Aqui, eles nem sabiam da existência de sua pátria. *Oceanus*, a chamavam, como se não fosse um lugar de verdade, como se a água se estendesse, cobrindo o mundo além do deles. Contudo, ela estava ali há anos, tendo atravessado o oceano para essa floresta. Seu componente na trama havia ditado que ela se colocasse ali. O som dos cascos na terra gelada era nítido e Auðr praguejou baixinho. Não esperava os romanos tão cedo.

Auðr era uma fiandeira do destino, uma *seiðkona*, mas, pela primeira vez na vida, era incapaz de enxergar a totalidade do futuro. O mundo passara por uma grave mudança e, durante meses, ela tentara entender qual era. A única coisa que ela sabia é que havia fios tortos na trama, uma perturbação obscura na tapeçaria do tempo.

Destruição e derramamento de sangue, antigos deuses ressurgindo. Morte.

Se toda a humanidade estava destinada a morrer ou a decair em dor e caos, não era o papel de uma *seiðkona* tentar mudar isso, Auðr sabia; ela não deveria interferir no destino do mundo, mas não conseguia se controlar. Apesar de não ser mais tão forte como era na juventude, Auðr passara a vida impedindo que o caos encontrasse solo fértil num universo disciplinado. Ela não temia a morte, mas temia ser levada antes de concluir seu trabalho.

Ela estava longe de casa, longe de seu povo e infringira as regras.

Dois dias antes, transgredira as regras de modo irrevogável ao trançar os fios do próprio destino aos que iniciavam o emaranhado.

À sua frente, a cabeça da jovem pendia para trás, os olhos se revirando como os de um animal apavorado. A *seiðkona* dobrou os dedos em sua roca, sua *seiðstafr*, torcendo e arranjando os fios do destino da moça e de seu filho com o máximo de rapidez possível. A jovem gritou e se contorceu, ficando arqueada na cama, o corpo controlado pelo poder de Auðr.

A fiandeira do destino segurou o bebê nas mãos. Uma menina. Imóvel. Pálida feito um peixe. Lábios e pálpebras azuis. Nenhuma faísca de vida ali, nenhum batimento cardíaco.

Já estava morta havia umas três horas, talvez mais.

Batidas na porta, gritos, cavalos. A *seiðkona* agarrou a roca. Seus dedos trabalhavam uma nova urdidura nos fios da criança, criando uma nova trama. Todo mundo tinha um lugar na tapeçaria e essa alma teria o seu. Teria uma vida cheia de milagres comuns. A *seiðkona* lhe daria. Seria seu último ato nesses bosques.

Auðr pressionou os lábios do bebê nos seus e disse uma palavra, exalando-a em sua boca ao mesmo tempo em que a porta da cabana se abria com violência e os soldados entravam gritando. A nova mãe deu um grito e a *seiðkona* olhou para cima, vendo apenas a silhueta dos homens contra o vão da porta.

Duas mãos arrastaram Auðr da cabana. Alguém a jogou no lombo **do** cavalo, rasgando sua capa de couro e arrancando o capuz que cobria suas tranças brancas.

Ouviu-se o choro do bebê lá dentro da cabana, fraco no início e depois mais forte. Com isso, a *seiðkona* sorriu, mas um objeto pontudo a atingiu no crânio e ela apagou.

Horas mais tarde, a luz lhe cortou os olhos e ela se encontrou amarrada sobre uma sela — o cheiro de couro, a fragrância salgada da carne do cavalo — um homem de armadura atrás dela.

Os soldados tinham vindo a seu pedido, embora não soubessem. Ela mudara os destinos para trazê-los à sua porta. A manipulação dos destinos garantia que, em breve, Auðr estaria no centro da escuridão, fazendo parte do que viesse a acontecer lá. Morreria lá, ela sabia. Não havia outra escolha.

O sangue pingava do ferimento em sua testa, caindo na pele clara da coxa. A mão do homem se estendeu para sua cintura e ela mostrou os dentes com um rosnado.

— Ela acorda — disse ele, demonstrando um rudimentar domínio da língua da floresta. — Sou Marco Agripa e você está convocada por Roma.

O sol ardia sobre a cabeça do imperador, queimando-lhe o couro cabeludo. Sua carruagem era puxada por quatro cavalos brancos e ele usava a coroa de louros, a toga bordada em dourado perfeitamente arrumada sobre a túnica. Olhava para a multidão romana com tranquilidade, como se não imaginasse a presença de um inimigo entre as pessoas, como se não esperasse que o mundo fosse estremecer, e a cidade à sua volta desmoronar. Se uma terrível guerra sobrenatural estivesse chegando, Otaviano precisava que seus aliados acreditassem que seu poder havia sido concedido pelos deuses.

Onde estava Marco Agripa? Ele e os legionários tinham corrido o mundo em todas as direções para encontrar a assistência de que Otaviano necessitava, mas haviam se passado meses sem que houvesse notícias de nenhum deles. E se Agripa *a* tivesse encontrado? Seria culpa de Otaviano, que fora muito covarde para contar ao seu general sobre a ressurreição de Cleópatra.

Otaviano tinha um sorriso tenso no rosto e seguia em procissão, atrás do cadáver da conquistada rainha do Egito. Um escultor tinha reproduzido a imagem do corpo de Cleópatra com incrível realismo, tendo uma víbora atracada em seu peito. Ela era carregada numa pira florida, e seus filhos andavam de cada lado, com pesadas correntes, o menor na frente. Selene movia-se regiamente, o cabelo solto e liso caindo nas costas. Não havia pesar em seu rosto, que podia muito bem ter sido entalhado do mesmo mármore da efígie de sua mãe.

Era uma cruel ironia. Marco Antônio, que não tinha necessidade de herdeiros, gerara pelo menos quatro filhos e várias filhas, mas os deuses tinham dado a Otaviano apenas um rebento, e era uma menina, incapaz de sucedê-lo. Sua filha de 11 anos, Júlia, sentava-se na carruagem ao seu lado, mas ela não herdaria o império. Roma não aceitava soberanas, nenhuma rainha.

Por um instante desagradável, Otaviano pensou em rainhas. Desde Alexandria, ele ficava acordado todas as noites, andando pelos aposentos, aflito com as visões que tivera nos olhos de Cleópatra. Criaturas voadoras e o céu coberto de raios, pilhas de corpos jogados em valas, crianças, mulheres e homens lutando. Ele podia cochilar por uma hora, mas logo acordava sobressaltado, aos gritos. Empregou contadores de histórias e músicos para ficarem ao lado da sua cama e cantar, tecer contos de heróis e vitórias, qualquer coisa que o impedisse de cair em sono profundo. Mesmo à luz do dia, carregado na liteira, ele temia os pesadelos que pudessem surpreendê-lo se ele se recostasse pesadamente nas almofadas e adormecesse.

Ele cogitou a possibilidade de ser loucura o envio de seu principal defensor à procura de algo que talvez nem existisse. Feiticeiras. Magos. Salvadores.

Tentou se acalmar. Agripa e seus homens avançavam. Encontrariam o que Otaviano necessitava. Marco Agripa não aprovou nem entendeu as instruções de Otaviano, mas não era ele quem estava no comando. Se isso tinha de ser uma guerra, ele deveria estar preparado, assim como Alexandre, o Grande, estaria. E se seus métodos fossem incomuns? Não seria vergonha combater uma criatura não natural desse modo. Roma possuía legiões, sim, 150 mil homens de prontidão e mais de 350 mil se ele acrescentasse os soldados baseados nos estados vassalos, mas de que adiantariam as legiões contra ela? Era preciso algo mais. Ele próprio banira a feitiçaria em Roma, mas essa era uma situação especial.

No fim da procissão, Otaviano se postou diante do povo para receber o novo nome. Era o momento que imaginava havia anos e, no entanto, não lhe deu prazer. Escolheu o nome Augusto pelo bom augúrio, sugerindo que os áugures tinham visto seu reino em seus presságios e renomeou o mês Sextilis, o mês em que conquistara o Egito, inspirado no seu. Augusto, ele pensou, lembraria anualmente a seu povo a submissão do Egito.

Agora ele lamentava tudo o que dizia respeito ao assunto. O Egito não se submetera.

Ao contrário, o Egito avançava.

A multidão diante dele aplaudiu, acenando com bandeiras e lenços, jogando flores, cantando seu novo nome nas ruas ensolaradas de Roma. A última vez que se expusera diante de tanta gente tinha sido na execução de Cesário. Hoje, ele tomava o nome do pai de Cesário como seu.

Caio Júlio César Augusto.

A pele se arrepiou e o estômago se remexeu, inquieto. Na viagem de volta do Egito, ele sentira o cabelo ficando branco, mecha por mecha e, durante o jantar na sétima noite no mar, ele teve uma sensação desastrosa. Levou a mão à boca e puxou um dente caído.

Um terrível presságio. Ele se sacudiu. Não acreditava em presságios.

Quando as cerimônias acabaram, ele voltou apressado ao Palatino, subiu correndo as escadas de mármore e foi para o seu gabinete, dispensando os conselheiros e se servindo de uma taça de vinho puro, sem água. Destapou um pequeno frasco de algo que os médicos lhe garantiram ser um antídoto para qualquer tipo de veneno potencial, o theriaca, feito com a receita do próprio Júlio César, que protegera o benfeitor de Otaviano de tudo, menos da traição de seus amigos. A poção continha, entre outras substâncias desagradáveis ao paladar, canela, olíbano, fezes de escaravelho, acácia, rododendro, acônito, íris, anis, terebintina, ossos pulverizados de reis, veneno de víbora e, o mais importante, lágrimas das papoulas que floresciam nos grandes campos glaciais da Itália. Como último acréscimo, o imperador fornecera aos seus médicos o pedaço de pano roubado da múmia de Alexandre.

A poção resultante cheirava como um campo de batalha após três dias de deterioração, mas, de todo modo, Augusto tomou algumas gotas, consumiu a taça de vinho inteira e serviu-se de outra.

Todo cuidado era pouco.

Olhando pela janela, os olhos claros se semicerrando com a luz, o imperador só conseguia pensar na escuridão. Ela viria, não importava o que ele fizesse para resistir.

Esperava que Roma estivesse preparada.

7

O porto de Óstia fervilhava, legiões de soldados chegavam e se apresentavam às forças do imperador, carregamentos de grãos, tecidos e escravos, além dos agrupamentos de marinheiros, soldados e prostitutas que conduziam seus negócios.

Um navio que trazia uma carga de animais há muito esperada, importada para celebrar o retorno do primeiro cidadão de Roma, estava sendo descarregado em meio a tudo isso, as criaturas atreladas, amordaçadas e depois estocadas para se juntarem à multidão.

As zebras desceram primeiro, os cascos batendo com força na prancha de desembarque após o longo cativeiro. Em seguida, vieram as gazelas, os olhos se revirando para mostrar a parte branca. Mesmo no caos da doca, os avestruzes chamaram atenção, com as passadas largas e os pescoços longos e oscilantes. Os crocodilos, secos e ásperos, andaram lentamente até as pedras, as caudas chicoteando conforme eles se moviam, vários marinheiros segurando as cordas que prendiam cada um. Um conjunto de maxilares estalou e uma coisa emplumada sumiu.

As criaturas mais perigosas foram as últimas a desembarcar. Primeiro, o rinoceronte, com uma rolha na ponta do chifre, numa tentativa de neutralizar seu poder, depois o hipopótamo, que abriu a boca e soltou um berro, para diversão e assombro da multidão. Era a primeira vez que um hipopótamo pisava em Roma. Depois vieram os tigres, cada um medindo o equivalente a dois homens, com seu pelo lustroso, matizado e seus olhos faiscantes e desdenhosos. Finalmente, os leões apareceram no convés com os marinheiros os submetendo a gritos.

— Um dos leões desembestou e comeu todos os escravos que o navio trazia — contou um jovem marinheiro à sua meretriz. — Eu soube pelo criado do navio.

— Qual dos leões? — perguntou ela.

—Aquele. — Ele apontou o maior de todos, um macho com uma juba retorcida e olhos remelentos.

—Aquele parece velho — retrucou ela.

O leão escolheu aquele momento para rugir, mostrando as gengivas desdentadas. A mulher olhou o marinheiro e deu um sorriso debochado.

Uma mulher esbelta, totalmente envolta numa capa escura com capuz e véu pesados demais para o clima, desceu pela prancha do *Perséfone*. Sua mão enluvada estava amarrada à de um homem jovem e bonito, que usava mantos de acadêmico. Com o queixo projetado para a frente e o outro braço segurando uma criança pequena, o acadêmico abriu caminho entre o aglomerado de pessoas.

Quando o trio de passageiros passou, os leões e os tigres começaram a rugir, empinando e lutando com seus captores. Parecia que queriam segui-la, embora, é claro, isso fosse uma ilusão. Os animais que já tinham sido descarregados começaram a berrar também, os avestruzes olhando para os lados, alarmados, e batendo as asas inúteis, as gazelas e zebras disparando aterrorizadas até o fim das cordas e então recuando repentinamente. Um crocodilo rompeu as amarras e seguiu adiante, os dentes estalando, enquanto os marinheiros pulavam em volta dele, tentando subjugá-lo de novo.

A mulher de preto olhou para trás por cima dos ombros, ao ser levada pelo acadêmico e a meretriz viu seu rosto de relance. Um olho pintado de preto, um brilho. Algo de estranho nela, e belo também. A meretriz ficou intrigada.

Cutucou o braço do marinheiro e apontou na direção da mulher.

— Quem é ela? E o menino?

— Os únicos escravos que o leão não matou. O acadêmico os comprou por algumas moedas. Ela trouxe azar. O capitão quis se livrar dela e eu não o culpo.

A meretriz esticou o pescoço para ver melhor a mulher. Que tipo de coisa ela era para que o capitão vendedor de escravos jogasse fora sua perspectiva de lucro? Ela deu um passo na direção deles, mas o marinheiro que já a contratara para a hora a puxou para o lado oposto, as mãos já se enfiando pelas dobras de seu vestido.

Marco Agripa e um pequeno agrupamento de soldados, irritados após meses de viagem, passaram marchando um instante depois, agitados pelo atraso que os animais tinham causado à embarcação. Eles traziam a *seiðkona* junto, com seu longo cabelo branco trançado e os olhos tão prateados quanto metal polido. Ela olhou o porto, a expressão pouco amistosa para qualquer um que, inadvertidamente, cruzasse com seu olhar.

A cabeça de Auðr se virou de repente para encarar a mulher de preto. A velha suspirou, surpresa.

— O que foi? — perguntou Agripa à fiandeira do destino, tropeçando em sua língua gutural.

A *seiðkona* balançou a cabeça, os dedos se crispando. Agripa seguiu seu olhar, o rosto analisando a multidão até pousar em dois viajantes. Havia algo familiar no homem e também na mulher. O modo como seu braço se mexia e a maneira como seus pés pareciam mal tocar o chão chamaram sua atenção. Ela tinha uma estranha graciosidade.

Os olhos de Agripa se estreitaram e ele deu um passo na direção deles, mas, ao fazê-lo, o homem abraçou a mulher com um gesto rude e a beijou.

A atenção de Agripa se desfez. Ela não era nada, uma meretriz ou escrava, e não interessava a Marco Agripa. Ele estava atrasado em Roma. Além disso, a mulher que ela lembrava estava morta havia muito tempo. Agripa riu de si mesmo. O modo como seu coração batia acelerado faria qualquer um pensar que tinha visto um fantasma.

A companhia de Agripa marchou em frente, apenas Auðr olhava para trás. Ela vira algo nos olhos daquela mulher. Uma coisa antiga, obscura e familiar.

A *seiðkona* tinha visto algo parecido apenas uma vez antes, quando tinha 13 anos e fora vendida contra sua vontade como talismã a um navio explorador, mas nunca se esquecera. O navio virou numa tempestade, matando todos, menos Auðr, agarrada a um pedaço dos destroços no meio de um oceano gelado. Por fim, certa de que estava morrendo, ela viu algo nas águas: um olho enorme, uma cauda longa, que rodopiava, uma criatura parecida com a forma de dragão, imitada pela embarcação em que ela viajava.

O monstro ficou lá, parado, nas profundezas azuis, e ela permaneceu mirando seu olho pelo que pareceram mil anos, vendo sua história, um mundo de água, um mar se derretendo. Adorado por marinheiros e reis, e depois esquecido.

Ela tinha visto um deus que vivia bem ao fundo, abaixo do mundo. Um deus antigo, algo anterior ao começo. Sentiu-se mergulhando na escuridão e se entregou, mas o deus a enviou de volta.

Ela fora jogada na praia estrangeira, agarrando apenas sua *seiðstafr*, que ela amarrou bem apertado nos cordões do seu vestido quando o navio afundou. Viva. Ela não sabia por que, não na hora, mas sabia que havia um motivo.

O universo funcionava segundo suas próprias leis. Ela estava destinada a alguma coisa, a uma grande tarefa.

Esta tarefa. Ela bem queria que tivesse chegado antes, quando era mais forte, mas as Moiras têm o próprio tempo.

Auðr sussurrava consigo mesma, tecendo os fios do destino entre os dedos enquanto era puxada pela praça do mercado, rumo ao imperador.

Um instante depois, o sábio e a rainha se separaram do abraço e com poucos passos desapareceram completamente com a criança em meio à multidão e ao caos de Roma.

8

Cleópatra recuperou o fôlego, tentando se controlar, enquanto Nicolau se virava, afastando-se. O beijo do sábio despertou sua fome e agora ela só queria ficar longe dele antes que fizesse algo do que se arrependeria.

Ele também queria ficar longe dela; dava para sentir. Queria sair correndo, mas prometera ajudá-la. Suas palavras corajosas eram falsas. Nicolau tremia diante dela, mas, mesmo assim, conseguia lhe dar as costas, abrindo caminho entre a multidão, seguindo pelas ruas estreitas e poeirentas de Roma, a criança dormindo em seus braços.

Ela não sentia pena dele. Fora por sua insistência que eles desembarcaram do navio ao anoitecer e andaram em meio a um mar de gente, tendo como fundo os panoramas e sons de Roma, os animais, as prostitutas e os marinheiros ladeando-os. Sendo conduzida em meio ao aglomerado de gente, ela só via a nuca, a vértebra delgada acima da capa do sábio. Seria fácil. A corda que os unia estava esticada. Ele já estava atado a ela, embora parecesse aos observadores que era ela quem estava atada a ele, sua propriedade, sua escrava.

Daria impressão de que ele era seu treinador e ela, seu animal, uma leoa meramente domada por uma guia, ela pensou, encolerizada. E então se lembrou de que não era uma leoa, mas uma mulher.

— Nunca mais faça isso — conseguiu dizer. — Nunca mais me toque. Eu teria dado um jeito nele.

— Foi a primeira ideia que me veio à cabeça. Os homens de Agripa teriam nos capturado. Eu a salvei.

Ela não era algo a ser salvo, sussurrou a voz de Sekhmet. Era algo a ser venerado.

Será que ela realmente precisava dele?

Sim, Cleópatra lembrou a si mesma. Ele podia sair durante o dia, e ela não. Ele poderia procurar seus filhos onde ela não conseguia chegar. Seu rosto seria facilmente reconhecido naquela cidade odiosa.

— Eu *queria* que ele me visse — disse ela, rebelando-se contra os próprios pensamentos. — Eu o teria confrontado. Agripa era o líder do exército em Alexandria. É por causa dele que Marco Antônio está morto. E ele estava lá quando mataram meu filho, ao lado de Otaviano. Foi ele quem deu a ordem.

— Confrontar? Não quer dizer isso. Quer dizer matar. Teria lutado com ele lá no porto? Havia cidadãos por toda parte.

— *Cidadãos romanos* — disse Cleópatra. E se um romano se ferisse? Importava tanto assim?

— E seu próprio povo, talvez — lembrou-lhe Nicolau. — Havia outro navio aportando carregado de escravos e quem sabe onde tinham sido capturados? Os homens do imperador estiveram por toda África.

O sábio tocou a mão dela e ela a puxou, mal reprimindo uma reprovação. Seria assim dali em diante? Ninguém iria tocá-la? Ninguém iria amá-la?

Não importava. Marco Antônio estava morto.

Ela deveria estar entrando na cidade com sua coroa ancestral na cabeça e, em vez disso, ela subira das dependências dos escravos para pisar no chão sujo. Em comparação com a luminosidade de Alexandria, Roma era uma cidade sem cor, sombria. Em sua pátria, tudo era cortinado com sedas, cada superfície era ornamentada. Aqui, a decoração era vista como uma fraqueza. Na última vez que desembarcara de um navio naquele país, ela tinha Cesário nos braços, recém-nascido e perfeito, e Júlio César ao seu lado. César, pelo menos, respeitara Cleópatra. Ele acreditava que as mulheres eram tão capazes quanto os homens e, quando no curso de sua longa carreira seus inimigos debocharam dele como sendo "afeminado", ele retrucou, argumentando que as amazonas já tinham governado a Ásia e Semíramis fora soberana suprema e feroz da Babilônia por cem anos. Se isso fosse afeminado, que ele fosse uma mulher. Sem se importar com as intrigas, sem fazer caso de sua mulher traída e zombando do que os senadores falavam, ele instalou a amante em sua casa do jardim às margens do Tibre e por lá ela andara, cercada de rosas que a lembravam da pátria.

Eles passavam por aqueles mesmos jardins agora, doados ao povo depois da morte de César.

— Sou uma rainha — disse ela a Nicolau finalmente. — Você é um servo. Não me tocará.

— Fique quieta. Não podemos ser capturados logo na chegada — disse Nicolau sem olhar para ela, e a puxou para uma entrada quando uma patrulha de legionários passou.

Nas sombras, Cleópatra puxou o véu. Seus olhos estavam dilatados, ela sabia. Por baixo do véu, ela examinou os dedos. As unhas estavam compridas e curvadas, garras de uma leoa, que retrocederam enquanto ela olhava.

Antônio, pensou ela. *O que me tornei?*

Falar com ele era a única coisa que a mantinha humana. Ela pensou na cerimônia de casamento deles, em suas mãos enlaçadas, os pavões desfilando, os filhos sentados à volta, os cabelos revoltos dele, a sensação de seus músculos sob a pele do braço que ela segurava. Quando pensava no marido, Cleópatra estava presente, não ficava inteiramente perdida, ela continuava a lembrar a si mesma. Parte dela continuava humana.

Porém, ela temia que isso não fosse verdade.

Entre os felinos, ela tinha ficado bem tranquila, esquecendo-se de sua história, esquecendo-se de tudo. Vingança e Roma pareciam distantes. Ela havia dormido enroscada entre os leões e os tigres, acalmada pelo som de seu ronronar. No corpo felino, ela mal percebia o que estava fazendo e os escravos pareciam esperar o que lhes era destinado. Mal resistiram.

Apenas escravos, Cleópatra pensou, ainda aflita com o que havia acontecido dentro do navio, mas não era consolo. Ela não percebera a criança ao se apoderar da mãe, do pai, de todos, freneticamente, glorificando-se na fome e em sua satisfação. Quase matou a criança também. Estava com a boca em seu pescoço quando se deu conta do que fazia e se forçou a recuar, soltando um grito na escuridão no momento em que descobriu. Ao embarcar, ela acreditava estar controlando a fome, mas estava enganada.

Será escrava dela.

Na metade da viagem, ela percebeu-se agachada entre os felinos no porão, passando os dedos na pele de um tigre, certa de poder ler suas marcas. *O futuro*, ela pensou, crendo, mesmo que fosse por algumas horas, que seus atos estavam ali escritos, suas esperanças e soluções. Ela viu triunfo e glória. As listras do tigre eram hieróglifos, ela pensou, ali sentada no escuro, lendo na língua dos deuses. Só agora, andando pelas ruas de Roma, ela percebia a loucura disso.

Seu futuro, qualquer que fosse, não estava escrito em lugar algum que não fosse o próprio corpo, e sua escrita não era clara. A única coisa que ela sabia é que havia chegado na cidade de seus inimigos. E que estavam todos ao seu redor.

Nicolau colocou a criança do navio como aprendiz de um escriba que ele conhecera em Damasco e, enfim, eles chegaram ao seu destino.

— Ninguém vai nos procurar aqui — disse ele, arrombando a fechadura da porta. Ele a escondeu numa biblioteca, a casa de um poeta, Virgílio, um grande favorito do imperador. Nicolau se encontrara com ele em Alexandria meses antes, e soubera que ele pretendia ficar em Campânia por algum tempo.

Ela tentou estudar a biblioteca de Virgílio em vez de sonhar com incêndios e derramamento de sangue. O sábio trouxe incenso para o aposento e ela queimou a resina, que não lhe deu o prazer de antes. Lembrou-se de Alexandria, do aroma da madeira de cedro importada de Chipre. Essas mesmas tábuas das docas tinham pegado fogo e incendiado a biblioteca lotada com o conhecimento de cada viajante, de cada estudioso, de remédios e magia, mapas e canções mortas, em todos os idiomas da humanidade. Agora, toda aquela verdadeira sabedoria estava perdida, dispersa em forma de cinzas pelo ar do Egito e acomodada na areia. Cleópatra havia inalado as cinzas — ela se lembrou de andar pela cidade enquanto a biblioteca estava em chamas, a fumaça baixa e preta — e elas nada lhe ensinaram.

Nicolau saiu pela cidade para pesquisar a localização dos filhos dela. Era isso que uma rainha devia fazer, ela sabia. Esperar que seus servos lhe conseguissem as informações que ela não obteria por conta própria. Ela sabia que Roma era traiçoeira, que assassinos poderiam aparecer de qualquer lugar. Sabia que precisava ser razoável. Resistiria à voz de Sekhmet. Não podia se vingar até saber o paradeiro de seus filhos. Não se arriscaria a feri-los mais do que já havia feito.

Cleópatra abriu os pergaminhos no chão de mármore. Estudou-os como no passado estudara suas lições de idiomas. Poemas e história, livros sobre mitos, romances e remédios. Tinham sido as palavras que a tornaram uma verdadeira rainha do Egito. Representavam seu poder. Não mais. O pergaminho de certos textos, os mais preciosos, nada irradiava além das vidas de coisas mortas. Ela mal conseguia prestar atenção por tempo suficiente para assimilar as histórias contidas nos rolos.

Mesmo naquele aposento desprovido de janelas, Cleópatra podia sentir a lua cruzando o céu. Ela pensou em Rá, um ancião com ossos de prata, carne de ouro e cabelos de puro lápis-lazúli, viajando pelas águas celestes em seu barco diurno, criando as estrelas e as constelações para que o caminho estivesse iluminado quando a noite chegasse e ele estivesse viajando para o Mundo Subterrâneo.

Agora, o que ela desejava era a noite eterna. A noite era melhor para assassinar seu inimigo que, como todos os homens, certamente dormia quando o sol se punha. Ela conseguia sentir Sekhmet vagando pelo mundo, alimentada pelo comportamento agressivo de Cleópatra dentro do navio.

Tentando se distrair, ela se curvou outra vez sobre o livro à sua frente.

Acabou deparando com um poema não publicado sobre o próprio casamento. Virgílio o encobrira um pouco e enxertara um novo e terrível final para a história. Agora ela era uma fofoca.

Virgílio disfarçara Cleópatra como Dido, a rainha estrangeira de Cartago, apaixonada por Eneias, que a abandonara para voltar para o seu povo. Nesse poema, o suicídio da rainha foi bem-sucedido. Eneias observou a fumaça de sua pira do convés do navio rumo à pátria.

Era como se Marco Antônio tivesse fugido dela em Áctio e voltado para Roma, deixando-a entregue às chamas.

Furiosa, Cleópatra jogou as folhas no chão. Não ficaria ali esperando naquela biblioteca, na casa desse poeta, não importava o que Nicolau dissesse.

Uma antiga cidade cheia de templos. Uma cidade cheia de gente. Seus filhos e inimigos aguardavam.

Augusto derramou a bebida, sobressaltado pelo ruído de alguém no corredor. Ergueu a taça como uma arma, pensando em despedaçá-la na cara do intruso, quando o rosto de Marco Agripa, soturno como sempre, apareceu no vão da porta. Augusto ficou de pé num salto e abraçou o homem.

— Passaram-se seis meses desde Tebas — disse ele, sentindo imenso alívio. — Pensei que estivesse morto, ou pior.

— O que seria pior que a morte? — Agripa olhou para ele, irritado. — Meus homens percorreram todos os cantos do mundo à sua ordem e eu ainda não sei o motivo. Trouxe-lhe três mágicos. Poderia ter recrutado três legiões de guerreiros no mesmo período de tempo.

— Mágicos? — Augusto fez uma careta. — Mágicos eu encontro em Roma.

— Bruxas — emendou Agripa. — Feiticeiros. Seja como for que os chame, são todos o mesmo tipo de criatura, e nada em que eu confie.

— Gostaria que os tivesse trazido mais rapidamente — disse Augusto.

Sentando-se à sua frente, Agripa se inclinou sobre a mesa.

— Assim como *eu* gostaria de saber contra quem planeja guerrear usando os *feiticeiros*. Essa não é a maneira de Roma. Quem nos ameaça? Pártia? Cítia? Não é preciso temê-los. Temos legiões prontas para servir, aqui em Roma e mais no exterior.

— Não é Pártia — disse Augusto.

Agripa ficou um tanto aliviado. As campanhas em Pártia — notória por seus arqueiros e pela falta de forragem — já haviam tirado muitas vidas.

— A Cítia, então?

— Não.

— Então, o que nos ameaça? Os gauleses cabeludos? A Bretanha? É algo que jorrou de Oceanus, algo que nunca vimos antes? Temos a capacidade de combater qualquer coisa, seja monstro ou humano. Somos romanos! — Agripa enxugou o suor da testa e se serviu de uma bebida.

— Sim — disse Augusto, cauteloso. — É algo que nunca vimos antes.

Agripa tomou sua primeira taça de vinho de um só gole, reagindo ao sabor residual.

— Sabe que seu vinho é indecente, não é? — comentou, servindo-se de outra taça, tomando apenas um gole antes de fazer uma careta e jogá-lo fora, balançando a cabeça. — Então, é a paz que o assusta? Admito, é incomum, mas o Egito está conquistado e Roma está fortificada contra qualquer inimigo.

Augusto olhou para ele com uma expressão dolorosa. Meneou a cabeça.

— Conhece-me, Otaviano — disse Agripa, a voz se suavizando. — Nós nos conhecemos desde meninos. Não confia em mim o bastante para contar o que há de errado? Não anda bem desde a conquista de Alexandria, desde o que aconteceu com Antônio. Já perdoei você por aquilo. Foi errado, mas acabou faz muito tempo.

Houve um instante em que Augusto pensou em contar tudo ao amigo, mas a ideia passou rapidamente. Ele era o imperador agora. Não havia ninguém em quem pudesse confiar inteiramente, nem mesmo seus associados mais próximos. Isso ele aprendera com César.

— Meu nome é Augusto, não Otaviano. Já não sou o menino que conheceu. Trate de se lembrar disso — disse Augusto, friamente. — Traga-me os feiticeiros.

Agripa olhou para ele, atônito por um instante, e depois saiu do aposento, balançando a cabeça. Augusto se serviu de outra taça de vinho, e com ele, theriaca. Sentiu os ingredientes se alojarem em sua mente, os dedos formigarem.

A primeira feiticeira que se apresentou foi uma mulher alta, esbelta, de cabelos brancos e olhos prateados, oblíquos e separados. Seus dedos eram nodosos, os lábios pálidos e finos como os de um peixe. Augusto não conseguiu definir sua idade. Podia ter 70 ou 100. Acorrentada, ela estava visivelmente agitada.

— O nome dela é Auðr e eu mesmo a encontrei na Germânia — disse Agripa. — Ela ajuda os aldeões de lá a trazerem os filhos ao mundo, mas chegou pela água, das terras geladas onde ninguém vive e eles juraram que ela tem outras habilidades.

— Uma parteira? — vociferou Augusto, descontente. Não tinha pedido uma parteira.

— Ela não é apenas isso — insistiu Agripa, dirigindo-se a um soldado, que lhe entregou um pacote comprido envolto numa capa. — Ela tem envolvimento com as Moiras. Há uma razão para estar acorrentada.

Os olhos da mulher se arregalaram com uma súbita luz estranha e ela emitiu um som ronronante de expectativa. Com mãos enluvadas, Agripa desembrulhou o item, um pequeno bastão com um topo estreito arredondado. Os olhos da criatura começaram a cintilar com seriedade. Um brilho desagradável, na opinião de Augusto, como o de um animal no escuro. Ele pôs as luvas e seu general lhe passou a roca. Ele não via nada de sensacional em sua composição.

Agripa trouxe à frente um legionário que estava no fundo do aposento.

— Qual é o seu nome? — perguntou ele ao rapaz.

O rosto do legionário se enrugou, consternado. Pensou por um instante, os dedos apertando e soltando algum objeto invisível.

Agripa pareceu aflito.

— Ela tocou a testa do rapaz com esta roca e desde então ele não sabe nada da própria história e pouco de qualquer outra coisa. Ele cavalga desde antes de aprender a andar e, mesmo assim, tivemos que amarrá-lo ao cavalo durante todo o trajeto até aqui. Eu a faria pagar por isso.

A velha olhou para o rapaz e disse algumas palavras ásperas numa língua desconhecida.

O legionário falou, impassível.

— Ela diz que meu destino era negro e ela o mudou. Agora não lembro o homem que eu era e meu caminho mudou para outro menos atormentado.

— Ele não falava a língua dela até ela o tocar — informou Agripa. — Agora ele funciona como intérprete dela.

A mulher falou de novo.

— Ela diz que é uma *seiðkona*, uma fiandeira do destino — disse o rapaz. — Ela não serve a Roma, mas às Moiras. Há um problema aqui e ela procura entendê-lo.

Augusto se interessou. Suas habilidades reanimaram suas esperanças.

Seu próprio destino era negro, ele sabia. Quando fechava os olhos, lá estavam as visões novamente, ondas vermelhas se sobrepondo a ondas vermelhas, os rugidos dilacerantes de animais, serpentes, aquele rio de sangue. Sua morte nas mãos de Cleópatra.

Essa mulher, essa *seiðkona*, poderia mudar seu destino.

— Roma lhe dá as boas-vindas em sua defesa — disse ele. — Levem-na para seu quarto no fundo do corredor e tragam os outros.

— Acolherá criaturas desse tipo em sua casa? — perguntou Agripa, a testa franzida. — Seria melhor que ficassem sob guarda em minhas dependências.

— Preciso ter acesso a elas a qualquer hora. Preciso da proteção delas.

— Pergunto novamente, proteção contra o quê?

Augusto não tinha uma resposta. Ele tentou ignorar a expressão de Agripa. O mau humor de seu amigo sempre fora lento para se incendiar, mas longo para arder e Augusto ficou levemente surpreso de se ver como seu alvo. Ele bebeu bastante até Agripa lhe trazer o segundo feiticeiro.

— O chefe dos *Psylli*, Usem — anunciou Agripa. — Meus homens o trouxeram da Líbia.

Augusto reconheceu o mesmo homem que havia declarado incorretamente que Cleópatra estava morta. De qualquer modo, ele responderia por isso. Negro como um campo queimado, como a plumagem de um corvo, sua pele cintilava com o mesmo brilho escuro, azulado. O peito estava adornado com filamentos de pedras irregulares da cor de sangue fresco, e os ombros, guarnecidos com a pele pintada de um leopardo, presa por fechos dourados.

Ele colocou uma cesta no chão e Augusto instintivamente ergueu os pés.

— Trago minhas serpentes para a batalha — disse Usem, retirando a tampa da cesta. Várias cobras deslizaram para fora enquanto o *Psylli* gesticulava no ar. As cobras arqueavam o corpo, imitando o gesto e depois se enrolavam numa forma sinuosa.

— Estas são minhas guerreiras — informou o *Psylli* a Augusto. — Elas podem viajar para qualquer lugar que se deseje. Podem procurar os traidores que ocultam seu inimigo, encontrar os que servem seu inimigo.

Augusto se permitiu relaxar um pouco.

— E o que mais tem para mim?

— Isto não lhe é suficiente, imperador de Roma? Vejo que é um homem inteligente. Minha tribo controla o Vento Oeste.

— Como um escravo? Então ele sempre o obedece? — perguntou Augusto.

— Assim como obedecemos a Roma — disse Usem, e sorriu. — Quando Roma engorda nossas bolsas. Ainda assim, agrada ao vento servir nossos amigos e flagelar nossos inimigos.

— E qual deles somos para ti? — perguntou Augusto.

Uma súbita brisa passou pelo aposento, fazendo balançar as chamas das velas. Na luz tremulante, Augusto viu a mão de Agripa agarrando a espada. A janela fechada se abriu de repente, deixando entrar um rápido temporal.

— Somos amigos — disse o *Psylli*. — Ou entendi mal?

— Certamente — respondeu Augusto, abalado. — Somos amigos.

— Meu serviço tem um preço — continuou Usem.

É claro. O imperador estava preparado para essa exata eventualidade. Gesticulou para um criado, que trouxe um carrinho de mão cheio de tesouros saqueados em Alexandria, mas o *Psylli* riu.

— Não é ouro que desejo — disse Usem.

— Seu povo sempre levou nosso ouro.

— Não para esta tarefa. É grande demais — disse o *Psylli*. — Se eu lhe der o que pede, fechará os Portões de Jano. Meu povo não irá mais se encolher nas tendas quando ouvir os cascos dos cavalos. Não viajaremos mais pelo deserto temendo a guerra, temendo águas envenenadas, sequestro e escravidão. Meu povo não teme o vento e não deveríamos temer Roma.

Augusto ficou surpreso. Ele olhou Marco Agripa. O que o homem estava pensando? Isso já devia ter sido negociado e recusado. Desde a fundação de Roma, a nação sempre estivera em guerra, combatendo invasores, sim, mas também invadindo e conquistando territórios pelo derramamento de sangue. O fechamento dos Portões de Jano pelo imperador de Roma anunciaria que o império já não estava em guerra. O *Psylli* exigia paz de uma ponta à outra do mundo romano.

Agripa deu de ombros.

— Não me cabia recusar. Você requisitou feiticeiros e sabia que eles tinham um preço.

O imperador não podia imaginar isso. Os portões tinham ficado abertos durante toda a sua vida. Era um pedido ridículo.

— Pede a minha ajuda — disse o *Psylli*, parado diante de Augusto, o maxilar rijo. O vento soprou em torno de Augusto, movendo suas vestes.

— O vento me contou de sua aflição com a rainha Cleópatra.

Augusto teve um choque. Como o homem sabia?

Agripa encarou Augusto por um instante e depois deixou-se cair numa poltrona, onde ficou esfregando as têmporas.

— Eu devia ter imaginado que isso não estava acabado — murmurou Agripa e levantou a cabeça, fitando Augusto. — O povo dela pode desejá-la viva, mas nós todos a vimos morta e sepultada. Seu corpo não saiu andando do mausoléu. O povo levou seu cadáver e tenho certeza de que foi para algum ritual comum ao Egito. Os mortos não são inimigos de ninguém.

Augusto o ignorou.

— Ela anda — continuou Usem, e sorriu, mostrando os dentes brancos e pontudos. — E é mais do que era. Não a conquistará com soldados.

Augusto hesitou por um instante e então estendeu a mão apressadamente para o *Psylli*.

— Sim — disse ele. — Juro. Fecharei os Portões de Jano se me entregar a rainha.

Usem pegou a mão de Augusto.

— Assim será feito. Agora, peço acomodações e uma refeição. Minhas serpentes estão famintas, assim como eu.

— Leve-o para seu quarto — ordenou Augusto. — E deixe-o fazer seu pedido à cozinha no caminho.

Um legionário levou o *Psylli* dos aposentos. Pelo canto do olho, Augusto podia ver Agripa irritado.

— Você faz promessas a tal homem? — perguntou Agripa quando Usem saiu. — Jura lhe dar algo que não poderá cumprir? Pede que ele consiga algo que não existe? Cleópatra está morta. O que se passa pela sua cabeça? Esse homem vai fingir que a evocou e que lhe deu uma surra e depois exigirá que você cumpra sua promessa. É tudo uma farsa.

— Ficou tolo agora? Não tenho intenção de fechar os portões — falou Augusto asperamente.

Agripa o fuzilou com o olhar.

— Não queremos os *Psylli* como inimigos — avisou. — Eles já lutaram com os fortes muitas vezes antes, e venceram.

— Não vencerão contra Roma. Ainda não conheci os últimos dos nossos guerreiros — disse Augusto.

— Essa discussão não acabou — avisou Agripa.

— E Nicolau, o damasceno — disse Augusto. — Que notícias tem dele? Onde se encontra? Você diz que não tenho inimigos, mas não me trouxe o homem que pedi.

— Ele não foi encontrado. Meus homens reviraram cada grão de areia do Egito. É provável que esteja escondido numa caverna em algum lugar. O homem que procura é um tutor, Otav... Augusto. Não um assassino.

— A noite está cheia de inimigos. Sabe disso tanto quanto eu — disse Augusto. — Onde está a última feiticeira?

Agripa se rendeu por enquanto.

— Não apreciará a companhia dela — disse ele. — Ofereceu-se a nosso serviço. Essa vem de Tessália e meus homens dizem que o povoado perto de onde ela foi encontrada está cheio de histórias sobre suas façanhas. Os homens pensaram que fosse uma meretriz, mas não é. Com certeza não. Encontrei-me com ela hoje e não creio que Roma deva confiar nela. — O rosto do general se enrugou, descontente.

— Quem é você para dizer quem eu devo ou não empregar? — perguntou Augusto.

A terceira defensora de Roma foi conduzida para dentro dos aposentos. Houve um instante de silêncio antes que Augusto conseguisse encontrar a própria voz.

— Seu imperador lhe dá as boas-vindas a Roma — gaguejou ele enfim.

A terceira feiticeira era uma Afrodite, o corpo curvilíneo e amplo, os membros de formas perfeitas e coberto por linho índigo bordado. Os cabelos iam até os joelhos, penteados em milhares de tranças elaboradas, cada uma amarrada com contas e conchas. Seus olhos eram grandes e verde-esmeralda, e os lábios, sem pintura, eram da cor das rosas do jardim de César.

A mocinha — pois não devia ter mais de 17 anos — tinha a graça de uma dançarina, esticou os braços sobre a cabeça e bocejou como uma gata.

— Foi uma longa viagem — retrucou ela em grego. Sua voz era grave e rascante para uma criatura tão frágil.

— Qual é o seu nome? — perguntou Augusto.

— Qual é o seu? — retrucou ela.

O imperador se inclinou para a frente.

— Não sabe?

— Roma nada representa para mim — disse a moça. — Vivo de acordo com minhas próprias leis.

— Pode me chamar de Otaviano — disse Augusto, mesmo sem saber por quê. Esse já não era seu nome. Ele sentiu o olhar de Agripa.

— Pode me chamar de Crisate — disse a moça.

— Ela é uma sacerdotisa de Hécate — interpôs Agripa. — E uma *psuchagogoi*. Não deveria ficar muito perto dela.

Uma invocadora de almas. Augusto não acreditava em tais coisas.

— Não lhe farei mal — disse a moça, e Augusto acreditou nela. Tal beleza só poderia conter bondade.

— Deixe-nos — disse Augusto, e quando Agripa não se mexeu de imediato, ele repetiu a ordem numa voz que não deixava possibilidade de resistência. — *Você vai nos deixar, Agripa.*

Marco Agripa pareceu desafiador, mas enfiou a arma na bainha, curvou a cabeça numa exibição um tanto brusca de rendição, virou-se e saiu dos aposentos, batendo a porta atrás de si.

— Possua-a se quiser — Augusto ouviu seu velho amigo dizer, a voz exasperada sumindo conforme ele seguia pelo corredor. — Ela não é nada de bom.

Crisate se aproximou. Augusto viu um anel em seu dedo, uma enorme opala, reluzindo tons de rosa e azul, verde e roxo. Era entalhada com uma imagem, talvez de um rosto feminino.

Augusto estendeu os braços e enlaçou as mãos em torno da cintura fina da moça. Podia sentir seu cheiro: sal, fumaça de madeira, alecrim e sexo. Ele pôs a língua para fora para sentir o gosto de sua pele.

Ela jogou a cabeça para trás e deu uma risada, esticando-se sobre ele para pegar um objeto na prateleira.

— É isso que pensa que eu sou? — perguntou Crisate. — Uma mulher?

— Sei que é mais do que isso, caso contrário não estaria aqui — respondeu Augusto, embora, na verdade, não achasse que ela fosse muito mais. Ele sorriu no pescoço da mulher e depois mordeu-lhe o seio. Isso era exatamente o que ele precisava para se esquecer da infelicidade que estava por vir. O que era a guerra sem uma mulher? Ele puxou a moça para o seu colo.

Ela se inclinou para trás, afastando-se dele. Ele percebeu que os olhos dela estavam mais verdes e as faces mais luminosas que um instante antes.

— O que é isso? — perguntou ela, mostrando o objeto que pegara na prateleira. — É bonito, eu poderia usar para minhas joias.

Ela estava com a caixa de prata entalhada que continha as cinzas de Marco Antônio.

— Esta não — disse Augusto. — Deixe que eu lhe dê algo melhor. Algo feito de marfim e rubis, que combinam com sua cor de pele.

Ela sorriu. Augusto notou um salpico dourado em um de seus olhos. Sua pele era leitosa. Seus lábios pareciam vinho aquecido agora.

— O que devo fazer com isso, então? — perguntou ela.

— Ponha de volta onde a encontrou — disse ele, sorrindo.

Era provocante, essa mocinha. Augusto pensou nas coisas que faria com ela. Ele tinha algumas cordas ali e um chicote trançado com couro macio que deixariam marcas adoráveis naquela pele clara. Seu corpo cantarolou de satisfação.

— Acho que não — disse Crisate.

Algo ficou diferente nela. Suas pernas apertaram as dele e Augusto sentiu, tudo ao mesmo tempo, como se ela fosse feita de ferro. A maciez de sua cintura tornou-se algo vivo e brutal sob sua palma. Ela arqueou a coluna e Augusto viu seu rosto de relance, o pescoço virado para o teto.

O verde de seus olhos tinha sido tomado pelo preto.

Augusto perdeu o fôlego sob ela, sendo transpassado pela dor. Suas mãos arranhavam a pele dela.

Ela abriu a caixa, curvou-se para trás e arrastou as unhas, quase preguiçosamente, pela pedra do piso. Com um ruído de deslocamento, apareceu uma fissura, um fosso na terra. A sacerdotisa despejou uma porção de cinzas no solo.

Augusto olhava, paralisado de horror.

Crisate puxou um alfinete das tranças e o enfiou na ponta do dedo. Segurou-o sobre as cinzas por um instante que pareceu durar um século, antes que uma gota de sangue se formasse e caísse no fosso.

Com as pupilas horrivelmente dilatadas, ela fitou os olhos de Augusto.

— Observe — ordenou. — Escute.

Um gemido de lamento subiu do fundo da construção. O piso se inclinou. Os livros caíram das prateleiras e o próprio Augusto caiu no chão, com o rosto a centímetros do fosso, sem poder ver seu fundo.

Houve mais ruídos, gritos agudos e gemidos, chamados indistintos em línguas desconhecidas, sons de fome e lascívia, sons de desespero.

O aposento ficou frio, e algo começou a se movimentar no escuro congelado lá embaixo. Uma coisa obscura, se retorcendo e subindo como vapor sobre um rio, um resto de névoa.

— Venha — disse a feiticeira para a névoa. — Venha a mim.

A coisa subiu, uma criatura tirada de algum oceano profundo e enrolada no ar.

Então, diante deles, no aposento de Augusto, estava um homem transparente, estranho, os olhos muito abertos, pretos e apavorantes. Um ferimento no abdome, o próprio sangue transparente.

Augusto podia ver através de seu peito e dentro de seu coração imóvel.

— Diga-nos o seu nome — disse Crisate. — Conte-nos quem é.

Houve uma longa pausa. O homem levou a mão lentamente à boca e tirou uma moeda da língua. Olhou para ela por um instante e depois fechou a mão, apertando-a na palma.

— Eu era — disse o homem finalmente. — Eu era Marco Antônio.

— E novamente é — disse a sacerdotisa. — Abri os portões do Hades para que sua sombra passasse.

10

A sombra oscilou, a luz das velas passando pelo lugar onde o ferimento estivera. Ele levou a mão ao local, pressionando os dedos na carne perdida. Tirou a mão do ferimento e a levantou, olhando para ela. Havia sangue em seus dedos, mas era imaterial, como o fraco resíduo de tinta que foi lavada com água.

Ele era uma presença oscilante no aposento, agora gelado. Augusto precisou estreitar os olhos para distinguir o homem e, mesmo assim, ele ia e voltava da claridade, como se fosse um navio afundado, vislumbrado sob mar agitado.

Apesar de seu estado, com certeza era Marco Antônio. Sem dúvida. O cabelo revolto e a barba aparada, o furo no queixo, o peito largo, o rosto bonito, envelhecido. Augusto reconheceu as cicatrizes tortuosas, evidências das batalhas que tinham lutado juntos.

Seu inimigo era mais homem do que ele, mesmo como fantasma. Pegando o cálice com os dedos trêmulos, Augusto o encheu de vinho, tomando o cuidado de não encontrar os olhos de Antônio.

— Isso é seguro? — perguntou ele a Crisate, tomando cuidado para que a voz não tremesse. — Você trouxe meu inimigo para dentro de minha casa. Confio que saiba controlá-lo.

— Ele é uma sombra — respondeu Crisate, sorrindo. — Não é o homem que conheceu. Eles são os servos perfeitos. A vontade começa a abandoná-los no momento em que entram no Hades. O rio do esquecimento os chama, e eles sempre se rendem. Olhe para ele. Não é nada do que era. Não pode pegar em armas contra você. Mas pode ser útil.

— O que fez? — perguntou Marco Antônio, toda a escuridão de seu olhar sobre o imperador. — Onde está minha mulher?

Sua voz parecia vir de bem longe, um eco doloroso impelido das profundezas da terra para o aposento.

Apesar das garantias da feiticeira, o imperador agarrava-se à sua poltrona, o corpo todo desejando escapar. Ele queria que o sol surgisse, o que não acontecia. A única luminosidade vinha pela janela, das estrelas lá fora, e essa luz era fria. A feiticeira que invocava as almas — a *psuchagogoi* — estava de pé ao lado dele, os dedos pousados de leve em seu ombro, provocando uma sensação de desagrado a Augusto.

— Onde ela está? — reclamou Antônio. — Onde está Cleópatra?

Augusto deu uma olhada nervosa para a feiticeira, para sua pele radiante, branca como osso, seus olhos fosforescentes, lábios vermelhos como sangue e a língua que passava faminta por eles. Dominou a voz com outro gole de vinho e theriaca.

— Primeiramente, deve nos contar por onde andou — informou à sombra diante dele. — Conte-nos de sua estadia no Hades.

O fantasma se retesou, claramente zangado. Deu de ombros e emanou ondulações de luz cinzenta.

— Foi para isso que me evocou? — perguntou Marco Antônio. — Para eu contar sobre o Mundo Subterrâneo? Irá para lá um dia, e o conhecimento não acalmará sua mente.

— Conte-nos — insistiu Augusto.

Antônio riu, uma curta exclamação de desgosto.

— Acha que irá para os Campos Elíseos, abrandado pela luz de suas estrelas, aquecendo-se ao calor de seu adorável sol? Não. Não é para lá que irá, Otaviano, apesar de considerar-se um deus na Terra. Apenas os heróis vão para os Campos Elíseos.

— Seu imperador ordena que conte o que sabe — disse Augusto, a voz falhando e traindo-o.

Marco Antônio sorriu, apenas com os lábios. Os olhos continuavam frios.

— Meu imperador? Você não é meu imperador. Agora vivo na terra dos mortos. Mas vou contar uma coisa, já que insiste. No Hades, você sente fome. Perece, e perece para sempre, sem cessar, sem descanso, sem lar. Eu sou do Egito. Meu amor é do Egito. Eu não deveria estar no Hades.

— E não está — retrucou Augusto. — Está em Roma.

— Eu deveria estar no Duat — disse Antônio. — Meu corpo devia estar no Egito e não está. Onde está minha mulher? O que fez com ela?

Augusto começou a falar, mas a feiticeira o interrompeu.

— É por causa da sua mulher que o chamamos aqui — disse ela. — Ela vive.

Os olhos de Marco Antônio se estreitaram.

— Se ela vivesse, eu teria sentido suas lágrimas enchendo o rio Aqueronte — disse ele. — Cleópatra teria feito sacrifícios em meu favor. Seus sacrifícios teriam me alimentado. Certamente, ela está morta. O que fez com ela?

— Ela não vive — corrigiu a feiticeira — e não morre. Ela está aqui.

— Cleópatra está em Roma? — perguntou Marco Antônio, olhando com olhos focados pela primeira vez.

— Em Roma — confirmou Crisate. Olhando Augusto de relance, ela jogou o cabelo para trás. — Qual é o problema, imperador do mundo? Está com medo? Protegido como está por mulheres, encantadores de serpentes e sombras? Teme por sua vida?

— Não — disse Augusto, mentindo. — Nada temo. Roma está bem fortificada.

Então ela estava ali. Ele havia sentido.

— Ela está em Roma — murmurou Marco Antônio consigo mesmo. — E, contudo, ela me traiu no Egito. Ela está aqui? Com você?

Augusto o encarou, impaciente. As mãos do imperador agora estavam entorpecidas, e seus lábios, congelados.

— Guardará minha casa. — Augusto instruiu a feiticeira.

— Eu a encontrarei — murmurou Antônio. — Se Cleópatra estiver aqui, eu a encontrarei. — Ele foi em direção à janela.

— Você é minha criatura — disse-lhe Crisate asperamente. — É a mim que obedecerá.

A feiticeira abriu a mão e mostrou uma pedra entalhada. Uma *synochitis* mantinha as sombras no mundo superior, uma vez que tivessem sido evocadas.

— Ficará aqui — continuou ela, movendo a mão no espaço. A pedra sumiu de vista.

Marco Antônio olhou para ela por um longo instante. Augusto ficou nervoso, percebendo a fisionomia dele. Ele conhecera Marco Antônio, e muito bem para saber que ele não era criatura de ninguém.

Finalmente, a sombra curvou a cabeça, assentindo.

— Então sou seu — disse ele. — Minha senhora.

Crisate sorriu, tocando a caixa com as cinzas que ela segurava junto ao peito.

— Você é meu — repetiu ela e havia algo arrebatador em seu tom. Algo triunfante. — Terminamos com você, imperador de Roma. Otaviano, é este o seu nome? Pode ir dormir.

Ela encarou Augusto fixamente até ele ser forçado a desviar o olhar.

O imperador saiu do aposento, oscilando devido ao excesso de vinho e theriaca. Ele não sabia dizer por que permitira ser dispensado dos próprios aposentos por uma bruxa. Talvez Agripa estivesse certo. Devia haver mais soldados, mais romanos, não essas coisas sobrenaturais. Tudo isso o deixava inquieto.

Ele foi até o quarto de sua filha e parou no vão da porta por um instante, os olhos se enchendo de lágrimas estranhas. Ele protegeria Júlia de tudo isso, dessas criaturas em sua casa, desse monstro em sua cidade. Ela se mexeu, ainda dormindo, a face rosada encostada no travesseiro. O que Júlia sabia sobre os poderes de um imperador? O que sabia dos problemas?

Com os olhos marejados, Augusto a invejou por um instante.

Fechou a porta suavemente e foi para o quarto ao lado, o da filha de Cleópatra, Selene. Ela lhe tinha sido útil e talvez fosse mais. Selene era superior à sua própria filha. Mais inteligente. Talvez Júlia pudesse aprender as virtudes da filha de sua inimiga.

Augusto hesitou no corredor, incerto, embriagado. Estava cansado. Muito cansado.

Foi para o seu quarto e se deitou, sem sequer se despir. Fechou os olhos e adormeceu. Nos sonhos, ele andava por um pomar de figueiras, muito velho e infeliz, sabendo que sua vida dera em nada.

Em seus sonhos, Cleópatra vinha pegá-lo, como fazia todas as noites, quando ele via seus dentes e suas garras.

11

O *Psylli* saiu furtivamente do Palatino e se insinuou pelas ruelas abastadas de Roma, refletindo sobre sua posição. Sem dúvida, isso viera na hora certa. Há séculos a tribo *Psylli* combatia a escravização e sempre vencera, mas o poder do Império Romano aumentava.

Servindo Roma contra os inimigos de Roma, Usem garantiria a independência de sua tribo. Mesmo assim, o *Psylli* se sentia inquieto. Não confiava em Augusto. O homem concordara muito facilmente com o trato.

E se Augusto *não* quisesse destruir Cleópatra? Se, ao contrário, quisesse utilizar seu poder? Atualmente, os *Psylli* podiam trabalhar para quem quisessem, mas se os romanos acrescentassem a força de Cleópatra ao seu arsenal, Usem desconfiava que o imperador fosse nomear os membros da tribo *Psylli* como ministros pessoais dos venenos.

Enquanto andava, empunhando a adaga, ele tramava seu curso de ação. O melhor seria encontrar a rainha antes deles e pegá-la de surpresa. Quando ela estivesse morta, ele levaria seu corpo e reivindicaria a recompensa. Não lhe ocorreu sentir medo. O vento viajava com ele, chutando palha e poeira para o alto, dançando para dentro e para fora das janelas, buscando a casa que a abrigava, e era um defensor imortal.

O vento sussurrava em seu ouvido, contando-lhe as coisas que via em Roma, os segredos guardados atrás das lareiras e que subiam pelas chaminés. Uma casa tinha um cadáver de alguém que havia sido assassinado embaixo das tábuas do piso. Outra tinha uma fortuna recheando um colchão de palha.

Finalmente, o vento entrou por uma janela estreita e passou pelos cômodos atrás das grades. Ao emergir, ele contou a Usem o que encontrou lá dentro. Uma biblioteca, recheada de todos os poemas de Roma e da Grécia. O vento folheara as páginas, passeando os olhos pelos velinos e pergaminhos, esfarelando tintas e transformando histórias em poeira.

Uma mulher, disse o vento. *Talvez a mulher que procura. Está morta.*

— Ela se mexe? — perguntou Usem.

Sim.

As serpentes de Usem emergiram e se enrolaram em seu pescoço, olharam de modo impassível para o prédio e, em seguida, deslizaram de volta pelas dobras de seu traje. O vento começou a soprar com força, retorcendo as roupas penduradas nos varais, girando os cata-ventos no topo dos telhados e fazendo as galinhas se equilibrarem nas cercas. Usem pôs a mão na maçaneta da porta e sentiu o vento afastando-o.

Não tenho força suficiente para protegê-lo, sussurrou o vento.

Usem hesitou. O vento nunca dissera tal coisa antes e ele o levou a sério. Uma tentativa fracassada significaria desgraça. Então, ele esperaria dispor de mais poder, nem que isso significasse confiar por mais algum tempo em Roma. Não era preciso enfrentá-la sozinho. Haveria legiões de soldados, além de as duas outras feiticeiras, apesar de Usem não estar convencido de suas intenções.

Hesitante diante da porta, ele refletiu mais uma vez. Sua adaga havia matado muitos inimigos no passado. Ele fizera o impossível e sobrevivera, repetidamente, embora desejasse ter seus homens logo atrás, seguindo suas ordens.

Não a matará, insistiu o vento. *Só poderá morrer.*

Ocorreu-lhe uma ideia.

— Onde estão as crianças? — perguntou ao vento.

Com o imperador.

— E o marido dela?

O imperador também o tem. O desdém na voz do vento se manifestava em pequenos redemoinhos. Os fantasmas eram criaturas de fôlego e espírito, como o próprio vento. Usem percebeu que o vento desejava libertar a sombra.

— Isso não nos compete — disse Usem ao vento.

Ele pensou nas legiões de soldados que marchavam a favor do imperador. Se ele fracassasse ali, se *morresse* ali, seria muito fácil para eles marcharem sobre seu povo.

Por um instante, cogitou se não seria melhor deixar que Cleópatra destruísse os romanos. Certamente eles não seriam capazes de capturar alguém como ela sem ajuda. Sem a ameaça romana, o mundo voltaria a funcionar como antes.

Contudo, a própria rainha tinha sido uma conquistadora. O povo de Usem vivera ao seu lado, mas o Egito nem sempre fora um vizinho fácil. Uma vez que tivesse Roma, ela iria querer mais do mundo. Uma vez que tivesse *isso*, iria querer tudo.

Pelo menos o imperador era mortal e havia jurado o pacto. Era uma oportunidade única de negociar a independência. Usem não podia deixá-la escapar.

Ele se virou para voltar ao Palatino, a capa balançando com o vento.

Não deve confiar nele, insistiu o vento. *Ele mente.*

— Então mentirei também — disse ele por fim ao entrar na casa e andar pelo corredor até o seu quarto.

O vento o deixou então e foi passear pela residência, deslizando por baixo de portas e entrando por janelas, escutando conversas e explorando corações.

Selene foi para o corredor na ponta dos pés, os olhos alerta, a camisola levemente amarrotada. Fazia algum tempo que estava acordada, atormentada pelos sonhos. Seus pais haviam lhe aparecido num pesadelo e depois a abandonado a uma turba de alexandrinos, todos aguardando para dilacerá-la.

Ela ouviu ruídos no fundo do corredor e parou. Certamente, não devia estar vagando pela casa do imperador. Em Alexandria, uma governanta a teria seguido. No quarto de Júlia, havia duas mulheres para atender qualquer necessidade da menina. Aqui, já não sendo a filha de uma rainha, Selene desfrutava de uma estranha liberdade. Encostou-se na parede, a respiração superficial, mas era tarde demais.

No fim do corredor, uma porta se abriu e uma mulher linda saiu, sorrindo.

— Achei que todos estivessem dormindo — disse ela. — Tudo indica que estão, menos eu e você.

A menina pensou em correr de volta ao seu quarto, mas hesitou.

— Não há nada a temer. Eu também sou hóspede aqui. Você é a filha de Cleópatra, tem o nome dela, não é? — perguntou a mulher.

— Não. Meu nome é Selene e agora sou romana — disse Selene, gaguejando de leve. — Meus pais estão mortos. Já não sou filha de ninguém.

— Não é possível mudar sua ascendência com tanta facilidade — disse a mulher, sorrindo. — Seu sangue é real. Não há motivo para se desculpar por isso. É algo precioso, não vergonhoso. *Você é* uma coisa preciosa, mesmo que a tratem como uma prisioneira.

— Não me tratam como prisioneira — protestou a menina. — Ninguém me vigia. Posso fazer o que quiser aqui.

Crisate seguiu pelo corredor. Não seria bom deixar a menina ver a sombra do pai, seu espírito zangado guardado nos aposentos dela.

Um buquê de flores silvestres apareceu na mão da sacerdotisa e Selene suspirou, encantada.

Diante de seus olhos, as flores se transformaram num buquê de pássaros canoros, as penas feito joias de todas as cores da aurora, de todas as cores do oceano, de todas as cores do fim do arco-íris. Apesar da incerteza, Selene se encheu de desejos. As cores faziam-na lembrar-se de sua casa.

Crisate olhou avidamente para a menina. Nada que havia na água tinha indicado que ela encontraria em Roma uma menina órfã de sangue real. A criança era tudo que Crisate havia sido, há muito tempo. Era tudo que Crisate seria novamente. Selene seria a peça que faltava para a evocação de Hécate.

Trazer Marco Antônio do Mundo Subterrâneo exigira a maior parte do poder de Crisate, e ela estava significativamente fraca. Os deuses dos mortos não aprovavam tais transações, e as sombras tendiam a voltar para o Hades no instante em que seu invocador afrouxasse o controle. No passado, ela teria sacrificado um animal inteiro como parte do feitiço, um carneiro preto tosquiado. Agora, com sua padroeira Hécate tão enfraquecida, uma gota do próprio sangue era tudo o que ela podia doar para criar a ligação com Marco Antônio, e não tinha certeza se seria o bastante. A pedra de ligação foi uma medida de precaução até que ela readquirisse sua força.

Crisate estava limitada por sua depleção e, portanto, esse último feitiço, tirando os pássaros do nada, evocando-os das penas e das palavras para encantar a menina, foi um sonho de lenta atuação, uma canção calmante, o mais rudimentar dos feitiços de amor.

Faria o que fosse necessário, porém, mesmo que levasse mais tempo do que o desejado por Crisate. O corpo que a sacerdotisa ocupava estava sendo usado há demasiado tempo, mas presentes como esses precisavam ser desejados ou os feitiços não funcionariam.

— Selene — ronronou ela. — Esses pássaros vieram da Grécia para cantar para você. Você os recusaria?

Os pássaros abriram as gargantas douradas e cantaram.

O vento apareceu no fundo do corredor, escutando os pássaros cantarem para Selene sobre venenos misturados ao mel, cadáveres dançando sob estrelas luminosas, ursos se erguendo sobre os quadris para discursar, e a lua mergulhando no sangue e ali se afogando.

Todas essas palavras foram cantadas com doçura, mas o vento ouviu a escuridão nelas e observou Selene andando em direção a Crisate, em transe, as mãos estendidas para o buquê.

Trancada em seu quarto, a *seiðkona* ficou subitamente alerta. Correntes de poder percorriam o prédio, deslizando pelos corredores, cozinhando em fogo brando sobre as grelhas, fervilhando sob as carnes, escaldando até os ossos. A magia da noite e do dia. Ela podia sentir os dois tipos. Alguém estava lançando um feitiço de amor naquela casa. O vento vagava pelos corredores e abaixo do solo, as correntes de fogo frio e morte se acumulavam.

Auðr virou a cabeça para a janela, mas não conseguiu ver nada.

Sem sua roca, ela não conseguia adivinhar com precisão o papel dos outros feiticeiros nos acontecimentos por vir. Supunha que o homem estivesse ali pelo dinheiro. Roma estava rica com o ouro do Egito, e o *Psylli* receberia o equivalente de seu peso em ouro, caso seus serviços se provassem úteis. A mulher estava ali por outros motivos. Os fios de seu destino, os que a *seiðkona* conseguia ver, estavam farpados e ensanguentados. Crisate servia a um antigo deus. Fora ela a invocar os mortos e fazer com que interviessem nos assuntos dos vivos.

A *seiðkona* sorriu. Isso não era ruim. Uma alma cujo fio fora cortado estava agora recuperada, parte da tapeçaria, e sua presença mudava a configuração. Podia ser útil.

Auðr esticou os braços, observando os nós que amarravam seus punhos. Ofegante pelo esforço, ela assistiu às cordas se desamarrarem graciosamente e caírem no chão. Seus captores não tinham entendido sua natureza. Ela era uma fiandeira de destinos e os cordões da sorte a obedeciam. As cordas com que eles a amarraram eram apenas outra forma de fio, apenas outra forma de fiação. Seus dedos se esticaram como as pernas de uma aranha que ficaram muito tempo enroscadas numa teia.

Sua roca estava sob guarda, em algum lugar ali perto. Era possível senti-la, mesmo sem vê-la.

Agora que tinha visto Cleópatra, ela sabia que precisaria da roca. Se houvesse alguma esperança, repousava em Auðr.

Ela teve um acesso de tosse, prolongado e doloroso, e quando finalmente acabou, suas mãos estavam borrifadas de sangue. Ela sentiu a tapeçaria investigando sobre si mesma, testando a força do próprio fio. Cleópatra estava vindo, não importava a saúde da *seiðkona*. Sem a roca, Auðr tinha pouca utilidade.

Abrindo a porta para o corredor, ela seguiu pelo complexo de mármore. Conforme andava, ia penteando para o lado os fios de todos os habitantes de Roma. O próprio fio estava atado a esses destinos, sua extensão dourada emaranhada e trançada de modos que ela não imaginava possível. Com seus atos, ela podia assegurar a queda ou a ascensão de Roma ali. Poderia acabar com linhagens ou criá-las. O mais importante, ela poderia encontrar a fonte do caos, a coisa que estava rompendo a configuração, o motivo que a trouxera.

A rainha e o que fosse que estivesse entrelaçado a ela.

O destino de Cleópatra ondulava, um filamento forte, urdindo-se contra as almas dos que habitavam esta casa. Ela estava vindo. Decidira agir.

A *seiðkona* encontrou um jovem praticamente imberbe, inquieto, encostado numa parede. Sua roca estava dentro do cômodo que ele guardava. Ela curvou as costas, uma velha inválida necessitada de um braço para se apoiar. Assim que o jovem se aproximou, ela fez uma pequena mágica.

O rapaz lhe sorriu e abriu a porta.

12

Cleópatra saiu furtivamente da porta de Virgílio para a cidade. Movimentava-se rapidamente pelas pedras, percorrendo as vielas como se carregasse o mapa de Roma nos ossos. Mesmo sem conhecer esse setor, ela podia sentir o cheiro do Teatro de Pompeia e foi em sua direção. O sangue do coração de Júlio César, lá derramado muitos anos atrás, exalou um cheiro metálico, avinagrado, que foi instantaneamente reconhecido.

Mesmo sem ver a maioria dos habitantes de Roma, ela ouvia seus sons. O despejar dos penicos pelas sacadas, os gritos apavorados daqueles que estavam nas garras dos pesadelos, os arrulhos das cortesãs de Pártia com seus clientes, as articulações dos acrobatas se alongando em preparação para o serviço do dia seguinte.

Ela passou pelos jardins de rosas de César e atravessou a ponte de madeira sobre o Tibre, seu corpo readquirindo a memória a cada passo. Diante dela estava a grandiosidade do Circo Máximo, com sua pista de corridas de bigas e a arena dos gladiadores, com seus muros altos de madeira e sua forma retangular alongada.

Lá, do outro lado da arena, estava o Morro do Palatino, coroado tão densamente pelas estruturas de mármore branco que parecia uma montanha com o topo coberto de neve. Em cima dele, dourado e brilhando, mesmo no escuro, estava o templo de Apolo, recém-construído. Havia outras novas obras também, sendo a principal delas um complexo que ela sabia que abrigava Otaviano. *Augusto*, Nicolau lhe contara, mas pouco lhe importava a troca de nome de seu inimigo.

Furtivamente, Cleópatra foi seguindo pelos limites do Circo, planejando subir pelo lado do Palatino sem ser vista, mas parou, sobressaltada. Os ruídos de operários, suando e fazendo força, eram quase ensurdecedores depois do silêncio da noite.

Acima da linha da cerca, eles estavam erguendo um objeto esguio com uma superfície de granito vermelho e linhas puras. Um obelisco egípcio sagrado, saqueado de Heliópolis? Dava para ver as inscrições de onde ela estava, em louvor a Rá e lhe desejando uma passagem segura pelo Duat.

Aquilo fora roubado do Egito, bem debaixo de seu nariz.

Sua boca se abriu num silvo de fúria. Eles não iriam destruir o país dela. Não iriam tomar seus antigos objetos e usá-los como decoração. A voz de Sekhmet preencheu sua mente. *Tributos a Rá, roubados.*

Antes que se desse conta do que fazia, ela estava sobre a cerca mais baixa, os dentes expostos, o corpo pronto, e então era tarde demais.

Não eram operários, mas sim legionários, e ela se jogara no meio deles.

Quantos havia? Pelo menos uns vinte, cercando-a, e por um instante ela sentiu medo, mas logo deu uma risada. Podia vê-los olhando para ela, desnorteados com a capacidade de uma mulher fazer tal coisa. Um deles deu um passo hesitante em sua direção.

— Minha senhora — disse ele. — Este espaço é vetado.

Eles não eram páreo para ela. A cidade não era páreo para ela. Ficara presa por muito tempo no porão do navio e agora tinha vontade de correr. Ela deu um passo na direção do soldado, sorrindo, e então, com um salto suave, ficou diante dele.

Os homens gritaram, surpresos, quando suas garras rasgaram o ombro do camarada. Ela o jogou no chão facilmente, sem usar nada de sua verdadeira força.

— Não é vetado para mim — disse ela, saltando então para cima da cerca mais alta, desafiando-os a segui-la.

— Atrás dela! — gritou o centurião que supervisionava a instalação do obelisco. Seus homens, ainda vacilantes, saíram pelo portão, espadas em punho.

A criatura saltara do alto da cerca para a rua sem qualquer aviso. Se não a pegassem logo, ela fugiria.

Lá estava ela, em cima de um prédio. Ele podia ver suas garras dali, longas e prateadas sob a luz do lampião, ligadas aos seus esbeltos dedos humanos. Seu rosto estava na sombra, mas ele tinha visto suas presas, seu cabelo preto curto. Não era possível saber que tipo de coisa ela era.

Ela deu outra risada, um som terrível e depois desapareceu nas sombras. O centurião praguejou contra a escuridão, gesticulando para que seus homens se espalhassem pelas ruas.

Cleópatra aguardou acima deles, vendo seus corpos se insinuando pelas ruelas. Podia ver todos os seus passos, sem que eles pudessem vê-la, a menos que ela quisesse. Ela foi novamente tomada pela glória de sua forma. Todo o pesar do navio parecia distante enquanto ela saltava de um telhado para outro, debochando de seus perseguidores.

Eles não eram capazes de pegá-la nem de machucá-la. A cidade era sua agora e ali ela era uma deusa. Era mais rápida que qualquer soldado, mais forte que qualquer romano e encontraria o imperador deles e o mataria. Eles nada poderiam fazer com seus gritos e suas espadas para impedi-la. A noite era seu poder. Ela mataria Augusto na frente deles e lhes mostraria o quanto eram fracos.

Ela saltava de um prédio para o outro, seus passos fazendo os telhados trepidarem, e os soldados se esforçando lá embaixo, arrombando portas e subindo escadas tarde demais.

— Lá! — gritou um legionário, investindo sobre a figura à sua frente, uma mulher esbelta e descalça. Por um instante, os soldados viram uma leoa, que então girou e desapareceu novamente, correndo ainda mais rápido, cada vez mais próxima da residência do imperador.

Havia guardas lá, mas não o suficiente. Os legionários não entendiam o que estavam perseguindo e nem queriam entender. Nunca tinham visto nada igual.

O coração batendo, suando de pânico, um centurião saiu furtivamente do vão de uma porta, liderando seus homens, bem a tempo de ver as roupas da mulher esvoaçando ao dobrar uma esquina.

— Peguem ela! — gritou ele e seus homens ergueram as espadas e os escudos, correndo para o fundo da viela, mas, ao virarem a esquina, o que os esperava era outro grupo de legionários de olhos arregalados, olhando o céu em descrença.

— Onde está ela? — perguntou o centurião.

— Sumiu — respondeu o colega.

— Devemos relatar isso a Marco Agripa — resmungou o centurião.

— Relatar o quê? Que perdemos uma coisa no escuro? Que não sabemos dizer se era um animal ou uma mulher?

Do alto do Templo de Vesta, Cleópatra observava a discussão. Havia vidas em excesso em Roma, e ela sentia todas. A perseguição a deixara cansada.

Descendo do telhado, ela voltou para as ruas, fazendo um atalho pelo fórum. Não havia nada a ser visto lá, não à noite, mas ela se consolou. Tinha passeado por lá há muitos anos com Júlio César, levando Cesário no colo. Ela perambulou pela praça, escutando os pássaros noturnos e os sons dos legionários que corriam pela cidade, procurando-a. Sua mente estava tão ocupada com o passado que, ao tropeçar, não percebeu de imediato o que havia à sua frente.

Pálido feito um fantasma, seu rosto congelado na escuridão.

Cleópatra quase deu um grito, achando que tinha deparado com um novo horror, mas seus dedos tocavam o mármore. Uma estátua imitando sua própria imagem com perfeição. Ela se viu morta, quase nua, uma áspide deslizando pelo peito, a cabeça inclinada para trás, olhos fechados como que extasiada em vez de morta. *Assim, o Egito está conquistado*, dizia a inscrição. A estátua estava adornada com guirlandas de louro e, abaixo, coberta de grafite. Estava sobre uma pilha de lixo.

Eles a declararam morta e conquistada.

Ela se encolheu toda, a garganta se fechando em convulsão. Este era o triunfo deles, essa coisa congelada. Eles a tinham carregado pelas ruas e mostrado sua nudez para todos.

Ela sacudiu a estátua em sua base até ela cair, sem se quebrar. Apenas a cauda da serpente rachou. O resto permaneceu. Sua voz a traiu, e um lamento se transformou num rugido.

Levou apenas alguns instantes para subir o Palatino e chegar, ofegante, do lado de fora da residência do imperador, a pele gelada, a ira oculta pela escuridão. Com as mãos na pedra do muro externo, ela sentiu suas fraturas internas. Era vulnerável.

Ela podia entrar, assumir a forma de serpente e passar pelo salão, silenciosa como a morte, movimentando-se suavemente sobre o piso de pedras até o quarto de Otaviano. Até a cama de Otaviano. Lá, ela o estrangularia.

Alimente-se, sussurrou Sekhmet. Cleópatra se sobressaltou.

Seus filhos também estavam dentro da casa. Ela podia senti-los sonhar. Alexandre Hélios brincando com armas em seu sono. Ptolomeu, o pequeno Ptolomeu, sonhando com sua mãe. Ela viu o próprio rosto na mente dele, seus braços o segurando. Ele sonhava com a mãe, mas não como ela estava agora. A mãe de que ele se lembrava estava morta.

Onde estava Selene? Cleópatra não ouvia seus sonhos e logo percebeu que era porque a menina estava acordada, em algum lugar da casa. Acordada ou não exatamente. Ela parecia estar num sonho desperto, seus pensamentos flutuando para fora da residência em forma de pássaros e flores e o rosto de uma mulher que Cleópatra não reconheceu, uma mocinha de olhos verdes e cabelos trançados até os joelhos.

Num sobressalto, Cleópatra se deu conta de que Selene sonhava com uma nova mãe.

Ela deu a volta pelo muro externo, à procura do quarto da menina. Não poderia encarar seus filhos, mas o ato de pensar em sua filha a sustentara a bordo do navio. Ela era tão parecida com Cleópatra e as rejeições que ela havia gritado em Alexandria eram exatamente as que Cleópatra gritaria caso trocassem de lugar. Selene era ambiciosa, verdadeiramente aristocrática. Ela poderia entender por que a mãe tinha agido como agiu, mesmo que seus irmãos não pudessem. De repente, Cleópatra sentiu um desejo desesperado de explicar, de atrair a criança de volta para seu lado. Sua filha estava próxima. Ela foi em silêncio ao longo do prédio, aproximando-se ainda mais.

Ela se imaginou em seu estado atual, saltando para dentro do quarto de Selene. A menina iria se levantar da cama, correr para a janela e...

Ela parou, confusa, sentindo uma fragrância conhecida. Um cheiro almiscarado, de menta e noite, vinho e suor, sangue e metal. Virou-se lentamente, fitando o escuro.

— Antônio? — sussurrou ela, o corpo se retesando à espera de uma resposta, mas não houve. Um instante depois ela percebeu que estava sendo tola. Com os sentidos aguçados, ela devia ter captado um eco do passado. Afinal, esta era a cidade de Marco Antônio.

De que quarto ele estava vindo? Ela olhou para o segundo andar da residência.

As venezianas estavam abertas, e ela podia ouvir os pesadelos do imperador. Ele sonhava com Cleópatra. Ela viu o próprio rosto em seus pensamentos oníricos. Seu rosto *morto*, como a estátua que ele mandara fazer à sua imagem. Esquecendo-se dos filhos, Cleópatra encaixou os dedos numa rachadura da estrutura e começou a escalar, as garras arranhando as pedras. Ela levou poucos minutos até chegar à janela, e lá estava ele. Seu inimigo estava deitado na cama, o cabelo claro iluminado pelo luar, as feições graves e contorcidas de seu rosto. Lágrimas lhe corriam pelas faces. Ele chorava durante o sono.

Ela pensou no sabor das lágrimas.

Subiu no peitoril, os pés silenciosos. Desceu para o chão, o corpo se transformando conforme ela se movia em direção a Augusto.

Ela ouviu os legionários subindo a encosta do morro, decididos a contar a Marco Agripa o que tinham visto. Ela os ouviu batendo na porta dele. Eles não faziam ideia de onde ela estava.

Ela ondulou pelo tapete de seda, o som de sua passagem um mero sussurro. Enfiou o maxilar pontudo embaixo da coberta e deslizou, fria e esguia, para a cama do imperador. Ele se mexeu, murmurando, com o corpo dela deslizando pelo seu tornozelo, pelo punho e chegando ao peito.

Ela ficou oscilando acima do rosto dele, olhando-o por meio dos olhos de uma serpente, a espinha arqueada quando recuou para atacar. As pálpebras dele se agitaram. Sim. Ela o queria desperto.

Alimente-se.

Um ruído vindo do corredor a sobressaltou e ela se virou para ver sua filha no vão da porta aberta, os passos tão lentos e leves como os de uma sonâmbula, segurando um buquê do que a princípio pareciam ser flores e, depois, pássaros. Uma estranha fragrância seguia a menina, algo misterioso e com sabor de cinzas.

Selene se virou para olhar dentro do quarto, os olhos deslumbrados, e Cleópatra se sentiu vacilante.

Sua filha deu um passo para a frente, piscando nas sombras para a serpente que estava enrolada sobre o peito do imperador.

Os olhos de Selene se arregalaram. Ela deixou o buquê cair e os pássaros voaram para o teto.

A menina gritou, sua voz penetrante ecoando pelo Palatino.

Cleópatra se retirou da cama do imperador, desobedecendo à fome de Sekhmet.

Antes que os olhos de Augusto estivessem totalmente abertos, ela já estava longe.

13

gripa saiu correndo de suas dependências ao ouvir os gritos, certo de que devia ser a bruxa grega no quarto de Augusto. Ele sabia que não devia tê-lo deixado a sós com ela na noite anterior. O imperador era um tolo no que se referia a mulheres. Mas por que ela estaria gritando?

O general seguiu em disparada pelo corredor e entrou no quarto empunhando a espada quando tropeçou em Selene, encolhida no chão. Augusto ainda estava na cama, olhando para a janela aberta, envolvido na coberta e tendo calafrios. Lá continuou, mesmo quando Agripa gritou seu nome. Não havia mais ninguém à vista.

O *Psylli* seguia Agripa de perto e, ao ver que não havia um inimigo no quarto, caiu de joelhos ao lado da menina para verificar seu batimento cardíaco.

— O que foi? — gritou Agripa, girando e olhando ao redor, em busca do vilão. Selene respirou profundamente. O imperador ficou quieto e Agripa voltou a atenção para ela. — O que viu?

A menina balançou a cabeça lentamente. Sua pele estava muito pálida e os olhos, estranhamente dilatados.

— Uma serpente — disse Selene, a voz trêmula.

— Uma serpente — sussurrou Augusto, e Agripa puxou a coberta da cama. Não havia nada ali.

Agripa deu um passo ameaçador em direção ao *Psylli*.

— Deixou uma serpente solta na residência do imperador?

— Não foi uma das minhas — disse Usem. — Elas estão todas sob minha responsabilidade, seguras em meu quarto. Já disse. Você não sabe contra quem luta.

— Saiu pela janela — Augusto conseguiu dizer, apontando com o dedo.

Agripa cruzou o cômodo a toda velocidade, debruçando-se na janela. Cauteloso, ele passou os olhos por baixo, procurando possíveis ameaças.

A única coisa que viu foi a cabana de barro de Rômulo, o fundador de Roma. O imperador construíra sua casa para ficar próxima do marco histórico. A cabana era seu prêmio especial.

— Alguém está escondido lá? Diga-me onde ele está? — sussurrou Agripa.

Augusto ficou um instante sem responder e Agripa mudou de posição, agarrando sua espada com mais força e erguendo o escudo para bloquear a janela.

— *Ela* — disse Selene. — Não era um homem.

— Não — interrompeu Augusto. — Não era nada. Levem a criança daqui. Não dormi bem e acabei assustando-a. Pensei que tivesse sentido uma serpente na cama. Achei que tivesse visto alguém pular pela janela.

— Eu também vi — protestou Selene.

— Levem a menina para o quarto dela — insistiu Augusto. — Aqui não é o lugar dela. Esta é uma conversa para homens, não para crianças. Esta é uma discussão de guerra.

O *Psylli* tirou a criança do quarto, olhando para trás, para Agripa e Augusto. Uma brisa soprou no cabelo da menina e as cortinas de repente voaram para fora da janela do quarto do imperador.

No corredor, Auðr estava encostada na parede e tremia. Ela tinha sentido o fio do destino de Cleópatra deslizando para dentro da residência e alterou o destino do imperador bem a tempo, puxando o fio de Selene para fazê-la passar pela porta do quarto. Agora ela pagaria o preço por ter feito tal magia sem se preparar. Tinha a sensação de estar se afogando.

O *Psylli* lhe deu uma olhada incisiva ao passar, notando a roca em sua mão. Inclinou a cabeça de leve para ela.

— Não há nenhum inimigo lá fora. Só há Roma — disse Agripa, a voz tensa. Ele passara uma noite enfurecedora, primeiramente andando pelos corredores e depois atendendo um grupo de legionários que relataram a presença de uma estranha intrusa no Circo Máximo. Os homens ficaram perdidos na tentativa de explicar o que a intrusa havia feito, insistindo que ela conseguia correr mais rápido que eles, saltava da rua para os telhados com facilidade, que num instante parecia um animal, e no outro, uma mulher.

Agripa acusou os homens de embriaguez, nada incomum após o retorno de uma longa viagem marítima, e os mandou de volta a suas dependências. Mas momentos depois da partida deles, os gritos começaram.

Augusto olhou para cima, surpreso, enquanto seu general batia a porta do quarto e jogava as armas no chão.

— Exatamente o que estamos procurando para combater? — rugiu Agripa. — Por que me faz lidar com as criaturas mais obscuras do mundo? Por que insiste que tais coisas fiquem em *sua casa*? Ou me conta do que isso se trata ou me separarei de você.

Seu amigo olhou para ele e suspirou. Agripa percebeu o aparecimento de novas rugas no rosto de Augusto. Seus olhos estavam mais amargos que nunca, o branco riscado de vermelho. Apesar de ainda ser muito cedo, o hálito de Augusto cheirava a vinho. Vinho e outra coisa, algo herbáceo e cáustico. Ele tinha emagrecido nos últimos meses e seu cabelo estava com a aparência desgrenhada de uma ovelha mal tosquiada. Em Alexandria, ele enviara mensagens falsas. Agora tinha convocado feiticeiros. Talvez a culpa pela sabotagem a Marco Antônio o tivesse deixado doente.

— Cleópatra está viva — disse Augusto. — Juro. Eu devia ter contado há muito tempo. O que o *Psylli* disse é verdade. Ela não está morta, Agripa. Esteve aqui ontem à noite.

Agripa se aproximou do amigo. Discretamente, chamaria um médico logo após esta conferência.

— Com certeza ela está morta — disse Agripa, tentando acalmar Augusto. — Olhe pela janela, não para a cabana de Rômulo, mas para o Circo Máximo. Já viu o que está sendo erguido lá pelo seu exército? Um obelisco, trazido de Alexandria. Está vendo a ponta, erguendo-se acima da cerca? Nós teríamos tal coisa se não tivéssemos vencido a guerra?

— Ela está viva, e em Roma. Juro. Acha que estou louco — disse Augusto, a boca se abrindo num sorriso torto. — Não estou. Eu a vi, agora mesmo. Selene me salvou ao gritar.

— Tais visões são produto da febre. — Agripa passou a mão na testa gelada do imperador, preocupado em não desafiar o protocolo. O aposento ficou subitamente frio, apesar de estar morno quando ele entrou. Ele mandaria acender uma fogueira.

— Estou tão bem quanto qualquer homem estaria sabendo que seu inimigo está à espreita, sabendo que seu inimigo resistiu à morte. Não haveria feiticeiros em Roma se eu não estivesse desesperado. Ela está viva, e não é humana.

O imperador lhe mostrou um amontoado de tecido rústico. Uma túnica de linho. Uma capa como a usada por camponesas e um cálice de ágata.

Desnorteado, Agripa olhou os objetos, sem conseguir ver qualquer significado ali.

— Peguei isso no mausoléu da rainha em Alexandria — disse Augusto, pegando o cálice e segurando-o sob a luz. O sol se refletiu nele.

Havia também o resíduo de algo escuro nele.

— Havia uma vez uma rainha do Egito — começou ele. — Uma rainha que por meio da magia se transformou em outra coisa.

Quando Augusto acabou de falar, Agripa se afastou da mesa, furioso.

— Ontem passei por ela no porto — disse ele, a voz rouca de frustração. — Ela estava acabando de chegar à cidade e, se tivesse considerado adequado me informar isso tudo antes, eu a teria prendido, assim como o sábio que a acompanhava. Uma patrulha dos meus homens a viu uma hora atrás e a perseguiu, mas não a capturou porque você não me disse o que estávamos procurando. Agora ela se esconde sob nossos narizes. Achei que estava imaginando coisas. Uma morta andando por Roma.

— Uma morta andando por Roma — Augusto fez eco.

— Você entendeu mal — disse Agripa. — Cleópatra nunca morreu. O veneno de cobra forjou a morte. Devíamos ter cremado o corpo. Acredito em você quando diz que ela estava a bordo do navio no Egito, mas não creio que tenha agido sozinha para matar a tripulação. Tinha um cúmplice, talvez o sábio ou um guerreiro contratado. Talvez um mago para fabricar as ilusões descritas pelos homens. Alexandria é cheia de magos, todos eles a lidar com fumaças perfumadas e espelhos. Não seria necessário muito esforço. Você deixou que a superstição o dominasse e todo o restante desta cidade fez o mesmo.

— Já disse, tive visões nos olhos dela, Agripa, visões de coisas sombrias! Ela é uma serpente! Uma leoa! A filha dela jura que ela e o tutor evocaram algo em Alexandria, algo poderoso, e eu vi sangue...

— Agora que eu sei o que devo combater, vou derrotá-la — interrompeu Agripa. — Ela é apenas uma mulher. Uma única inimiga que perdeu tudo que já teve. Está desprovida de exército, de armas e de amigos além do tutor. Faremos um *venatio* amanhã à noite e ela cairá numa armadilha no Circo Máximo. O que poderia ser melhor que uma arena cercada, com um fosso em seus limites e recheada de soldados? Nós a capturaremos com facilidade e desta vez a mataremos.

— E como a atrairemos para lá?

— Os filhos dela — disse Agripa.

— Ela não ofereceu resistência quando matamos Cesário. Se usarmos apenas as crianças, fracassaremos.

— Ela é mãe deles — insistiu Agripa. — Pense em nosso começo, quando todos em Roma achavam que fracassaríamos no ataque aos assassinos de César. Não foi isso que aconteceu. Olhe à sua volta.

Augusto olhou em volta, para os ornamentos de um imperador. Tudo pareceu muito frágil. Pensou em seu tio-avô, apunhalado 23 vezes no auge do poder, por homens que ele chamava de amigos. Augusto se sentiu tonto.

— Vencemos aquelas batalhas quando éramos jovens — disse ele. — E agora temos muito mais a perder.

— Hoje não — disse Agripa. — Lutamos contra uma mulher e um sábio.

— Teremos os feiticeiros — disse Augusto, lembrando-se com alívio de seus defensores.

— Não recomendo isso — disse Agripa. — Levaremos o que Cleópatra ama e armaremos a armadilha com isso. Meus soldados são bem treinados.

— O marido dela — disse Augusto, a voz assumindo uma vivacidade que já não tinha. — É Marco Antônio que ela deseja.

Agripa tinha certeza de que a visão que Augusto jurava que a feiticeira grega produzira tinha sido um mero truque, uma criatura feita de fumaça. Entretanto, tal habilidade podia ser útil.

— Sim — concordou ele, fazendo uma concessão. — Ofereceremos a Cleópatra seu marido.

14

A sombra se desprendeu das pedras e, invisivelmente, se moveu ao longo da parede e deslizou por baixo da porta do quarto do imperador.

Eles todos pensaram que fosse um fio de alma desamparada, trancada nos aposentos da feiticeira grega, mas estavam enganados.

Enquanto Crisate dormia, exausta por causa dos feitiços lançados, um vento súbito soprara dentro do quarto, passando pelas cobertas da feiticeira. A pedra de ligação se soltou de sua mão e Marco Antônio ficou livre, pelo menos até ela acordar. Era bom que os aposentos dela ficassem distantes dos do imperador, pois ela não acordou com os gritos de Selene.

A feiticeira não sabia tanto quanto imaginava sobre as sombras. Marco Antônio não servia a ninguém. Ela dissera que ele poderia ser usado aos caprichos de Roma, pelo preço de uma gota de sangue, sua memória esvaziada de todos os antigos ressentimentos, mas Antônio não se esquecera de quem era. Embora tivesse passado meses no Mundo Subterrâneo, ele não parara de repetir o nome de Cleópatra, sem querer esquecer, mesmo enquanto observava os espíritos tateando em direção aos rios, procurando esquecer os que amavam, as vidas que haviam perdido.

Seu coração se encheu de fúria diante da ideia das coisas que tinha ouvido. O falso mensageiro enviado por Augusto para jurar que Cleópatra estava morta. Os subornos pagos por Augusto para afastar o exército egípcio do serviço a Marco Antônio. O fato de Augusto ter conscientemente sepultado Cleópatra viva.

O fato de que ela ainda vivia. Marco Antônio não atentou para as outras coisas que Augusto jurou e nem para as visões que disse ter visto nos olhos de Cleópatra. Eram visões de um covarde. Se em Alexandria ele estava tão embriagado como parecia estar agora, não era de admirar que alucinasse, vendo Cleópatra como um monstro.

Onde estava Cleópatra? Era sua única pergunta no Hades e continuava sendo agora. Augusto jurou que ela estava em Roma, jurou que ela havia acabado de sair de seus aposentos e enquanto Antônio estava encostado na parede, tremendo de ira, o imperador e Agripa discutiam um plano para lhe preparar uma armadilha e matá-la no Circo Máximo.

O que ele poderia fazer para salvá-la? Ele não era nada além de um eco de seu antigo ser. Não tinha corpo, nem mãos para agarrar uma espada.

Marco Antônio pensou sobre a extraordinária engenhosidade de sua mulher. Muito tempo atrás, numa aposta, ela o informou que iria lhe servir uma refeição no valor de 10 milhões de sestércios, mais cara que qualquer banquete com que *ele* agraciara sua mesa.

Ele aceitou a aposta, zombando, e ela prontamente mandou pegar uma taça de *vinum acer*, tirou um de seus fabulosos brincos de pérola e o colocou no cálice. A pérola se dissolveu, deixando o vinagre sem acidez. Eles beberam o vinho juntos e ele riu, boquiaberto com a invenção dela.

— Dividir uma taça de vinho com você — dissera ela — é mais valioso que qualquer outra coisa que possuo.

Ela transformou vinagre em vinho para ele, não importando o preço, e ele faria o mesmo por ela.

O fato de não poder segurar uma espada nada significava. Ele ainda podia declarar guerra contra seus inimigos. Havia muitos ouvidos em Roma e nem todos eram dedicados ao mocinho imperador.

Augusto achava que Marco Antônio era apenas um fantasma e não mais um guerreiro.

Não era a primeira vez que um inimigo tinha fatalmente subestimado Marco Antônio.

Ao sair do Palatino e descer a colina, ele sorria, o corpo quase transparente sob o sol da tarde.

Não era difícil encontrar os homens que já tinham sido seus soldados. Roma estando em paz, eles se reuniam, em várias fases de embriaguez, nos bares e bordéis, e a cidade estava cheia deles. O ouro egípcio enchia seus bolsos.

O difícil seria achar homens que lhe fossem leais de novo. A maioria dos soldados que Marco Antônio via tinha passado para o lado de Otaviano após Áctio. Ele não precisava de soldados desleais. Tinha esperança de encontrar Canídio e o restante de seus oficiais superiores, os homens mais bem treinados do exército, mas seu coronel havia sido executado em Alexandria. Marco Antônio relembrou os homens entoando as canções de bar sobre a bravura de Canídio Crasso. É claro que seus oficiais estavam mortos.

Ele ficou na rua poeirenta se amaldiçoando. Não fazia ideia da hora que Crisate acordaria e, quando isso acontecesse, seu tempo de busca se acabaria.

Finalmente, ele encontrou alguns homens, fortes e cheios de cicatrizes, na sala dos fundos do bar. Deu um grito e os homens sentados à mesa olharam para cima. Não era a entrada que ele teria escolhido.

— Atenção!

Eles piscaram no ar poeirento. Bêbados. Marco Antônio também já se embebedara em algumas ocasiões. Sabendo como eles se sentiam, elevou a voz.

— Defensores de Alexandria!

Os homens apertaram os olhos.

Num relance, Marco Antônio apareceu diante deles, que ficaram sem fôlego, levantando-se, tropeçando nas cadeiras ao recuar, na pressa de fugir dele. Desconfiado, ele olhou para o estado dos músculos deles. O ano transcorrido desde Alexandria os engordara, mas agora isso era o melhor de que dispunha. Se tivesse tempo, poderia ter procurado pelo mundo, localizado seus verdadeiros amigos, encontrado os homens mais fortes, mas só tinha até amanhã à noite para salvar Cleópatra e não podia perder tempo.

— Seu comandante lhes chama — disse ele. — Seu comandante lhes encarrega de uma ação.

— Como podemos saber quem você é? — perguntou um dos soldados, o copo derramado à frente.

— Duvidam de mim? Sou Marco Antônio.

Um dos legionários sorriu.

— Parece com ele, isso não posso negar — disse ele. — E tem a voz dele. Quem nos toma por tolos? Mostre-se!

Marco Antônio fez uma careta. Não era fácil forçar soldados a ficarem sóbrios, nem eles se impressionavam com o impossível.

Nessa condição, seriam mais fáceis de subornar que de comandar.

— Quero contratá-los — disse ele. — Amanhã à noite, no Circo Máximo. Vocês irão para lá, armados, e irão esperar meu sinal. Trata-se de uma mulher... — Ele hesitou e decidiu não pronunciar o nome de Cleópatra —, que deve ser protegida dos outros soldados. Vocês a protegerão.

— Quanto?

— O suficiente para que paguem as meretrizes até morrerem — disse Antônio.

— E bebida?

— Por quem me tomam? Terão bebida também — disse Antônio.

— Então sou seu homem — disse o legionário —, seja você quem for.

— Os outros concordaram e Antônio explicou o que queria que eles fizessem. Por fim, depois de ter deixado tudo claro, de fazê-los jurar sobriedade e prometido quantidades indefinidas de ouro, ele saiu do bar e foi para a rua. Havia mais a fazer, e dessa vez ele melhoraria seu desempenho.

N o salão particular ladrilhado, onde os senadores tomavam seu banho a vapor vespertino, as paredes estavam quentes e escorregadias de óleo. O vapor que cercava os homens era denso como uma neblina, e suas vozes ecoavam, desencarnadas, saindo das nuvens. Os senadores tinham se instalado longe dos ouvidos do imperador e de seu querido general.

— Ele afirma ser descendente de Apolo, mesmo que todos nós tenhamos conhecido sua mãe, Atia, e ela não era nada que um deus fosse tocar, nem por acidente ao remexer o chão do templo à procura de algo melhor — murmurou um dos senadores.

Outro senador bateu as mãos na água para dar sua opinião.

— César Augusto não passa de um modesto sobrinho-neto e, ainda assim, ousa chamar-se César, como se aquela gota do sangue de Júlio fosse suficiente para contrabalançar seu avô agiota.

— E o escravo! — falou outro. — Sei de fonte segura que seu bisavô era um escravo libertado que passou a vida fazendo cordas no sul.

Os senadores ficaram estarrecidos.

Eles se movimentaram nos bancos ladrilhados em mosaicos, com os pés grandes e queixosos balançando na água escaldante abaixo. Enxugavam o suor das cabeças raspadas e continuavam murmurando.

— Augusto...

— Chame-o de Otaviano! — falou um dos mais velhos com voz estridente. — Ele não passa de uma criança, recém-germinada da terra. É um broto de aspargo!

Os outros senadores olharam de modo condescendente para o mais velho e continuaram as lamentações.

— Augusto irá destruir o sistema do discurso lógico. Irá encolher Roma até que ela fique sob o controle de uma mente, uma voz e um imperador.

Imperador.

A ideia fez os testículos de todos se encolherem, mas não havia o que fazer. Eles sentiam saudades dos velhos tempos da república, quando governavam as coisas. Quando governavam tudo. Os gloriosos tempos dos discursos e das discussões, das leituras dos pergaminhos e dos debates. Da época em que o Senado precisava ser convencido por dias inteiros antes que chegasse a uma decisão. E talvez fosse subornado também.

— Senadores! — ressoou uma voz. — Senadores de Roma!

Confusos, os homens pararam de falar e olharam em meio ao vapor.

Com certeza, devia ser algum truque, alguma dramatização criada para assustar os velhos. Algo realizado com uma trombeta ou um ator, imitando tons que cada um deles conhecia muito bem.

E ainda assim.

Eles o ouviram orar. Eles o ouviram falando para a multidão, fazendo o discurso fúnebre para César. Eles o ouviram chamar para a batalha. A voz era uma voz impossível.

O homem que eles conheceram estava morto.

A temperatura do salão começou a cair conforme uma figura emergia do vapor, pouco nítida, tão mutante quanto o vapor. Tinha um furo no queixo e o cabelo caía em cachos escuros, entremeados de prata sobre a testa. Ele usava a armadura dourada e havia um ferimento em seu abdome. Um ferimento ensanguentado e mortal.

Apavorados, os senadores murmuravam. Marco Antônio estava morto no Egito fazia quase um ano e, apesar disso, ali estava. Suas sandálias não tocavam o chão.

Três senadores se levantaram e caminharam em direção à saída, mas as nuvens frias do vapor floresciam na passagem e eles não conseguiam encontrar um modo de escapar. Uma camada de gelo se formou nos ladrilhos e um senador escorregou.

Outros três ficaram encostados na parede da casa de banhos, escondendo-se em meio ao vapor e rezando aos deuses para que o espírito não os tivesse visto.

— Venho do Hades com notícias de façanhas obscuras que lhes foram ocultadas por aquele a quem chamam de César — disse o fantasma, o lábio se torcendo num sorriso de satisfação. — Escutarão a mim, que já fui um homem como vocês? Venho com notícias do imperador de vocês.

— Augusto?

— O próprio.

Isso foi o suficiente para que mudassem de ideia sobre fugir. Deixando de lado a questão insignificante de que seu mensageiro vinha do Mundo Subterrâneo, os senadores se inclinaram avidamente para frente em seus bancos para escutar.

— Fale — instigaram. — Conte-nos tudo.

— Isso tem um preço. Uma pequena questão. Nada que homens tão poderosos fossem achar difícil. Há um objeto que exijo. Um pedaço de vidro verde, um *synochitis*, deve ser roubado de uma mulher amanhã à noite no Circo Máximo e destruído. Enviarei um homem para fazer esse serviço.

— Sim, sim, isso é fácil. Continue — disse um senador e Antônio assentiu.

— Amanhã à noite haverá jogos e neles as traições do imperador lhes serão reveladas. Ele se associou a feiticeiros, contra os princípios de Roma. Querem que eu prossiga?

Os senadores foram mais para a frente, trêmulos, no salão agora gelado. Uma das piscinas estava inteiramente congelada agora e uma fina camada de gelo cobria suas cabeças. Mesmo assim, eles estavam ávidos por mais informações. Roma era impulsionada por tais coisas e sempre havia sido. Um boato sobre a traição de um imperador valia isso e até mais.

— Continue — disse um senador, e o restante assentiu.

— Cada um de vocês precisa me dar uma gota de sangue para que eu possa falar tudo — disse-lhes a sombra, e os senadores esticaram as mãos, de boa vontade.

Sangue era um preço baixo quando alguém oferecia informações sobre os poderes que governavam Roma.

Sangue não era nada.

Marco Antônio sorriu. Toda a memória de Roma estava contida nesses homens e ele pegou sete gotas de sangue enquanto flocos de neve caíam serenamente do teto do salão.

Ele lhes contou tudo o que sabia, e então, juntos, armaram um plano.

15

Cleópatra estava enfurecida com seu fracasso. O que a impedira de ir adiante? Medo? A fisionomia de sua filha?

A princípio, ela pensou em retornar à casa de Virgílio, mas, ao pensar em Nicolau, preferiu ficar na cidade. Estava com muita fome para voltar para a casa e ficar com ele. Com a luz do dia, ela se escondeu num porão, mas, de qualquer forma, os ruídos de Roma a importunavam.

Assim que o sol se pôs, ela saiu novamente, mal conseguindo passar pelas entradas, pelas ruas e templos por onde Marco Antônio estivera, sem parar, procurando por ele. Era quase possível senti-lo, mas ela sabia que ele estava morto. Cremara seu corpo.

Nada desaparecia por completo, agora ela sabia.

Um arauto passou por ela, berrando seu anúncio.

— *VENATIO* PARTICULAR, amanhã, uma hora após o pôr do sol! Com a presença de César Augusto, celebrando a chegada das crianças do Egito conquistado e oferecendo uma curiosidade especial: uma visão de Marco Antônio, trazido do subterrâneo da terra para se curvar a Roma.

Ela silvou ao ouvir aquilo, mas achou que estava imaginando coisas. Sentia uma fome imensa agora e mal conseguia contê-la. Um grupo de legionários saiu cambaleando de um bar e ela teve a impressão de ouvi-los mencionar o nome de Marco Antônio. Balançou a cabeça para clarear as ideias.

Em um beco próximo a uma casa de banhos, ela sentiu o cheiro de Antônio, mais forte dessa vez. Enquanto inspirava, seus olhos ficavam marejados. Era como se ele estivesse ao lado dela. Se pelo menos isso fosse verdade.

Um legionário passou por ela, colando anúncios do *venatio* num muro. Ela parou para ver. O desenho de um homem, seu corpo familiar, alto e com o peito largo. Ao olhar mais de perto, ela observou que o homem tinha uma covinha no queixo. Ele se curvava diante de um desenho do imperador de Roma.

Cleópatra arrancou o cartaz do muro e depois foi atrás do homem que os estava colocando. Como ousavam falar de Antônio desse modo? Poderia ser um ator, maquiado e fantasiado, um espetáculo teatral debochando de seu marido.

Ainda assim.

Dessa vez ela não se deteria. Tinha sido um erro. Teve o imperador nas mãos e podia tê-lo matado. Isso tudo estaria feito.

Agora seria em público. Talvez fosse melhor. Haveria tanta gente lá que seus filhos não correriam perigo. Nenhuma exaltação poderia se apoderar dela e feri-los, não com tantos romanos presentes. Cleópatra se convenceu de que Sekhmet ansiava pelo sangue dos inimigos, não dos entes queridos.

Os animais com quem Cleópatra tinha viajado iriam lutar lá, para celebrar o *Egito Conquistado*. Era possível senti-los abaixo dela, nas jaulas instaladas nas catacumbas dos subterrâneos de Roma. Eles seriam estocados para a luz e recebidos com gritos e aplausos quando chegassem à arena para encontrar seus parceiros de luta, os *bestiarii*, os gladiadores condenados a combater os condenados. Leões, tigres e crocodilos enfrentando homens.

Ela iria.

O colador de cartazes parou e olhou nervoso para trás.

Ela saltou sobre ele, derrubando-o com as garras, os dentes já estavam em seu pescoço antes que ele tivesse tempo de emitir qualquer som. Se ele anunciava as mentiras imundas do imperador sobre Marco Antônio, merecia morrer.

Das sombras, Marco Antônio observava sua mulher estraçalhar de modo selvagem o pescoço do homem. Ele procurara por Cleópatra em todos os cantos da cidade e agora a encontrara. Chocado, ele a observou bebendo o sangue do servidor.

O que o imperador dissera era verdade. Estaria ela sob o efeito de um feitiço ou de algum tipo de veneno? Não dava para saber o que ela havia se tornado, mas ele ficou apavorado. Virou-se e sumiu nas sombras do sol poente. Não poderia falar com ela. Não agora.

16

Crisate acordou de repente e deu uma rápida olhada pelo quarto. Estava vazio, com exceção de Marco Antônio, sentado ao seu lado, quieto e imóvel. Ela tinha dormido durante a maior parte do dia e ainda se sentia fraca por causa dos feitiços que realizara na noite anterior.

Ela sentiu a magia em torno, e não era a sua. A casa estava repleta de magia. Ela não vira os outros feiticeiros na água divinatória, e a velha em especial a deixava inquieta. Crisate tinha dormido como se estivesse drogada. Sonhou com fios, com se estivesse emaranhada numa teia pegajosa, tecida por uma aranha enorme. Crisate se espreguiçou, assegurando-se de que nada havia mudado no cômodo, e então se virou para olhar seu cativo.

Marco Antônio tinha o olhar perdido no teto, os olhos escuros.

Se ela não soubesse, pensaria que ele lamentava a perda de algo. Porém, isso era impossível. Crisate nunca tinha visto uma sombra que fosse forte o bastante para resistir por muito tempo ao esquecimento provocado pelo Hades, mesmo que a sombra fosse a de um homem antes poderoso.

— Pode comer — ela instruiu Antônio, embora ele parecesse estranhamente sólido.

Ele foi para a mesa e mergulhou os dedos no mel e no leite que todas as sombras desejavam. Haveria algum problema com sua memória? A pele dele estava cinzenta antes e agora parecia menos. Seus braços eram praticamente transparentes e agora ela poderia jurar que havia sangue correndo pelas veias fracas.

Teria ele saído do quarto enquanto ela dormia?

— O que mudou? — perguntou ela.

— Nada, minha senhora — respondeu ele.

Ela balançou a cabeça. A pedra de ligação estava seguramente fechada em sua mão, mas havia algo de errado, e seus poderes não estavam fortes o bastante para entender o que poderia ser. Seria bom se a menina estivesse pronta, mas aquele feitiço ainda não havia se completado. Não tinha tempo de fazer o que ela planejara para Selene antes do *venatio*. Crisate teria que sofrer nesse estado por toda a noite e talvez ainda por mais tempo. Isso não poderia ser interrompido.

Cleópatra continha poder interior suficiente para tirar Hécate de sua posição subalterna e levá-la a governar acima da própria Perséfone. Havia ali poder suficiente para fazer tudo o que Crisate quisesse. Só era preciso capturá-la e a mudança prevista na água teria início.

Crisate sorriu.

Sekhmet fora tola ou devia estar desesperada para se ligar a uma humana, como um gavião a uma corrente. Se a humana fosse capturada, a corrente poderia ser puxada e o gavião, preso, ou assim Crisate esperava.

Ela não tinha esperança de que fosse ser fácil. Seria preciso sacrificar mais sangue para manter Marco Antônio sob seu poder. Ela precisava dele para atrair sua mulher.

Estremecendo, ela puxou das roupas um punhal ritual de ponta bem afiada e o correu pelo punho. Mesmo após todos esses anos, mesmo sobre a linha branca da cicatriz posta lá quando ela era uma menina, num corpo há muito abandonado, os sacrifícios necessários continuavam desagradáveis. Sua pele sentiu-se frágil e se enrugou sob a ponta do punhal, apesar de parecer tão lisa quanto seda.

Ela levou o punho aos lábios de Marco Antônio.

Ele pressionou a boca no corte, lambendo o sangue. Sua cor melhorava enquanto ele bebia, com o sangue dela correndo dentro dele.

Ah, ele lhe pertencia. Não havia dúvida disso.

Por que, então, ela ainda sentia que havia algo errado?

17

Na noite anterior ao *venatio*, muito amedrontado, o imperador não conseguia dormir. A ideia de ter Cleópatra em sua cidade fazia seu coração disparar. Ele não parava de imaginá-la do lado de fora de sua janela, na porta, ao lado de sua cama, a pele escamada deslizando pelo seu peito nu.

Ele ficou horas virando de um lado para o outro, os olhos completamente cerrados, o travesseiro embolado sob a cabeça, o leito apertado e duro como uma encosta rochosa. Por fim, saiu da cama. Fazia meses que não dormia uma noite inteira, desde quando seu barco esperava ao largo do porto de Alexandria. Ele amaldiçoou Cleópatra e Marco Antônio. Eles tinham lhe roubado o sono e agora ele andava meio caminhando, meio delirando, pelos corredores.

Usem, que patrulhava o lado de fora dos aposentos do imperador, ouviu pés descalços se arrastando sobre as pedras em sua direção. Ao virar-se, encontrou o imperador atrás dele, usando apenas uma túnica fina, os olhos desvairados, a pele suada.

Augusto piscou, como se tivesse deparado com uma luz brilhante.

— Você terá uma vida longa, ela me disse — sussurrou ele. — Agora ela quer me tirá-la. Ela cheira a limão e fogo. Seu perfume é o mesmo de sempre e eu o sinto em Roma.

— Ela não está na casa — disse Usem, ficando com pena do homem, mas o imperador balançou a cabeça, desvairado, como se quisesse se livrar de um inseto.

— Conte-me uma história — pediu ele ao *Psylli*. — Conte-me algo que faça a noite chegar.

Usem deu uma risada, um som seco de curioso prazer, algo que vagamente acalmou o imperador. Se o homem ainda ria, nem tudo podia estar perdido.

— Já é noite — disse o *Psylli*. — Faltam horas para o amanhecer.

— Não é noite em minha mente — retrucou o imperador.

— Vou lhe contar uma história — disse Usem. — Mas tem um preço.

— Sempre tem um preço — disse o imperador, abatido. — Eu o pagarei.

Augusto estava convencido de que qualquer honorário devido ao *Psylli* e à sua tribo nunca precisaria ser pago, pelo menos não por ele. Sua morte ocorreria muito antes de pagar suas dívidas e Usem queria a paz. Quem poderia prometer tal coisa num mundo onde existiam criaturas como Cleópatra?

Os dois andaram de volta até o quarto do imperador, onde Augusto se deitou novamente e Usem se acomodou numa almofada ao lado da cama. O *Psylli* começou a falar com voz baixa e uniforme.

— Certo dia, um jovem estava no deserto andando pela areia e sonhando com o seu futuro. Ele chegara à idade de se casar, mas as tribos vizinhas não estavam dispostas a ceder suas filhas. Tinham medo do povo dele, que se relacionava com serpentes venenosas. Quando as outras tribos viam o *Psylli* se aproximar, todos fugiam, deixando até os camelos para trás. O *Psylli* ficou rico com as posses abandonadas, mas sua tribo diminuía cada vez mais. Este rapaz desejava muito uma noiva, mas não queria pegar uma mulher contra a vontade dela. Ele sabia que teria que caminhar por vários dias para encontrar uma tribo que nada soubesse sobre seu povo, mas jurou que não retornaria ao povo das serpentes até ter encontrado uma esposa.

"Ele andou por sete dias e seis noites, dormindo em cavernas escavadas, entre as serpentes. Na sétima noite, quando a aurora se aproximava, o moço viu algo girando no horizonte, dançando e jogando luz pela escuridão. Ele foi até lá, conjeturando."

O imperador se virou para o *Psylli* e viu os olhos do homem brilhando.

— Quando o jovem se aproximou do tornado, ele pôde ver uma graciosa mão serpenteando para dentro e para fora da areia, os dedos longos enfeitados de anéis reluzentes, a fonte de luz que ele tinha visto.

"Ao se aproximar ainda mais, protegendo os olhos, ele viu uma forma esguia no centro da tempestade de areia, os cabelos compridos girando para cobrir o corpo despido. O jovem soltou um grito de deslumbramento e um rosto extasiado, sobressaltado, virou-se para ele por um instante. Depois ela desapareceu, atravessando o deserto para longe dele.

"O rapaz tinha tido um vislumbre da filha mais jovem do Vento Oeste — disse o *Psylli*. — Era a mulher mais linda sobre a Terra e ele ficou instantaneamente decidido a tomá-la como esposa."

Augusto se mexeu debaixo das cobertas. A lua lá fora, mesmo que fosse apenas um quarto crescente, entrava pela janela, deixando uma fatia luminosa no rosto do *Psylli*. Ele só conseguia ver os olhos do homem, que de tão pretos não deixavam sua expressão discernível. O *Psylli* continuou.

— O jovem saiu atrás do vento, que desapareceu de vista, chicoteando a areia e formando novas dunas para bloquear sua passagem enquanto ela fugia. O sol dava risadas lá em cima conforme o jovem procurava por seu amor durante todo o dia, crepitando no ar parado. Enfim, ele a viu na areia distante, mas ela fugiu num sopro, assim que ele se aproximou o suficiente para lhe perguntar o nome. Desta vez, porém, ela sorriu para ele antes de sumir e ele ouviu seu riso ecoando pelo deserto. O jovem continuou seguindo, às vezes enxergando galhos floridos de lugares distantes deixados na areia e às vezes observando pássaros exóticos montados no lombo do vento, bem acima de sua cabeça. Uma vez ela lhe deixou um barco vazio, caído suavemente lá de cima, com as velas ondulantes, mas ela não falava com ele, nem chegava perto o bastante para que ele lhe tocasse a mão.

"Finalmente, após 12 dias e noites sem dormir, sem beber água, sem nada além de seu amor desesperançado para sustentá-lo, o jovem caiu na areia, exausto, a pele ressequida e a língua inchada. Fechou os olhos."

Os olhos de Augusto se fecharam também, mas só por um instante. Deitado de costas, com a cabeça no travesseiro, praguejando em silêncio, a alma se revirava dentro dele. Contos de amor. O que lhe importava o amor?

— Ao acordar, o jovem se viu no centro de um tornado. Tudo à sua volta era a filha do Vento Oeste e ela o ergueu nos braços e o levou para seus lábios. Beijou-o e seus beijos lhe encheram os pulmões de ar. Ela o levou para um oásis e derramou água em sua boca. Envolvendo-o, ela o levou para bem alto no céu.

"Com ela, o moço viajou por todos os cantos do mundo, escutando os sussurros e uivos, os gritos e as risadas dela, e ficou cada vez mais apaixonado.

"No norte, ela soprou uma nevasca, formando montes brancos nas banquisas, assobiando uma canção apaixonante enquanto fazia enormes montanhas de gelo azul colidirem pelo mar. Ele assistiu a um urso branco e seus filhotes nadando pela água congelada e depois saltando sob a neve. A filha do Vento Oeste brincou com eles, arremessando-se para dentro e para fora da água, formando ondas que batiam no gelo, trazendo peixes para eles, até o jovem, desacostumado com o frio, quase morrer congelado.

"Ela o pegou e o carregou para o sul, para uma ilha onde as árvores penderam para formar um recanto com folhas, seu leito matrimonial. Lá, a filha do Vento Oeste e o filho dos *Psylli* se amaram e o jovem exultou dentro dela, observando-a inalar e exalar suavemente, a pele lisa e morna, os cabelos longos enrolados nele. O jovem perguntou à noiva sobre sua família, e ela disse que não queria dividi-lo. Era sua natureza viajar sobre o mar e sobre a terra e ela não podia ficar parada por muito tempo. Se ficasse nos braços dele, os oceanos ficariam imóveis e as abelhas parariam de beber das flores. Se ela ficasse em seus braços, as tempestades parariam de encher os rios e a neve ficaria no céu. Ela lhe disse que seria preciso deixá-lo em breve, caso contrário arriscaria provocar a ira de seu pai."

Enfim, Augusto adormeceu, os sonhos obscuros e retorcidos de sempre, as mãos agarrando armas invisíveis e a boca formando palavras inaudíveis. Em torno dele, o mundo explodia e caía sobre si mesmo, resplandecendo e ressecando. Dentro dele, o mundo acabava repetidamente.

— O jovem não queria que a esposa saísse do seu lado. Atou-se ao corpo dela enquanto ela dormia e, assim, estavam entrelaçados quando o pai dela apareceu, um ímpeto rugindo de fúria, arrancando as palmeiras da areia e fazendo ondas imensas baterem na praia. Os habitantes da ilha saíram correndo de suas casas e da costa, mas o Vento Oeste foi impiedoso. Tirou sua filha de onde ela dormia e a levou para o céu com ele. Enquanto ele voava, as ondas se sacudiam nos oceanos e quebravam na terra, destruindo tudo em seu caminho. Florestas inteiras foram arrancadas e voaram para as nuvens, pousando nos céus, onde acabaram se acomodando e virando abrigo para as estrelas. O jovem ficou unido à noiva, que lutava com o pai, gritando e dando-lhe socos. Três cadeias de montanhas se transformaram em planícies. Sete rios se transformaram em chuva. Uma estrela cadente foi desviada de seu curso e caiu na mão de uma criança, virando um brinquedo brilhante.

"Finalmente, o pai pousou nas terras da Líbia, onde a tribo do jovem acampava. Ele varreu seus camelos para o ar e espalhou as tendas pelo deserto. Espalhou seus pertences pelas montanhas e jogou as serpentes para o céu. Mais tarde elas cairiam como chuva, venenosas, misteriosas e cheias de raiva, na cabeça dos membros de uma tribo vizinha.

"O Vento Oeste desviou sua ira para os poços dos *Psylli* e direcionou seu fôlego quente para dentro deles, secando-os. A tribo do jovem ficou sem água, e seus integrantes falaram furiosamente com seu filho indócil. Ele sabia que tinha prejudicado seu povo ao se apaixonar pela filha do Vento Oeste, mas isso não o impediu de continuar a amá-la."

Uma brisa suave começou a soprar pelas janelas do imperador, chacoalhando as venezianas e fazendo-as se abrir.

— O jovem se recusava a abrir mão de sua noiva. O pai dela a arrancou dos braços dele e a levou de volta para casa, que ficava nos limites do mundo. O jovem conversou com sua tribo e a convenceu a entrar em guerra. Apesar de estarem irritados com ele por incitar a ira do Vento Oeste, eles estavam ainda mais irritados com o vento, por secar seus poços e roubar uma noiva legítima de um dos seus.

Augusto se debateu durante o sono quando a brisa passou por sua cama, soprando a coberta e deixando-o com frio. Usem olhou para cima e sorriu enquanto a brisa passava pelo seu rosto.

— O Vento Oeste tinha roubado não apenas uma noiva, mas um bebê, pois a filha do Vento Oeste esperava um filho. A tribo do povo da serpente se armou e atravessou o deserto, com as serpentes ao lado. Andaram em seus camelos dia e noite e nunca viram a filha do Vento Oeste, este mesmo a atormentá-los com tempestades de areia, instigando ondas de pó sobre o deserto para que tragassem a tribo guerreira, suas montarias e suas serpentes. Convencido de que os havia enterrado tão profundamente que eles nunca mais reagiriam, o Vento Oeste foi tratar de seus outros negócios em outra extremidade do mundo. Os guerreiros e suas serpentes cavaram seu caminho sob areia e continuaram em frente até chegarem ao limite do mundo.

Agora a janela estava totalmente aberta aos elementos e o vento soprou para dentro, fazendo as cortinas voarem e folheando pergaminhos. Soprou dentro da boca do imperador e saiu de novo, empoleirando-se no ombro do *Psylli*.

— Eles ficaram parados olhando para o nada que os aguardava lá e, a distância, equilibrando-se sobre uma plataforma do mais rarefeito dos ares, conseguiram ver o castelo iluminado do Vento Oeste. O jovem pôde ver sua noiva na entrada do castelo, o cabelo girando em torno dela, os olhos relampejando. Ela estava atada à parede do castelo. O jovem ficou desesperado para alcançá-la. Ele não sabia andar pelo ar e a distância era muito grande para um salto. No entanto, a voz de sua noiva era muito leve, conseguindo viajar a distância que os separava, e ela sussurrou em seu ouvido que o amava.

"O rapaz pensou profundamente por um instante e então chamou suas serpentes. Elas se ligaram umas às outras, caudas nos pescoços e pescoços nas caudas. Logo, o rapaz e sua tribo tinham uma corda de serpentes tão comprida quanto a distância que levava do limite do mundo ao castelo do Vento Oeste. O jovem jogou a corda sobre a divisão e a noiva franziu os lábios, soprando uma brisa para carregar a corda pelos últimos centímetros sobre o vão, até a entrada do castelo. O rapaz não hesitou. Sem demora, ele subiu nas costas das serpentes e correu pela corda esticada até sua amada.

"Assim foi que a tribo dos *Psylli* viajou pelo ar rarefeito e chegou ao castelo do Vento Oeste. Assim foi que a tribo dos *Psylli* esperou pelo Vento Oeste e o capturou com sua corda e sua magia, fatiando-o com suas espadas até o vento se render e lhes entregar sua filha."

O *Psylli* se levantou, o corpo escuro brilhando esbelto sob o luar. Ele olhou para a forma do imperador. As pálpebras do homem se agitavam e Usem sabia que ele só fingia dormir. O *Psylli* colocou a mão no peito de Augusto.

— Assim foi que, guerreando contra o Vento Oeste, eu conquistei minha mulher. Nós nos tornamos pais e eu vim cá, para Roma, a fim de proteger minha família da guerra e das aflições, da dor e do pesar, como qualquer pai deveria proteger seus filhos.

O *Psylli* observava o imperador, cujo queixo se retesou um pouco.

— Qualquer pai — repetiu ele. — Todo governante de qualquer tribo, de qualquer país. Essa é a responsabilidade de um líder. Porém, um líder deve entender que a perda do amor pode ser mais perigosa que a perda de um reino. Ele precisa entender que se arrisca quando emaranha sua cidade em tal coisa. Um coração partido pode destruir com a mesma precisão de um punhal e existem corações partidos em Roma. Há vidas roubadas. Não seria vergonha nenhuma devolver os filhos a ela. Minha mulher crê que isso acalmaria Cleópatra, e um inimigo calmo é mais fácil, na melhor das hipóteses. Não seria vergonha desistir do fantasma que você tem cativo. Ela deseja paz para ele e para si mesma. Ela deseja isso mais que vingança, pelo menos por enquanto.

O imperador parou de respirar por um instante, sentindo o olhar do *Psylli* sobre ele. Ficou quieto. Então o homem tirou a mão do peito do imperador e se virou.

A brisa se transformou numa mulher, o cabelo girando, as mãos se esticando para tocar o encantador de serpentes. Juntos, o vento e o *Psylli* saíram do quarto.

Os olhos de Augusto se abriram no escuro. Seu coração se sentiu partido e furioso a um só tempo. Amor. Quem era esse homem para lhe falar de amor? Quem ele era para dizer que Augusto não o entendia?

Cleópatra não fora destruída pelo amor. Fora destruída por sua sede de poder, e pelo seu desejo de ser rainha além de seu próprio país. Augusto sabia, assim como sabia que ele próprio tinha essa mesma sede. Ele governava, assim como ela havia governado. Ele passara por cima de obstáculos de família, amigos e guerreiros, assim como ela, e agora, ali no Palatino, ele estava no topo do mundo. Ela estava muito abaixo dele. Agora, só era preciso matá-la.

O imperador saiu da cama, exausto.

Ele nunca amara ninguém além de Roma, e Roma precisava dele.

18

Os feiticeiros se encontraram no corredor do lado de fora dos aposentos do imperador. Os olhos prateados de Auðr cintilavam perigosamente para Crisate, que fingia indiferença. Usem, Crisate observou, estava armado. Sua adaga fora recentemente afiada e era feita de um metal diferente, algo que ela nunca vira antes. Ela lhe deu um sorriso. Ele era um homem. Com certeza, seus encantamentos funcionariam. A nórdica não importava.

Usem deu uma olhada em Auðr. Desde que a vira no corredor, na frente do quarto do imperador, ele tentava adivinhar quais seriam seus objetivos. Mesmo não parecendo estar bem, algo nela irradiava força.

Nós a capturaremos, disse ela, encarando Usem, e ele ouviu sua voz na própria língua. *Não deixe a outra saber. Nós somos fortes o bastante para fazer isso juntos. Ela deve ser destruída. Estamos aqui pelo mesmo motivo.*

Usem desviou rapidamente o olhar. Que tipo de coisa era essa voz em sua cabeça? Ele não gostava dessas coisas. Magia e controle mental. Ele queria chegar ao Circo Máximo com sua adaga. O imperador recusava-se a entregar as crianças e, quanto mais esperassem, mais zangada Cleópatra ficaria.

Usem foi o primeiro a entrar quando a porta se abriu.

Augusto os aguardava, já vestido em seu traje cerimonial, a coroa de louros dourada brilhando em sua cabeça. Agripa estava ao seu lado, em teso desconforto.

— Ficarão posicionados ao lado do imperador — disse Agripa. — Cada um irá defendê-lo do inimigo.

— De Cleópatra — disse Augusto.

— De Cleópatra. Meus homens ficarão posicionados ao redor de vocês. O Circo estará cheio deles. Não haverá perigo. Trata-se de uma mulher sozinha.

Agripa fitou Crisate.

— Levará a ilusão — disse ele.

— Não se trata de uma ilusão — retrucou Crisate. — Ele é o marido da rainha.

— Você usará Marco Antônio para atrair Cleópatra — disse Augusto e deu um sorriso com os lábios trêmulos. Não queria que notassem seu nervosismo. Tudo estaria acabado em breve.

— E como sugere que ela seja destruída depois de capturada? — perguntou Usem.

— Isso não lhe cabe saber — disse Agripa e Augusto balançou a cabeça.

— É — disse ele. — Algumas coisas devem ficar em segredo.

19

Acima da arena uma mariposa clara esvoaçava, tentada pela luz das tochas. A mariposa dançava, esticando as antenas, divertindo-se nas correntes de vento, planando suspensa e desejosa sobre o caos da multidão.

Milhares de pessoas se reuniam ali, cantando e gritando, e o calor de seus corpos atraía o inseto. Do lado de fora dos muros da arena, mais pessoas se acotovelavam, empurrando-se morro acima para espiar dentro do Circo e ver os animais e os lutadores.

Abaixo da mariposa, cada tocha parecia um glorioso lago de fogo.

Ela se precipitou para mais perto, adejando sobre a terra estrelada.

As passagens abaixo da cidade eram escuras, apesar das tochas. Prendendo a respiração para não inalar o tentador cheiro de sangue, Cleópatra se encostava na parede viscosa de uma passagem estreita. Imaginando-se mais facilmente encoberta com a aparência de um dos encarregados dos animais, ela sentia cada pedra com a túnica fina que vestia.

Ainda assim, ela recebeu olhares desconfiados. Havia poucas mulheres abaixo do solo e a pele da rainha tinha um brilho sobrenatural.

— O que a senhora é? — gaguejou um varredor de estrume, ajoelhando-se em adoração quando ela passou por ele.

Ela lhe quebrou o pescoço pela pergunta e jogou seu corpo num monte de palha. Não poderia tolerar os gritos.

Os *bestiarii* ocupavam dependências especiais e a rainha sorriu ao passar por eles. Os gladiadores enjaulados ficavam acorrentados até serem necessários. Alguns deles teriam permissão de matar os animais com quem lutavam, empunhando armas ou enfrentando adversários amarrados, e outros seriam enviados nus diante de Roma para serem executados pelas bestas. Algo naquela mortalidade agradava as partes obscuras do coração dela. As partes que não eram suas.

Ela ouviu os ursos, sentiu seu cheiro forte. Os crocodilos eram familiares, enjaulados num reservatório lamacento para manterem a umidade. A jaula dos felinos cheirava a carne de bode.

No Egito, matar um leão ou qualquer outro felino sem as devidas cerimônias garantiria morte ao executor. Aqui as coisas eram feitas de outro modo. Em Roma, os animais não eram deuses.

Ou talvez os romanos simplesmente não soubessem disso.

Agarrada por uma corrente desconhecida, uma pena branca desceu flutuando no espaço diante da rainha.

A pena de Maat, ela pensou, abalada, mesmo que a melhor parte de sua mente soubesse que era tão divino quanto uma pena de ganso. Cleópatra não estava em posição de pedir a ajuda de Maat. A Deusa do Peso do Coração, da Verdade e da Justiça impedia que o caos — *isfet* — reinasse. Se o coração que pertencera a Cleópatra fosse pesado agora, ela sabia que não passaria no teste. Sekhmet era o oposto de Maat, desejava um mundo de sangue e violência. As escamas cairiam, e seu coração pesado seria dado à Devoradora de Almas, que se agachava embaixo das escamas, com garras de leão, maxilares de crocodilo e as presas cintilando. Mesmo assim, Cleópatra murmurou um pedido de bênção a Maat por qualquer bem que isso pudesse lhe fazer.

Havia excesso de mortes em sua memória. Cesário saltando da plataforma, o pescoço dele quebrado pela mão do homem do imperador. Ela se lembrava de cada instante do assassinato de seu filho, assim como se lembrava da morte de Antônio.

Ela estava ávida pelo coração do imperador de Roma. Imaginava-o implorando pela vida. Ela não lhe concederia misericórdia, nem aos outros que lutaram com ele em Alexandria. Cada um deles seria consumido. Aqui, ela se deu conta, era ela a Devoradora de Almas.

Era ela quem decidia os destinos.

Cleópatra entrou apressada na área dos leões, vendo felinos conheci-dos da viagem. Encostou-se na jaula por um instante, desfrutando da escu-ridão e dos sons que eles faziam ao comer e se lamber. Sua presença os acalmava. A bordo do navio, ela dormira em forma de animal ao lado deles, sentindo-se parte de uma família como nunca sentira na infância. Ela nun-ca fora capaz de estender as mãos durante o sono e tocar outro corpo, não até ter Antônio e seus filhos.

Cleópatra ficou ali um instante, pensando em sua vida perdida, depois dispersou os pensamentos tristes e passou pelas grades.

20

Do lado de fora da arena, Nicolau passou a toda velocidade pela arcada, seu manto esbarrando nas barracas dos vendedores que guardavam seus produtos para ir embora. Sem saber como, ele se flagrara abrindo a porta da casa de Virgílio e correndo pelas ruas, pensando, talvez iludido, que conseguiria convencer Cleópatra a não fazer o que planejava.

Ele sabia que não podia confiar nela. No instante em que percebeu que ela havia sumido, ele começou a procurá-la pela cidade. Mas seus esforços foram em vão e, quando viu os cartazes anunciando o *venatio*, soube onde encontrá-la.

Ajude-me, ela tinha dito, e ele se sentira tão culpado no porão do navio, com a mão no coração vazio dela, que a ajudara a entrar em Roma, dizendo a si mesmo que se ela encontrasse os filhos, ficaria satisfeita. Dizendo a si mesmo que ela era apenas uma mulher, uma mãe, que poderia ser convencida a desistir da vingança.

Que tolo. Sekhmet a controlava.

Sua busca pela biblioteca de Virgílio desencavara poucas coisas úteis, mas ele ficou lendo sobre batalhas e monstros imortais durante horas. Às vezes, é possível abdicar da vida eterna, mas essa dispensa só é dada pelos deuses. Não havia relatos de mortais realizando tais feitiços. Os imortais podiam matar outros imortais em certas circunstâncias, mas isso também não ajudava.

Nicolau estava impotente e sabia que a rainha desconfiava disso. No navio, ele pensara que ela desejava se separar da deusa, mas agora se perguntava se ela simplesmente o usara para entrar em Roma mais facilmente.

Toda a cidade estava dentro ou em torno do Circo Máximo. Ele sabia que era uma armadilha. Não havia outra explicação para o *venatio* noturno, para a exibição do imperador e dos filhos de Cleópatra, para a menção de Marco Antônio. Eles sabiam que ela estava em Roma e pretendiam atraí-la para lá.

Nicolau hesitou, nauseado. Se tivesse bom-senso, fugiria da cidade.

Ele sabia que ela não teria sossego enquanto não matasse Augusto. E para matar o imperador ela teria que passar por centenas de pessoas. Se esse fosse um acontecimento planejado, uma armadilha para a rainha, Augusto estaria protegido por toda a arena.

Ele viu a procissão imperial, as liteiras sendo carregadas na descida do Palatino rumo ao circo, exatamente na direção de onde ele estava. A procissão estava cercada por guardas e ele mudou de rota, indo na direção oposta. Os homens de Agripa estavam em todos os lugares, alguns deles usavam roupas civis. Dava para diferenciar os soldados por sua postura. Estavam todos em alerta.

Ele entrou furtivamente na arena com um grupo de senadores, seus mantos impecáveis e as cabeças carecas brilhando. Uma vez lá dentro, ele analisou a multidão. Milhares de pessoas já estavam nas arquibancadas, gritando e esticando os pescoços na esperança de vislumbrar os animais. O centro da arena estava vazio quando o imperador entrou por cima das arquibancadas, sendo conduzido ao seu camarote particular. Nenhum sinal de Cleópatra na área que cercava Augusto, mas os filhos dela estavam lá, posicionados em volta do imperador. Alexandre à esquerda e Ptolomeu no colo do imperador. Eles usavam um toucado dourado e tinham os rostos pintados como jovens reis do Egito.

Selene sentava-se à frente de Augusto, os olhos delineados com kajal. Usava uma tiara dourada de louros, a melhor maneira de enfatizar sua fidelidade a Roma. Nicolau balançou a cabeça lastimosamente. Os trajes deles só incitariam Cleópatra ainda mais.

Onde ela estaria?

Ele ouviu rugidos abafados vindos do subterrâneo, dos túneis sob o circo.

Com o coração apertado, ele se deu conta. Nunca a alcançaria a tempo.

O ruído de correntes batendo na rampa de pedra anunciou a subida dos felinos, e Cleópatra sentiu as orelhas se curvarem para trás. O pelo em sua espinha se eriçou, formando uma crista. O perigo estava ali.

Ela estava acorrentada, sua perna presa à de outro leão. Era assim que os *bestiarii* tinham a chance de vencer os animais. Caso contrário, os jogos acabariam rapidamente, com os combatentes destroçados no chão do Circo e os animais se comportando agressivamente, cheios de perplexidade e terror. Dava para sentir o cheiro do medo dos *bestiarii* e o sabor de suas histórias.

Eram presidiários, mas muitos deles não eram criminosos. Tinham apenas se encontrado por acaso com legionários na hora errada e sido acusados de crimes que não tinham cometido. Um dos *bestiarii* recém-coroados era o pai de uma linda jovem que deixara de ser donzela. Agora o pai era culpado de agressão por ter tentado rechaçar o romano que havia procurado os favores da filha. Outro dos *bestiarii* possuía um escudo dourado desejado por um centurião. Agora o homem era um ladrão condenado.

Não havia lutadores de carreira. No passado, eles eram egípcios e Cleópatra fora sua rainha. Ela tentou não pensar neles, em suas almas e suas dores. Não importavam. Não podiam importar. Ela estava ali por uma razão. E para chegar perto do imperador era preciso matá-los na batalha.

E ela o faria, se isso lhe permitisse uma aproximação do imperador. Dava para sentir o cheiro de sua ausência, o nada cinzento de sua alma, lá em cima das arquibancadas. Ela pensou em seu pescoço, na pele alva, nas veias pulsando logo abaixo. Pensou em sua cabeça coroada de louros. Ela o estraçalharia, arrancaria sua coroa. Pensou no coração dele, no que se passava por um coração. Que sabor teria? De pó. De pedras.

Seus dentes ficaram mais afiados e a respiração se acelerou. Olhando para cima, sob a iluminação das tochas, ela viu milhares de rostos dominados pela expectativa.

Esperando por ela.

21

Augusto estava sentado no fundo do camarote imperial coberto, olhando para o Circo abaixo e tentando permanecer imóvel. Todo o poder de Roma e além esperava por Cleópatra.

De onde ela viria? Onde estaria agora?

Auðr sentava-se atrás do imperador, observando o urdir do seu fio. A *seiðkona* respirou fundo, torcendo para não se engasgar. Ela necessitava de toda força que conseguisse reunir. A batalha estava próxima. Movendo os dedos, ela teceu um bom comprimento do destino de Augusto. Torceu-o com suavidade, enlaçando-o com as unhas afiadas. Os destinos estavam sendo tecidos à sua volta e ela podia tocar cada um. Era como se toda a arena estivesse coberta por uma teia de fios à deriva, que se emaranhavam, flutuando e trançando. E ali estava o fio da rainha, entrelaçado com o de Sekhmet, mais forte que todos os outros destinos combinados, e infinito. Quantos fios Auðr já cortara ao longo dos anos? Quantas vidas ela interrompera para impedir que a configuração se desordenasse? Quantos destinos ela modificara?

Ela tentou outra vez, os dedos ágeis, mas sem conseguir modificar o destino de Cleópatra. Não conseguia desatá-lo da deusa nem cortar nenhum dos fios. A única coisa que Auðr conseguia fazer era manipular os destinos que cercavam os dois filamentos imortais e esperar que essa mudança atraísse a rainha para suas mãos.

Era demais, ela pensou, amedrontada pela primeira vez em anos.

Augusto inclinou-se para a frente, olhando os rostos na multidão. Nenhum dos feiticeiros parecia ter sentido Cleópatra, mas isso não significava que ela não estivesse por perto. Ela nunca escaparia. Tudo e todos estavam a postos.

Ele ainda estava nervoso.

Será que havia espaço suficiente entre a arena e o camarote imperial? Anos antes, vinte elefantes importados pelos Pompeu tinham atacado as arquibancadas, rompendo a cerca de ferro que protegia os assistentes. Júlio César mandara cavar um fosso fundo, da altura de um elefante, em torno do Circo, para impedir que tal coisa acontecesse outra vez.

O fosso era muito largo para que qualquer coisa saltasse e o camarote imperial — o *pulvinar* — recém-construído situava-se bem alto no Morro do Palatino, oferecendo a melhor visão das corridas de biga, do *venatio* e dos jogos dos gladiadores, que ocorriam desde a fundação de Roma. O rapto das mulheres sabinas ocorrera ali também, segundo a lenda, apesar de ter sido um evento para o qual nenhum ingresso foi vendido. Aquele solo tinha um histórico sangrento, mas Augusto e Agripa haviam tomado precauções para garantir a segurança do imperador. Os soldados de Agripa, vestidos à paisana, sentavam-se em torno do camarote imperial. Milhares deles tinham sido convocados para esta noite e todos tinham a mesma ordem. *Protejam o imperador.*

O imperador olhou Crisate de relance. Ela era muito vistosa e facilmente daria a entender, sem proclamações, que era a nova amante do imperador. Então ele a fizera cobrir o rosto com um véu preto, mas mesmo assim ele conseguia ver seus olhos. Verdes como o mar, mas acesos com uma luminosidade amarela. Ele se parabenizou pela presença dela. A sombra serviria de isca para a armadilha, assim como as crianças. Ele deu um tapinha no ombro de Selene, sentindo-se ligeiramente culpado por trazê-la ali. Ela era uma menina, e não deveria ver essas coisas, especialmente depois do susto que tivera com a serpente, mas era necessária.

Sob a mão de Augusto, Selene inclinou-se para a frente no assento, tentando conter suas emoções. O que tinha visto nos aposentos do imperador? A visão estava embaçada em sua lembrança. Uma serpente com o rosto de sua mãe? O médico tinha vindo e a medicado com algo que amortecera sua mente.

Ao acordar, o buquê de flores que Crisate tinha lhe dado estava lá, apesar de ela lembrar-se que o deixara cair no quarto do imperador. Agora

Crisate sentava-se ao seu lado, sua única amiga. Augusto tinha desmentido Selene, dizendo que ela não vira o que sabia que vira. Apenas Crisate acreditava nela. Ela sentiu um soluço subindo pela garganta ao olhar para o centro da arena. Pensar em animais a lembrava de casa, só isso. Ela não sentia falta da família. Como poderia? Eles a tinham abandonado nessa situação. Ao seu lado, Crisate sorriu e pegou a mão dela.

— Não há nada a temer — disse ela. — Eu a protegerei.

Algo em seu interior dizia a Selene para confiar na mulher.

Crisate olhou para o imperador e sorriu para ele. Um sorriso calculado. Ela o observou retribuindo o sorriso nervosamente, mostrando os dentes tortos.

Analisou os outros feiticeiros. A nórdica sentava-se ao seu lado, claramente doente. Crisate a ouvira tossindo durante todo o trajeto pelo corredor do Palatino e sua pele estava amarelada e febril. Contudo, ela se sentava com a coluna ereta, os estranhos olhos prateados vigilantes. Não seria difícil matá-la caso se tornasse um incômodo esta noite. Crisate estava preparada. O encantador de serpentes, por outro lado, era um inimigo mais forte. No entanto, talvez estivesse do lado dela. Ou pudesse ser comprado. Sua tribo era conhecida por praticar feitiçaria por encomenda. Ela se inclinou para ele.

— Talvez eu precise de você — disse ela.

— Como eu também posso precisar de você — retrucou ele com o maxilar tenso. — Ela não será facilmente capturada.

O vento informou Usem que a rainha tinha chegado e, embora ainda não pudesse vê-la, ele sabia que logo poderia. Já lamentava isso. Uma víbora lisa, de padronagem cor de cobre, deslizou pelos braços do *Psylli*, seu corpo tão grosso como um galho de árvore. Ele olhou de relance para a feiticeira nórdica. Os romanos tinham lhe tirado a roca, mas ele a via agora, bem escondida ao lado da feiticeira, encoberta pelas dobras de suas roupas. Desconfiou que era o único a saber disso, como também do fato de que os punhos dela não estavam exatamente amarrados. O vento lhe sussurrara todas essas coisas no ouvido. Mas ele não achava ruim que a *seiðkona* tivesse sua arma. Eles necessitariam de tudo o que pudessem reunir. Ele planejava matar Cleópatra, não confiava em mais ninguém para isso.

Tocou na adaga, testando a lâmina com a ponta dos dedos. Estava afiada a ponto de fatiar o mais rarefeito dos ares, tendo sido usada com esse propósito uma vez antes. Ele a tratara com o veneno ao qual ele próprio era imune. Estaria afiada o bastante para fatiar a carne de qualquer uma das feiticeiras se necessário e matá-las com rapidez. Quanto a matar Cleópatra, ele não estava tão certo. O vento envolveu os ombros do *Psylli* como um casaco e ficou observando, à espera.

Um avestruz desfilava lá embaixo, seu bico voltado para cima, orgulhoso. Os romanos mal notaram. Já tinham visto avestruzes.

O olhar de Augusto caiu sobre um grupo numeroso de senadores, com as carecas brilhando sob as tochas. Estavam acompanhados de escribas. Ele cutucou Agripa.

— Por que eles estão aqui?

— Não sei — respondeu Agripa.

— São velhos — disse Augusto.

— E não estão armados — disse Agripa.

Augusto olhou novamente para eles, pensando no propósito que os trouxera. Geralmente, os senadores não assistiam a esse tipo de espetáculo. Deviam estar dormindo, mas estavam bem despertos pelo entusiasmo. Um deles olhou de relance enquanto o imperador desviava o olhar.

O olhar do senador cruzou com o de um homem esguio disfarçado de criado, que se posicionara atrás do camarote imperial, despercebido por todos ali. O homem foi se introduzindo de lado até ficar bem atrás de Crisate e o senador, quase imperceptivelmente, fez um gesto de cabeça, assentindo para ele.

O sol se punha e as tochas foram acesas. Estava para começar.

Augusto encheu um cálice de vinho e colocou nele um pouco de theriaca que trazia num vidrinho guardado na túnica. A mão rude de Agripa tirou o cálice de sua mão. Augusto se virou enfurecido para o intruso.

— É preciso estar bem lúcido para isto — disse Agripa.

— Faço o que quiser — retrucou Augusto, aborrecido. O theriaca nem tinha sabor amargo para ele agora. Era quase doce.

A música vinha da parte debaixo das arquibancadas e os gladiadores começaram a sair do subterrâneo para sua apresentação ao imperador. Augusto olhou para eles, desgostoso. Era um grupo de homens abatidos e de aparência doentia. Desgastados. Estimulados pelo encarregado, os *bestiarii* curvaram a cabeça para ele.

Será que sempre tinha sido assim? Na adolescência, Augusto exultava com a força dos gladiadores, os músculos definidos, a armadura — embora animalesca — e as armas brilhantes. Esses homens pareciam frágeis. Eram criminosos, por certo, condenados a cumprir suas penas na arena, mas isso não era desculpa para suas fisionomias pálidas, para os membros esqueléticos.

Augusto tirou Ptolomeu do colo e se levantou. Vendo-o, a multidão se aquietou.

— Cidadãos de Roma — gritou ele. — Quanto a mim, eu gostaria de ver os extraordinários rinocerontes e o grande hipopótamo em vez desses aí! Esses escravos não passam de animais, quando nos foram prometidas maravilhas!

A multidão urrou em aprovação.

O humor de Augusto melhorou. Ele fez um floreio com a toga, um gesto de apresentação. Agora, lançaria a isca em sua armadilha. Agora, atrairia sua presa. Chamando as crianças com o dedo, ele pôs as mãos em seus ombros.

— Assim como dou as boas-vindas aos animais da África — gritou Augusto — dou as boas-vindas a três crianças. Não eram crianças de Roma até hoje. Eram crianças do Egito.

A multidão vaiou e assobiou. Agripa se mexeu ao lado de Augusto, a mão na espada.

Sob as mãos de Augusto, os meninos também se mexeram, desconfortáveis com a atenção subitamente voltada para eles. Selene olhava para a frente. Régia. Otaviano aprovava. Quisera ele que fosse sua filha.

— Eram filhos da rainha daquele país. Vocês devem lembrar seu nome. *Cleópatra*. Talvez a tenham visto em minha procissão.

A plateia riu e zombou ao som do nome da inimiga derrotada.

— Ela está morta e seus filhos vieram de boa vontade para este país.

As vaias aumentaram. O imperador deixou que o volume chegasse ao máximo da ira e desdém antes de continuar.

— Entretanto, eles já não são filhos do Egito — disse Augusto. — Pois o *Egito* agora é filho de Roma.

Aplausos e risos diante da sagacidade do imperador. Augusto ficou mais ereto, deliciando-se com esse momento. Ele amava seus cidadãos.

Eram seres de inteligência. Obedeciam às regras do discurso. Eles se levantavam e gritavam seu apoio.

Ele observou que os senadores estavam quietos em seus assentos, vigilantes. O que esperavam?

— Eu vos apresento Cleópatra Selene, Alexandre Hélios e Ptolomeu Filadelfo, filhos de Roma e favoritos de seu primeiro cidadão. Eu lhes perdoei pela ascendência e vocês deverão fazer o mesmo.

"E agora... um entretenimento original, nunca antes visto em Roma."

O imperador sorria de satisfação. Se nada mais a atraísse, isso iria.

— Vocês devem se lembrar de um traidor de Roma — disse Augusto. — Um homem que deixou para trás seu país para cortejar uma rainha estrangeira. Um homem que abandonou seus soldados, sua esposa e família por essa mesma rainha.

A multidão vaiou como deveria.

— Os deuses abençoaram Roma e derrotaram nosso inimigo. Esta noite, nosso antigo inimigo visita esta arena vindo do Mundo Subterrâneo.

Houve um silêncio de expectativa, risadinhas nervosas, logo aquietadas.

Distraidamente, Augusto captou o olhar de Selene. Ela olhava para ele, desnorteada, os olhos arregalados. Ocorreu-lhe que talvez este não tivesse sido o plano perfeito. As crianças não eram confiáveis, mas agora não havia como retroceder.

— Eu lhes dou Marco Antônio — gritou Augusto.

Crisate abriu a caixa de prata que tinha no colo e o fantasma de Marco Antônio se desenrolou de dentro, com sua armadura, os olhos escuros e contrariados, o ferimento visível mesmo do centro da arena.

Houve um instante de silêncio mortal e depois a plateia irrompeu em aplausos diante da ilusão fantástica.

— Pai! — gritou Selene, um grito de gelar o sangue, alto e apavorante. Ptolomeu a acompanhou. Alexandre cambaleou, vendo seu pai, incrédulo.

Com o corpo controlado por Crisate, Marco Antônio se curvou para César e, com esse gesto, os leões foram soltos.

22

Cleópatra abriu a boca e rugiu para a luminosidade, seu corpo vibrando com o som. Ela ainda estava na boca do túnel, sem poder ver o que acontecia na arena. Tudo o que conseguia ouvir era a voz do imperador reivindicando os filhos dela, debochando de seu marido. Os outros leões se agitaram à frente com ela, a poeira flutuando atrás de suas patas quando ela adentrou o Circo Máximo.

Os *bestiarii* a esperavam, cada um com sua espada, os joelhos trêmulos. Alguns eram corajosos, postando-se com firmeza na frente da muralha de felinos selvagens que avançavam. Outros tentaram fugir, apesar de não haver para onde ir. Um fosso cercava a arena de combate. Cleópatra a avaliou, calculando o salto.

Lá.

No alto das arquibancadas, a toga cintilando, o malfeitor. E, de cada lado...

Seus filhos.

Selene no meio, de mãos dadas com os meninos, o pequeno de olhos arregalados e o mais velho parecendo igualmente assustado. Selene os segurava, puxando suas mãos.

Entre eles, o imperador observava a luta, os olhos cinzentos brilhantes e lascivos. Ao lado dele estava um homem de pele escura que empunhava uma adaga, a fisionomia vigilante, uma serpente enroscada em seus braços.

O que havia do outro lado de Otaviano? Uma mulher muito jovem, brilhando com uma estranha luz interior, estava com a mão no ombro de um homem. Cleópatra não conseguia enxergá-lo direito. Ele oscilava, transparente. Um ator, pintado para se parecer com Antônio. Devia ser.

Cleópatra precipitou-se, arranhando o braço do *bestiarii* à sua frente com uma pata. Ela não queria matá-lo e, então, se esquivou da espada. Ele não a manejava bem de qualquer modo. Alguns dos lutadores gritavam e brandiam a espada de olhos fechados. A poeira levantou e obscureceu o leão ensanguentado ao seu lado. O rinoceronte vinha subindo do porão do estádio com seu grande chifre de marfim, tão afiado quanto um punhal, e os olhos pretos feito contas reluzentes ao começar a correr e atravessar o Circo retumbando.

Cleópatra vislumbrou uma espada sendo direcionada à sua cabeça e saltou para a frente, dilacerando o pescoço do lutador e saboreando, mesmo que apenas por um instante, o calor de seu sangue.

Ela contraiu os quadris e investiu nas arquibancadas, sentindo o peso morto da leoa ao seu lado, que a ancorava no chão.

Ela exultou com sua invisibilidade, esticando a corrente que a prendia e sentindo os elos de metal protestando. Eles não a conheciam. Não faziam ideia de que ela estava indo. Finalmente, ela sentiu a corrente se romper, saindo de seu pescoço e chicoteando pelo chão. Seus olhos foram borrifados pelo sangue e os gemidos dos moribundos se elevaram ao redor.

Seus músculos se retesaram para o salto sobre o fosso e, por um gracioso instante, ela ficou no ar, bem acima da multidão, mais alto que qualquer leoa de verdade poderia saltar.

Augusto ficou chocado e virou para cima. Ela podia ver o coração dele batendo na garganta. Finalmente, apavorado com ela. Ele havia subestimado Cleópatra.

A força de seu pouso jogou o imperador no chão e ele se encolheu de costas diante dela.

— Você tomou minha família! — gritou ela, ainda com a voz de leoa, cravando as garras nos ombros dele. — Tomou meu país!

— Tire isso de cima de mim! — guinchava o imperador, os olhos arregalados, e neles refletidos, Cleópatra pôde ver duas figuras femininas. Primeiro uma velha, e depois uma jovem. A velha tinha uma roca nas mãos, fiando com tanta rapidez que Cleópatra mal via o fuso se mover. A velha olhou para o corpo de leoa da rainha e a *viu*. Seus olhos reluziram e Cleópatra sentiu seu corpo começar a enfraquecer como se de repente ela tivesse sido apanhada numa rede.

A jovem levantou-se, sorriu e ergueu as mãos, jogando uma substância cintilante no ar.

A substância caiu sobre Cleópatra que, em um instante, já não era mais uma leoa. Ela se sentiu voltando à forma humana, acocorada sobre Augusto com sua coroa de louros, os dedos ensanguentados.

Ela não se importou.

Tudo deixou de importar quando ela finalmente viu o rosto do homem parado ao lado das feiticeiras, o homem que ela pensara ser uma personificação de seu marido.

— Antônio! — gritou ela.

A consciência reverberou dentro dela. Aquilo só poderia ser um sonho. Mas ela esticou as mãos para tocá-lo. Será que ela estava imaginando-o? Ele se encolheu com medo dela?

Ela o tocou, um quase ele, um ele parcialmente apagado, no momento que alguém saltou em cima dela e a arrancou novamente do marido.

23

Agripa e Usem jogaram-se entre o imperador e o monstro. Agripa agarrou o pescoço de Cleópatra, sentindo a carne da mulher nos dedos, mesmo com a leoa rosnando diante dele e suas presas roçando em seus ombros.

Agarrado a ela, ele gritava obscenidades incompreensíveis contra um mundo onde algo que não deveria existir, que não *poderia* existir, subitamente estava diante dele, atacando seu imperador. Ele praguejava contra a magia e sua imprevisibilidade, com os feiticeiros ao redor naquele instante e, ainda assim, ali estava ele, combatendo o monstro, e não era um feiticeiro, e sim um soldado. Agripa não acreditava em magia. Não acreditava em bruxas.

Não acreditava no que estava fazendo.

Usem atacou a leoa por trás, agarrando seus ombros, a adaga em busca de um destino. Será que o veneno a mataria? Não havia como saber. O *Psylli* se grudou nas costas dela, sendo jogado de um lado para o outro, sentindo seu pelo áspero e, ao mesmo tempo, a pele sedosa.

Em um momento ela era uma leoa e, no seguinte, uma mulher, e Agripa a segurava ferozmente, pressionando os dedos em sua jugular. Até um monstro poderia ser morto. Os monstros morriam nas histórias, tinham as cabeças decepadas e depois eram queimados, petrificados pela visão do próprio aspecto horrendo, envenenados com os próprios venenos.

Ele mataria esta rainha, esta besta, esta fúria.

Os lábios dela estavam rosados e, em seguida, ficaram negros e felinos. Os olhos dourados eram como fendas e, segundos depois, escuros, com longas pestanas. Os dedos delicados e alvos viravam garras curvas. Sua cintura era fina, os quadris redondos e então ela levantou a coxa pelo lado da dele e o envolveu pelas costas. Ele perdeu o fôlego, ficando subitamente desconcertado, e foi obrigado a soltar o pescoço dela.

Estaria matando uma mulher indefesa?

Não. Estava matando um monstro. Ele a viu abrindo os maxilares para ele.

Pelo canto do olho, Agripa viu o homem que era e não era Marco Antônio erguer a mão num gesto de comando.

— Agora! — gritou Antônio e subitamente havia homens correndo na direção deles. Soldados. Agripa viu o brilho de suas espadas.

Ele sentiu o *Psylli* colocar rapidamente o cabo de uma arma em sua mão nervosa. Olhando para cima, ele viu Usem puxar a cabeça de Cleópatra para trás e enfiou a adaga envenenada com força no peito do monstro, sem sentir nada além do corpo demoníaco dela travando combate com o seu, sem ouvir nada além dos rugidos agudos dela. Seu peito. A um só tempo claro, nu, peludo e acastanhado, tanto leoa quanto rainha, e a lâmina havia acertado o alvo, ele sabia.

Ele sentiu a adaga penetrar no fundo do peito dela e a girou, gemendo com o esforço. Certamente ela morreria. Certamente.

Era possível ouvir o som de espadas se chocando, de seus próprios homens, ele pensou, mas sem ter certeza. Alguém tentou arrancar Cleópatra de seus braços.

Crisate murmurava um feitiço de magia negra, tentando neutralizar a rainha. Ela era forte o bastante para enfraquecê-la, mas não para abatê-la. Ela evocou Hécate, mas a própria Hécate estava presa. A sacerdotisa agarrava sua pedra de ligação. A sombra também resistia a ela e, ao seu lado, a filha de Cleópatra tremia de um pavor que mal conseguia conter. Virando a cabeça, ela viu Auðr movimentando as mãos com extrema rapidez, fiando a roca quase invisível entre elas.

Os homens de Agripa lutavam contra soldados romanos surgidos do nada e que pareciam estar defendendo Cleópatra. A sombra de Marco Antônio os estimulava.

O rosto de Cleópatra estava virado para cima, com a mão do general lhe apertando o pescoço como se fosse uma corrente, os músculos inflados e suando, arfando como um touro. Ela silvou, o ar passando pelos lábios.

Algo a enfraquecia. Cleópatra estremeceu, sentindo um frio surgindo em seu interior, levando-a de volta à sua forma humana.

Seu marido, uma visão falsa. Uma ilusão. Não podia ser Marco Antônio.

Ela tentava se convencer, bani-lo do pensamento. Eles a enganavam. Ela tinha visto algo que não poderia ser verdade. O homem que tinha visto não podia ser Marco Antônio, mas cada parte dela sabia que era. O cheiro de menta e vinho. O cheiro dele.

Era possível sentir a magia que vinha da mulher velha com os estranhos movimentos de sua roca e da outra, cujas mãos descansavam sobre os ombros de Antônio, declamando palavras em um idioma que nem Cleópatra conhecia. Qualquer feiticeiro que tivesse domínio sobre os mortos teria domínio sobre Cleópatra. Ela não estava viva o suficiente para resistir a isso.

Ela lutava para se livrar das mãos de Agripa e do outro homem em seus ombros. Como um mortal conseguia segurá-la com tanta força? A adaga de Usem estava cravada em seu peito como a picada de um marimbondo, enlouquecedora. Ela chorava, não de dor, mas por Antônio. Ela o tocara e agora ele se fora. Ela o tocara e, mesmo assim, ele estava morto. Ele havia se esquivado dela. Sua fisionomia lhe mostrara coisas que ela preferia nunca ter visto.

Ela o apavorava, e com razão. Apavorava a si mesma.

Deixou o corpo amolecer e Agripa soltou seu pescoço, pensando que ela estava morrendo. Sentiu-se agarrada por vários outros homens, os soldados que tinham aparecido para combater os homens de Agripa. Desvencilhou-se deles.

— NÃO! — gritou Usem, mas Agripa não teve tempo de se mexer antes que a cauda dela envolvesse seu torso e o jogasse sobre as arquibancadas e Usem fosse arremessado lá embaixo sobre a multidão. Agripa caiu de costas, sentindo as costelas quebrando e um braço sendo fraturado. Ofegante, incapaz de respirar, engasgado de horror, ele viu a cauda da serpente açoitar em volta de Augusto, que estava paralisado, e o ergueu.

Ela enroscou o corpo do imperador, deixando-o diante do seu, trazendo a forma que se debatia para o nível de seus olhos.

Augusto olhou para eles, estranhamente calmo. Finalmente, estava acontecendo. Ela devia ter morrido em Alexandria. Humana. Serpente. Leoa. Nenhuma dessas coisas e todas elas. Ele não havia ficado louco, muito menos se preparara à toa todos esses meses.

Conforme aumentava a pressão do aperto, ele sentiu o coração tentando saltar pela boca. Ele sufocava com a própria bile. Este seria o fim de Augusto. Ele sentia isso com cada pedacinho de sua alma. Todos esses anos sobrevivendo a intrigas, sobrevivendo a Roma, por nada. Para isso.

A boca da serpente se abriu num silvo. Seu capuz de cobra se estendeu, a luz das tochas brilhando através dele e onde estavam seus defensores? Da posição privilegiada em que se encontrava, ele conseguia ver que o Circo estava um pouco vazio agora e as pessoas que não haviam sido rápidas o suficiente para sair do estádio tinham sido esmagadas e mortas nas arquibancadas. Os soldados travavam batalha com os animais selvagens, e os combatentes humanos destinados a eles tinham fugido do Circo para as ruas. Agripa estava deitado em uma das fileiras de assentos, possivelmente morto também. Usem se arrastava, subindo pela passagem entre as fileiras de assentos.

Os olhos de Augusto começaram a se fechar, o mundo se turvando diante dele. A serpente o cercava, pressionando seus ossos e o sangue, esfriando seu coração. Ele fora um tolo de achar que Agripa a mataria com um punhal ou com qualquer outra das armas que eles tinham. Ela não era deste mundo.

Ele sentiu o corpo cedendo a ela.

— Não — sussurrou ele. Cleópatra olhou em seus olhos, sem dar a mínima importância à sua vida.

— *Você matou meu marido* — silvou ela. — *Matou meu filho. Tomou meu lar.*

Augusto sentiu os ossos começarem a quebrar, as costelas se rachando dentro do peito. A serpente se enrolou ainda mais, apertando-o.

Então ele viu o *Psylli* se levantar, os olhos escuros e alertas. Havia um redemoinho ao seu lado, que em seguida se dispersou, ricocheteando o ar do

Circo. O guerreiro balançou a cabeça, furioso, e um som começou a ecoar subitamente, descendo e girando de uma extremidade a outra do estádio.

Nos espasmos de seu triunfo, Cleópatra sentiu-se vacilar, o corpo paralisado. Começou a soltar sua presa.

De pé nas arquibancadas, Usem cantava a canção que aprendera no deserto, quando criança, para fazer as serpentes perdoarem os pecados dos humanos, sua voz ampliada pelo vento. Ele cantava com a garganta aberta para o céu, as mãos jogadas para cima, os pés batendo no ritmo da dança dos *Psylli*.

As serpentes de Roma o ouviram.

Por toda a cidade, as pessoas saíam de suas casas horrorizadas, observando o surgimento de serpentes, que saíam de túneis e buracos secretos, observando as ruas de Roma se encherem de uma massa deslizante e emaranhada, todas as serpentes seguindo para o Circo. Não paravam de chegar até correrem como água pela Via Ápia, empilhando-se em cada viela estreita. Nadavam pelo rio, as cabeças aparecendo na superfície como enguias. Derramavam-se pelas passagens de mármore e sobre os túmulos nos cemitérios. Passavam por portas secretas, sobre corpos insuspeitáveis de amantes ilícitos e desciam de suas camas e janelas.

Havia mais serpentes que almas humanas em Roma.

As serpentes dançavam para Usem, o *Psylli*, e no Circo Máximo a grande serpente encarnada pela rainha se ergueu também, as escamas verdes brilhando, e soltou Augusto, que caiu rolando sem parar até acabar ao lado de Agripa, que jazia imóvel, olhando para cima, para a serpente que quase o matara.

A forma extraordinária de Cleópatra ondulava apesar de sua vontade, disparatada, como se o Nilo tivesse se tornado carne e agora se posicionasse ereto diante do imperador de Roma, escravizado à vontade dele.

Usem cantou as notas finais de sua canção e a serpente parou de ondular. Ficou paralisada diante dele, diante do imperador ferido, diante das crianças atônitas e então, em um movimento semelhante à retirada de um véu, sua cabeça pendeu para trás e ela caiu no chão do Circo, o corpo nu e mais uma vez humano.

Estava derrotada.

Usem hesitou por um instante. Em volta dele o vento soprava mais forte, insistente, fazendo suas roupas esvoaçarem, informando-o da necessidade de capturar e matar Cleópatra agora ou se arriscar a danos maiores. Ele não podia deixar que Roma fizesse isso, mas não tinha certeza. Passara tempo demasiado olhando nos olhos da rainha, tendo-a visto ali, perdida e só. Ele não tinha certeza de quem sua canção atingira, a serpente ou ele próprio. E sua adaga. O veneno nela nem sequer ferira a rainha. O que ele podia fazer?

Crisate se movimentou, ficando atrás de Usem, oculta. Havia uma oportunidade de pegar o que ela queria, fraca como estava. Até os menores feitiços quase a tinham esgotado.

Auðr estava atenta, os dedos se movendo no ar, fiando o maior cordão, o da rainha, agora caída no chão. Ela novamente tentara cortá-lo, mas sem sucesso. Ainda estava muito forte, muito entrelaçado ao da deusa. A *seiðkona* puxou outros fios tensos, reunindo-os numa teia. O *Psylli* e a sacerdotisa grega. A sombra de Marco Antônio. Ofegando pelo esforço, o peito rufando, ela os trançou junto com o destino da rainha. E com o seu próprio. Sempre seu próprio destino.

Marco Antônio praguejou diante de seus legionários derrotados. Os que não estavam mortos tinham sido capturados pelos homens de Agripa. O que ele havia pensado? Seu plano tinha sido terrivelmente mal-elaborado. Ele fracassara com Cleópatra contratando soldados embriagados e em número insuficiente. Agora eles estavam dispersos, segurando as cabeças, vociferando. Os homens não tinham sido preparados para fazer o que deveriam ter feito, levado Cleópatra embora do Circo o mais rápido possível. Ele não podia culpá-los. Ao contratá-los, não sabia que ela era o que era. Eles não tinham sido avisados.

A guarda particular de Augusto cercou Cleópatra, as lanças e espadas apontadas para atacar, caso ela se mexesse de novo. Marco Agripa se levantou com esforço, lutando para respirar, erguendo o imperador do chão, estremecendo com a dor no braço fraturado.

Os meninos egípcios correram das arquibancadas até Cleópatra, gritando seu nome. Selene ficou onde estava, olhando para a mãe, que parecia paralisada. Ela estava boquiaberta e com os olhos lacrimejantes. Antônio deu um passo em direção à filha, mas, ao ver o horror em seu rosto, virou-se e deu outro passo para descer as escadas em direção à sua mulher.

Crisate exultou, puxando-o para trás, os dedos enlaçados na pedra de ligação. Atrás dela, o homem a serviço dos senadores se levantou, aguardando, esperando o momento propício, mesmo em meio ao caos. Ela não o notou.

— Você está morto — disse Crisate a Marco Antônio. — Não tem mais nada a fazer aqui.

— Minha mulher está aqui — disse ele, a voz grave e perigosa. — E eu irei até ela.

Ele saiu do lado de Crisate, o rosto se contorcendo de dor por resistir à pedra de ligação. Movendo-se sem tocar o chão, em segundos ele estava quase ao lado de Cleópatra. Fiapos de sua alma permaneciam nos dedos de Crisate, que os segurou com firmeza e Marco Antônio gritou de raiva.

— Não sou nenhum escravo! Solte-me!

No chão da arena, Cleópatra tremia, o corpo ainda dominado pela canção da serpente, embora já despido da forma de cobra. Ela olhou para cima com expressão incrédula.

— Antônio — sussurrou ela. — Eu pensei que estivesse morto.

— Ele está — disse Crisate e rapidamente enrolou um pedaço da alma de Marco Antônio, comprimindo-a de volta ao filete que era quando veio do Hades e o enfiou na caixa de prata antes de ir em direção a Cleópatra, veloz e graciosa, como uma loba avaliando uma presa ferida.

Os legionários se aproximaram mais da rainha combalida, estocando-a com as lanças. Os dois filhos se acotovelavam ao lado dela. Marco Antônio se fora. Sem dúvida, fora uma alucinação. Ela levantou os braços para tocá-los, mas o mais velho se esquivou, temeroso de suas mãos. Ptolomeu arrastou-se para seus braços, chorando, e recebeu um abraço apertado. Ela não teria muito tempo para ficar com ele. Beijando seu rosto, ela sussurrou em seu ouvido:

— Você é o rei do Egito agora. Você e seu irmão. Devem se comportar como reis.

— Não há mais Egito — disse o filho mais velho. — O Egito está morto. — Mesmo assim ele foi até ela e se aninhou em seus braços. Cleópatra segurou os filhos com toda a força e olhou para trás, para as arquibancadas. Selene ainda estava sentada lá em cima, parecendo horrorizada.

— Eu vim por vocês — disse Cleópatra. — Vocês são a razão da minha vinda.

Selene balançou a cabeça. Cleópatra encarou a filha, olhou para seu pequeno rosto bronzeado. Fazia mais de um ano que ela a vira sob a luz e a menina havia mudado.

— Você não é minha mãe — disse Selene, e Cleópatra sentiu as palavras lhe ferroando a pele, destruindo suas lembranças alegres.

Com a fisionomia parecendo uma máscara confusa, Selene estendeu o braço para a feiticeira, que estava ao seu lado, a feiticeira que havia capturado seu pai. Ela segurou a mão de Crisate e a sacerdotisa deu uma risada. Ainda agora, a energia fluía da menina para ela.

Cambaleante, o imperador desceu as escadas e apareceu ao lado de Cleópatra, os olhos brilhando em triunfo, apesar da dor que sentia. Uma rede prateada reluzia em sua mão.

Augusto jogou a rede sobre ela, que ficou sem fôlego com seu toque escaldante. A dor, quase insuportável, reverberou no cerne de seus ossos. Seus filhos lhe foram arrancados dos braços e ela ficou sozinha, emaranhada nos fios prateados.

— Pensou que poderia vencer Roma? Desta vez atearemos fogo em você — disse ele de forma explosiva, a raiva e a dor lhe sufocando a voz. — Não se engane, nós a queimaremos.

— Não podem me queimar — disse Cleópatra. — Não irei queimar.

Augusto fez sinal para um grupo de soldados, que avançou, com os braços cheios de recipientes de barro. Cada um derramou o conteúdo sobre o corpo de Cleópatra.

Um líquido que reluziu no escuro.

— Desta vez queimará — disse Augusto.

A rainha se contorcia, atormentada pela prata e pelo líquido que lhe encharcava o cabelo, as mãos, os dedos. Os legionários empilharam lenha em volta dela, um círculo de gravetos, e todos reunidos ali recuaram.

O imperador pegou o último recipiente, inclinou-o sobre a cabeça de Cleópatra e uma única fagulha saltou e caiu no cabelo dela.

Ouviu-se o som de um sopro impetuoso e Cleópatra estava em chamas.

Seus filhos gritavam apavorados, o rosto de Ptolomeu escondido no ombro de Alexandre, Selene, incapaz de virar o rosto, via tudo. Mas, pelo canto do olho, a filha de Cleópatra viu algo na fisionomia de Crisate. A feiticeira exultando com as chamas. Conforme a luz se refletia na pele de Crisate, Selene a enxergou por dentro durante um instante. Algo muito antigo vestido num belo corpo. Algo não era o que parecia. Selene engasgou e largou a mão de Crisate, trêmula, mas a feiticeira não notou. O poder do fogo era completamente irresistível e ela deixou o rosto se aquecer.

No alto das arquibancadas, Nicolau assistia a tudo, o rosto molhado de lágrimas. Eles estavam cometendo um erro atroz, e ele era impotente para impedi-los.

Augusto berrou em triunfo enquanto o inferno ficava cada vez mais quente, branco e azul, e lá no meio sua inimiga se contorcia, o corpo aceso de dentro para fora, incandescente. Este era o fim e ele vencera. Este era o fim e ele a assistia morrendo.

Cleópatra lutava contra a rede, seu corpo aquecido além da dor, a prata se derretendo em sua pele e, ainda assim, ela não estava consumida.

Ela gritava de agonia e sentia a terra sacudir conforme seus ossos reluziam e sua voz se transformava em trovão. Algo estava mudando. As chamas não a queimavam, mas sim a alimentavam.

O céu se partiu com relâmpagos e de lá veio o rugido de uma deusa. Os legionários olharam para cima, aterrorizados com o som da voz da tempestade e viram uma fantástica bola de fogo atravessando o céu. Outro rugido, este de ressurreição. Os romanos caíram de joelhos, rezando para seus deuses, mas de nada adiantou. Sekhmet retalhou o céu acima deles.

O próprio Augusto ficou olhando o cometa. Um presságio. Mas de quê? Ele não sabia.

Cleópatra ardia com um brilho cada vez mais intenso até que, através das chamas, ela viu uma única criatura viva, uma mariposa com o corpo cor de coral e enormes asas peroladas com pontos pretos, como hieróglifos.

A mariposa foi atraída pelo inferno, sua carne cantando de expectativa, as asas se abrindo, o destino certo.

Por fim, lá estava ela, suas delicadas membranas se aquecendo, suas asas pegando fogo. Cleópatra podia vê-la, iluminada nos últimos minutos de vida.

Enquanto a mariposa morria, Cleópatra atravessou a rede, carregada, e se elevou no ar com uma súbita correnteza.

Uma metamorfose. Abrindo as asas, ela voou rumo ao cometa.

No alto do estádio, o *Psylli* gritou palavras furiosas para o vento e fez sinal para a sacerdotisa. O vento mudou de direção e Crisate se inclinou para a frente como se este tivesse sido seu plano o tempo todo. Estendeu os braços segurando a caixa de prata. Tinha visto este momento na água meses atrás, embora não soubesse como ocorreria. Esperava por ele. Auðr também se inclinou para a frente, os olhos faiscantes. Ela teria uma única chance. Segurava os destinos nas mãos, tentando mantê-los sob controle.

— *Traga-a para mim* — disse ela ao *Psylli*, que a ignorou.

Atrás de Crisate, o homem enviado pelos senadores se moveu, a mão estendida para pegar a pedra de ligação no assento de Crisate. Em seu lugar, ele deixou um pedaço de vidro verde e saiu furtivamente, sumindo na escuridão antes que a sacerdotisa o visse.

A mariposa recém-nascida esvoaçava, apanhada por uma corrente de ar, impotente, subindo, subindo. E o vento, raivosamente seguindo as ordens de Usem, a levou para as garras da sacerdotisa em vez da *seiðkona*.

A fisionomia de Crisate se contorceu, lutando contra o poder que o fogo acendera na rainha, usando toda a sua força para fechar a mariposa dentro da caixa de prata.

Todos os presentes na arena observaram as asas leves desaparecerem no escuro e Crisate deu um grito de triunfo.

Ao lado da sacerdotisa, uma menina de longos cabelos pretos também soltou um grito, um grito desesperado e, depois, indiferente ao imperador, à feiticeira, aos soldados que tentaram impedi-la, ela saiu correndo da arena.

Não olhou para trás.

24

Agachado no alto das arquibancadas, Nicolau levantou-se lentamente e olhou para baixo, aonde as manchas de sangue ainda brilhavam no chão de terra e os corpos dos *bestiarii* e dos animais jaziam. Havia um grande círculo preto no centro da arena e o cheiro de fogo perdurava no ar.

Como ele podia ter sido tão tolo?

No navio, ele tinha visto o que ela fizera, mas não a viu *fazendo*. Não imaginava do que ela era capaz, não de fato. Uma leoa, ele sabia, mas esta noite, a cada tremular da luz das tochas, ela se tornava outra coisa, e todas igualmente selvagens. A cada movimento, ela dilacerava a carne e feria vítimas inocentes, sem estar consciente, sem se importar. Em nenhuma lenda, em nenhuma história houvera algo comparável. Nem no céu. Ele sabia que os romanos tinham evocado os deuses de volta à Terra com aquelas chamas, com a mesma certeza que tinha de qualquer outra coisa. O fogo era a família de Sekhmet. Ela era filha de Rá.

Agora uma modesta feiticeira a mantinha presa numa caixa.

Será que eles não entendiam que uma feiticeira não podia aprisionar uma deusa? Cleópatra escaparia e, quando o fizesse, destroçaria o mundo.

Nicolau sabia que devia ir para o mar e desaparecer no horizonte. Ele era um sábio e um tolo, e ela, um monstro.

Em vez disso, ele desceu as escadas correndo, tentando se forçar a fazer o que era preciso ser feito antes que tivesse tempo de se arrepender. Saiu em disparada pelos portões do Circo Máximo, dando um adeus silencioso à vida que tivera como historiador. Seu destino tinha mudado, e era preciso segui-lo.

Subiu o Morro do Palatino. Iria ao imperador.

Ele tinha perdido a esperança de separar Cleópatra de Sekhmet. A rainha que conhecera já não existia mais.

Agora, apesar de sua consciência, da culpa e do medo, Nicolau buscava uma arma que pudesse matá-la.

Os senadores se reuniram numa câmara secreta, rapidamente acessada pelo Circo Máximo, todos quase histéricos de choque e emoção.

— Há uma oportunidade nesta situação! — exclamou o primeiro senador. — Marco Antônio disse a verdade. Augusto emprega poderes que estão muito além do seu controle. Ele dirá que o fogo no céu foi um presságio de seu sucesso, mas Cleópatra está viva, e nosso imperador desfilou por Roma declarando-a morta. É um mentiroso e um traidor da república. Lida exatamente com as coisas que censura.

— Mais que isso. Ele luta contra algo que Roma nunca viu antes. O que ela é?

— Nada que Roma devesse provocar.

— Nós todos a vimos sendo capturada.

— Quem pode saber o que vimos? Vimos a feiticeira aprisioná-la. Não a vimos destruída. A quem será que a feiticeira realmente serve? Talvez o imperador queira usar Cleópatra para seus propósitos, para matar os inimigos.

— Nós somos o Senado — escarneceu um deles. — Ele nunca ousaria.

— Sente-se seguro? — perguntou outro.

— O imperador já não está tão protegido como um dia fora. Só a feitiçaria o salvou — disse outro, ainda trêmulo pela proximidade da serpente, pelo calor abrasador do fogo sobrenatural.

— Que imperador de Roma se cerca de bruxos? — berrou o mais velho.

— Nem mesmo o tio dele ousaria lidar publicamente com magia — disse o primeiro e o grupo assentiu, certo disso. Mesmo à parte de todo o resto que eles tinham visto aquela noite, era indiscutível que Augusto havia ido além de seus antecessores, além de qualquer código romano. Agora era uma questão de tirar vantagem do erro do imperador em favor da república.

— Uma rebelião.

— Somos muito velhos para nos insurgirmos — disse o mais velho, mas, mesmo ele, com a pele fina e a cabeça trêmula, sentiu os punhos se cerrando e sua ambição de jovem se manifestar.

— Não estaremos sozinhos nesta — disse o último senador e o restante assentiu. — Augusto não é um general. Ele não comanda os militares habilmente. Eles foram homens de Marco Antônio no passado e agora podem ser nossos.

— E o povo?

Sem dúvida, os acontecimentos da noite foram um sinal de desgraça para Roma. Certamente, foram presságios que poderiam ser encontrados nas *profecias sibilinas* ou, se não fossem, poderiam ser escritos lá, basta ter as ligações apropriadas.

Os senadores tinham tais ligações.

Uma vez que uma história fosse contada, ela chegaria aos ouvidos do povo. E *esta* era uma história que poderia mudar o curso de Roma.

Os senadores concordaram com um aceno de cabeça e saíram, cada um para um lado, cada um com suas instruções, cada um com seu conjunto de armas.

Esses homens não lutavam com espadas, e sim com línguas afiadas.

Eles atingiriam Augusto com palavras e depois, quando ele estivesse vulnerável o bastante, o matariam por meios mais convencionais, assim como seu tio havia sido morto.

D o lado de fora da arena, o *Psylli* estava no centro de um redemoinho, discutindo com sua mulher. Contra sua vontade, ela o ajudara a forçar Cleópatra a entrar na prisão de Crisate e agora o redemoinho estava cheio de chuva e granizo.

— A rainha foi capturada — protestou Usem. — O que eles fizerem com ela não me diz respeito. Viemos para ajudar a prendê-la, nada mais.

O vento circulava em volta e subitamente ele sentiu seus pulsos presos por um furacão. Seu rosto estava sendo apedrejado pelo granizo. Frustrado, fechou os olhos. A voz da filha do Vento Oeste circulou pelos prédios e acabou nos ouvidos dele.

— Eu *não* a escravizei — disse Usem, a voz tensa de fúria. — Roma terá paz por meio dos meus esforços e minha tribo ficará em segurança. Nossos *filhos* estarão seguros. Nunca ficarão à mercê de Roma.

O vento levantou a poeira da rua.

— Ela já estava entrelaçada com a Antiga. Se alguém a escravizou foi a deusa, e agora estão ambas prisioneiras.

O vento ricocheteou Usem no ar, levantando-o até ele não conseguir respirar. A bola de fogo estava agachada no horizonte, brilhando no limite do mundo.

Infeliz, Usem olhou aquilo. Sua mulher estava certa. A rainha podia ter sido capturada, mas Sekhmet estava viva. Ele não tinha acabado. Havia coisas que não sabia e que não tinha percebido antes.

O vento cessou, fazendo-o descer devagar à terra. O ar ainda estava pesado. A noite de verão assentou-se ao redor, quente e densa, e, acima dele, as estrelas olhavam para baixo, indiferentes.

Usem olhou para cima, disposto a se desculpar, mas sua mulher tinha ido embora.

O fegante pelo esforço, Auðr saiu da arena cercada pelos homens de Agripa. Enquanto caminhava, ela tocou a testa de cada legionário com a roca e eles se esqueceram do que tinham visto. O conhecimento aumenta o caos.

As coisas tinham dado muito errado. Auðr não tivera força suficiente para impedir que o encantador de serpentes agisse de modo contrário ao destino que ela lhe tecera. Ele devia ter entregado a rainha à *seiðkona* e, em vez disso, Cleópatra acabara nas mãos de Crisate.

Ela perdera o controle sobre vários fios e o caos ainda estava lá, escuro e retorcido, ainda maior que antes. Nada que a *seiðkona* fizesse parecia mudá-lo.

Auðr sabia apenas que seu destino estava entrelaçado ao da rainha. Tudo combinava na tapeçaria, cada fio se misturando aos outros, cada urdidura com suas tramas e os nós e espaços faziam parte do todo.

A rainha ainda vivia, Auðr sabia, e a deusa estava mais forte que antes. À medida que as chamas subiam em torno de Cleópatra, Auðr sentiu que a Antiga se alimentava do calor, da violência.

Ela estava ali agora.

Auðr tocou o ar noturno, sentindo os fios brilhantes do destino fortalecidos pelo derramamento de sangue. A escuridão surgia em Roma. Violência e destruição. Outros deuses antigos se agitavam, fortalecidos por isso.

Dava para sentir isso acontecendo e ela não conseguia mantê-los quietos. Tossiu, curvou-se, os pulmões abalados pela exaustão e impotência. Por que ela ainda vivia se havia fracassado? Seus olhos se enevoaram com a fumaça e ela engasgou, caindo de joelhos e tentando recuperar o fôlego.

Quase tropeçando nela, os legionários levantaram seu corpo sem energia e a carregaram morro acima, de volta ao Palatino. Mesmo em seu estado inconsciente, ela apertava a roca junto ao peito.

25

Augusto subiu o morro a toda velocidade, fazendo uma careta de dor por causa das costelas contundidas e rejeitando os homens que deviam carregá-lo. Chegando ao gabinete, bateu a porta atrás de si e foi até a janela, onde vomitou. O que tinha acontecido? Sobravam-lhe poucos minutos antes que Crisate e Marco Agripa chegassem, trazendo junto a caixa que continha Cleópatra.

Nesses instantes, ele tentou não pensar no que tinha visto, a leoa saltando em cima dele, as garras buscando seu pescoço. A serpente, cujos olhos tinham refletido seu próprio rosto, pequeno e amedrontado. A rainha, sua forma despida estremecendo no chão de terra, olhando com pesar e ódio para ele lá em cima. Seus filhos arrancados de seu abraço. E o modo como ela gritou o nome de Antônio.

O fogo não a matara. Ele visualizou novamente seu corpo enredado ficando branco de calor, cercado pelas chamas. Antes de alçar voo ela o fitou nos olhos.

Ele tentou se convencer de que aquela provação tinha passado, mas não acreditava de fato nisso. Os acontecimentos dessa noite eram apenas o começo da visão que tivera em Alexandria.

Ele bebeu o que restava em seu frasco de theriaca, engolindo convulsivamente.

Pensou em Agripa, derrubado pela serpente, um fraco, um falho defensor de Roma. O terror que Augusto banira começou a retornar em forma de fúria. Ele não era o imperador? Quase fora assassinado e todos à sua volta ficaram observando o que acontecia. Ele viu a caixa se fechando em torno de Cleópatra, seus feiticeiros tendo sucesso onde os guerreiros fracassavam.

Quando Agripa abriu a porta do gabinete do imperador, segurando o braço fraturado e expressando na fisionomia a dor não tratada, Augusto estava irado. Crisate seguiu o general para dentro do cômodo, os pulsos atados, embora ainda segurasse a caixa de prata.

— Por que minha defensora está sendo tratada como prisioneira? — perguntou Augusto num tom frio.

— Não é confiável — disse Agripa. — Ela se recusa a entregar Cleópatra, se é que Cleópatra está dentro da caixa.

— Você a viu sendo presa aí — Augusto fervilhava. — Todos nós vimos. Ela foi capturada.

— As bruxas traficam com a ilusão — disse Agripa, olhando contrariado a criatura demoníaca que se acomodava numa poltrona, as pernas nuas delicadas, os lábios rosados, os olhos de um verde inocente e luminoso.

— Não sou bruxa — disse Crisate. — Sou uma sacerdotisa. Aquela nórdica sim é uma bruxa. Ela tentou tirar a rainha de mim. Sugiro que tome cuidado perto dela. Ela é uma criatura da escuridão e eu sirvo à luz.

— Hécate não é uma deusa da luz — murmurou Agripa. Suas costelas doíam e ele sentia muita dor no braço. Teria que pôr uma tala. — Ela fica nos portões do Hades.

— Você não sabe nada sobre ela — disse Crisate serenamente. — Nem sobre o que ela se tornará.

Agripa estendeu a mão que não estava machucada para pegar a caixa, mas os dedos dela eram como ferro. Sua mão escorregou da caixa e ele tocou no braço de Crisate. Recolheu a mão rapidamente, atônito com o que sentiu. A pele dela era enrugada, embora parecesse lisa.

Dando uma rápida olhada no rosto dela, ele viu, mesmo que por um único instante, uma anciã, de dentes longos e pontudos, um único olho saltado para fitá-lo.

Em seguida, ela era bela outra vez, virginal e com pele viçosa, voltando a ser a moça que aparentava ser um instante antes.

Ela sorriu para ele.

— Quem é você para dizer que o Mundo Subterrâneo não pode se tornar este aqui? Quem é você para dizer que um dia os mortos não caminharão sob o sol, e os vivos, na escuridão? Quem é você para dizer que estará entre eles, Marco Agripa?

Embora faladas em tom baixo, as palavras eram uma maldição. Agripa se revirou internamente. Ele queria gritar.

— Você teme a escuridão, Marco Agripa? — perguntou a moça. — Teme minha senhora? Teme Cleópatra? Então, devia nos deixar. Eu e meus semelhantes garantimos a segurança do imperador de Roma esta noite. Você e todos os seus homens fracassaram.

Agripa se sentiu vergando, perfurado por aquelas palavras. Ela não estava errada.

— O que há com você? — perguntou Augusto, olhando-o com severidade.

Agripa não fracassaria outra vez. Deveria proteger seu imperador, mesmo que significasse protegê-lo das coisas que o próprio Augusto tinha convidado a entrar.

Ele sabia que a bruxa não voltaria facilmente para sua caverna na Tessália, agora que sentira o gosto do poder. E, com certeza, a rainha do Egito não ficaria presa naquela caixa, sendo capaz de sobreviver ao fogo, sendo capaz de se transformar à vontade. Se a sacerdotisa encontrasse um meio de controlá-la, Agripa não queria imaginar o que aconteceria. Juntas, Cleópatra e Crisate seriam ainda mais formidáveis que cada uma delas sozinha.

— Não confie nela — ele falou com dificuldade, saudou Augusto, dominou seus temores pelo amigo e saiu do gabinete.

Sua tarefa estava decidida. Era preciso encontrar uma nova arma, algo que pudesse destruir o indestrutível. Além disso, era preciso agir à parte das ordens dele. Agripa sempre havia acreditado em seu amigo, servira ao seu lado durante a maior parte da vida, mas agora Augusto estava errado. As consequências de seu erro seriam graves. Se Augusto confiava em Crisate, em que mais também poderia confiar? Que outras decisões tolas ele poderia tomar?

O imperador observou seu general indo embora, sentindo o pânico surgir novamente. Sem dúvida, ele não podia deixar sua salvadora atada. Atravessou o cômodo, ajoelhou-se diante de Crisate e desatou seus pulsos.

A moça ficou imóvel, sua pele brilhava de dentro para fora e os olhos estavam mais verdes do que nunca. Apesar de seu voto ao contrário, Augusto se sentiu desejando-a outra vez. Ela era impiedosa. Mantê-la a seu serviço lhe traria poder. O que ela poderia fazer numa cidade construída sobre os ossos de tantos mortos? Havia heróis enterrados em Roma, guerreiros de proezas lendárias. E por que parar em Roma? Ele poderia levar Crisate para os campos de batalha de Troia. Por um instante, imaginou-se comandando um exército de mortos gloriosos. Que necessidade teria de Agripa se tivesse Aquiles?

— O que fez com Marco Antônio? — perguntou.

— Ele dorme dentro desta caixa — disse ela. — E a esposa dorme ao lado dele, isso enquanto eu segurar a pedra que o impede de descer para o Hades. Eles são meus.

Pelo modo como suas têmporas pulsavam sob a fina pele, Crisate podia ver que ele estava tão fascinado por ela quanto a temia.

Ela tinha nas mãos a caixa que continha o fim do mundo. O monstro lá dentro seria como uma gota de acônito numa cisterna, espalhando-se pela água e matando todos que a bebessem. Crisate sentia a força de Hécate aumentando. Ela ficaria satisfeita com isso, e a deusa enviada para o Mundo Subterrâneo há tanto tempo ressurgiria, alimentando-se de Cleópatra e Sekhmet.

Hécate ressurgiria.

Para isso, porém, para o feitiço de invocação, Crisate precisava de Selene. Os poderes de Crisate estavam definhando naquele momento, enquanto estava ali sentada nos aposentos do imperador. Apesar do feitiço de amor que fizera, do feitiço que deveria ter tornado a menina sua escrava, Selene correra dela no Circo Máximo, apavorada, e quem sabia onde estava agora?

Crisate sorriu. Pelo menos Selene não era uma criança burra. Isso era bom. Crianças inteligentes são mais valiosas.

Ela correu os dedos pelo rosto de Augusto, que se sobressaltou com seu toque, mas ela viu a cor dele mudar, os olhos se dilatarem.

— Eu o salvei — disse ela. — Sem mim, sua inimiga teria escapado. Sem mim, estaria morto. Eu quero a menina egípcia, a filha de Cleópatra.

Ela umedeceu os lábios com a língua.

Augusto olhava para ela, a vista turvada, a testa enrugada.

— Selene? — perguntou ele.

Crisate colocou cuidadosamente na mesa a caixa de prata lacrada e desatou a faixa de seu manto. Ouviu a inspiração pronunciada de Augusto. Ela não usava nada por baixo e o feitiço que fizera transformara seu corpo em algo que facilmente impediria mil navios de deixar o porto. Ela conhecia muito bem as fraquezas do imperador.

— Dê-me a menina — sussurrou Crisate, inclinando-se sobre Augusto, pressionando-o para trás no chão, deixando-o sentir sua maciez, deixando que suas mãos passassem por sua pele. — Dê-me a menina e terá tudo o que possa desejar.

As mãos do imperador se animaram, agarrando suas coxas. Ela nunca encontrara um homem que não pudesse ser manipulado com o mais simples dos instrumentos. Eram todos iguais. Ela rezava para que sua ilusão se mantivesse por tempo suficiente para que ela realizasse o que era necessário. O corpo sob o feitiço não era nada que o imperador fosse querer tocar.

— Eu só quero uma coisa — disse Augusto, resistindo às mãos dela. — Cleópatra deve ser destruída, por ordem de Roma.

Ela o imaginava mais facilmente controlável que isso.

— Não posso destruir tal coisa — informou ela, beijando-o com força o bastante para machucá-lo. — E prefiro não fazê-lo.

Augusto se sentou de súbito, as mãos se atracando com os pulsos dela, tirando seu equilíbrio. Crisate se sobressaltou ao ser rapidamente imobilizada embaixo dele, os pulsos seguros por trás, sua face encostada no chão de pedra. Ele era mais forte do que ela imaginava. Os ferimentos deviam tê-lo enfraquecido bastante, mas a magia que ela tinha usado esta noite a enfraquecera. Fazia cerca de cem anos que ela não sentia algo assim.

— Você serve a mim, Crisate? — perguntou ele, a boca colada ao ouvido dela, a barba roçando em sua face. — Ou serve a outro?

— Sirvo a você — disse ela, e então se esticou embaixo dele, enfatizando a afirmação. Ela ainda não o perdera. — Você e eu não somos muito diferentes. Nós dois queremos mais do que nos deram. Ou o interpreto mal, imperador de Roma?

— Não — disse ele. Ela podia senti-lo enrijecido. Uma de suas mãos lhe afagava o pescoço com aspereza. Ela cogitou se ele tentaria estrangulá-la. Havia nele uma pulsação de violência reprimida, um menino fracote transformado em soberano do mundo e ela só precisava deixá-lo pensar que tinha vencido para governá-lo.

— Tudo em Roma está sob seu comando — disse ela. — E o mundo é Roma. *Eu* estou sob seu comando. Me dará o que desejo?

Lentamente, ela elevou os quadris do chão até ele estar quase dentro dela. Dava para sentir a pulsação dele acelerar.

— Selene — disse ela.

— Sim — disse Augusto, dando uma risada baixa. — Podia pedir ouro, mas pede uma menina. Se quer tanto a filha de Cleópatra, que seja sua. Ela será uma boa aprendiz.

Crisate arqueou as costas e ele soltou um gemido, puxando-a mais para perto.

Ele pensava que a controlava. Crisate quase deu uma risada, mas em vez disso se flagrou gemendo. Não esperava gostar disso. Talvez não estivesse mentindo ao dizer que eles eram da mesma laia.

— A caixa que aprisiona Cleópatra deve ser trancada — disse ele. — Tenho aqui em casa um cômodo forrado de prata. Mandei construí-lo para ela. Você colocará a caixa lá e ela ficará guardada.

— Concordo. Ela é preciosa. Deve ficar guardada — disse Crisate, sorrindo. Cadeados e prata não a barrariam da rainha, não se ela quisesse alcançá-la.

— Não tem medo dela? — ele deu um jeito de perguntar.

— Não — respondeu ela. — Ela não pode me tocar. Você pode.

A conversa cessou.

26

Em outra parte de Roma, o homem do senador olhava a pedra verde que tinha na mão. Era uma coisa muito pequena para que tantas pessoas se ocupassem dela. Nada precioso. Parecia um vidro velho.

Mesmo assim, ele tinha suas instruções. Largou a pedra de ligação no chão, sem sequer prestar atenção no modo como ela brilhava no escuro. Tinha sido bem pago para essa tarefa.

O homem do senador pegou um martelo que havia comprado e, com um único golpe, estraçalhou a pedra da feiticeira. Suas lascas voaram para todo canto, mas ela estava irrevogavelmente quebrada.

Com o calcanhar, ele moeu os caquinhos restantes de magia na terra do solo de Roma e, depois, com um grunhido de satisfação, saiu andando.

Subitamente, ela estava caindo, empurrada para o fundo da escuridão; o frio profundo. A ardência provocada pela rede de prata que derretera em sua pele desapareceu. As paredes da caixa de prata desapareceram e a cama de cinzas abaixo de seu corpo também se fora.

Ela estava à deriva no céu noturno, ou caindo no meio da Terra, mas não estava só. Alguém segurava sua mão e, enquanto caíam, ela sentiu que a apertavam mais. Todas as partes dela exigiam sua volta, lhe diziam que o lugar para onde se dirigia não era o seu, mas ele a puxava mais para o fundo cada vez mais, e ela se perdeu na determinação dele. Seu corpo resistia, mas não havia nada a ser feito. Em volta do buraco onde estivera seu coração, ela sentiu cristais de gelo se formando.

Ela ficou sem fôlego, e então a escuridão a dominou.

Acordou com dedos frios em sua pele. Ela estava sendo carregada, o corpo seguro em braços rijos, as pernas balançando. A cabeça de Cleópatra se encostava num ombro que ela teria reconhecido em qualquer lugar. Ela tentou se sentar.

— Fique quieta — sussurrou uma voz, *a voz dele*. — Não abra os olhos. Confie em mim. Sou seu. Você é minha.

— Em vida — sussurrou Cleópatra.

— E no além — respondeu seu marido.

Juntos, eles foram descendo em meio à escuridão.

LIVRO DOS RAIOS

"E daí em diante todo o mundo será governado pelas mãos De uma mulher, e será obediente em todos os lugares. Então, quando uma viúva conquistar o domínio de todo o mundo E lançar o ouro e a prata, assim como o bronze e o ferro ao mar poderoso, Arremessar os homens de vida curta nas profundezas, Então todos os elementos ficarão fora de ordem. Quando o Deus que habita nas alturas enrolar o paraíso, assim como um pergaminho é enrolado, E todo o céu multiforme cair sobre a terra e o mar poderosos e uma catarata incansável de fogo furioso escoar E queimar a terra e o mar, assim como o céu paradisíaco, a noite e o dia, A própria criação derreterá e escolherá o que é puro. Não haverá mais o riso das esferas luminosas, Nem noite, nem aurora, nem os dias de zelo, Nem primavera, nem inverno, nem verão ou outono E então, a meio caminho, Virá o julgamento do Deus poderoso numa era poderosa, quando todas essas coisas se passarão."

— *Os Oráculos Sibilinos*, cerca de 30 a.C.
Traduzido do grego por Milton S. Terry, 1899

1

Sekhmet, a filha do sol, a senhora da carnificina, estava no alto, acima de Roma, olhando a extensão de seu novo terreno. Seu corpo palpitava de expectativa. Fazia muito tempo que ela não assumia uma forma de verdade, muito tempo que sua força não passava de uma sombra. Ela se lembrou do dia em que o Nilo ficou vermelho, quando o sangue humano encheu suas mãos e sua boca pela primeira vez. Lembrou-se da beleza de sua tarefa. *Mate os traidores*, lhe dissera seu pai e ela cumprira sua ordem até Rá os perdoar e trair sua filha.

Ele jogou Sekhmet no nada, reunindo os filhos humanos em seus braços e acalmando seus medos, beijando-os e cantando para eles, enquanto sua filha sofria.

A deusa mal conseguira sobreviver, apagando-se com a passagem do tempo, os sacrifícios feitos pelas poucas sacerdotisas restantes se tornando cada vez mais escassos, até ela ter sorte quando um coelho era morto em seu nome. Rá a esqueceu, ficou velho, fraco e fugiu da Terra sangrenta, prazerosa e enfurecida, indo para o céu.

O Egito a esqueceu.

Todos a esqueceram, menos Cleópatra.

Fazia mais de três milênios que Sekhmet não se sentia tão forte. Uma rainha como sua devota. Uma rainha assolando o mundo em seu favor. Uma rainha incendiada. O calor do fogo trouxera Sekhmet inteiramente de volta. Era como se ela habitasse novamente o olho de Rá.

Mas agora, Cleópatra estava invisível para ela, tendo ido para o Hades sob a superfície da terra, a habitação dos mortos de Roma. Sekhmet fora banida do Mundo Subterrâneo e, de todo modo, não havia sangue lá. A deusa poderia esperar que sua serva emergisse, mas ainda assim necessitava de sacrifícios.

Seu pai lhe prometera coisas que nunca lhe dera. Agora Sekhmet tinha apenas as lágrimas que derramara depois do abandono do pai. Essas lágrimas tinham criado sete companheiros para sua solidão. Sete filhos brilhantes.

Ela os batizara, um por um, conforme eram criados, cada um mais forte e belo que o outro. Peste e Fome, Terremoto e Dilúvio, Seca, Loucura e Violência.

A deusa olhava Roma. Havia inúmeros corpos ali e todos seriam suas presas. Ela destruiria seus templos, acabaria com os lugares onde os deuses deles recebiam sacrifícios e tomaria sua devoção, quer eles cressem nela ou não. Eles lhe pediriam perdão, mas ela não tinha perdão para os humanos.

Os deuses eram feitos para destruir.

Sekhmet esticou os braços e puxou a aljava das costas, exultante com a força recém-adquirida. Fazia milhares de anos que ela não via os filhos. Eles tinham se enfraquecido junto com ela, mas agora, alimentados pelos sacrifícios de Cleópatra, alimentados pelo fogo na arena, eles se debatiam em busca de liberdade. Dava para senti-los murmurando. Nesse momento, ela só tinha forças para um deles, mas haveria tempo. Ela veria os outros novamente.

Ela retirou a primeira das Sete Flechas, sentindo-a estremecer em sua mão ao despertar. Ele abriu os olhos cintilantes e a deusa olhou dentro deles, dando-lhe as boas-vindas de volta do sono.

Beijou o rosto angular do Massacre, sentindo as várias fileiras de dentes afiados como agulhas, sentindo sua fome, as garras ferozes se esticando em busca da presa.

Ela o acomodou no arco, deixou a corda dourada tesa e soltou a Peste no mundo.

A criatura era linda, uma risca luminosa, uma estrela reluzente e ígnea atravessando os céus. Na companhia da mãe, uma jovem apontou para as nuvens observando-a chegar. Não houve qualquer tremor com sua queda. Ela desapareceu e o vilarejo não a ligou à epidemia que os atingiu.

Primeiramente, um idoso caiu doente, contraindo uma febre que o deixou tremendo na cama. A pele do homem se encheu de bolhas, como se ele tivesse ficado exposto ao sol abrasador do deserto, e depois ficou preta, carbonizada, como se tivesse ficado sobre o fogo. O homem olhava para sua mulher, que tentava acalmá-lo com olhos brilhantes e apavorados, gritando de agonia. O quarto se encheu de fumaça e cheirava a queimado até que, enfim, o velho morreu.

Ele foi o primeiro, mas não o último. Dentro de poucas horas, todo o vilarejo, desde as crianças menores até os mais velhos, caiu doente e, em poucos dias, todos se foram.

Os vilarejos vizinhos guardaram seus pertences e foram para os morros, onde era mais frio, mas a Peste viajou com eles, matando, em êxtase, indiscriminada e avidamente, e os que estavam sãos fecharam as portas aos doentes, que corriam pelas ruas em busca de conforto, jogando-se em poços e nascentes, espalhando assim sua enfermidade.

As pessoas das cidades ficaram apavoradas umas com as outras e lutaram com seus vizinhos por alimentos e espaço, lutaram com os amigos, com suas famílias, e acabaram morrendo nesse meio-tempo.

A boca do Massacre se esticava num sorriso apertado, mostrando as presas. Ele alimentava sua senhora e este era um país novo e vulnerável, que não entendia a deusa e seu modo de ser.

No passado havia feitiços de proteção, mas agora o mundo nada sabia dessas coisas.

O Massacre viajou, riscando o céu azul e brilhante, iluminando o campo com seu fogo em lugares conhecidos e desconhecidos.

Ele visitou a Índia e a Gália, Pártia e os países gelados de Oceanus. Caiu numa ilha, onde foi adorado. Foi um deus por um tempo e depois fez o que os deuses fazem e matou todos os habitantes. Varreu os mortos para o mar, onde seus corpos ficariam emaranhados nas redes e levariam a doença aos pescadores.

O calor sufocava as esferas. Os relâmpagos rachavam os céus. Uma nuvem densa de fumaça preta enchia as nuvens com a passagem do Massacre, que inalava a fumaça e expandia as penas afiadas como lâminas que cobriam seu corpo. Suas asas não precisavam do vento, não precisavam de nada além de Sekhmet.

O Massacre andou pela Terra, alimentando-se aqui e ali, deixando apenas Roma, o centro do mundo, intocada para o prazer de sua mãe.

Lá em cima, a Barca do Sol lançava seu brilho no mundo, mas Rá nada via. Estava velho e cruzava o céu de olhos fechados, prostrado em suas almofadas, num voo cego.

Fazia um dia lindo.

2

Sentada em sua cama na residência imperial, Auðr arfava, com o cora-ção acelerado. Subitamente, as Moiras estavam se movimentando con. mais rapidez do que ela conseguia fiá-las. Ela sentiu o fio da Antiga se dividir e gerar outro filamento. Aonde esse filamento ia, as vidas se acabavam.

O rasgão na tapeçaria dos destinos, antes centralizado em Roma, começou a se espalhar pelo mundo.

Transtornada, Auðr se concentrou na busca do destino de Cleópatra no emaranhado. A rainha estava atada a Sekhmet. Será que ela tinha fugido da caixa onde estava aprisionada? Teria sido desse modo que a deusa reunira novas forças? Os dedos da *seiðkona* se movimentavam no ar, dedilhando os fios, mas ela não encontrava nada. No ponto onde estava o destino de Cleópatra, um fio infinito, forte demais para ser cortado, excessivamente entrelaçado com os destinos do mundo para ser removido, agora havia uma ausência.

A rainha tinha sumido.

Auðr sentiu o fio de Cleópatra descer para o mundo dos mortos e lá desaparecer.

Pela primeira vez, ela cogitou se Sekhmet e a rainha ainda poderiam ser seus verdadeiros seres. Embora Auðr não tivesse conseguido separar seus destinos, no momento, Cleópatra estava livre. O que ela fizesse agora poderia mudar seu destino.

O futuro estava em aberto e Auðr observava, os olhos arregalados no escuro, enquanto o Massacre voava pelo mundo, destruindo tudo em seu caminho. Ela observava o destino de Sekhmet ficar mais forte.

Em seguida, ela se concentrou no que deveria ter pensado desde o início. Em uma arma para destruir uma imortal. Ela não possuía algo assim e, mesmo no auge de sua força, Sekhmet estaria além de seu alcance e agora ela sabia disso.

Ela percebeu que havia outros trabalhando na mesma coisa. Tateou seus destinos no escuro e os encontrou, um era forte e beligerante, o general Marco Agripa, e o outro era um historiador, temeroso e confuso. Ela começou a entrelaçá-los, silenciosa e lentamente.

Cleópatra estava livre de Sekhmet por ora e isso significava que a deusa tinha uma fraqueza. Auðr tentou encontrá-la.

O *Psylli* estava sentado no telhado da residência imperial, olhando o céu e escutando o vento. Suas previsões haviam se realizado e agora ela retornava, furiosa, para lhe contar da Peste que Sekhmet trouxera para a Terra. Ela soprou pelo mundo afora e em alguns lugares, varreu vilarejos vazios, passou por soleiras esquecidas, atravessou janelas quebradas. Vagando por desertos e mares, ela descobriu que a peste tudo tocara. Voou ao lado do Massacre e observou sua agressividade, incapaz de fazer qualquer coisa. A flecha de Sekhmet cavalgou nas costas relutantes do vento, estridente de prazer, arremessando-se nas nuvens e em direção ao mundo.

— O que quer que eu faça? — perguntou Usem.

A única maneira de atingir a Antiga é por meio da rainha.

— E como posso ferir a rainha?

O vento não tinha uma resposta. A caixa de prata que servia de prisão para Cleópatra estava dentro da residência, mas a adaga envenenada de Usem apenas lhe provocara dor, não a ferira. Ele não sabia o que fazer. Sentou-se, afiando a adaga, as serpentes se enroscando em seu corpo.

3

Eles cruzaram o Aqueronte na barca de Caronte com Marco Antônio dizendo ao barqueiro relutante que o espírito que ele transportava era um presente para Perséfone e que sua passagem já estava paga. Cleópatra ficou em silêncio enquanto dedos enrugados passavam por ela, concluindo, após o exame, que ela estava sem vida. Sua pele estava fria o bastante para passar pela de um cadáver e marcada por veias prateadas. O barqueiro jogou um cobertor esfarrapado sobre seu corpo.

Marco Antônio a segurava e onde suas mãos a tocavam, ela vivia. Ela sabia que deixara seu corpo para trás de algum modo, preso nas mãos da feiticeira. Ela sabia que viajava pela terra dos fantasmas, um mundo subterrâneo que não era o seu. Ainda assim, estava contente.

Estava novamente com seu amor e nada mais importava.

A barca balançava. Uma gota da água do rio caiu em sua pele ferida e ela sentiu as lágrimas de dezenas de milhares de enlutados chorando sobre túmulos, jogando flores e libações no solo. Neste rio não havia lágrimas para Cleópatra. As lágrimas do Egito fluíam pelas cavernas do Duat.

Finalmente, depois do que pareceram centenas de anos de viagem, a barca encostou nas rochas e Marco Antônio a carregou para a margem, pontilhada não por flores silvestres, mas por plantas venenosas, escuras e cinzentas. Os mortos se aproximaram, babando à vista de alguém do mundo dos vivos, mas logo recuaram, surpresos com sua falta de sangue.

— Como conseguiu nos livrar da feiticeira? — perguntou ela ao ouvir a embarcação voltar para o rio.

Seu amado deu um sorriso, uma expressão estranha e doce aqui no Hades.

— Ela pode ser capaz de puxar uma alma do Hades, mas não compreende Roma — disse Marco Antônio. — Todos estão dispostos a negociar, se tivermos com o que barganhar. Contei ao Senado sobre o imperador ter contratado feiticeiros e, em troca, eles me deram seu sangue e roubaram a pedra que a feiticeira usava para me manter conectado a ela no mundo superior.

— O que quer dizer quando fala que eles lhe deram o sangue? — perguntou Cleópatra rispidamente.

— Uma gota de sangue nos faz recordar quem éramos e nos faz sentir humanos, pelo menos por algum tempo. Agora que experimentei o sangue de sete senadores, meu elo com a feiticeira enfraqueceu.

Cleópatra pensou por um instante. Talvez ele não fosse se importar com o que ela se tornara.

Um fantasma se aproximou deles, os olhos arregalados e vazios, e lhes ofereceu um ramo de asfódelo.

Marco Antônio o afastou e o espírito virou-se, voltando a se curvar no relvado, colhendo flores e colocando-as na boca. Ele gemia de fome.

— Ele era um filósofo — disse Antônio. — Agora não é nada. Quanto mais tempo uma alma fica no Hades, mais saudade sente do seu passado. A maioria delas entra no Lete, o rio do esquecimento, e bebe de suas águas até ter se esquecido da vida humana que deixara para trás.

Cleópatra estremeceu. Ela não era humana, sabia disso, assim como Antônio. Ele a vira em forma de serpente e como leoa.

— Estou morta? — perguntou ela, olhando as dolorosas riscas prateadas na pele, uma rede derretida em sua carne. — Sou uma sombra? Foi assim que acabei aqui?

— Não está viva, mas também não está morta — respondeu Antônio, a expressão indecifrável. — Seu corpo ficou lá em cima, aprisionado nas mãos de Crisate, e sua alma...

— Vendi meu *ka* — sussurrou Cleópatra. — Vendi-o a Sekhmet para trazê-lo de volta.

Marco Antônio a fitou, os olhos cheios de pesar.

— Quando cheguei no Hades, eu ainda conseguia sentir o gosto do vinho que me dera em nosso mausoléu. *Quem é você?*, perguntaram-me os mortos. *Marco Antônio*, respondi. *Não mais. Aqui não é ninguém*, eles disseram. *Onde está minha mulher?*, perguntei. *Ela pertence a outro*, eles responderam.

— Eles mentiram — gritou Cleópatra, enfurecida. — Sou sua — disse ela com mais calma. — Juro. Otaviano lhe enviou um falso mensageiro e subornou meu exército.

— Eles não estavam enganados — disse Antônio, baixinho. — Eu vi você em Roma.

Cleópatra sentiu como se parte de sua mente tivesse ficado para trás junto com seu corpo. É claro que ele a vira, na arena.

— Eu vi você na rua, matando um servo. Eu vi você bebendo o sangue dele até ele morrer.

A ideia fugaz de se jogar no rio passou pela cabeça de Cleópatra. Ela chegou a tentar se levantar, mas ele pegou sua mão e a segurou firme.

— Então, por que me trouxeste para cá? — Cleópatra conseguiu questionar. Se ele não a queria, ela deveria estar naquela caixa de prata. Deveria estar em Roma, prisioneira.

Marco Antônio tocou o peito dela no lugar onde seu coração deveria estar.

— *Vos es mei* — disse ele simplesmente. — Não importa o que seja, não importa o que lhe aconteceu, eu amo você. Esta foi minha promessa. Tentei mantê-la em segurança no mundo dos vivos, mas não entendi o que era. Fui um tolo. Pensei que os soldados seriam capazes de lhe proteger. Iremos a Hades e Perséfone, o senhor e a senhora deste reino. Eles saberão como ajudá-la.

Cleópatra o fitou brevemente.

— É muito arriscado — disse ela.

Ela conhecia o suficiente sobre o Mundo Subterrâneo para saber que a sala do trono de seus deuses não era lugar para espíritos inferiores visitarem. Não havia direito de súplica no Hades. Os deuses não eram solidários.

— Então me arriscarei — disse Antônio. — Não tenho medo.

Agora ela conseguia ver milhares de outros espíritos sob a luz cinzenta, vagando pelo terreno escuro e poeirento, famintos, desnorteados. Não era possível ouvir seus pensamentos, se é que os tinham, e isso era uma bênção. Eram desprovidos de cheiro e suas histórias eram desconhecidas. Não havia sangue ali e a penumbra era eterna.

Ela pensou no próprio Mundo Subterrâneo e no sol que lá brilhava por uma hora gloriosa todas as noites, despertando os mortos de seu sono. No Duat, os mortos abençoados podiam andar entre os vivos durante o dia. Os mortos voavam em meio às nuvens como gaviões e se aqueciam ao sol como gatos. Os mortos precipitavam-se como corujas e corriam pela areia como cachorros e chacais. À noite, voltavam para o reino de Osíris, realizados. Se ela e Marco Antônio tivessem ambos morrido, estariam juntos no Duat e, talvez, tivessem suas almas julgadas alegremente no Belo Oeste.

Lar.

Agora seu único lar era Antônio.

Seu marido enlaçou os dedos frios nos dela, eles se puseram de pé e saíram andando pela névoa do Hades.

4

As paredes da prisão vertiam uma água imunda e não havia comida. Ali estava uma massa cheia de besouros. Nicolau se consolou. Pelo menos ainda vivia. Era um milagre que não tivesse sido crucificado.

Um grupo de legionários o pegara entrando nos aposentos do imperador no Palatino, e ele foi imediatamente preso. Exigiu a presença do imperador ou de Marco Agripa, mas os legionários o levaram sem ouvir o que ele tinha a dizer.

Fazia dias que estava ali, cercado de loucos.

Os prisioneiros, basicamente soldados que haviam falhado ou traído Roma ao servir Marco Antônio na batalha do Circo Máximo, comparavam as visões que tinham tido da transformação da rainha, tagarelando e se lastimando em suas celas. Falavam de Marco Antônio, outrora um camarada, andando feito uma sombra e contratando-os para defender a rainha, e sobre a escravização dos animais selvagens. Falavam das serpentes que encheram as ruas de Roma.

Falaram da rainha dançando no meio de uma fogueira infinita, incólume.

Era preciso chegar ao imperador. Sua vida já estava arruinada e, se não quisesse passar o resto dela apodrecendo embaixo da terra, precisava contar sua história aos romanos. Precisava ter acesso a outros materiais, a outras bibliotecas. Algo que o levasse a encontrar uma maneira de derrotar Sekhmet. Devia existir. Eles não entendiam que, apesar de terem Cleópatra, eles não a continham. Sekhmet ainda andava livremente e era a filha do sol. Era muito provável que a fogueira a tivesse fortalecido.

Resquícios de memória sobre algo que tinha lido no *Museion* o atormentavam, tinha a ver com os Massacres de Sekhmet, sete filhos ferozes que serviam como provocadores de caos, peste e destruição. Eles tinham sido castigados juntamente com Sekhmet e, se ela estava livre, eles também estariam.

Desesperado, ele implorou aos guardas por material de escrita, na esperança de escrever uma carta ao imperador. Quando eles debocharam, ele mencionou o nome de Virgílio.

Dias depois, chegou uma visita. Era uma cabeça mais alto que qualquer um dos guardas e estava envolto num manto escuro de capuz. Desesperançado, Nicolau observou-o passando moedas ao guarda. Imaginou que fosse algum assassino comprando sua entrada na cela, mas, quando o homem tirou o capuz, Nicolau reconheceu o rosto do poeta, comprido e soturno.

— Não deveria ter usado meu nome — disse Virgílio. — Augusto não sabe que estou em Roma. Alguém me chamou para vir aqui, mas o imperador já tinha escrito para Campânia, pedindo que eu viesse lhe contar histórias à beira do leito, pois anda tendo dificuldade de dormir.

— Muito justo — disse Nicolau. — Um monstro dorme em sua casa.

— Ouvi falar — respondeu Virgílio. — Os criados do imperador deixam segredos vazar. Um milagre, não é? Eles capturaram uma criatura metamorfa. Uma maravilha.

— Não é uma maravilha — discordou Nicolau. — É apavorante. Considere-se sortudo de não ter visto o que eu vi. Precisa me tirar desta prisão. Tenho de falar com Augusto.

Virgílio olhou Nicolau, avaliando-o.

— Com considerável risco, eu lhe trouxe material de escrita.

Nicolau estendeu a mão para pegar o rolo de pergaminho, mas Virgílio o segurou.

— Tenho um preço.

— Não tenho dinheiro — disse Nicolau, frustrado. — Creio que não entende minha situação.

— Os altos escalões de Roma estão me pedindo que escreva uma falsificação e se valorizo minha vida, não posso fazê-lo.

— E por que eu deveria ser capaz de algo que você não é?

— Já está morto — respondeu Virgílio simplesmente.

Os *Livros Sibilinos*, explicou Virgílio, eram uma ficção complicada: os textos originais, adquiridos por Tarquínio da Sibila de Cumas, tinham sido destruídos num incêndio no Templo de Júpiter cinquenta anos antes e, desde então, Roma procurava mundo afora para substituí-los com cópias. Naturalmente, logo ficou claro que as cópias podiam ser editadas para refletir presságios favoráveis a Roma. Agora, grande parte das profecias sibilinas eram, embora secretamente, obra de sábios contratados que fingiam ser sacerdotisas proféticas há muito tempo mortas. Eram consultadas sempre que os soberanos de Roma queriam justificar alguma coisa com uma antiga profecia. Entretanto, a falsificação era uma tarefa delicada.

— Um grupo de senadores deseja uma profecia de fim dos tempos relativa à ascensão de Cleópatra e à queda da Roma de Augusto. Querem balançar a opinião pública sobre Augusto. Tudo indica que os fatos apoiam — disse Virgílio.

— Com que finalidade?

— A história que irá escrever deve ajudá-los a restaurar a república. Isso pode gerar uma revolução contra Augusto ou simplesmente pode vir a ser uma leitura de entretenimento. Não posso prever o futuro, Nicolau, mas é difícil resistir a uma história como essa, mesmo para um homem como eu. Às vezes, sinto saudade dos dias em que escrevia o que me agradava.

— Não sente tanta saudade assim daqueles dias — disse Nicolau, bufando. Pareciam dois acadêmicos discutindo num pátio e, por um instante, Nicolau se esqueceu de que estava atrás das grades de um calabouço e que Virgílio estava livre, o poeta mais abastado de Roma.

— É verdade — admitiu Virgílio, sorrindo. — Irei visitar Augusto quando sair daqui. Tornei-me o cantor de cantigas de ninar do imperador, mas ele me paga em ouro egípcio.

— O que devo escrever? — perguntou Nicolau.

— E pensar que já foi um sábio tão promissor — disse Virgílio. — Não consegue imaginar? Os textos ficam guardados a sete chaves no templo de Apolo e todos afirmam que são incorruptíveis, mas cada líder se encarregou da própria versão das profecias, dependendo do que precisava fazer o mundo acreditar. As profecias sibilinas são uma criação conveniente e cheia de mentiras. *Você*, por outro lado, escreverá a verdade. O imperador empregou um tipo de bruxa que rouba as lembranças daqueles que testemunharam o caos no Circo Máximo e os senadores temem que a história dos acontecimentos não circule com a facilidade que necessitam.

— Quero escrever a Augusto — insistiu Nicolau.

— Ele lê as profecias — disse Virgílio.

— Ao capturá-la, Augusto pôs Roma em perigo, pôs o mundo em risco.

— Então escreva isso — propôs Virgílio. — Aterrorize-o. Aterrorize Roma. Faça-os pensar que seu dia final está chegando, e tudo por causa do que Augusto fez. Não é nisso que crê? Esta é uma oportunidade. Não sonhou em tornar-se um historiador? Isto é história, apesar de se proclamar uma profecia. Conte o que eles fizeram e, se servir aos senadores, lhe servirá também.

Foi assim que Nicolau, o damasceno, começou a escrever a profecia, passando cada página acabada a um guarda subornado. Sua mente estava vaga e dispersa, mas escrever o impediu de enlouquecer. Ele escreveu a verdade ou, pelo menos, o máximo possível dela, à maneira de sibila, pensando nos vários livros que havia folheado na biblioteca de Virgílio e no tom das vozes dos profetas.

"Então, todos declararão que sou uma verdadeira profetisa, recitadora do oráculo e, ainda assim, uma mensageira de alma enlouquecida. E quando vieres aos Livros, não deves tremer, e todas as coisas por vir e coisas passadas, saberás por meio de nossas palavras", ele escreveu, fingindo que essas mesmas palavras tinham sido escritas séculos antes.

As profecias seriam publicadas como recém-encontradas, desencavadas de uma antiga ruína, rolos de pergaminho descobertos dentro de uma ânfora ou sepultados com algum herói. Seriam lidas em voz alta no Fórum e por todo o país, desviando o apoio a Augusto para seus inimigos. Se o imperador não lidasse de modo racional com Cleópatra, se não entendesse que aprisionava uma imortal, talvez outra pessoa o fizesse. Ela devia ser destruída e, embora Nicolau não soubesse como fazer isso, esperava que algum leitor de suas palavras soubesse. Quanto a Sekhmet, Nicolau só podia esperar que, se Cleópatra morresse, a Deusa voltaria ao esquecimento, onde estava antes de ter sido invocada.

Nicolau não teve permissão de usar o nome de Cleópatra — nem os oráculos sabiam de tudo —, então ele a chamou de "a viúva".

Ele não teve permissão de falar diretamente de Augusto, então se referiu a ele de modo indireto. *"E assim uma ira inexorável descerá sobre os homens latinos. Por um destino lastimável, três deles causarão danos a Roma. E todos os homens perecerão com suas casas quando dos céus descer uma catarata de fogo."*

Três homens e o olho de Rá. Augusto, Antônio e Agripa, ele quis dizer, embora pudesse adicionar a si mesmo como parte do grupo. Em uma vingança ígnea, Sekhmet atravessava os céus. Todos pereceriam e toda a culpa era deles. De Antônio, por incitar Cleópatra a negociar a si mesma pela vida dele; de Augusto, por ter começado a guerra contra ela; e de Agripa, por servir como seu general.

Enquanto escrevia, sua mente ruminava sobre as possibilidades. Em algum lugar de suas leituras, em algum de seus livros, havia uma resposta.

Imortais tinham sido mortos antes, ele sabia, apesar de suas mortes só terem sido retratadas em mitos. Hércules usou a espada para decepar 49 das cabeças de sua inimiga, a Hidra, e depois cauterizou a ferida com fogo para impedi-las de se regenerar. Enterrou a cabeça imortal restante no fundo da terra na estrada para Lerna e colocou uma pedra enorme em cima. O veneno vazava dela para a escuridão, mas agora a Hidra vivia apenas no Hades, sem nunca ter voltado à superfície. Até agora.

Pensando em Hidra, uma lembrança ganhou vida no fundo da mente do historiador. Pressionando as têmporas, ele buscou as ligações. Alguns fragmentos lidos na biblioteca de Virgílio, alguma coisa nos trabalhos de Hércules. Mortes de imortais. O veneno de Hidra.

Nicolau olhou sua tarefa e descobriu que distraidamente assinara a profecia que escrevera. Praguejou, deixando o pergaminho cair no chão. Teria de começar de novo.

Ficou parado, ainda pensando e, por fim, a ideia que estava procurando veio nadando à luz de sua consciência.

Ele sabia como derrotar a rainha. Imortal contra imortal. Caos contra caos. Havia um modo.

5

"A rainha vive", dizia o refrão sussurrado pelas ruas de Roma. "Cleópatra retornou da morte para matar o imperador."

Assim diziam os pergaminhos. Um conjunto recém-publicado de textos proféticos informava ao público que a queda de Roma era iminente, que *Despina* ressurgira de seu aprisionamento e que sua raiva de Augusto destruiria tudo o que havia no mundo.

Um centurião lia o texto, sentado diante de uma fogueira às margens do Mar Negro. *"E não haverá mais uma viúva"*, disse ele, e um de seus jovens legionários deu uma risada.

— Eles só querem dizer que Cleópatra era uma prostituta que foi para a cama do nosso líder depois que o marido se matou — disse ele. — Tentando comprar a liberdade do Egito. Augusto também gosta de uma mulher conquistada, como César antes dele. Eu estava em Alexandria. Montei guarda para a rainha em seus aposentos.

— Como a guardou? — bufou outro legionário. — De joelhos?

— Era ela quem se ajoelhava — exibiu-se o primeiro legionário.

O centurião olhou-os com severidade.

— Essas profecias são antigas, vindas de deus. Tenham respeito. Ouçam: *"Mas tua alma coabitará com um leão devorador de homens, terrível, um guerreiro furioso. E então serás feliz e conhecida entre todos os homens; pois partirás com a alma imaculada."*

— O que entende por isso? — perguntou outro legionário, uma sensação de inquietude tomando conta dele.

— Cleópatra não é uma mortal, se é que algum dia foi. Alguns dizem que ela era uma bruxa e que foi assim que conseguiu controlar Marco Antônio.

A companhia fez um sinal contra a feitiçaria. Marco Antônio tinha sido seu ídolo e depois os traíra. Seria um consolo se isso não tivesse sido culpa dele. Seria um consolo se, de fato, Augusto, que era conhecido por não ser um guerreiro, que fugira de vários campos de batalha, se revelasse um mentiroso. Coisas mais estranhas já tinham acontecido na história de Roma.

O comandante leu o resto da profecia.

— *"E vós, os nobres, serão encerrados num túmulo, pois ele, o rei romano, lá os porá, mesmo que estejais entre os vivos. Embora a vida tenha acabado, haverá algo imortal entre vós. Embora vossa alma tenha partido, vossa ira permanecerá e vossa vingança se insurgirá e destruirá as cidades do rei romano."*

Ele largou o pergaminho, a fisionomia soturna.

— Eu estava com o imperador em Alexandria quando fomos ao mausoléu. O corpo da rainha não estava lá, apesar de o termos carregado para a pira e o acorrentado lá três dias antes. Pensamos que tinha sido roubado, mas o imperador ficou pálido. Essa profecia diz que ela está viva e eu acredito nisso. A profecia diz que Augusto inflamou sua ira...

— Não diz que foi Augusto — interrompeu um dos homens.

— Destruirá as cidades do *rei romano* — disse o comandante. — Há uma peste, ou não ouviu falar? Em todo lugar, menos Roma. Ela está deixando Roma por último.

Sérios, os homens ficaram olhando para a fogueira.

— Talvez ela deixe para Roma algo pior que a peste — desconfiou o jovem legionário que montara guarda para Cleópatra.

Em outra parte dos novos textos, os oráculos deixavam implícito que um retorno à república salvaria Roma. Mensagens começaram a ser trocadas de uma extremidade à outra do país, de uma legião para outra, de um comandante para outro. Logo, os senadores e seus emissários viajaram a essas legiões distantes, solicitando seu apoio, passando por vilarejos do interior e portos, onde o boato dos malfeitos do imperador já tinha se espalhado.

As novas *profecias sibilinas* funcionaram como os senadores esperavam.

Um exército formado por legiões que tinham sido leais a Marco Antônio e por legiões comandadas por aliados dos senadores separatistas começou a surgir.

Sentado em seu quarto, Augusto olhava o estranho clarão que permanecia no horizonte mesmo no escuro. A noite estava viva, cheia de estrelas cadentes, e Augusto sentiu um pavor irracional ao observá-las cruzando o céu repetidamente. Fazia muito tempo que estava acordado, muito tempo que estava sentado à janela. Marco Agripa andava afastado de seus aposentos desde a batalha no Circo Máximo e ultimamente sua única companhia era a sacerdotisa.

Crisate praticava feitiços de vinculação, feitiços que, ela tinha lhe dito, serviriam para manter a rainha sob seu poder, mas, por enquanto, era melhor deixar a caixa sob a guarda romana, na câmara forrada de prata.

Augusto confiava em Crisate. Embora talvez não completamente. Uma fumaça de estranha fragrância passava pelo corredor e, quando Crisate o beijou, seus cabelos cheiravam a bálsamo queimado e areia úmida, a mel e canela, um odor que o lembrou das catacumbas egípcias.

Eles tinham vencido, ele disse a si mesmo, mas Augusto ainda não conseguia dormir. Pensava em Cleópatra se arrastando dentro da caixa, se retorcendo e se enlaçando em Marco Antônio, com os olhos feito brasa. Todas as noites ele fitava as pinturas do teto, temeroso de coisas que não podia nomear. Das bolas de fogo que tinha visto riscando o céu, talvez. Dos rugidos que ainda abalavam Roma. Os criados chamavam de trovões, mas ele sabia que não eram bem isso.

Solicitantes e senadores, exércitos e conselheiros exigiam sua atenção. Na mesa ao seu lado havia uma pilha alta de profecias, descobertas numa caverna e recém-desenroladas da ânfora, juntamente com um recado de Agripa, declarando que deveriam ser lidas.

Augusto não estava com vontade de lê-las.

Ele até convocara seu poeta predileto, Virgílio, a vir da Campânia, mas o homem não conseguira lhe trazer descanso. Nada que Virgílio dissesse, não importava a beleza das palavras, conseguia impedir Augusto de pensar em Cleópatra. O poeta parecia ter uma predileção especial por poemas sobre o Hades atualmente e os versos só faziam Augusto pensar em Marco Antônio. Por fim, o imperador dispensou o poeta.

Augusto serviu theriaca no cálice e bebeu. A dosagem original de duas gotas começou a parecer ineficaz e agora ele o servia em proporção igual à do vinho. Perdera o apetite por outros alimentos. A cada gole, sentia sua mente rodopiante ficar mais calma e relaxar.

Em seus aposentos, Crisate acendeu o fogo. Com a rainha capturada e Selene em seu poder, Crisate devia estar no máximo de sua força. Augusto lhe entregara a menina três dias após a batalha no Circo Máximo, transferindo seu quarto para o que ficava ao lado do da sacerdotisa e dizendo a Selene que ela seria uma aprendiz. Mas a menina mostrava-se resistente aos seus feitiços. Após sua fuga do Circo Máximo, Selene passara dois dias escondida em algum lugar de Roma, tendo finalmente sido localizada por um centurião e levada de volta à casa do imperador. Deveria ser fácil cortejá-la, mas Selene olhava para Crisate com olhos obscuros e desconfiados, e a sacerdotisa mal conseguia realizar as coisas mais simples. Ela passara as últimas noites tentando se comunicar com Hécate, mas não tivera sucesso. Sua deusa ainda estava detida no Mundo Subterrâneo e nada do que Crisate fazia trazia clareza. Seu instrumento divinatório estava enevoado, tudo estava ensanguentado, mas o futuro era invisível. Agora que ela tinha Cleópatra, não sabia o que fazer com ela. Não havia um modo claro de se vincular a ela, e o poder contido dentro de Cleópatra era inacessível.

Será que ela tinha capturado a rainha por nada? Será que ela não estava mais conectada à deusa? Será que realmente havia algo dentro da caixa de prata ou tudo teria sido uma ilusão? Será que a feiticeira nórdica a enganara? Será que era *ela* quem estava com Cleópatra? Ou era o *Psylli*? A caixa estava no cômodo de prata e Crisate a deixou lá. Pelo menos, se algo desse errado, Cleópatra ficaria presa na segunda prisão.

Crisate abriu a mão e olhou a pedra verde de ligação. Fechou os olhos, a mão em torno da pedra, e pronunciou o nome do homem que estava atado ao *synochitus*. Poderia enviar uma mensagem a Hécate por intermédio dele, que poderia passar pelo Hades e encontrar a deusa.

Seu chamado devia trazê-lo, mas isso não aconteceu. Ela presumiu que seus poderes tinham enfraquecido muito. Não conseguia encontrar Marco Antônio nem entender o que tinha acontecido.

Ela não se atrevia a ir até o cômodo de prata e abrir a caixa para descobrir. Necessitava de Hécate se fosse usar esse poder e, para invocar Hécate, necessitava de sangue real.

Precisava que Selene se submetesse. A cada dia Crisate ficava mais fraca. O esforço para se manter sob o disfarce a exauria. Enfim, o estado de deterioração do seu corpo ficou muito óbvio. O feitiço que estava para realizar era necessário. Se ela aparecesse como realmente era, Selene nunca se entregaria de boa vontade e isso invalidaria todos os esforços de Crisate.

A beleza era uma parte enorme de sua moeda de troca, tanto com Augusto quanto com Selene. Quem confiaria nela como realmente era? Ela mesma mal confiava em si.

Gemendo com o esforço, ela abriu um saco de couro e tirou de lá um caldeirão de bronze, grande o bastante para abrigar um javali. Colocou o caldeirão sobre a chama e abriu os sacos que continham os suprimentos que trouxera da caverna. Areia cristalina da praia do fim do mundo e uma pitada do gelo colhido no brilho de uma lua de mil noites. As asas emplumadas de uma coruja aos berros, que se debatia em suas mãos e ameaçava voar enquanto ela as metia à força dentro do caldeirão. O néctar de uma estrela arrancada do céu certa noite há muito tempo, quando Crisate era apenas uma menina. O fígado em pó de um cervo que tinha sido um príncipe. As vísceras de um homem que tinha sido um lobo. A cabeça sem olhos de um corvo, que abriu o bico seco e falou com ela ao ser retirado do saco.

— Assassina — disse.

Ela já não o escutava. Pegou um galho seco de oliveira e mexeu a mistura, deixando que fervesse sobre o fogo e, enquanto mexia, o galho ficou lustroso e dele brotaram folhas verdes. Crisate deixou que um pouco da fervura entornasse e, onde caiu, a pedra do piso se transformou em grama e flores começaram a brotar.

Estava pronto.

Ela tirou o vestido, estremecendo diante do estado de sua pele. Estava murcha. Ela deixara a situação se prolongar demais, tentando conservar o poder, tentando entrar em contato com Hécate e era um milagre que Augusto não tivesse notado. Sem dúvida, o theriaca tinha algo a ver com isso. Ela lhe adicionara alguns ingredientes. Nada que incapacitasse o homem permanentemente. Ela não pretendia derrubar Roma, e sim usar seu poder. E para isso Roma precisava estar estável. Por outro lado, Selene parecia perceber tudo. Crisate se tranquilizou. Depois deste feitiço, Selene não iria perceber mais nada. Tudo ficaria mais fácil.

Ela ergueu a faca e, estremecendo, furou a carne bem abaixo de uma das orelhas. Correu-a para baixo do queixo e um longo ferimento se abriu em seu pescoço. O sangue jorrou, escarlate e grosso em sua pele clara. Os olhos da feiticeira se reviraram e ela oscilou diante do caldeirão, o sangue se empoçando a seus pés.

Ela cambaleou e, por fim, caiu para a frente, o corpo escorregando na borda do caldeirão.

A poção fervilhante se fechou sobre sua cabeça.

A superfície do caldeirão borbulhou por um tempo, escura feito piche e, abaixo do líquido, nada se mexeu.

7

Cleópatra e Marco Antônio andavam de mãos dadas rumo à entrada da cidade dos mortos. Árvores de bétula tremulavam em volta deles, coisas pálidas raiadas de preto, como ossos de mármore de gigantes. Eles eram seguidos por milhares de sombras, todas murmurando suavemente, todas famintas.

Cleópatra estremeceu ao se aproximar do portal, possuída por um medo que não se imaginava capaz de sentir. Ela ouviu algo, um eco fraco do rugido de Sekhmet, chamando-a de volta do Mundo Subterrâneo. Um vislumbre de ira e fome, uma voz divina repreendendo um lugar que não a adorava. Ela pensou em seus filhos abandonados no mundo superior e então, mesmo sem querer, pensou em Sekhmet, sozinha e faminta.

Cleópatra olhou Antônio e sentiu-se incapaz de falar. Cada parte sua insistia que, sem uma alma, ela não pertencia a nenhum Mundo Subterrâneo. Mal conseguiu conter o ímpeto de se virar e correr até o rio, tão grande era sua certeza de que deveria voltar.

Ao mesmo tempo, ela sabia que o próprio mundo não a queria. Lá, estava presa numa caixa de prata e, de repente, ela conseguia sentir suas paredes.

— Eu não deveria estar aqui — disse ela. Não podia dizer que estava ávida daquilo que odiava. Não podia dizer que metade de seu coração era de Sekhmet, que ansiava pela escuridão e fúria que ela deixara na Terra. A vingança e o derramamento de sangue, a destruição. Como ela podia preferir essas coisas? Hades era imóvel e frio, mas ela estava livre. Como podia sentir falta de seus inimigos?

— Estamos juntos aqui — disse Antônio, com as mãos nos ombros dela. — Está a salvo comigo.

Ele era a única pessoa que tinha visto seu coração. Talvez fosse a única pessoa em quem ela confiava.

O marido a abraçou, suas mãos a tocando por baixo do cobertor esfarrapado. Hesitante, ela esticou os dedos e passou a mão em seu peito. O ferimento ainda estava lá, era possível vê-lo, mas ela não o sentia ao tocá-lo. Ele a ergueu do chão para beijá-la. Ela se percebeu pensando que nada tinha mudado, que nada disso tinha acontecido, mas era apenas um sonho terrível.

Seus lábios estavam frios, mas eram dele e ela se abandonou, esquecendo de tudo, o corpo junto ao dele, as mãos em seus cabelos, os cachos se enroscando nos dedos dela.

— Não acabou — disse Marco Antônio, beijando suas pálpebras e ela teve um lampejo de lembrança, retornando a Alexandria. Ela lhe dissera as mesmas palavras. Parecia ter sido séculos atrás. — Não terminamos.

— Irá até o fim comigo? — perguntou ela. — Seja qual for? Seja o que for que precisemos fazer?

— Não a deixarei — sussurrou ele. — Nunca a deixei. Como poderia?

Ela o beijou, sentindo a carícia de suas mãos, o apoio de seus braços. Era possível se esquecer dos ecos que ouvia, dos sons que a chamavam de volta a Roma. Era possível se esquecer da dor e da fome por enquanto.

Antônio era novamente seu e quando ela se deitou na relva congelada, com os lábios dele em seu pescoço, ela soube que faria qualquer coisa para protegê-lo. A neve caía acima deles, estrelas de gelo sumiam ao tocar o chão. Os galhos das árvores estavam pesados com a geada, e seu marido a segurou apertado enquanto eles se amavam.

Ele sabia o que ela era e a tinha escolhido.

Ela sentiu as árvores pendendo para cobri-los e o capim se curvando para lhes oferecer conforto.

Os espíritos errantes do Hades se aproximaram, atraídos pelo súbito calor, uma fogueira acesa no meio de um mundo invernal. Logo, Cleópatra e Marco Antônio estavam cercados por centenas de sombras pálidas, os olhos grandes e curiosos, atordoados pela possibilidade de haver amor no meio da escuridão, de haver amantes entrelaçados ali, no coração da terra dos mortos.

Finalmente, a visão dela se dissolveu em milhares de estrelas, a cabeça caiu para trás sobre a neve, seu corpo líquido abraçado ao dele, que gemeu, movimentando-se mais rápido agora.

— Eu amo você — disse ele, segurando o rosto dela entre as mãos para poder ver seus olhos.

Nenhum dos dois estava inteiro, Cleópatra sabia, mas estavam juntos, e juntos iriam suplicar ao senhor e à senhora do Hades.

Tentariam recuperar a alma dela.

Agripa andava pelo corredor rumo ao quarto da feiticeira nórdica segurando partes da profecia traiçoeira. *Nicolau*, estava assinado. Agripa tinha seus espiões nas prisões e nas casas de comércio, nas legiões e até nos bordéis; não importava que ele mesmo nunca entrasse nesses lugares. Um de seus homens havia lhe entregado esse retalho de papiro, afirmando que o prisioneiro andava escrevendo pilhas deles.

O damasceno finalmente aparecera.

O general descobriu que ele havia sido preso pelos seus próprios homens na noite do *venatio*, mas, em meio ao caos, ninguém dissera nada a respeito.

Agripa passara dias dando buscas em Roma, procurando por algo mais forte para combater, forjando novas espadas e testando novos venenos, e durante todo esse tempo, o homem que dera a Cleópatra seu poder aguardava nos calabouços de Roma.

Agora, Agripa necessitava da ajuda da *seiðkona*. Auðr podia não ser romana, mas era poderosa, e ele sabia que ela não estava do mesmo lado que Crisate. A própria feiticeira grega lhe dissera isso, o que bastava a Agripa no momento.

Seus homens tinham carregado Auðr morro acima após a batalha no Circo Máximo e, desde então, ela permanecera em seus aposentos, tossindo. Os médicos não tinham conseguido fazer nada por ela. Agripa rezava para que ela tivesse poder suficiente e vontade de ajudá-lo. Ele ficou chocado ao vê-la, sem força, atirada na poltrona, as faces encovadas e os lábios azulados.

Mesmo assim, ela o olhou com seus ferozes olhos prateados e assentiu. Pegou sua roca de um canto. O instrumento devia ter sido tomado dela após a batalha e Agripa se perguntou como ela tinha se apossado dele, e por que ninguém lhe contara. Ela virou a roca de lado e olhou para o braço dele, numa tala desde a batalha. Suas costelas também ainda doíam, contundidas e lascadas, sem dúvida, mas não havia nada a fazer. Agripa lutara em muitas batalhas ao longo dos anos e a dor o seguia aonde quer que ele fosse.

Auðr balançou a cabeça, tocou no braço dele, girou a roca brevemente e, com isso, as dores em seu braço e no peito sumiram. Agripa tentou não ficar impressionado, mas não conseguiu. Por um instante, pensou em como seria ir para a batalha com uma feiticeira dessas, mas em seguida bufou. Esse não era o modo de Roma e não seria agora que ele começaria a ser outra coisa.

— Obrigado — agradeceu ele, e isso foi tudo.

O general desceu às prisões com Auðr.

Muitos de seus antigos homens chamaram seu nome ao vê-lo passar, espantados de que ainda estivesse vivo depois do que tinham presenciado na arena. Ele passou pelos traidores destinados à execução, os soldados que haviam se insurgido ao comando de Marco Antônio e lutado contra os homens de Agripa. De qualquer modo, todos eles pareciam ter perdido a cabeça. Finalmente, Agripa descobriu o damasceno, encolhido num canto da cela, tentando se esconder numa sombra.

— É um servo de Cleópatra — disse Agripa e Nicolau balançou a cabeça de um lado para o outro, indicando que não.

— Não mais.

— Você a contrabandeou para dentro da cidade. Sabe como matá-la? Nicolau ficou sobressaltado.

— Ela escapou? Onde está? O que ela fez?

— Ela ainda está aprisionada ou assim jura a sacerdotisa — respondeu Agripa. — Mas eu a fitei nos olhos. Sei do que é capaz.

— Tenho uma vaga ideia do que fazer — disse Nicolau. — E essa ideia é um mito, não uma certeza.

Auðr apareceu atrás de Agripa. Nicolau se encolheu ainda mais no canto de sua cela, convencido de que ela era uma mensageira da morte. Ele a vira trabalhando na arena, as mãos fiando, cercada pela luz de seu poder. Suas pernas tinham enfraquecido e ele duvidava de que fosse conseguir correr quando a porta da cela se abrisse, mas pretendia tentar.

Ela olhou Nicolau por entre as grades.

Agripa observou os dedos dela traçando padrões complicados no ar, movimentando-se em torno do fuso de madeira. Ele abriu a porta da cela de Nicolau para ela entrar.

Sem saber por que, Nicolau percebeu que não conseguia se mexer. Os olhos dela eram estranhamente hipnóticos. Ele se sentiu curvar e ela pôs a palma da mão em sua testa. Enrugando a fronte ela aproximou a cabeça como se escutasse.

Involuntariamente, os acontecimentos de sua vida atravessaram sua mente, desde a infância até o presente, enfatizando Alexandria. Ele sentiu isso acontecendo, mas não era capaz de controlar. Ficou observando a si mesmo passando os pergaminhos, preenchendo as lacunas do texto com suas próprias invenções. Observou-se ensinando o feitiço da evocação a Cleópatra, depois descobrindo-a no porão do navio, a criança em suas mãos, os escravos mortos a seus pés. Por fim, a feiticeira chegou à sua revelação. A Hidra.

Ele cambaleou para trás, desvencilhando-se de seu toque, mas ela já tinha visto o bastante para condená-lo ou salvá-lo. Ele não sabia qual das duas opções ela iria escolher.

Ela assentiu para Agripa e o homem pegou o sábio rudemente pelo ombro, tirando-o da cela e conduziu-o por passagens intermináveis para finalmente chegarem à luz da tarde.

— Você nos dirá o que sabe, mito ou não — ordenou Agripa. — Será útil a Roma.

— Há um templo a Apolo localizado em Krimissa — gaguejou Nicolau. — Talvez lá possamos encontrar o que precisamos para derrotar uma imortal.

— Talvez? — perguntou Agripa.

— Certamente — corrigiu Nicolau. — Ou assim dizem as lendas. O que necessitamos estará guardado, mas está lá.

Auðr assentiu, satisfeita. Isso era feito seu, pelo menos em parte. Algo que destruísse Sekhmet, algo que a ferisse e a fizesse recuar, de volta ao Egito, e além. De volta para a abóbada celeste. Antes ela não tinha conhecimento do que o historiador sabia e, agora, ela direcionou toda sua força para realizá-lo. Se houvesse uma arma, seria encontrada. Os destinos de Agripa e Nicolau se encerraram em sua roca e ela os direcionou a Krimissa.

Usem nem se deu ao trabalho de pedir para entrar nos aposentos de Augusto. Depois de vários dias, o vento retornara, trazendo uma tempestade gelada ao seu quarto e notícias de que a peste viajara para mais longe ainda, que Sekhmet exultava nos limites do céu e agora a mente dele estava cheia de responsabilidades. Ele abriu a porta dos aposentos de Augusto e encontrou o imperador cochilando em sua poltrona, claramente embriagado. Augusto se endireitou, assustado, mas não alerta, e Usem bufou de desgosto. O homem não era um guerreiro. Mal era um homem. Mesmo com Usem olhando para ele, Augusto bebeu outro gole da poção, o theriaca. O cheiro da poção deixou o *Psylli* desconcertado. Cheirava a feitiço, à influência de Crisate.

— Há uma peste — disse Usem. — Surgiu nas aldeias em volta de Roma e assola o país de um lado ao outro, até a Sicília.

— Não tenho ajuda para a peste — ironizou Augusto. — Você é o feiticeiro, não eu, e para curar a peste é preciso magia. Ela precisa seguir o seu curso e matar quem deve. O interior sempre foi vulnerável.

— A peste está viajando — disse Usem. — Não se trata de uma mera enfermidade estival, mas algo do mundo dos espíritos.

Subitamente, Augusto pareceu mais alerta.

— Cleópatra?

— Cleópatra pode ter sido capturada, mas a Antiga não foi. Minha mulher viu a deusa, assim como viu a peste viajando pelo mundo, para o prazer de Sekhmet. Poderia ver por si mesmo se fosse lá fora e olhasse para o céu. Não viu os relâmpagos na beira do mundo? As estrelas riscando os céus? Certamente nem os romanos consideram essas coisas insignificantes. Peço licença para ir, para reunir meu povo e lutar. A rainha deveria ter sido destruída quando a capturamos. Agora será mais difícil. Eu achava que Roma compartilhasse meus objetivos, mas talvez não seja assim. Você mantém a rainha aprisionada, mas a deusa que ela serve é ainda mais perigosa. O que planeja fazer com ela?

— Isso não lhe diz respeito — respondeu Augusto, embora ele mesmo quisesse saber. O que Crisate fazia no quarto dela? — Ficará em Roma. Se eu viajar, viajará comigo. Será meu general, se Agripa não for. Você disse que iria defender Roma e deve manter sua palavra.

— Vim porque quis — disse Usem. — Não desperdice minha boa vontade.

— Sou o imperador — retrucou Augusto, o maxilar se contraindo. — Não desperdice meu tempo.

— Você desperdiça seu tempo — disse Usem. — E ele está acabando. Se não usarmos a força para combater isso, será tarde demais. Trouxe um guerreiro ao me contratar. Deixe-me fazer meu serviço.

Ele saiu altivamente do quarto e Augusto ficou sentado por um instante, incerto, frustrado, antes de se levantar e ir à procura de Crisate. Ela, pelo menos, podia lhe garantir que Cleópatra ainda se encontrava dentro da caixa.

Encontrou o quarto da sacerdotisa vazio, as janelas estavam abertas e a cama, feita. Augusto sentiu como se tivesse perdido meses desde a batalha. O fogo estava aceso e havia um grande caldeirão de bronze em cima. Augusto não se lembrava de tê-lo visto antes.

Ele deu um passo em sua direção.

O quarto estava muito silencioso e, de repente, Augusto se viu apavorado. Nada havia a temer. Ela não estava ali. Então ele olhou para baixo. Seus sapatos estavam encharcados de sangue.

Havia algo dentro do caldeirão. Uma coisa grande, se movendo.

Augusto não conseguiu encontrar a voz. Ele lhe dera Selene. O que ela tinha feito?

— Não — sussurrou ele.

Com um grito engasgado, uma coisa surgiu do caldeirão, a água escura escorrendo pela pele branca, nua e com o cabelo grudado nas costas.

Augusto caiu para trás, no chão, enquanto Crisate emergia do líquido fervente, a pele clara e perfeita como a de uma estátua, os olhos atordoados com sua presença.

Ele se virou e saiu do quarto a toda velocidade, o coração em disparada. Feitiçaria, sangue, um cadáver fervido, ou pelo menos era isso que ele tinha certeza de ter visto e então...

Perfeita e jovem, Crisate saindo do fogo. Como ele podia ter se esquecido dos poderes dela? Ela não era humana e ele vinha dividindo a cama com tal criatura. Ele quase entrou em convulsão de tão horrorizado.

— Agripa! — gritou Augusto, correndo pelo corredor. — Marco Agripa!

Isso era culpa de Agripa. Ele trouxera a bruxa para Roma e agora...

O que ele tinha visto? Não sabia. Nunca deveria ter usado feiticeiros. Ele tomou theriaca diretamente do frasco, desesperado para se acalmar. Seu coração batia com extrema rapidez, a respiração acelerada.

— O que foi? — O general chegou mais rápido do que Augusto esperava. — Eu estava vindo encontrá-lo — disse Agripa. — Trago notícias de uma arma, de um modo de destruir Cleópatra.

— Crisate fez uma coisa, matou alguém. Eu a vi, no fogo, dentro do fogo...

— Como assim?

— A caixa de prata sumiu — gaguejou Augusto. Sua mente estava confusa e embriagada e, de repente, ele ficou tonto. Será que ela estava fazendo um feitiço para ele?

— Não sumiu, não. Acabo de vê-la. Os guardas a vigiam, noite e dia. Meus homens.

— Então talvez Cleópatra tenha escapado dela...

— A rainha está presa. — A fisionomia de Agripa era de desconfiança, mas, por um instante, Augusto viu o terror passar por ela. — Ou assim eu acreditava. Diga-me que não estou errado.

— Usem me falou da existência de uma peste — interrompeu Augusto. — Por toda a Itália, exceto Roma.

— Sempre há pestes — retrucou Agripa. — Estamos no verão.

— Esta peste vem da vingança de Cleópatra. Ela está desaparecida — insistiu Augusto. — E Crisate fez uma coisa monstruosa... — Mas, ao dizer isso, Crisate apareceu atrás dele, abrindo as cortinas de sua cama.

— Ela não parece estar desaparecida — disse Agripa. — Esqueceu-se de quem estava em sua cama?

Augusto estava apavorado. Ela não estava lá antes. Estava? Será que ele havia enlouquecido? Ela usava apenas um vestido de tecido transparente. Seu cabelo ainda estava molhado com o líquido do caldeirão.

— Estou aqui — disse Crisate. — Estive com você a noite toda, como deveria saber. Se Cleópatra está desaparecida, é você o encarregado dela. Seus homens a guardam.

Augusto quase deu um grito. Não conseguia entender o que estava acontecendo. Ele estava tonto e seus sapatos ainda estavam encharcados de sangue. Ele levantou o pé para mostrar a Agripa e, por um instante, o general pareceu surpreso.

— A cozinheira matou uma galinha e fez uma sopa para mim — justificou Crisate. — Ele pisou no sangue. Lembra-se, Augusto? Não está bem. Se eu fosse você, chamaria um médico.

Ela virou-se e saiu do quarto.

O general mordeu o lábio com desgosto.

— Se está procurando uma criatura que possa ter provocado uma peste, sugiro que olhe em sua própria cama. Poderá recorrer à sua bruxa.

— *Estou* recorrendo a ela! Precisa ir e lutar contra essa peste! — insistiu Augusto.

Agripa deu um soco na mesa de Augusto, derramando o theriaca.

— SOU UM SOLDADO! — gritou. — Combato homens, não deuses! Não Moiras! Não bruxas! Não maldições inventadas por bêbados! Você fica aqui sentado em seu gabinete, tomando seu veneno e chafurdando em seus temores. Seu tio ficaria envergonhado se visse isso. Você não governa. Você delira!

Augusto gaguejou, atônito. Agripa nunca lhe falara desse modo.

— Como ousa? — conseguiu enfim dizer. — Mandarei crucificá-lo!

— Falo como seu amigo. Existem ameaças lá fora. Existem ameaças *aqui dentro*! Ameaças reais. Eu as combaterei por você, mas não pode me pedir que combata o invisível. Correm boatos pelas ruas que você enlouqueceu, assim como profecias de que Roma está amaldiçoada e condenada. Eu as entreguei faz uma semana. Você as leu? Não. O que fez? Fica aqui dia e noite com a sua bruxa e a sua droga. Seu poder enfraquece a cada dia.

Agripa fez uma pausa, a respiração pesada.

— Por mim, basta — disse ele. — Faça o que quiser comigo, mas faça *alguma coisa*!

— Saia da minha frente — gritou Augusto. — Eu estou governando Roma! Não tem ideia do que faço!

— Com prazer. Tenho uma cidade a defender. — Agripa deu um tapa no theriaca e o frasco voou longe. — Se você se importa com esta cidade, sugiro que pare de beber este veneno. Ele o deixa cego.

Ele bateu a porta ao sair.

O coração de Augusto se acelerou, o cérebro se retesando na base do crânio. Uma luz intensa começou a girar diante dele, como um sol recém-nascido nos limites de seu quarto. Ele revirou os olhos e a leoa se aproximou na escuridão carmim, os olhos dourados em fendas, os seios à mostra e os dedos na corda de um arco. Ela o olhava com tamanho entendimento. Era a única que sabia pelo que ele tinha passado.

Ele devia se entregar a ela, era isso. Devia entregar-lhe Roma... Ele se ouviu gritar e abriu os olhos de repente. Mergulhou a cabeça numa bacia de água fria, só a tirando dali quando pareceu que ia se afogar. Na superfície líquida sobre a bacia, ele viu sua palidez e um fio de sangue saindo de seu nariz e escorrendo para os lábios.

Ele estava se perdendo.

Augusto se sentou com cuidado, as pernas trêmulas. Será que Agripa tinha razão? E o *Psylli*? Ele dissera a mesma coisa.

Levantou-se e foi até a espada pendurada acima do consolo da lareira. Tirou-a da parede e brandiu-a, experimentando-a. Fazia anos que não lutava. Nem tinha certeza se ainda sabia fazê-lo. Olhou para a poça de theriaca no chão. Será que fora um delírio o que tinha visto no quarto de Crisate?

Olhou os sapatos ensanguentados. Não. Não fora.

Agripa estava enganado sobre o theriaca, que era um simples remédio. Mas, mesmo assim, ele havia se acostumado aos seus efeitos. Agora ele necessitava de toda sua força, de toda sua capacidade intelectual. Diminuiria consideravelmente as doses até deixar de usá-lo.

Ele brandiu a espada outra vez, os braços trêmulos. Vestiu a armadura. Estava pesada, fria e úmida em contato com a pele.

Augusto olhou pela janela, apertando os olhos diante da luz solar. Aonde iria? Quem iria com ele?

10

Uivos ferozes, o som de milhares de cães abandonados num vento gélido ou de lobos no alto das colinas, em direção a uma cidade cheia de crianças. Em volta, havia os sons fantasmagóricos de maxilares estalando e ossos se esmigalhando. Tapando os ouvidos, os mortos errantes fugiam da região.

Hades era um subterrâneo reverberante, e cada som era aumentado e ricocheteava, atravessando o rio e voltando para Cleópatra e Marco Antônio.

— Onde estamos? — perguntou Cleópatra.

— Estamos nos aproximando de Hécate — disse Antônio. — São seus cães que ouvimos.

Lentamente, Cleópatra virou a cabeça em direção ao barulho e congelou com a visão que teve. Não muito longe deles deitava-se de lado, quase toda coberta de sarça e plantas trepadeiras, uma forma extraordinária, a pele rajada com o negrume de um mar revolto. O tornozelo estava preso a uma corrente grossa. Enquanto Cleópatra olhava, os olhos da deusa se abriram ligeiramente, um pestanejar. Ao redor dela, cães fantasmagóricos saltavam e estalavam os maxilares.

Cleópatra sentiu repulsa, entre outras coisas.

— Quem a prende?

— Os deuses — respondeu Marco Antônio. — Ela interferiu.

— *Eu também era uma rainha* — disse uma voz suave, o som ecoando em volta deles, ruidoso, faminto. — *Não seja tão orgulhosa.*

— Não olhe para ela — disse Marco Antônio. Cleópatra não conseguiu se controlar.

Ela estremeceu, mas Antônio passou rapidamente pela aparição, segurando a mão de sua mulher.

— A feiticeira que me aprisiona serve a deusa. Ela procurou usar você e Sekhmet para tirar Hécate do Mundo Subterrâneo — disse Marco Antônio. — Para libertá-la e virar o Hades para cima.

— Como ela faria isso?

— Sacrificando você — disse Antônio. — Quanto mais tempo ficarmos aqui, maior será a probabilidade de que ela consiga o que quer. Ela ainda está de posse do seu corpo. É pura sorte que não saiba como matar você.

— Ninguém sabe como me matar — disse Cleópatra. — Eu não sei. Você sabe?

— Eu não *quero* matar você — disse Antônio. — Sou o único que não quer.

Finalmente, diante deles, agachado na escuridão da boca de uma caverna, estava um enorme cachorro preto com três cabeças e uma guirlanda de najas em volta do pescoço.

Os olhos do cão brilhavam, vermelhos, e seu pelo escuro tinha um brilho furta-cor e oleoso. Cada um de seus dentes era comprido como uma adaga ritual e ele moveu as cabeças, virando todas para Cleópatra. A criatura era da altura de um elefante e seu corpo fabuloso bloqueava a entrada da caverna. Ele bufava e babava, o pelo ondulado pelos músculos e ossos pontudos. Seus olhos pareciam chamas.

Cleópatra sentiu o corpo se contraindo, se retorcendo em preparação para lutar.

— Ela não está viva — Antônio informou a Cérbero — e nós vamos passar. Desobstrua a passagem.

Rosnando, o cão inspirou o ar em torno do rosto de Cleópatra.

Cleópatra sentiu os maxilares se esticando num silvo, sem ter certeza se era de serpente ou de felino. Claramente assustado, Marco Antônio virou-se para ela.

Olhando as serpentes enroladas no pescoço do cão, ela falou num idioma que desconhecia e sentiu a câmara vazia, onde antes ficava seu coração, se encher de um cântico rítmico sem palavras.

Uma versão da canção que jogara seu corpo na arena saiu de sua boca. Ela dominava esse novo idioma, com a mesma facilidade com que sempre tinha entendido as línguas estrangeiras. Agora as palavras eram suas.

— *"Dê-me seu tudo"* — dizia a canção. — *"A mim pertence. Somos uma só coisa e temos as mesmas ânsias. Somos uma só coisa e temos os mesmos desejos. Cante comigo, minha filha serpente, dance comigo. Somos uma."*

O cão mostrou os dentes quando as serpentes apertaram seu pescoço, se retorcendo e tolhendo seus movimentos.

— *"Matem-no"* — disse ela às serpentes, pois esta criatura era uma adversária.

Antônio apertou o braço dela, distraindo-a da tarefa.

— Perséfone e Hades não aceitarão bem isso — disse ele. — Não devemos exasperá-los antes de lhes implorarmos benevolência.

O cão enorme se deitou no chão da caverna, soltando um ganido agudo, fechando os seis olhos, enquanto as serpentes se retorciam pelo seu corpo.

— *"Deixem-no dormir"* — disse ela às serpentes. — *"Deixem-no sonhar. Não o deixem morrer."*

Relutantes, as serpentes afrouxaram o aperto e ela cantou os últimos versos, passando com Antônio pelo animal adormecido, sentindo seus suspiros e a respiração agitada.

— Muito bem — disse Marco Antônio, mas Cleópatra ainda sentia a violência que quase a dominara, que só fora refreada com esforço. A visão da deusa, acorrentada, faz com que ela se lembre de si mesma. Sua própria corrente estava bem comprida agora e ela não conseguia sentir Sekhmet, mas quanto tempo lhe restava antes que sua senhora a chamasse novamente?

O som de bebês chorando por suas mães fez Cleópatra parar no meio da passagem, brutalmente relembrada de seus filhos.

— Para onde me leva? — perguntou ela.

— Precisamos passar pela Caverna dos Infantes para chegar ao repouso do Hades — disse Antônio. — Não há nada que se possa fazer. Para alguns, isso é mais assustador que qualquer outra coisa que veem aqui, mas você viu muitas coisas. Esta não é a pior delas. Segure minha mão.

Eles ficaram cercados por sombras de recém-nascidos que tinham sido descartados, deixados expostos sobre as pilhas de lixo de Roma, comida pronta para os cachorros selvagens. Era este o destino dos bebês não reconhecidos pelos patriarcas, mesmo os das famílias nobres. Era perfeitamente legal. Os afortunados eram recolhidos e vendidos no comércio de escravos. Os menos afortunados morriam sem serem lamentados e, pelo que a rainha podia ver, vinham para cá, para uma nação de bebês mortos, para ficar num quarto infinito de bebês em pranto.

Cleópatra sentiu um aperto no peito. As sombras eram quase todas de meninas.

Marco Antônio empurrou-a adiante, mas ela ficou olhando para trás, sentindo dor nas partes que continuavam sendo suas, lamentando os mortos. As mãozinhas estendidas, agarrando o nada. Os lábios se movendo, sugando o nada. Não havia amas de leite na Caverna dos Infantes, nem braços carinhosos, nem leõezinhos entalhados, nem tutores de fala. Esses bebês fantasmas nunca iriam andar nem falar.

— Precisamos continuar — disse Antônio. — Não há nada a ser feito. O Mundo Subterrâneo tem os próprios sistemas.

— Sistemas errados — respondeu Cleópatra, furiosa.

— Que lhe dão o favor da passagem.

— Eles estão em Roma. Você pensa neles? — perguntou ela. — Alexandre, Ptolomeu e Selene? Estão com Augusto.

— Não há nada a se fazer. Eles estão vivos e nós somos apenas sombras — argumentou ele.

— Nem todos estão vivos — lembrou ela. — Um deles pode estar aqui. Cesário morreu depois de você. Os romanos abateram meu filho na praça.

— Sinto tanta saudade deles quanto você — lamentou ele. — Tanto do que morreu quanto dos vivos. Mas agora a única coisa que podemos fazer é salvar você.

O sofrimento de Cleópatra aumentou ao pensar em Cesário vagando por este Mundo Subterrâneo romano. Talvez não fosse assim, ela pensou com um lampejo de esperança. Talvez ele estivesse no Duat. Afinal, tinha morrido no Egito. Sua mãe era egípcia. Talvez tivesse funcionado do modo certo. Talvez seu coração puro tivesse sido pesado. Talvez ele estivesse no Belo Oeste, a salvo.

E assim eles prosseguiram, indo dos infantes para os suicidas sem nome, passando pela corte de Minos, onde os inocentes executados pelo testemunho de mentirosos eram repetidamente julgados por jurados de seus camaradas mortos.

Após dias e noites de caminhada, Cleópatra e Marco Antônio passaram para o campo do luto, arrumado como belos jardins com caminhos pavimentados de fragmentos mínimos de ossos, botões de rosas negras e de murtas. As pessoas que tinham morrido por amor vagavam ali, com os corações partidos e ainda traídos, afogando-se em lágrimas e inflamados pela luxúria, apesar da expressão vazia de seus rostos.

— É aqui que habita? — perguntou Cleópatra, e ele balançou a cabeça, embora seus olhos parecessem se desviar quando ela os fitou.

— Precisamos ir mais adiante — disse ele.

Cleópatra se perguntava há quanto tempo eles andavam pelo Mundo Subterrâneo e quanto fazia que ela estava presa na caixa de prata lá em cima. Pensou no que lhes aconteceria quando tudo isso acabasse. Não conseguia imaginar um final feliz.

Ele roçou os dedos fantasmagóricos em sua pele.

— Quando os mortos são chamados lá de cima — disse ele —, os vivos batem as mãos na terra para que possamos ouvir que lamentam nossa falta. Quando os vivos derramam sangue no solo, os mortos podem beber da vida. Sentimos sede. Sentimos fome. Ficamos muito longe dos vivos neste lugar. Quanto mais tempo ficamos aqui, mais eu desapareço e menos sou Marco Antônio.

Ele roçou os lábios na mão dela e ela sentiu um calafrio.

— Ainda é Cleópatra — disse ele. — Ainda é minha mulher, mas agora sou do Hades.

Cleópatra o olhou, sentindo seu universo desmoronar novamente. Os deuses dos mortos eram muito rígidos com seus cidadãos. A pele dele, antes bronzeada de sol, empalidecia cada vez mais enquanto ela o fitava. Dava para ver as árvores através do peitoral de sua armadura.

— Então precisamos sair daqui juntos — concluiu ela. — Rápido. Precisamos ir até a câmara onde os deuses residem, não foi o que me disse?

— A Perséfone — disse ele, e sua voz hesitou. — Nosso tempo está se esgotando.

Cleópatra pegou a mão dele, segurando-a bem apertado.

Juntos, eles atravessaram os fantasmagóricos campos de batalha dos mortos mal sepultados, onde alguns homens o saudaram e outros o amaldiçoaram.

Juntos, eles atravessaram estradas de ossos e em toda a volta o mundo era invernal, apesar de que, em Roma, o sol castigava a cidade e, no campo fora de Roma, o calor era sufocante. O Massacre viajava de uma aldeia a outra, de um templo ao outro, matando e enviando um número infinito de sombras do verão para a neve.

11

Agripa e um pequeno grupo de homens cavalgaram para o sul, rumo a Krimissa e ao templo de Apolo, construído pelo guerreiro Filocteto na época de Troia. Toda a Itália foi fundada sobre a mitologia e quando Nicolau lhe falou da lenda oculta nesse lugar Agripa assentiu em reconhecimento. Ele a conhecia, ela fazia parte da história viva e orgulhosa de Roma, como a cabana de Rômulo.

Nicolau não estava no grupo de Agripa. Empunhando uma espada, o historiador não seria um perigo para ninguém além de si mesmo. Portanto, Agripa o tinha deixado a zelar por Augusto e incluíra a *seiðkona* nesta missão. Só era preciso que Augusto permanecesse na residência. O imperador estava enfraquecido pela poção que insistia em consumir, e mantê-lo estático não exigiria muito esforço, mesmo que partisse de um sábio e uma anciã.

Agripa não tinha muita esperança de que alguém conseguisse manter Crisate afastada de Augusto, mas esperava que o imperador ficasse absorvido pelo historiador, que lhe fora apresentado como um novo biógrafo. Augusto se considerava um escritor de certo talento, embora só escrevesse rimas. Mesmo sem querer, Agripa sorriu sem perceber ao pensar nisso enquanto eles atravessavam um promontório. Sentia-se melhor, agora que estava fora de Roma. Estava fazendo algo em relação ao problema. Não importava que fosse o único a estar tomando providências. Pelo menos Cleópatra já não estava sob o controle de Crisate. O cômodo onde a rainha se encontrava era forrado de prata em todos os cantos e a caixa que a continha estava envolta por correntes de prata. Os homens mais confiáveis de Agripa a guardavam.

O *Psylli* tinha-no procurado antes da partida e lhe pedira para ir com ele a Krimissa, mas, mesmo após a batalha no Circo Máximo, ele não era um soldado romano. Era impossível que Usem fosse tão bem-treinado quanto os homens de Agripa e ele não parecia disposto a seguir ordens. Então, Agripa o deixara guardando o quarto prateado. Se Crisate tentasse se utilizar de magia, Usem saberia.

Enfim, o templo ficou à vista e o sorriso de Agripa desapareceu.

A construção cintilava sob o sol do fim de tarde, no alto de um penhasco espiralado e quase inacessível por terra. Nervoso, Agripa olhou para cima.

Porém, era o que ele queria, isso era inegável. Havia orado por uma solução e o historiador lhe apresentou uma.

Agripa instruiu sua companhia a aguardar o anoitecer e, quando a escuridão era total, eles cavalgaram encapuzados morro acima, para chegar ao templo pelos fundos. Os cavalos precisavam pousar os cascos amortecidos com cuidado e um trajeto que em melhores condições teria levado alguns minutos, levou bem mais de uma hora. No entanto, eles fizeram bom uso da escuridão. Agripa não queria que os habitantes do templo soubessem da aproximação dos soldados.

Ele esperava fazer as coisas de modo pacífico, mas não acreditava que esse fosse o caso.

O templo guardava um tesouro, ou pelo menos foi o que Nicolau jurara. Armas que matariam um imortal, que combateriam a magia. Seriam fatais contra Cleópatra, assim como contra Crisate. O caos lutando contra o caos.

Agripa arrumou a armadura e passou a mão pela cabeça raspada, ajeitando fios de cabelos inexistentes. Os cavalos prosseguiam furtivamente pelo caminho da encosta e os guerreiros de Roma sentavam-se eretos em suas selas, o brilho das armaduras coberto pelas capas escuras. Este não era nem de perto o pior serviço que tinham feito para seu líder.

A um sinal de Agripa, os homens desmontaram e se aproximaram do portão. Passaram os dedos pelo muro de pedra, tateando as rachaduras na argamassa. Um legionário começou a escalar, encaixando os dedos na pedra.

Uma pata de animal escorregou numa pedra, produzindo um tinido no silêncio. Agripa ficou paralisado e mandou os homens empunharem as espadas.

Minutos depois um homem abriu a porta lentamente. Este sacerdote não era problema, um ancião coxo de olhos azuis anuviados, mas ele estava acompanhado de um homem mais jovem, de pele escura e olhar penetrante.

— Eu sou Marco Agripa e estes são meus homens — anunciou o general. — Viajamos em nome do imperador. — O que não era verdade, é claro. O imperador não estava em condições de saber sobre aquela viagem.

— Nossos cumprimentos — disse o sacerdote mais jovem. — Nós os observamos subir o morro desde o pôr do sol. Os senhores não viajam tão discretamente quanto supõem.

Agripa endireitou os ombros. Ou ele já não era tão habilidoso quanto no passado, ou esses sacerdotes tinham sido privilegiados por informações sobrenaturais.

— O seu imperador pede colaboração — informou Agripa. — Pede que lhe façam um serviço.

— Somos homens simples — respondeu o sacerdote. — Podemos lhes oferecer uma mesa com os poucos alimentos e bebidas que possuímos. São bem-vindos para passar a noite.

— Não é comida nem bebida que pedimos — disse Agripa. — Nem abrigo.

O homem o olhou com firmeza, um meio sorriso no rosto.

Agripa começou a cogitar se teria que matá-lo para entrar no templo. No entanto, não havia como saber quantos havia por trás das paredes. Tal chacina não era nada aconselhável. Além disso, ele não fazia ideia da localização do objeto que buscava. Seria uma tarefa desastrosa se os sacerdotes não quisessem colaborar e mantivessem o tesouro oculto.

— Não — disse o homem enfim. — Guerreiros de Roma, vejo que pedem mais que uma refeição. Vejo que pedem o impossível. Não é isso que o seu imperador faz? Ele brinca com fogo, não é? — A expressão na fisionomia do sacerdote era inescrutável. Estaria zombando do império?

Agripa estava incerto, mas por fim o sacerdote abriu o portão do templo e fez sinal para que entrassem.

— Então, bem-vindos ao nosso fogo, por mais fraco que seja. Embainhem vossas espadas, pois este é um lugar sagrado e aqui elas não têm uso.

Ao passar pelos portões, Agripa olhou involuntariamente para cima e viu as flechas se insinuando por janelas e fissuras na rocha. Arcos apontados para ele e seus homens. Ainda bem que não agira apressadamente. Eles guardavam seu tesouro. Agripa sentiu-se estranhamente alegre.

Ele percebeu os músculos se ondularem nos braços dos homens, até os do cavalariço. Avaliou o sacerdote idoso que tinha aberto o portão para eles e concluiu que talvez o homem não fosse tão decrépito quanto pareceu inicialmente. A bengala do sacerdote parecia ocultar uma espada e a postura curvada que ele exibia ao abrir o portão evoluiu para passadas soltas.

Agripa fingiu que não viu e nem se importava com a mira dos vilões sobre si. Com um gesto silencioso, ele comandou seus homens a entrarem no solo do templo tranquilamente, com calma e em paz absoluta. Eles agiriam quando Agripa mandasse, e não antes. Esses homens eram guerreiros experientes e confiavam no comandante.

Sobre a entrada do templo havia uma estátua de mármore do guerreiro Filocteto, fazendo uma careta de dor, com o arco de Hércules nas mãos. A perna da estátua estava envolta em ataduras e o pé ferido, suspenso no ar, o que atiçou o coração de Agripa num fogo secreto de alegria.

"Aqui jaz Filocteto, Herói de Troia,
e herdeiro das flechas envenenadas de Hércules, que contêm o veneno da Hidra conquistada.
Guerreiro, prostre-se e lamente a morte de Quíron, o imortal, morto por essas mesmas flechas.
Prostre-se e lamente por Hércules, morto por esse veneno.
Cante hinos à bravura de Filocteto, que sofreu por dez anos, ferido pelo presente de Hércules.
Nunca mais permita que essas flechas saiam do arco,
mas guarde-as com suas próprias vidas mortais."

Do lado de dentro da soleira havia outra estátua, esta representando o extraordinário centauro Quíron, atingido na perna por uma flecha, o rosto agonizante, realista o bastante para assustar os homens que passavam na penumbra. Os olhos de vidro azul do centauro derramavam lágrimas de mármore enquanto ele tentava arrancar a flecha. Agripa estremeceu ao passar por ela, sentindo o frio desagradável da estátua que roçou em seu braço nu.

Os sacerdotes conduziram os soldados por uma passagem estreita e para um pátio, onde uma mesa já estava posta.

Agripa sorriu. Seus adversários eram cativantes. Sentaram-se e fizeram sinal para que o pequeno grupo de soldados os acompanhasse. Comeram os primeiros bocados, sabendo que os soldados desconfiariam de veneno.

Agripa comeu com grande apetite. Era raro estar longe de seu comandante. Descobriu que preferia assim. Augusto havia mudado demais nos últimos meses e Agripa não confiava nos instintos do amigo. A comida ali era simples, mas boa, e o fez lembrar-se de dias melhores. Ao acabar, sentou-se longe da mesa.

— Vocês nos darão o que viemos buscar — disse ele e fez um sinal para os soldados. Ouviu o som de flechas sendo encaixadas, das cordas dos arcos sendo esticadas.

Em seguida, ouviu o zunido de uma flecha, que cravou na mesa bem na frente de seu prato. Não fora lançada para matar, e sim como aviso.

— Por que deveríamos lhes entregar nossas posses? — perguntou o sacerdote idoso. Seus olhos já não estavam anuviados, mas nítidos.

— E por que eu não deveria matá-lo? — retrucou Agripa, puxando um punhal oculto em sua coxa e rapidamente colocando-o sob o queixo do velho, não para lhe cortar a garganta, mas para avisar os outros sacerdotes. Por que os homens de Agripa não se moviam? O que retardava suas mãos?

Um fio de sangue correu da lâmina. Um talho.

Foi então que Agripa sentiu a própria garganta se fechar.

Fora dos muros do templo, três homens com capas rústicas observavam o portão. O menor deles encaixou os dedos enluvados nos espaços entre as pedras. Subiu o muro com cuidado, os músculos tremendo com o esforço.

Seus companheiros, um jovem com dedos manchados de tinta e coxas exauridas pela sela após três dias de cavalgada desde Roma, e um homem alto, a pele escura quase invisível em meio às sombras, hesitaram um instante e depois, respirando fundo, seguiram o imperador para dentro do templo.

12

Agachada, Crisate alimentou o fogo e pegou um grumo de cera de abelha. Agora que Augusto finalmente tinha partido, ela estava livre para efetuar as últimas instâncias do seu feitiço de amor. Selene abrandaria. Crisate já lançara os básicos com os pássaros e as flores que cantavam para a menina uma melodia interminável, um cântico indutor ao transe, mas Selene tinha conseguido resistir à maioria deles. A isto ela não resistiria e, agora que Crisate tinha se renovado, estava forte o bastante para realizá-lo. Ela estremeceu. Tinha sido extremamente desagradável o fato de Augusto presenciar sua saída do caldeirão, mas ela tinha lidado bem com isso, lançando-se pelas sombras até o quarto dele e lá se escondendo. O theriaca havia deixado o imperador confuso. Ela simplesmente lhe dera mais ênfase e isso rendera um feliz resultado. Pouco depois Augusto partiu de Roma, sem dúvida devido à sua preocupação com a própria sanidade.

Nesta noite, Crisate já tinha se infiltrado no quarto de prata, passando pelos guardas. A única barreira verdadeira era o *Psylli*. Se ele estivesse guardando o aposento, talvez ela tivesse tido mais dificuldade, mas ele partira com Augusto. Agora ela estava com a caixa de prata que continha Cleópatra. A cada minuto que passava ela se sentia mais confiante. Por que tinha ficado com tanto medo? A única coisa de que necessitava era Selene. Iria funcionar. Tinha que funcionar. Por um instante, um único e suficiente instante, ela viu Hécate na água divinatória, ainda acorrentada, porém mais forte que antes.

Crisate esculpiu a cera na forma de uma menina, que começava a ter curvas nos seios e na cintura, mas ainda tinha membros infantis. Entrelaçou uma longa mecha de cabelo preto na carne da boneca e a enrolou nos punhos, que foram amarrados nas costas da menina. Enquanto fazia isso, ela cantava, um encantamento sem palavras, numa voz que se alternava entre áspera e melodiosa.

Quando a figura e o feitiço estavam quase completos, Crisate puxou um alfinete dourado de suas tranças e enfiou no coração da boneca, que abriu a boca de cera e arfou, esticou os braços de cera e se contorceu no chão, presa por um alfinete como uma borboleta.

— *Nenhum amor além do meu* — disse Crisate, em grego, afagando a boneca com a ponta dos dedos. — *Nenhum coração além do meu. Nenhuma mãe, nenhum pai, nenhum marido, nenhum amante.*

Ela acariciou a boneca e a figura se arqueou feito um gato que recebe um toque.

— *Ninguém além de mim a terá* — disse Crisate para a figura.

A feiticeira espetou o coração mais uma vez e a figura se retorceu em torno do alfinete, agarrando o metal enfiado no peito. Crisate sorriu. Feitiços como este tinham muitos propósitos, todos doces.

A filha de Cleópatra acordou de repente de sonhos com campos floridos. As flores tinham cor de fumaça e a relva parecia junco afiado. Ela andava descalça por um longo caminho na encosta de um penhasco, os olhos fixos na entrada escura de uma caverna acima. À direita, o oceano batia numa parede de rochas, salpicando espuma em seus pés.

As cortinas esvoaçavam com uma brisa que flutuava morna e perfumada. Selene sentiu uma dor na altura do coração e levou os dedos ao peito. Não havia nada na pele, mas lá dentro uma sensação de calor, abrasadora, como se o coração estivesse se partindo em dois. Ao toque, a dor sumiu. Um sonho, portanto. Apenas um sonho.

Ouvindo um som, ela virou a cabeça. Um cântico em grego, ali perto. *"Nenhum coração além do meu."* O sussurro a deixou arrepiada.

"Ninguém além de mim a terá."

Havia alguém em seu quarto.

Ela se sentou na cama, mas logo percebeu que estava enganada. Tinha os olhos bem abertos e dava para ver todos os cantos do quarto.

Recostou-se, estranhamente inquieta, e olhou para o buquê na mesa de cabeceira, as flores mais gloriosas que já tinha visto. Nunca murcharam e pareciam ter o mesmo frescor que no dia em que as tinha ganhado, no dia em que conheceu a sacerdotisa.

Fazia semanas que ela era aprendiz de Crisate e cantava canções de Hécate nos aposentos da sacerdotisa, sempre pensando no paradeiro de seus pais, no que Crisate tinha feito com eles. Sua fuga para Roma após os acontecimentos no Circo Máximo não tivera êxito. Quando o centurião a encontrou, ela estava com fome, assustada e pronta para retornar ao Palatino. Ela sabia que a sacerdotisa tinha capturado seus pais, sabia que Augusto tinha tentado matar sua mãe e, mesmo assim, não conseguia lamentar. Selene, filha de uma rainha que assumira o poder com idade não muito superior à que ela tinha agora, percebeu que queria voltar à infância. Todos os dias, Crisate pegava sua mão, ensinava-lhe um novo idioma, sentava-se à sua frente, olhando seu rosto e sorrindo.

As flores voltaram a ser pássaros enquanto Selene olhava para elas, e os pássaros voaram pelo quarto, cantando uma suave cantiga de ninar.

Ela quase conseguia entender a letra do que eles cantavam. Quase.

"*Chegou a hora*", ela ouviu. "*Venha.*" Depois, voltou a ser uma simples melodia, mas ela já estava fora da cama, saindo de camisola para o corredor. Os pássaros a acompanharam, uma nuvem cantante que subiu até o teto arqueado do corredor e depois mergulhou, dando um rasante.

Ela levantou a mão para bater na porta de Crisate e já a encontrou aberta. Havia velas acesas e dava para sentir o perfume da sacerdotisa.

Selene abriu as cortinas da cama da sacerdotisa e viu apenas a coberta de seda. Tocou na impressão macia deixada pelo corpo de sua amiga. O lugar ainda estava morno. Virou-se para a mesa, onde os pássaros se reuniam.

Havia uma caixa de prata em cima. Selene a reconheceu de sua casa. Ísis e Dionísio juntos, os deuses de seus pais. Ela deu um passo em direção à mesa. Depois outro.

Correndo os dedos por sua superfície gravada, ela sentiu os rostos dos pais na prata. Ela tinha visto Crisate prender sua mãe dentro desta caixa e seu pai sair dali de dentro, curvando-se para Roma. Seus pais, pensou ela, atordoada. Não, ela não era filha de ninguém.

Selene encaixou as unhas embaixo da tampa e começou a sondá-la.

— Princesa — disse uma voz jovial atrás dela.

Selene se virou, escondendo a caixa nas costas o mais rápido que pôde.

— Não consegui dormir — mentiu. — Eles ficaram cantando a noite inteira.

Ela apontou os pássaros, mas, ao mover a mão, eles se transformaram em flores outra vez, centenas deles caindo do teto no tapete. Selene pegou uma pétala macia cor-de-rosa e a esmagou com os dedos. Dava para sentir o perfume de rosas agora. As pétalas continuaram a cair, até cobrirem seus pés nus.

— Não pode tocar nas coisas que pertencem a outros — disse a sacerdotisa.

— Eu só queria ver — explicou Selene.

— Dê para mim — ordenou Crisate.

Selene ficou com a caixa nas costas, segurando-a bem apertado. Não conseguia soltá-la, mesmo se dirigindo a Crisate, aquecendo-se na incandescência que ela emitia, sentindo o coração acelerar com a aproximação.

Os olhos de Crisate brilharam com amor, como deviam ter brilhado os de Cleópatra, os de Marco Antônio, e Selene se sentiu puxada. Mesmo assim, continuou segurando a caixa de prata.

— Agora precisa se despir para a cerimônia — disse Crisate, e Selene obedeceu. Calmamente, abriu a faixa de linho sob o peito, girando enquanto a sacerdotisa segurava a extremidade do tecido.

Ela abriu o broche que segurava o manto no ombro e ficou nua.

Seus pais deviam tê-la protegido de tudo isso, pensou uma parte profunda de sua mente, mas ainda assim ali estava ela, segurando a caixa que os continha. Poderia jogá-la no fogo. Eles poderiam morrer. Já era para estarem mortos.

Ela pensou na mãe, girando na arena, pegando fogo. Pensou no pai, oscilante, meio invisível, chamando o nome de sua mãe.

Em algum lugar, os pássaros cantavam, e se havia uma dor estranha no coração de Selene, uma sensação de dilaceramento, de perfuração, ela podia se esquecer disso e inalar o incenso que queimava e o perfume com que Crisate a ungia. Dava para sentir o cheiro das flores e de algo mais obscuro. As pétalas subiam pelas suas coxas agora, esvoaçando suavemente à sua volta.

Elas ardiam um pouco em contato com a pele, mas ela se sentia agradecida por isso também. Era como se pudesse afundar sob elas. Crisate tirou seu anel de opala e o colocou na mão esquerda de Selene. A pedra cintilou com mil cores, brilhando sob a luz do lampião.

O punhal que a sacerdotisa tirou do manto também brilhou, uma coisa encantadora, a ferramenta de metal com um cabo em forma de cão. A lâmina era longa e muito afiada, e Selene a olhava com apreciação.

Era uma coisa perfeita.

13

Finalmente, Marco Antônio e Cleópatra chegaram a uma encruzilhada, onde o caminho se dividia entre os domínios dos mortos abençoados do Elísio e os operários sofredores do Tártaro. Na encruzilhada havia uma torre de ferro que se erguia até o céu. Cleópatra olhou para o marido.

— Você tem certeza? — perguntou ele.

— Estamos aqui — disse ela.

— Sim. Prepare-se. — Ele hesitou por um instante antes de pôr a mão na porta e abri-la.

Então, o único som a ser ouvido no mundo foi o de uma criatura imensa, silvando e cuspindo na escuridão.

— Não podemos parar aqui! — berrou Marco Antônio, agarrando-a pela mão, quase a tirando do chão, mas a criatura já os havia pressentido. Cleópatra sentiu algo passando por trás dos tornozelos e, de repente, reconheceu. A coisa os rodeava. Marco Antônio puxou a espada.

— Corra quando eu mandar. A porta para a sala do trono fica do outro lado.

Ela podia ouvir o movimento serpentino em curvas infinitas na pedra.

— Uma serpente — sussurrou ela.

— Não mais — respondeu Antônio. — Uma sombra.

Ela deu uma chicotada na direção do rosto de Cleópatra e Antônio deu um grito, golpeando-a, mas sua espada atravessou-lhe o corpo. A única coisa que Cleópatra via eram centenas de olhos brilhando no escuro.

— Corte uma das cabeças e duas crescem no lugar — murmurou ela.
— A Hidra.

— Ela já morreu milhares de vezes — disse Marco Antônio. — Cada vez que uma de suas cabeças era cortada, ela ia para o Hades. Agora, todos os seus seres falecidos estão aqui, guardando a porta dos deuses. Apenas uma cabeça é imortal e ainda vive.

Ele atacou, cortando outra cabeça. Cleópatra se preparou para correr, mas então algo mudou.

O monstro não era uma serpente.

— Pare! — gritou Cleópatra.

Foi o rosto de Selene que apareceu no escuro, os olhos cintilando, as faces rosadas. Sua filha.

Cleópatra deu um passo adiante e, enquanto fazia isso, a espada de Marco Antônio deu um golpe para a frente, deixando um talho no rosto de Selene.

Cleópatra arrancou a espada das mãos de Antônio e, em segundos, o fez se ajoelhar.

— Como ousa...

A boca de Selene se abriu, em choque, e Cleópatra tentou segurá-la. Selene silvou.

Com olhos tristes, Marco Antônio olhou para ela. Sua pele estava quase transparente agora. Ela podia ver a parede através de seu coração.

— Temos que passar pela besta — disse Antônio levantando-se, esticando a mão para pegar a espada. Cleópatra descobriu que não conseguia soltá-la.

Silvos e cuspe vinham do escuro atrás dela. Cleópatra girou a cabeça para ver onde estava a Hidra e quando virou para a frente de novo, havia dois Antônios.

— Não confie nele — disse Marco Antônio.

— Não — disse o outro. — Não confie *nele*.

Ela ainda segurava a espada. As espirais da Hidra deslizaram pelas suas pernas. As áreas invisíveis por trás da serpente faiscavam de inteligência, com maldade, e ela ouviu o movimento dos ossos do monstro. Seus dois maridos olharam suplicantes para ela. Um deles se levantou.

— Siga-me — pediu ele, mas ela não foi. — Conhece-me. Sou seu.

— Quais são as palavras? — perguntou ela, a voz com volume suficiente apenas para ser ouvida, dando um passo na direção dele. Sem dúvida, ele era seu marido. O rosto dele se encheu de amor por ela.

— *Vos es mei* — disse o outro Antônio.

O falso Antônio diante dela silvou, atirando-se para a frente, o veneno pingando de seus maxilares, a boca aberta para o pescoço de Marco Antônio. Cleópatra deu uma estocada e jogou-se sobre a serpente. Uma gota escaldante caiu em seu braço e ela perdeu o fôlego com a sensação, um fogo causticante que se espalhou e incendiou seus dedos como tochas.

Ela gritou de agonia e seu marido a puxou do aperto da serpente e abriu a porta que levava aos deuses do Hades, uma porta ornada de metal escuro, cintilando com pedras da lua e diamantes negros.

Eles ficaram cercados pelo silêncio, por uma sensação de grande paz, como se tivessem ido para trás de uma cachoeira e penetrado uma caverna. Cleópatra estendeu a mão e sentiu Antônio ao seu lado.

Só então ela abriu os olhos.

Os tronos eram altos, como edifícios, e seus mantos abrigavam o céu noturno nas dobras. No vértice do teto da câmara, a lua crescente brilhava debilmente. Cleópatra olhou para cima, estremecendo pela dor do veneno da Hidra.

As feições pétreas de Perséfone dançavam com as sombras. Ela era iluminada pela luz fria de um mar fosforescente, mas seus lábios eram os de uma mulher jovem e bela, e seus olhos brilhavam como o óleo que os romanos tinham derramado sobre Cleópatra. Havia estrelas penduradas em seus longos cabelos ondulados.

Marco Antônio empurrou Cleópatra adiante.

— Trago-lhes uma rainha do Egito — anunciou ele.

Cleópatra teve um instante de hesitação e depois curvou a cabeça.

A deusa se inclinou para a frente lentamente e pegou Cleópatra e Marco Antônio em suas mãos.

— Nós a saudamos, rainha do Egito — disse Perséfone. Ela mexeu os dedos para que o marido pudesse avistar as duas pequenas criaturas na palma de sua mão.

— Nós a saudamos, embora seu lugar não seja aqui. Não está viva. Não está morta. Nunca vimos alguém como você aqui antes. O caminho é difícil e não é um lugar em que a maioria escolheria entrar.

— E você? Não é um rei? — O Senhor do Hades tinha o rosto entalhado em granito. Sua voz fez as paredes trepidarem e pedras rolarem do teto para o chão.

— Não — disse Antônio. — Eu sou soldado. — Ele parou, gaguejando. — Eu *era* soldado.

Perséfone sorriu. Na outra mão, ela segurava uma fruta preta e brilhante. Pondo a fruta nos lábios, ela deu uma mordida. Seus dentes eram perolados e brilharam na luz fraca do Hades. A fruta gotejou um sumo vermelho.

Cleópatra teve um súbito ataque de fome, o primeiro desde que chegara ao Mundo Subterrâneo.

— Então, soldado. Cidadão do Hades. O que deseja? Suplica por sua libertação? Não podemos enviá-lo de volta ao mundo dos vivos com sua companheira. Ela já não habita lá.

Antônio olhou Perséfone.

— Eu me ofereço — disse ele. — A alma dela está atada a uma Deusa Antiga. Ela não pode morrer, nem pode viver. Poderá me usar como lhes aprouver. Fui soldado e muitos dos meus homens aqui residem. Eu organizaria um exército no Hades. Ou mandem-me para o Tártaro se isso os agradar. Faça comigo o que desejar. Só lhes peço que a ajudem a readquirir a alma.

Cleópatra estava horrorizada.

— Ele não é uma oferenda — gritou. — Não é isto que eu quero!

— Isso é verdade — respondeu o deus. — Ele já é nosso. Não passa de uma sombra. Você é outra coisa. O que *você* nos oferece?

O deus passou a olhar Cleópatra. Seus olhos cintilavam e ela se lembrou da Hidra. Seria possível confiar naquele deus? Confiar em alguém?

— Sou uma mortal — começou ela. — Contudo, minha alma está compartilhada com Sekhmet. Fiz um pacto com ela, mas agora deveria estar livre desse pacto.

Perséfone deu uma risada amarga.

— Os deuses não soltam seus prêmios com facilidade — avisou ela, e o marido a olhou de relance, os olhos faiscando. Ela pousou a mão livre na coxa dele, que segurou seus dedos com uma expressão divertida no rosto.

Ele se dirigiu a Cleópatra.

— Sua deusa não é uma de nós. Nada posso fazer a respeito de sua alma.

— Então eu desejo ficar aqui com Antônio — informou Cleópatra.

— Uma história de amor — respondeu Hades. — E eu achei que nos traziam algo novo. Não acha que todos os amantes pedem a mesma dádiva?

Cleópatra sentiu-se desesperada. Então, nada havia para ela? Ela retornaria à superfície e ficaria vagando, sem lar nem esperança? Poderia vingar-se de Roma, mas o que faria quando isso acabasse? Augusto iria morrer, fosse por suas mãos ou simplesmente pela passagem do tempo. Seus filhos iriam morrer.

Sekhmet viveria e ficaria mais forte. Cleópatra seria uma escrava da deusa, alimentando-a, matando para ela. Nunca seria livre.

— Permita que eu morra! — implorou ela. — Perdi meu país, minha família...

— Assim como muitos. Por que deve ser diferente? — perguntou Hades, impaciente.

— Já está morta — informou-lhe Perséfone e sua voz era gentil. — Mas não está destinada à paz do túmulo.

— A deusa que você despertou se fortalece — disse Hades. — As margens do Aqueronte estão lotadas de mortos não lamentados. Aldeias inteiras pereceram e não sobrou ninguém para enterrar os mortos. Sua deusa é insaciável. Ela enviou um de seus filhos para caçar em seu favor.

Ele fez um gesto para seu cálice e Perséfone ergueu Cleópatra e Marco Antônio para que olhassem o líquido lá dentro.

Uma estrela cadente cruzou a superfície escura do vinho do mundo subterrâneo e pousou, pondo fogo numa encosta em algum lugar da Terra. A criatura que ficou quando o fogo esfriou era algo que Cleópatra nunca vira antes, uma foice, uma coisa reluzente e mortal, como um gato, mas também como um tubarão, como uma chama e também um metal fundido. A coisa deu um sorriso terrível e desceu a encosta rumo a uma aldeia, os pés mal tocando o solo.

Um inferno claro consumia cada um que a criatura fitava na aldeia que invadira. Cleópatra podia ver com clareza as chamas cercando cada vítima, embora elas não as percebessem até começarem a se contorcer de dor. As vítimas caíam pelas ruas, nos vãos das portas, na cama, e ardiam até morrer.

— Essa criatura lá em cima e as coisas que ela fez são resultado dos seus feitos — disse o Senhor dos Mortos a Cleópatra. — Você a trouxe ao meu país.

Ela sabia que ele estava certo.

— Precisa consertar isso — avisou Perséfone.

— Ela não tem como consertar — respondeu seu marido. — Está feito. A deusa dela fará o que bem entende. Nós fazemos o que bem entendemos, não é?

— Nem sempre — retrucou Perséfone, dando outra mordida na fruta, deixando o sumo vermelho escorrer pela mão. — Nem sempre fazemos o que queremos.

Hades olhou sua mulher por um instante, como se pensasse numa antiga discussão.

— Eu daria tudo o que possuo para desfazer o que fiz. Eu ficaria livre — disse Cleópatra.

Marco Antônio olhou Cleópatra com a fisionomia tomada de dor.

— Dê a ela o que sobrou da minha força. Eu gostaria que ela a tivesse.

Perséfone encarou-a, olhou o marido de relance, que assentiu, e então estendeu a outra mão e deu a Marco Antônio uma gota do sumo que bebia. Ocorreu uma mudança. O corpo dele tornou-se mais sólido e a pele ficou corada.

Ele se virou para Cleópatra e era seu Antônio novamente, um homem sólido, vivo.

Ele a beijou e ela sentiu tudo o que ele tinha sido naquele beijo, tudo o que ele tinha desejado e sonhado. Ela sentiu a força dele fluindo para ela e tentou se desvencilhar. Era como se estivesse bebendo seu sangue.

Em seguida, aquilo tinha se acabado e ela estava sozinha novamente na mão de Perséfone. Antônio havia desaparecido. Cleópatra não pôde deixar de soltar um grito.

— Não tema por ele. Ele retornou aos Campos do Luto — disse Perséfone.

Cleópatra ficou surpresa.

— Como assim? Por que ele não foi para onde os heróis ficam?

Hades olhou para ela.

— Ele não foi para o Elísio. Ele se matou.

— Por amor a você — disse Perséfone. — Ele fez Hades zunir de tanto gritar o seu nome.

Cleópatra ficou tesa. Ela teria morrido de amor por Antônio e agora o amor deles o impedia de ir para o paraíso.

— E eu? — Cleópatra conseguiu dizer.

— Você voltará para o mundo, sonhadora — avisou Hades. — Desperta.

— Então eu gostaria de pedir um favor — respondeu Cleópatra.

O deus do Mundo Subterrâneo se inclinou para a frente, as sobrancelhas arqueadas.

— Não existem favores aqui. Se eu faço algo, faço porque alguma coisa foi feita para mim.

A senhora se levantou, balançando a cabeça de leve, o rosto inescrutável e saiu da sala do trono.

— Você é uma mulher estranha, procurando jogar novamente com um deus depois de ter perdido tanto. Uma mulher corajosa. Ou talvez uma tola — disse Hades.

— Eu sei o que estou pedindo — respondeu Cleópatra. — E vou pedir mesmo assim.

Hades fez que sim.

— Quais são os seus termos? — perguntou ele.

— Eu darei a vocês o Massacre de Sekhmet — disse Cleópatra.

— Que utilidade terá tal criatura? — questionou o deus. — Ela enche meu reino de almas que não são lamentadas. A morte vem para todos os mortais.

— Os mortais levarão a melhor sobre a morte — disse Cleópatra. — Você terá necessidade de um servo que lhe traga cidadãos. Hades ficará vazio com o passar do tempo. Os mortos irão para outros lugares. Cessarão de fazer sacrifícios para este reino. Está acontecendo em meu país. Aconteceu a Sekhmet. Eu visitei o templo dela e estava desmoronando. Os outros templos não devem ficar muito atrás. No passado, os rituais que velavam os mortos eram mais grandiosos, não eram? Sangue e mel eram derramados na Terra para alimentar os mortos. Agora, as sombras daqui estão debilitadas, famintas. Seu reino encolheu. Os deuses do Egito estão sumindo por sua causa e pelos seus e os deuses de Roma serão substituídos por algum outro. Quando chegar a hora, o Massacre lhe trará almas, será um bom servo para você.

— E se me trouxer o Massacre, o que deseja em retribuição? — perguntou Hades, virando o canto da boca. — Não imagino que seja pouca coisa.

— Meu amor irá para o Duat. Meus filhos, se algum deles morrer neste país, se algum deles já está em Hades, irão com ele.

— É um pedido enorme — respondeu Hades. — Não tenho controle sobre o Mundo Subterrâneo do Egito.

— Precisa fazer um pacto então — disse ela. — Desejo que Antônio vá para seu lugar no Belo Oeste. Desejo que ele vá para o meu paraíso e meus filhos também.

— Imagina encontrá-lo lá, rainha? — perguntou Hades. — Não pode. Não será bem-vinda no Duat. A deusa que possui sua alma foi banida de lá e você não passará pelos portões. Não me oferece o bastante.

— Não acabei — interrompeu Cleópatra. — Eu lhe trarei outro. Um inimigo seu.

Hades deu uma risada.

— Que inimigo? — perguntou.

— Há uma sacerdotisa na Terra que dá poder à deusa Hécate. Elas pretendem destroná-lo.

— Hécate — repetiu o deus, dando um sorriso irônico. — Hécate não tem poder algum. Ela serve aos seus superiores, castigada por interferir em assuntos que não lhe diziam respeito. É um cachorro agora, acorrentada nos portões. Elas não terão êxito.

— Tentarão — disse Cleópatra. — Se eu for derrotada, elas usarão Sekhmet. Minha deusa é mais antiga que você. Hécate também é mais antiga. Talvez unidas elas fiquem mais fortes.

Hades aprumou-se em seu trono.

— Elas não são mais fortes.

— Eu lhe trarei a sacerdotisa que serve Hécate. Eu a deixarei nos portões. Não é uma tarefa simples. Peço-lhe outra dádiva.

— Qual é o seu preço? — perguntou o deus.

— Desejo a alma de Augusto, imperador de Roma, e a desejo pela eternidade. Ele não irá para o Elísio. Não é um herói. Ele viajará comigo, não importando os enlutados, os sacrifícios, as profecias.

O Deus dos Mortos olhou para Cleópatra, seus olhos em profundidades infinitas, e sorriu.

— Aceita meu acordo? — perguntou Cleópatra.

— Sim — disse ele. — É um bom acordo.

Subitamente, ouviu-se um tremor, um gemido exatamente na base do Hades e um som de correntes se arrastando.

14

Enquanto Auðr trabalhava os destinos dos que estavam em Krimissa, a magia negra percorria os corredores. Distraída pelos sons que vinham do quarto de Crisate, ela olhou para cima. Pensava que a feiticeira grega só estava trabalhando um feitiço de amor para o imperador, mas agora ela ouvia gritos em seu quarto. A princípio, o som estava disfarçado como canto de rouxinóis e cotovias, mas, de repente, Auðr ouvia o que realmente era.

Um assassinato perpetrado por corvos, que berravam com o triunfo.

Auðr foi o mais rápido que pôde até os aposentos de Crisate e entrou titubeante pela porta entreaberta.

O chão estava coberto de pétalas pretas, como cinzas pousadas após um grande incêndio. Dúzias de corvos se reuniam na armação da cama, olhando para a cama abaixo com as asas pretas se abrindo. As cortinas estavam fechadas, mas a *seiðkona* percebeu um movimento por trás. Uma sombra se movia à luz da vela, inclinada sobre algo esticado no colchão.

A mão da feiticeira se moveu. Auðr observou o movimento da silhueta, que desenhou uma linha de uma ponta a outra na figura deitada na cama.

— Você me amará — ordenou Crisate.

— Sim — respondeu a menina.

— Amará somente a mim — continuou a feiticeira.

— Sim — disse Selene. Sua voz estava embargada. Um som estraçalhado em sua respiração, mas a voz era segura e pura.

— Ninguém além de mim a terá — disse a feiticeira e naquele momento sua voz mudou para algo antigo e mortal, a voz do terremoto e do deslizamento de terra, a voz de rios mortos e flores envenenadas, seu tom fazendo os cães ferozes e magoados do Hades uivarem.

Os corvos começaram a berrar sua canção.

O vento surgiu e abriu as cortinas, deixando Auðr ver o que elas ocultavam, a criatura agachada sobre a filha de Cleópatra, e a menina, pálida pela perda de sangue, esticada na cama como algo já morto. Auðr viu a fisionomia hostil de Crisate, a pele enrugada, o único olho verde brilhando, as mechas de cabelo embaraçado, os lábios vermelhos feito sangue cobrindo os dentes afiados.

— Sacrifico esta criança para Hécate — gritou Crisate. — Tomo seu corpo como meu em serviço a Hécate!

A sacerdotisa tinha aberto o peito da menina e pulou para dentro, com a menina ainda viva. Com as garras, a feiticeira abriu ainda mais fundo o peito de Selene e começou a retorcer o corpo no espaço aberto na carne dela.

Auðr ergueu a roca com o destino se enrolando em volta como uma trepadeira espinhenta. Dava para sentir a presença de Hécate no quarto. Que tola. Ela só estava pensando em Sekhmet, sem perceber o que se desenvolvia a poucas portas da sua.

— Hécate — sussurrou Crisate, e a menina repetiu. Suas vozes se entrelaçaram no feitiço, puxando os portões do Hades, puxando a corrente que prendia Hécate embaixo da Terra, mesmo com Auðr puxando na direção contrária.

As pétalas enegrecidas voaram, assim como os corvos gritando.

Selene virou o rosto cheio de lágrimas para Auðr e estendeu a mão.

— Diga à minha mãe que não tive a intenção de entregá-la a Roma — sussurrou ela com a voz entrecortada.

A caixa de prata que continha Cleópatra estava apertada na mão de Selene, que a jogou no ar.

Enquanto a caixa girava no espaço o tempo ficou mais lento. Os cantos do quarto faiscaram, os pássaros sobre o dossel alçaram voo, agitados pelo vento, e a feiticeira da Tessália uivou de raiva ao saltar para pegar a caixa.

A prisão de Cleópatra passou pela janela aberta e caiu ruidosamente nas pedras do pátio dois andares abaixo.

— NÃO! — gritou Crisate e se jogou pela janela atrás da caixa, mas era tarde demais. A caixa estava aberta. Auðr correu até a janela e olhou para baixo.

Houve um instante de imobilidade, de nada. Estava vazia, Auðr pensou apavorada, e seu conteúdo havia sumido. Alguém mais os tinha roubado. Será que Cleópatra fora entregue a Hécate? Se assim fosse, nada mais havia a ser feito. Auðr cometera um terrível engano, futricando com o destino dos mortais quando deveria ter passado todo o tempo que lhe restava prendendo Cleópatra abaixo da terra. Ela tinha visto a possibilidade de uma desgraça e a ignorara. Tinha acreditado que Cleópatra pudesse ser senhora do próprio destino, que pudesse se separar disso e modificar o futuro por sua conta.

O chão do pátio tremeu e os lamentos começaram, milhões de almas penadas chorando para subir à superfície. Subitamente, o ar ficou com cheiro de asfódelo e das águas dos rios do Hades. O Lete, com sua infinitude, com suas calmas e escuras profundidades; o Estige, cujas águas corriam com o sangue dos inocentes assassinados; o Aqueronte, formado de lágrimas salgadas; o Cócito, cujas águas se lamuriavam como viúvas de luto; e o Flegetonte, com as chamas eternas ardendo em sua superfície.

Uma mariposa, mais branca que a luz de uma estrela, surgiu da caixa de prata e pairou no ar por um instante. Então, com os olhos inflamados, a pele luminosa como velas, brilhando com uma teia de metal derretido, Cleópatra apareceu no pátio, abaixo dos aposentos de Crisate.

Seu rugido de fúria sacudiu o palácio, fazendo os criados pularem da cama em pânico.

Crisate estava agachada nas pedras diante de Cleópatra, gritando palavras em seu idioma antigo, mas o corpo de Cleópatra estava em chamas, como se tivesse sido atingido por um raio que ficara dentro de suas veias. Ela estendeu a mão e agarrou o rosto da feiticeira, que soltou um guincho e se arremessou para o outro lado do pátio. O lugar que Cleópatra tocou ficou marcado por um longo talho.

— Você é minha criatura — gritou Crisate. — Pertence a Hécate.

Cleópatra mostrou os dentes e saltou sobre ela, dilacerando-lhe a pele. O líquido que saiu não era vermelho, mas escuro, e a pele da feiticeira foi estraçalhada por presas e garras.

Crisate hesitou, derrotada, antes de saltar para a escuridão e fugir.

A rainha olhou para a janela aberta acima e viu Auðr lá, paralisada. A *seiðkona* ergueu a roca, mas Cleópatra se moveu como num sonho, os olhos arregalados e absortos. Pegou do chão a caixa que a aprisionara, pôs de volta as cinzas derrubadas e depois ela também saiu do Palatino, cada passo sacudindo o solo, andando tão rápido quanto o fogo na seca.

Sua luz resplandeceu na encosta até sumir.

Nos aposentos de Crisate, Auðr olhou em volta, atordoada.

Ela deu o alarme gritando o mais alto que conseguiu, mesmo sabendo que nenhum ser humano capturaria Crisate. Nesse instante, ela devia estar se movendo entre os espíritos, fugaz como um demônio, mas estava gravemente ferida. Criaturas como Crisate não andavam velozmente pela Terra.

Auðr se curvou sobre a filha de Cleópatra, vendo seu coração, um precioso fruto vermelho, exposto, dentro da caixa torácica, brilhante como uma fênix perto do renascimento. Não estava batendo.

Ela movimentou os dedos, torcendo a roca numa configuração complexa, a fisionomia tensa. Finalmente, a *seiðkona* inclinou-se sobre a menina e exalou uma palavra, baixinho, nos lábios dela.

Selene estremeceu e se engasgou, recuperando o fôlego.

— Onde está minha mãe? — perguntou com um grasnido, os olhos se virando agitados pelo quarto. — Onde está meu pai? Onde está Crisate?

Auðr fechou o ferimento em seu peito com uma linha dourada que fiou em sua *seiðstafr*. A linha era o próprio destino da menina. Parecia lisa e delicada, mas era forte como um arame. Ela encontrou uma bonequinha de cera com um alfinete cravado e os punhos presos por longos fios de cabelo preto e os arrancou. Depois, com cuidado, suavemente retirou o alfinete espetado no coração. A menina na cama se arqueou por um instante, arfou e deu um suspiro, relaxando depois.

Auðr pôs a *seiðstafr* na testa da filha da rainha. A menina se mexeu. As lágrimas corriam dos seus olhos, que se abriram.

— Não quero esquecer — sussurrou Selene. — Quero saber o que aconteceu. Não me tire esta lembrança. Fui burra de ter confiado nela.

Os guardas entraram apressados no quarto, as armas desembainhadas, e Auðr lhes mostrou a coisa que estava descartada ao lado da cama. Parte da pele maravilhosa, desprovida de sangue, da mulher que Crisate tinha sido estava amontoada no chão, como um traje fino tirado no calor da paixão. Um seio e um braço como uma luva elegante, a pele perfeita e sedosa. Um farrapo de pescoço e um rosto encantador. Um lado de uma cintura fina e uma porção de um quadril redondo. O resto tinha se rasgado e sido levado pela feiticeira ao fugir.

Os guardas, horrorizados com a imagem da pupila do imperador e de sua agressora, piores que qualquer coisa que tinham visto nas batalhas, corriam pelo quarto, desbaratados. Sabiam que iriam morrer por isso. Seriam executados ou condenados a lutar contra os animais. Tinham deixado Selene ser atacada e Cleópatra fugir bem debaixo de seus narizes. Todos eles tinham ficado à mesa do jantar, bebendo e rindo por horas, como se estivessem enfeitiçados. Eles não faziam ideia de onde o imperador estava, nem seu historiador e o guarda-costas. Agripa também estava fora. Os guardas estavam sozinhos com isso e sabiam que seriam culpados.

Ela sobreviverá, disse-lhes a *seiðkona*, na língua deles, em suas mentes. *Ela sobreviverá. Ela tem seus próprios poderes, assim como os de outros.*

Só então Auðr percebeu o anel no dedo de Selene, uma opala resplandecente com o rosto de Hécate gravado. A feiticeira conquistara a mão da filha da rainha, quem sabe seu coração também, e seu poder obscuro permanecia ali.

A guerra não tinha acabado. Não havia esperança de um fim pacífico. Cleópatra estava livre, Crisate estava viva e os grilhões de Hécate tinham sido afrouxados. Até o sacrifício fracassado vertera sangue e Auðr podia sentir Hécate puxando suas correntes. O Mundo Subterrâneo sacudia.

Era apenas o começo.

A *seiðkona* olhou os fios, os destinos de Roma, as possibilidades sendo tecidas.

Os deuses andavam pela Terra e o céu cintilava com flechas. O Mundo Subterrâneo estava em guerra e o superior também. Imperadores e rainhas, filhas e filhos, bruxas e feiticeiros.

A *seiðkona* não sabia o que iria acontecer. Ela tinha modificado os destinos e, ainda assim, o caos permanecia, a fenda na tapeçaria, a escuridão. Alguém ainda tentava acabar com o mundo e alguém tentava salvá-lo. Auðr não conseguia diferenciar as duas linhas. Elas pareciam a mesma. Era a primeira vez em sua vida que isso acontecia.

Crisate corria pelas ruas desconhecidas e pouco amigáveis da cidade. Açoitada por um vento estranho, que lhe fustigava o rosto, raspando a pele ferida, batendo em seu corpo contundido, e lembrando a ela que a rainha havia sido perdida.

Ela seguia aos tropeços, esfolando as mãos ressecadas nas pedras. Não era para ela ser essa coisa deformada, essa megera, metade coberta numa pele doce, metade de escamas e escuridão. Hécate tinha chegado tão perto. Ela a sentira chegando.

Gemendo, ela virou o rosto para a lua com o lado ainda humano, mas o vento não lhe deu trégua. Ele soprava enfurecido em sua face partida, jogava areia em seu único olho ensanguentado.

Ela rosnou, combatendo o vento com as garras. Nada que fizesse o acalmava, embora ela pudesse ver, longe de sua circunferência, o ar parado. As árvores estavam tranquilas na escuridão. Apenas em torno de Crisate havia essa coisa amarga.

Ela gritou com fúria, recitando maldições, feitiços, tentando rasgar o próprio ar, mas nada fazia com que o vento parasse de assobiar à sua volta, estridente e violento. Nada impedia o vento de girá-la na direção errada. Nada o impedia de entrar em seus pulmões, enchendo-os de pó e seus próprios feitiços eram soprados de volta para dentro de sua boca.

Ela ouvia o som de cavalos andando pelas ruas, perseguindo-a talvez, mas não conseguia identificar onde estavam. Dava para ouvir cachorros uivando, mas ela não conseguia encontrá-los. Eles a protegeriam. Eram as criaturas de sua senhora. Mas eles uivavam sem parar até que Crisate percebeu que não se tratavam de cachorros. O som que ouvia era o vento debochando dela.

Ao levantar a mão para combater o tornado, ela notou seu dedo. Nu. Seu anel tinha sumido. Ela o deixara na mão da filha da rainha.

Crisate se escondeu numa soleira, protegendo-se do vento. A lua estava alta no céu agora, um quarto crescente, cada ponta afiada e ferina. Não a curou. Uma lágrima lhe correu pela face, escaldante no percurso, e ela sentiu seu gosto de azedo sal.

Ela observou o vento passar e esperou até que fosse embora. Ficou escutando os passos dos legionários patrulhando à sua procura e aguardou até que seguissem adiante. Depois, começou a se mexer, sussurrando feitiços de ocultamento e procurando por um lugar escuro e secreto para se esconder melhor.

Ela pensava, murmurando descontroladamente consigo mesma.

Ainda era possível realizar o que havia planejado. Seria sangrento e difícil, mas ainda era possível.

15

Agripa acordou amarrado num cômodo iluminado. A luz do dia estava plena e o sacerdote mais velho sentava-se à sua frente.

— Água? — perguntou ele, e Agripa deu uma risada. Sua garganta estava inchada e doía tanto que ele não podia se imaginar engolindo, quanto mais engolindo uma bebida oferecida exatamente pelo homem que o havia envenenado.

— Onde estão meus homens? — retrucou com voz rouca.

— Estão vivos — disse o sacerdote. — Ao contrário dos homens dos exércitos do imperador, não matamos nossos hóspedes.

— Por que me envenenou? Nada fiz para feri-lo.

— Não? — retorquiu o sacerdote, passando os dedos pelo pescoço. O machucado já estava cicatrizando. — Ninguém rouba Apolo. Somos guardas e essa é a nossa tarefa. Talvez não saiba que há um motivo para nossa devoção. Nunca me passou pela cabeça que o general de Augusto fosse um tolo.

— Você guarda algo precioso — disse Agripa.

— Guardamos algo letal — informou-lhe o sacerdote. — Algo que mata. Sempre matou e, todavia, ainda existe. Nós o mantemos a salvo do mundo.

— Então é verdade — concluiu Agripa. — As flechas estão aqui.

— Tudo é verdade — informou o sacerdote. — Uma vez que uma história é contada, torna-se verdadeira. Toda fábula improvável, toda fábula sobre maravilhas, tem algo real em seu âmago.

— Eu preciso delas. Há um inimigo maior que qualquer outro que Roma já conheceu — disse Agripa, sentindo dor ao se mexer cerceado pelas cordas. Apesar de ter lutado durante anos, nunca tinha sido capturado antes.

— É o que você diz — afirmou o sacerdote. — Assim como qualquer um diria para se apossar das flechas. Elas são perigosas demais para serem usadas.

— É perigoso demais *não* usá-las — contrapôs Agripa. — Estamos lutando contra uma imortal e não há outro modo de matá-la. Estamos lutando para salvar o mundo de um monstro.

O sacerdote olhou para Agripa e fez uma careta.

— E que monstro criará usando-as? Ninguém jamais usou as flechas de Hércules sem pagar um preço. Agora as temos aqui, a salvo dos tolos.

— Não sou nenhum tolo — disse Agripa. — Ajo para salvar Roma.

— Talvez Roma não deva ser salva se necessita de tal arma para salvá-la. Somente um verdadeiro herói pode manejar o arco de Hércules, mas os heróis também são tolos. O veneno dessas flechas matou o maior herói do mundo. Hércules morreu gritando, suplicando aos amigos que acendessem sua pira funerária com ele ainda vivo, e isso foi resultado de apenas uma gota de sangue misturada ao veneno da Hidra e esfregada na túnica dele. Sabe o que aconteceu a Filocteto, o patrono deste templo?

— Não sei — respondeu Agripa. E nem queria saber.

— Filocteto foi o único que ousou acender a pira e assim Hércules lhe deu o arco e a aljava. Num navio que ia para a Guerra de Troia, ele se feriu no pé com uma das novas flechas e foi deixado numa ilha pelos amigos. O ferimento ficou infeccionado por dez anos enquanto ele enlouquecia de dor. Por fim, seus amigos retornaram. Havia uma profecia que dizia que aquela guerra só poderia ser vencida com aquelas flechas. Algumas lendas contam que Filocteto estava curado no campo de batalha, e que, no instante em que disparou a flecha que matou Páris e venceu a guerra, ele estava curado de suas agonias. Nós sabemos que não. Não há cura para o veneno da Hidra e a dor provocada por esses ferimentos leva muito tempo para matar. Hércules sabia disso e nunca deveria ter guardado o veneno da Hidra. Não confio que irá fazer escolha melhor que ele.

— Confie em mim, então — disse alguém. A voz era familiar. Agripa virou a cabeça, atônito, exatamente quando o sacerdote emitiu um som estrangulado.

O sangue jorrou, manchando as roupas de Agripa.

Augusto estava na janela, suado e pálido, os olhos brilhando de fúria. Ao seu lado estava Nicolau, cujas esperanças míticas tinham enviado Agripa nesta missão amaldiçoada, e Usem, cuja fisionomia estava animada pelo fogo da guerra. Ele limpou o sangue do sacerdote de sua adaga. Usem olhou Agripa e sorriu.

— Devia ter me deixado vir junto — disse ele. — Achou que eu era apenas um feiticeiro?

— Eu fiz com que eles me trouxessem aqui. Não ficarei mais escondido em meu gabinete — disse Augusto. — Não ficarei em Roma, esperando para morrer enquanto durmo.

Ele oscilava, a pele azulada abaixo dos olhos, a mão que empunhava a espada tremia, mas ele estava decidido.

— Precisa sair daqui — alertou Agripa. — Não pode se arriscar!

O imperador partiu as amarras de Agripa com a espada. Agripa se levantou, esfregando os punhos.

— Escalei a parede — contou Augusto, sorrindo de repente, os dentes tortos lhe emprestando uma expressão estranhamente juvenil. — Entrei despercebido num templo fortificado. Não me imaginava capaz, mas fui! O sábio de Cleópatra portou-se bem, por sinal. Foi gentileza sua deixá-lo comigo. Ele cavalgou duramente ao meu lado, embora seja escritor e poeta, e não guerreiro. Imagino que você faria tanto por mim quanto meu historiador fez, não é? Nicolau confiou em mim para salvar meu país. Você fará o mesmo?

Agripa curvou a cabeça.

— Farei o mesmo — disse ele e pegou a bengala do sacerdote da mão do morto. Retirou a cobertura que, sim, ocultava a lâmina suspeita e sentiu seu fio com o dedo. Atirou-a ao sábio, que a princípio se esquivou, mas logo a pegou. Agripa virou o corpo do sacerdote e encontrou o próprio punhal enfiado no cinto do homem. Sorriu.

O sacerdote temia seu prisioneiro. Eles não estavam tão seguros ali quanto pareciam.

Ele tirou o manto sacerdotal do corpo do homem e o vestiu. Augusto e Nicolau puxaram os capuzes sobre as cabeças e Usem saiu pela janela, impulsionando-se para o telhado do templo, seguido por Augusto, vacilante mas corajoso, e por Nicolau, que ofegava. Usem estendeu a mão para Agripa e o general a segurou.

O *Psylli* foi à frente, movendo-se agachado pela ponta do telhado. Olhando o pátio interno do templo lá embaixo, ele lamentou tudo isso. O imperador não estava em condição de acompanhá-lo e Nicolau não era soldado. Apenas Agripa era um guerreiro e ainda sofria os efeitos do envenenamento.

— Vigie-os — ordenou Augusto, apontando para o pátio. Um guarda andava em círculo em torno da estátua de Filocteto. Outro andava na direção contrária e eles se cruzavam. Os sacerdotes eram perfeitamente sincronizados, perfeitamente preparados, apesar de Usem só ver espadas, e não arcos e flecha.

Agripa assentiu. Era para ele estar inconsciente no quarto. Seus legionários estavam presos em condições semelhantes. O templo não estava no mesmo grau de alerta que estivera na noite anterior.

— A aljava deve estar numa caixa — disse Nicolau. — Uma caixa de metal. As flechas são perigosas demais para ficarem descobertas. Os sacerdotes devem mantê-las protegidas.

Agripa virou-se para Augusto e sorriu. Há muito tempo, quando eram jovens, eles haviam lutado e pregado peças juntos, aprendendo técnicas de ataque com um chefe da guarda em Apolônia. O imperador retribuiu o sorriso. Ainda assim, ele não estava bem. Havia emagrecido nos últimos meses e parecia esquelético e abatido. Era um milagre que estivesse de pé. Tudo indica que agora ele só bebia o theriaca, o que era uma bênção, mas Agripa não confiava no tremor de suas mãos.

Eles estavam parcamente ocultos no telhado olhando para suas presas. Era hora de agir, não de temer. Para isso haveria tempo suficiente, se eles sobrevivessem.

Usem esperava, contando. O ritmo dos guardas marchando readquiriu a perfeição anterior.

— Ao meu sinal — sussurrou Usem e posicionou a adaga sobre a cabeça, mirando-a com cuidado. Ele teria uma única chance. Atirou a adaga e observou-a rodopiar no ar como um pássaro de metal, um objeto alado em voo.

O sacerdote vítima de sua mira não a viu chegando até ela estar totalmente cravada em seu peito.

Agripa já saltava do telhado, empunhando a espada, seguido de Augusto, que ofegava com o esforço.

O outro sacerdote tinha instantaneamente empunhado a espada e se agachado, defendendo a estátua atrás dele. Seus olhos estavam arregalados e assustados, mas as mãos eram firmes e, pelo modo gracioso como o homem se movia, Usem pôde ver que ele tinha sido treinado para ser um lutador. Indo até Nicolau, ele pegou a baioneta que estava com o sábio, cuja respiração já podia ser ouvida com chiados ofegantes. A primeira luta nunca era fácil. Ele o empurrou para longe da luta. Nicolau seria mais um peso morto que uma vantagem.

Seguido por Usem, Agripa começou a cercar o guarda, Augusto mais hesitante atrás deles. O foco de Agripa se dividiu para monitorar o terreno. A qualquer momento mais sacerdotes poderiam chegar e era preciso ficar com o ouvido atento. Dava para ouvir as batidas do coração de Augusto. O sacerdote claramente também ouvia, pois deu uma investida em direção ao mais fraco dos três combatentes, fazendo a espada reluzir no ar.

Augusto pareceu se restabelecer momentaneamente, endireitando as costas e retesando os maxilares. Aparou o golpe com ferocidade, de um modo que Agripa se lembrava de vê-lo fazer na juventude. Subitamente, ele viu Augusto como ele tinha sido, o lutador feroz durante os treinos, do modo como ele lutava acima e abaixo das encostas com sua baixa estatura e conseguia o equilíbrio pela determinação de vencer.

Augusto avançou, sua espada encontrando a do adversário, ganhando terreno. Atrás dele, Usem se aproximou, dando uma estocada com a baioneta.

O sacerdote olhou para cima, para trás do ombro do imperador, apertou os olhos e levantou uma das mãos para protegê-los.

Um truque, sem dúvida.

— Saia do caminho! — gritou Usem, e Agripa olhou para cima, certo de que nada veria. Mas, em vez disso, viu um imenso resplendor de luz, uma bola de fogo, correndo pelo céu.

Agripa jogou o corpo contra o imperador e o desviou. Nesse mesmo instante, ouviu Nicolau gritar. O historiador acenou para Agripa com uma caixa de metal.

— Corram! — berrou.

Agripa agarrou Augusto pelo braço, quase carregando-o para o portão, perseguidos por sacerdotes e espadas. Usem os seguia de perto, defendendo a retaguarda, brandindo a baioneta.

Enquanto eles se lançavam portão afora e rumavam para os cavalos que os esperavam do lado além dos muros, a bola de fogo chegou ao espaço acima do pátio.

Olhando para cima, Agripa entreviu uma coisa com milhares de dentes, uma coisa feita de metal fundido, com olhos enlouquecidos, que murmurava uma canção estranha e arrebatadora. Depois sumiu.

— Montem! — gritou Usem. — Não podemos ficar aqui!

Agripa tropeçou e caiu sobre Nicolau, que derrubou a caixa com as flechas de Hércules. Agripa pegou as flechas e o arco nos braços, enfiando tudo na caixa outra vez.

Usem arremessou Nicolau sobre o cavalo, usando uma força da qual não tinha conhecimento. Pegou Augusto nos braços e o empurrou para cima do cavalo.

Agripa começou a montar. Eles precisavam sair dali antes que a besta, ou o que quer que fosse, os notasse. Nenhum deles era forte o bastante para combatê-la.

Subitamente, os olhos de Agripa se anuviaram e ele cambaleou.

Tudo ficou escuro. Agripa podia ouvir os berros, sentir as mãos batendo em seus ombros, sentiu-se sendo arrastado sobre as pedras e erguido sobre o lombo do cavalo.

Ele não conseguia ver nada. Ouvia o som de pés correndo, o choque das espadas, os gritos e um calor abrasador dominou seu corpo, começando pela panturrilha. Ele sentia o cheiro de metal. Um pote de fogo de nafta? O conteúdo que caísse na pele de um soldado, incendiando-a, não poderia ser apagado com água, mas apenas abafando. Agripa o vira no Circo Máximo. Gastara uma fortuna para obter o fogo que não conseguiu queimar a rainha, mas nunca fora tocado pela nafta.

Ele se preparou para o fim, sussurrando as orações que conseguia lembrar, desejando apenas ter podido salvar Augusto. Ele sentiu que começava a se desprender de tudo o que tinha sido.

Na mente de Agripa o mundo estava branco, coberto de neve.

Em seguida, o mundo estava negro, coberto por uma chuva de cinzas.

Hades o receberia. Morrer protegendo seu comandante era uma morte honrada. Ele sentiu a boca se encher com o próprio sangue. Inalou o cheiro de queimado. Uma pira, pensou. Estavam realizando os ritos em sua homenagem. Ele não ficaria vagando pelas margens do Aqueronte, sem um sepultamento apropriado.

Subitamente, porém, o cheiro de queimado foi substituído pelo cheiro do mar.

Ele abriu os olhos e se encontrou amarrado a uma sela, sentado, o chão estalando abaixo dele. Em um lampejo, ele se lembrou de todos os prisioneiros que levara sobre sua sela. Havia agora sido capturado por algum exército invasor, que manejava o fogo. Seriam de Pártia? Guerreiros da Babilônia? Ele aguçou os ouvidos para ouvir a língua, flexionou os músculos para afrouxar as cordas.

Agripa rangeu os dentes e começou a se retorcer sobre a sela. À sua frente, ele viu um braço escuro e musculoso, adornado para a guerra.

Percebeu uma dor na panturrilha. A sensação era de um pau em brasa alojado em seus músculos, como se ele tivesse caído numa armadilha cheia de garras. Gemeu.

— Ele acordou — disse uma voz em latim. O cavalo diminuiu o passo e Agripa se encontrou fitando os olhos cinzentos de seu amigo mais antigo. A expressão de Augusto mostrava grande preocupação.

— Minha perna — Agripa conseguiu articular.

— Você caiu sobre uma das flechas — disse Usem, soturno, na frente de Agripa. O general descobriu que montava no cavalo do *Psylli*.

— O templo — disse Agripa.

— O Massacre de Sekhmet o atingiu, bem quando o pusemos no cavalo — disse Nicolau.

Massacre? Agripa se sentiu contorcer, a perna se contraindo com câimbras. Um pedaço de pano envolvia sua coxa. Ele olhou para baixo, esperando ver sua perna atrozmente ferida, mas ela não estava. Havia um pequeno ferimento na panturrilha, as bordas claras e inchadas por causa da inflamação. Um ferimento limpo feito por uma flecha afiada, mas a dor se irradiava dele como lava da boca de um vulcão em erupção. Ele se flagrou, vergonhosamente, gritando de agonia. Um frasco foi pressionado aos seus lábios e um líquido cáustico, enjoativamente doce, foi derramado em sua boca.

Depois ele não soube de mais nada.

16

A rainha corria velozmente pela cidade, seus pés descalços mal tocando o chão. Ela se alimentou do primeiro pedaço de carne que viu, um pisoeiro que saía por uma porta, os mantos cheirando ao seu ofício, com o sangue quente e doce, quando ela lhe mordeu o pescoço e bebeu. Alimentar-se fortaleceria Sekhmet, mas era necessário. Cleópatra não conseguiria funcionar sem isso. Ela deixou o homem, pálido e murcho, em outra soleira, e sentiu a onda, agora familiar, de amor, poder e satisfação. Em algum lugar de sua mente havia o som dos antigos cânticos dos templos e das sacerdotisas em adoração.

Adorando Sekhmet. Ela podia se tornar a soberana de tudo...

Cleópatra balançou a cabeça, tentando afastar as visões.

O que tinha acontecido? Como ela tinha chegado ali? Seu corpo fora subitamente arrastado do Hades e da sala do trono de Perséfone e ela ainda não sabia quem tinha aberto a caixa que a continha. Ela despertara no ar, de volta ao seu corpo, sentindo a presença da filha em algum lugar da residência, e de feiticeiras, mas quem a soltara? Em meio ao caos, ela não conseguira saber o que estava acontecendo. O cheiro de sangue estava em todos os lugares, mas ela fugiu dele. Não havia tempo.

Seu pacto lhe pesava e foi seu primeiro foco. Antes de mais nada, ela foi à procura do Massacre. Este ela entendia. Ela e o filho de Sekhmet tinham algo em comum. A sacerdotisa da Tessália era outro tipo de criatura.

O ferimento que seu ser sonhador tinha sofrido no Mundo Subterrâneo ardia, embora fosse invisível aqui. Seu corpo estava perfeito, sem cicatrizes, sem fraturas, apesar da dor que ela sentia. A caixa de prata que apertava nos dedos a queimava também, mas serviu de distração para a dor no braço. Serviu também de distração da dor que havia no lugar que abrigara seu coração. Ela tinha feito o que era certo, sabia disso, mas Antônio se fora.

Afastando a dor, ela saiu correndo. Precisava cumprir a tarefa ou desapontaria Antônio, seus filhos, todos a quem amava.

A voz da deusa lhe voltou instantaneamente à cabeça. Ela a ignorou, correndo, tentando evitar o entendimento de seu propósito.

Mate, dizia Sekhmet.

O Massacre servira bem à deusa na ausência da rainha, Cleópatra podia sentir. Ele tinha sacrificado tantos que Sekhmet se sentia quase bem-aventurada. Quase feliz.

O sangue corria pelas ruas das aldeias. Os cadáveres apodreciam. Agora a Peste viajava, sempre faminta, e Cleópatra sentia seu trabalho andando pelo campo, pelo mundo, de uma ilha a outra, de uma montanha a outra.

Os templos, Sekhmet se dirigia à rainha.

Cleópatra refletiu. Certamente, a Peste viajava seguindo as mesmas indicações.

Cleópatra imaginou ver o barco de Rá viajando pelas cavernas do Duat. Imaginou ver a Ilha do Fogo. Imaginou ver o próprio Rá, sua pele radiante, seu rosto luminoso, o lugar em sua testa onde Sekhmet tinha vivido.

Ela sentiu Sekhmet, sua força e sua fraqueza. Grande quantidade de sangue derramado tinha sido necessária para soltar o Massacre. Seis flechas ainda aguardavam em sua aljava: Fome, Terremoto, Dilúvio, Seca, Loucura e Violência. Elas murmuravam suas canções mortais, desejando, ansiando, enquanto a sétima viajava pela Terra.

Cleópatra matou outro homem nas proximidades da residência imperial. O gosto de sangue fluía pela deusa e a rainha sentia o sangue aplacar sua senhora.

Cleópatra matou outros, vários outros, numa rápida sucessão de tempo e depois correu o máximo que pôde pela cidade, tentando evitar as áreas mais populosas, o cheiro de gente, a fome que destruiria sua resistência. Ela se movia quase tão rápido quanto a própria Sekhmet e a deusa rugia, sua voz ecoando pelos céus como trovões, abalando o sono dos romanos e fazendo-os estremecer em suas camas.

— O que foi isso? — perguntavam uns aos outros.

Ninguém tinha uma resposta. Sentavam-se em silêncio nas camas, de olhos arregalados no escuro, sem saber que estavam esperando pela rainha que viria pegá-los.

Cleópatra sabia que não iria matá-los, mas Sekhmet não.

Sekhmet estava convencida de que sua escrava estava faminta dos cidadãos de Roma. Não sabia que Cleópatra estava decidida a matar um de seus filhos.

Cleópatra ergueu o queixo e sentiu o cheiro do ar, o odor forte e sangrento da flecha mortal. O Massacre. Olhou para cima com a garganta vibrando como a de um gato que espreita um pássaro.

No alto, acima dela, dava para ver o que parecia uma estrela enorme atravessando o céu e ela a seguiu, saltando pela terra, saindo da cidade rumo ao campo.

Num pomar abandonado, distante de onde Cleópatra passava, brilhava um olho preto em formato de conta. Um chifre de marfim com a ponta letal afiada, tendo há muito perdido sua rolha protetora, cintilava de leve sob o luar. A criatura de couraça escura e áspera virou a cabeça rapidamente e se pôs de pé. Os cavalos em volta relincharam, aturdidos pela companhia.

De pé, o rinoceronte abriu caminho numa fresta da cerca.

Três crocodilos deslizaram para o Tibre, encaixando suas formas reptilianas nas sarjetas e adentrando o rio.

As serpentes do Egito deslizavam em seus túneis, em suas tocas, por suas passagens subterrâneas.

Um tigre se agachou e saltou, em silêncio, para o topo do Templo de Apolo, onde um pavão estava empoleirado.

Uma gazela de olhos ariscos olhava em volta, agitada, ouvindo algo, ouvindo tudo, até que houve uma rajada de vento e uma flecha perfurou seu peito. Ela foi puxada para cima de um par de ombros largos e levada para casa como jantar por um caçador ambicioso.

Penas caíam do céu e o sangue se empoçava na rua. O rinoceronte trotava pelo escuro da cidade, distante do lar, sacudindo os sonhos de cada casa por onde passava.

Ele seguia atrás de sua rainha.

Ao cair da noite, seguindo o rastro do Massacre, Cleópatra chegou a Krimissa, no Templo de Apolo. Sob a luz crepuscular, ela examinou os corpos caídos dos romanos da Guarda Pretoriana e do sacerdote da ordem do templo.

Por um instante, ela teve a certeza de sentir o cheiro do imperador. Porém, isso era certamente impossível. Ele não poderia ter estado ali. O odor estava obscurecido por outra coisa, uma fragrância de ervas e essa com a de cavalos e metal.

Na estátua de um centauro, uma inscrição informava ao leitor que Quíron tinha morrido por acidente, atingido por uma flecha de Hidra quando Hércules a disparou numa exibição de proeza e, embora Quíron fosse um mestre da medicina, isso ele não foi capaz de curar.

O centauro era imortal, mas a dor e o ferimento lhe provocaram tanto sofrimento que ele desistiu da imortalidade e decidiu morrer.

Salve Prometeu, dizia a inscrição gravada abaixo das patas do centauro ferido, *que tomou de boa vontade o presente da vida imortal de Quíron e depois sofreu o castigo eterno de Zeus. Salve Prometeu, que deu o fogo à humanidade e ofendeu os deuses.*

O fígado do homem acorrentado era bicado diariamente no alto do Monte Cáucaso. Cleópatra conhecia a lenda. Às vezes, a imortalidade tinha um preço enorme e terrível.

Ela já sabia disso.

Pouco tempo depois, ela saiu do lugar atingido e voltou para a noite, para a perseguição ao Massacre.

17

Aestrada de volta a Roma era longa e árdua. Na traseira do cavalo do imperador ia o fardo que continha as flechas envenenadas, deslocando-se e sacudindo perigosamente, mesmo acomodadas em seu estojo de metal. Augusto temia, embora fosse irracional. Era impossível que as flechas o atingissem sem serem disparadas de um arco. Ele só lhes pusera os olhos por um instante, mas ver o que o veneno tinha feito a Agripa o assustava.

Flechas envenenadas não eram usadas em Roma, ou, pelo menos, não eram consideradas honradas. Entretanto, havia histórias de veneno desde o início de Roma. Augusto sabia disso tão bem quanto qualquer um. Ele não desejava ser um envenenador, conhecido nos anais como o homem que empregava tais métodos.

Mesmo assim, as flechas o tentavam.

Com um veneno como o que elas continham, um homem podia dominar tudo o que via.

Os efeitos do veneno eram tão potentes que Agripa, conhecido estoico, gemia durante o sono e na vigília, o semblante corado pelo sofrimento. O restante do theriaca de Augusto fora dado a Agripa para lhe tirar a dor, mas depois que o efeito acabava, a dor o deixava sem nenhuma fome. Finalmente, no terceiro dia, Augusto conseguiu colocar comida na boca do amigo e Agripa o fitou com olhos desanuviados.

— O que aconteceu? — perguntou ele. — Onde estamos?

— Ele está melhorando — disse Augusto, na esperança de que fosse verdade.

Augusto estava convencido de que o mundo chegava ao fim. Eles não tinham mais visto a bola de fogo, mas acreditavam que a veriam. Não era o tipo de coisa que desaparecia. Não era o tipo de coisa que seria rapidamente subjugada. Com certeza, era uma façanha de Cleópatra.

Ao cavalgarem, afastando-se do templo, ele tinha olhado para trás e visto um sacerdote correndo pela encosta, soltando fumaça. O homem se jogou do penhasco nas águas lá embaixo.

Eles tinham passado por aldeias moribundas. Viram poucas pessoas na estrada e ele não conseguiu deixar de pensar em onde estariam seus cidadãos.

Todavia, ele se encontrava em estranho bom ânimo.

Entretanto, no sexto dia da viagem de volta a Roma sem o theriaca, as condições mudaram rapidamente. Augusto começou a oscilar na sela, sentindo as pernas curtas demais para o cavalo, e sua mente recomeçou a se sentir falha e inútil.

Quando, enfim, sob a proteção da escuridão, eles chegaram a Roma e alcançaram o Palatino, Augusto mal era ele mesmo. Ansiava tanto por seu tônico que a língua estava inchada e não lhe permitia falar. Usem o ajudou a desmontar e quase o carregou para dentro. Agripa mancava atrás, carregando o pacote pelo qual eles tinham arriscado a vida para obter.

— Precisamos abrir a caixa juntos e fincar a flecha em Cleópatra assim que ela emergir — disse Usem a Agripa, que concordou.

— Médico! — gritou Nicolau, entrando na residência. — Médico!

Não foram os médicos que vieram ao encontro deles, mas a *seiðkona* e os guardas domésticos, todos com a fisionomia séria.

— Cleópatra escapou — disse o chefe da guarda. — E Crisate também se foi.

— Juntas? — gritou Augusto. Ele calculara tudo muito mal. Fora um tolo ao partir para Krimissa, imaginando-se um guerreiro.

— Não, não foram juntas — disse o guarda.

Instantes depois, Augusto estava parado diante de Selene e ficou sem fôlego de horror. Os olhos delas se abriram ligeiramente, olhando para ele. O ferimento em seu peito ia até a base do pescoço. Ela havia sido cortada como uma ovelha em sacrifício.

— Onde está minha mãe? — perguntou Selene, delirante.

— Não deve falar — disse Augusto.

— Eu não devia ter vindo para cá — corrigiu ela. — Não devia ter confiado em você. Prometeu que me protegeria se eu o ajudasse. Não me protegeu.

O que será que a feiticeira queria com a filha de Cleópatra? Ele tinha saído de Roma e o inferno tinha saído de seus limites. Era tudo culpa dele.

Augusto afastou-se de Selene, cambaleando, e saiu correndo pela casa até chegar ao quarto que determinara para a estada dos filhos de Cleópatra em sua ausência. Parecera a melhor coisa a fazer, prendê-los no mesmo cômodo em que a rainha estava trancada. A caixa de prata tinha sido guardada num compartimento separado, a salvo das mãos das crianças, mas se Crisate chegara a Cleópatra, teria chegado às crianças também. Ele enfiou a chave na fechadura e abriu a porta brilhante da câmara forrada de prata.

Por incrível que parecesse, as duas crianças estavam lá, Alexandre Hélios e Ptolomeu Filadelfo, com os rostinhos se contraindo por causa da luz súbita. Pelo menos, ele tinha isto. Ainda tinha os filhos dela.

Augusto vacilou. Se desistisse deles, talvez ela o deixasse em paz. Podia parar de atacá-lo. Outro pensamento lhe ocorreu. Se ele os matasse, poderia vingar toda a dor que Cleópatra lhe causara, toda a luta e caos. Ele tinha quase perdido o controle de Roma e os filhos de sua inimiga cresceriam para serem seus inimigos.

Contudo...

Não tinha sido Cleópatra a atacar Selene, mas sim a sua feiticeira, Crisate. Ele trouxera a criatura para dentro de casa. Ele fizera isso.

Augusto fechou a porta da prisão dos príncipes. Deslizou até o chão, encostado na parede. O que estava fazendo? Em que se transformara?

— Fracassei — gemeu Augusto. — Pretendi combater monstros e acabei me tornando um.

Agripa veio ao encontro de Augusto, olhando-o com grande preocupação.

— Agora temos uma arma contra Cleópatra — disse ele. — Lutaremos contra ela e contra a bruxa também. — Mas Augusto não conseguia ouvi-lo, não conseguia entender as palavras que o homem dizia. Seriam em outro idioma? Agripa pegou o imperador no colo, como uma criança e, mancando com seu ferimento, o levou do corredor para o quarto.

— Onde ela está? — perguntou Usem ao vento e uma nesga de ar passou por ele.

A fisionomia do *Psylli* mudava conforme ele andava pelo corredor, segurando as flechas de Hércules. Ele não esperaria por muito mais tempo, mas por sua mulher, deteria a mão.

18

Cleópatra esperava pelo clarão. Ela o vira cruzando o céu horas antes, curvando-se sobre uma aldeia montanhosa e finalmente retornando ao firmamento. Enrolada numa capa, ela se escondeu na entrada de uma caverna na região conhecida como Cumas. Olhando a paisagem, o sol ainda lhe queimava um pouco a pele, mas ela não se importava.

Sua tarefa seria cumprida naquela noite.

Ela estava abrigada no antigo lar da Sibila de Cumas, que no passado fazia a voz ecoar das paredes da cratera ditando profecias aos leais cidadãos. Sibila pediu a Apolo que lhe desse uma vida bem longa, mas esqueceu-se de pedir por juventude eterna. Após mil anos, a quantidade de anos em grãos no punhado de areia que tolamente ela exigira que igualasse seus dias, ela ficava cada vez menor e mais velha, até restarem apenas sua voz e um corpo tão pequeno que precisou ser guardado dentro de uma garrafa para não se perder. Por fim, até isso se foi. Fazia muito tempo que ela não estava ali.

Cleópatra apurou o ouvido para escutá-la quando chegou, mas nada ouviu, além dos sussurros dos morcegos empoleirados nos cantos escuros da caverna.

De olhos fechados, ela sentiu o Massacre viajando. Sentiu Sekhmet, com as costas esticadas no céu, como uma gata, usando a luz do sol como auxílio enquanto aguardava pelos sacrifícios perpetrados por Cleópatra e por sua flecha.

No caminho até ali, Cleópatra lhe oferecera mais sacrifícios. Um pastor cuidando de suas ovelhas, cujo sangue tinha o sabor de um antigo ressentimento contra um irmão sábio. Uma prostituta que pintava o rosto para a noite, o sangue com o gosto de quando caíra num lance de escadas e fora apanhada por um homem que lhe fez curativos, mas que não a amava. Um escravo levando água para o jantar, o sangue com gosto de um mercado de especiarias, de uma jaula de madeira dividida com um amigo moribundo. Um pescador puxando suas redes, o sangue com gosto de uma amante de outro porto, mãe de vários filhos bastardos. Um velho viúvo deixado do lado de fora para ver as estrelas, que olhou para Cleópatra com olhos deslumbrados, sorrindo diante da morte. Não lhe restavam segredos.

Cada uma das mortes lhe pesava.

Ela nunca tinha pensado nessas coisas quando estava no poder, quando era mortal. Milhares haviam morrido em combate, agindo sob suas ordens ou sendo mortos por seus soldados. Ela ordenara a morte das famílias de traidores, de adversários. Ela tinha sido uma rainha e, como tal, fizera o que achava ser necessário, não importando o custo humano.

Ela nunca tinha pensado no destino de suas almas.

Agora, desde Hades, ela não conseguia pensar em outra coisa. Ao beber o sangue de suas vítimas, ela acabava conhecendo tudo o que ocultavam, todos os seus fracassos e suas glórias e tentava enviar suas almas para onde deviam ir. Não havia tempo para ritual. Ela deixava seus corpos ao ar livre para que pudessem ser encontrados e sepultados, para que não tivessem que esperar nas margens do Aqueronte, sem serem velados. Tendo visto aquele lugar, ela não podia condenar as almas conscientemente.

Uma luz apareceu no céu, mais clara que o sol poente, mais clara que a lua nascente, indo em direção ao templo de Cumas enquanto ela observava.

Cleópatra saiu do esconderijo para a luz do dia, a pele ressequida, os olhos se anuviando conforme ela corria para o neto assassino do deus sol.

— Aqui não matará! — gritou ela.

Ele silvou para ela e sua boca era infinita, profunda e negra como os céus, e cheia de incontáveis presas. Cleópatra sabia, por mais terrível que fosse, que sua alma estava vinculada a esta criatura assim como à sua mãe.

Do que ela abria mão para matá-lo? A alma dela pesava mais, ainda mais.

O Massacre virou a cara para ela, que viu seus olhos insensíveis. A ele não importava o que ela dizia. Depois de ter silvado, ele nem se deu ao trabalho de tomar conhecimento de sua presença outra vez.

Ela se jogou sobre ele, que lhe dava as costas para voar rumo ao templo e executar sua tarefa assassina lá.

Cleópatra apertou seu pescoço pulsante, seu corpo ardente, sentindo suas penas afiadas como facas lhe cortando as palmas. Ela ficou sem fôlego quando ele se retorceu e mordeu sua mão — e esta era uma dor verdadeira, ao contrário do eco de dor que seu corpo sem sangue sentia desde a transformação —, mas ela o segurou com mais força ainda, retesando todos os ossos e músculos para lhe impedir a fuga. As penas abriam talhos nela durante a luta e o corpo fino dele em forma de flecha se retorcia agarrado por ela.

— Não matará — disse ela e, pela primeira vez, ouviu sua voz, débil, estranhamente musical.

E quanto a você? Você não matará?

Ela gritou de fúria, sentindo uma dor dilacerante ao partir as costas do Massacre, quebrando sua coluna.

Sua ira foi substituída por uma agonia devastadora quando ela segurou a flecha partida para a luz e o rugido de Sekhmet chacoalhou seus ossos.

— Dedico esta alma ao Hades — gritou Cleópatra e arremessou o corpo do Massacre para baixo, para as águas escuras do lago Averno, como tinha prometido ao deus do Mundo Subterrâneo.

Cleópatra esperou que o céu se abrisse e a jogasse por terra, mas nada aconteceu.

As águas criaram vapor e ferveram quando a Peste afundou nelas.

Sua pele criou bolhas, o corpo enfumaçado, as mãos queimando e se curando alternadamente. Cleópatra voltou mancando para a caverna da Sibila, chorando a perda da coisa que tinha matado. Ela não o amava, não, *ela* não, mas Sekhmet sim, e o que Sekhmet sentia, Cleópatra sentia também. A perda de um filho. Um filho querido.

E o que ela era? Uma traidora. Uma assassina de filho. Não se igualava à criatura que tinha matado? Não era ela mesma uma assassina? Ao mesmo tempo, ela havia rompido com Sekhmet. Tinha feito algo por conta própria, algo em oposição à deusa. Tinha cumprido a primeira parte de seu acordo. Mais um ato, o sacrifício de Crisate, e ela ganharia a alma de Marco Antônio e a de seus filhos também. Eles iriam para o Duat. Se fosse apenas isso que pudesse fazer, seria suficiente. Ela podia ser a escrava de uma deusa, mas eles estariam no paraíso.

Ela se esticou nas pedras frias da caverna de Sibila. Os morcegos olharam curiosos para ela lá embaixo. Seu canto agudo encheu os ouvidos dela e não lhe deu conforto.

Finalmente, dormiu um sono sem sonhos.

Enquanto dormia, serpentes entraram na caverna. Gatos retorceram suas formas furtivas nas paredes de rocha. No vale além da cratera, um urso descia a encosta e um tigre atravessava silenciosamente um campo. O rinoceronte imergiu no lago Averno, lavando a poeira da estrada de sua pele áspera. Uma borrifada, e um crocodilo apareceu na superfície do lago, tendo feito uma viagem aquática por cavernas subterrâneas e contornando a costa por dias.

Um leão velho, desdentado e esquálido, andava compassadamente diante da entrada da caverna, balançando a cauda e guardando a rainha que dormia lá dentro.

19

Sekhmet estava no alto de sua montanha, atordoada, engasgada e trêmula. A aljava dos Massacres emitia murmúrios confusos. Restavam seis e um havia sumido na escuridão, onde ela não conseguia enxergá-lo. Onde não conseguia senti-lo. Onde não conseguia encontrá-lo.

Seu filho mais novo lhe fora tirado, e pela humana que ela transformara em deusa.

A noite caiu e ela ainda se sentia desolada. Rá não viera consolá-la. Ele viajava desacordado, quieto em seu barco, percorrendo o Duat. Nem se importava com a filha. Ele a abandonara e ela estava só.

O vento girou em volta dela, soprando e cantando, e Sekhmet estremeceu com um frio súbito.

A Terra chacoalhava com a dor e a fúria da filha esquecida do deus sol, mas ela não podia destruir Cleópatra sem destruir a si mesma.

20

A *seiðkona* estava no quarto de Selene, sentada com as costas eretas, fiando na *seiðstafr* que tinha nas mãos. O solo ainda tremia abaixo do Palatino e bem acima da casa ouviu-se um grito longo e pesaroso. Uma estrela faminta tinha morrido e a *seiðkona* ouvira. Uma deusa lamentava a perda do filho. Auðr estendeu os dedos, prestando muita atenção às alterações da tapeçaria. O destino de Sekhmet havia se modificado. O filho de uma imortal tinha sido morto. A *seiðkona* procurou pelo fio do assassino e descobriu que já o segurava.

Cleópatra.

Ela olhou para cima, sentindo o movimento da magia negra em algum lugar ao seu redor. Virou a roca um pouquinho e o fio afiado da feiticeira se enrolou. Crisate não entraria neste quarto. Ela sentiu a criatura parar, mudar de rumo, seguir para outro lugar. E logo Auðr já não conseguia senti-la.

Então ela concentrou as atenções em Selene. O destino da menina estivera escuro e agora clareava. Auðr a puxara da morte, a trouxera de volta. Uma rainha. Ela teria uma vida longa, o imperador de Roma a casaria com um rei africano. Um casamento feliz. Recompensa por sua dor. Seu coração se partiria ainda mais nos dias seguintes e Auðr se apiedara dela.

Selene já não precisava executar grandes atos. A *seiðkona* os afastara.

O anel da feiticeira estava sobre uma mesa nos aposentos de Auðr, que não sabia como destruí-lo. Mas ela o havia tirado do dedo de Selene e agora, com certeza, era uma mera bugiganga.

Em sua tapeçaria, a *seiðkona* viu vidas se acabando e vidas começando. Viu uma batalha e muitos mortos. Viu a lua girando na própria órbita, brilhando como um dente no sorriso de um demônio, e um raio cortando os céus. Viu a si mesma andando pelo campo de batalha. Ela não sabia de que lado lutava, se é que lutava de algum lado.

À frente, as coisas pareciam escuras, arruinadas, mas talvez ainda pudesse haver uma mudança.

Cleópatra a surpreendera. Lutara pelo seu destino, não se entregara.

A *seiðkona* também não se entregaria. Ela se curvou em torno dos pulmões que se estreitavam, fazendo força para sobreviver por um pouco mais de tempo. Ela tinha um papel a desempenhar.

Ela tinha certeza disso, mesmo sem saber que papel era esse.

Em seu quarto, a pele do imperador se arrepiava em constante pavor e nada lhe dava alívio. Uma fileira de pústulas vermelhas ia de seu pescoço até a coxa. Ele virou a cabeça e vomitou na bacia que aguardava ao lado da cama.

Sua mente estava anuviada por visões, profecias sibilinas de sua própria confecção. Ele via Cleópatra e Crisate onde quer que olhasse, em cada canto, embaixo de cada véu, nas sombras e na luz. Sequestradores surgiam do nada quando ele saía de casa para cuidar de seus afazeres e depois desapareciam sem tocá-lo, suas capas pretas deslizando pelas rachaduras das pedras. Cada lampejo do sol revelava uma espada, meio oculta, ameaçando sua garganta. Cada adejar de asas lhe dizia que ela estava aguardando em algum lugar ali perto. Ele se lembrou da mariposa que ela tinha sido quando a vira pela última vez. O corpo vermelho como sangue e as asas brancas como a morte.

Seus órgãos se retorceram, lembrando-o de todas as cerimônias que ele presenciara, o adivinho manuseando os órgãos dos animais, anunciando os presságios.

Abra-se ao meio, dizia sua mente. *Leia suas entranhas. Veja se elas lhe dizem o que fazer. Veja se elas lhe falam sobre a queda de Roma. Veja se lhe contam como convidou uma bruxa para partilhar a cama.*

Ele iria morrer se não dormisse. Disso ele sabia.

Nicolau estava sentado no canto, aguardando para tomar notas das mudanças no testamento do imperador.

Augusto se atormentava. A quem deixaria Roma depois que se fosse?

Não podia deixar o império para Júlia, para uma filha, mas ela era tudo o que ele tinha. Ele se agitava embaixo das cobertas, tendo calafrios e depois fervendo, congelava e depois suava. Mandou chamar a *seiðkona*, deixando o testamento para mais tarde quando talvez tivesse um instante de clareza. Talvez ela pudesse levar seus pensamentos e fazê-lo dormir. Ela entrou no quarto mancando, mais velha do que era antes. Augusto se sentiu velho como nunca se sentira. Talvez fosse isso que acontecia quando se lutava com imortais. A vida passava num instante.

— Sobreviverei? — perguntou ele a Auðr, ouvindo-se quando criança fazendo essa mesma pergunta a Cleópatra.

Ela pôs as mãos no rosto dele, tocou o ar à sua volta e girou os dedos.

Você terá uma vida longa, ela disse mentalmente. De repente, ele sentiu que não fizera a pergunta certa.

Com pernas finas e frágeis, ele saiu do quarto e foi para o pátio ensolarado. Agripa estava lá, com uma atadura na perna, a armadura já vestida.

Um mensageiro de Cleópatra o esperava. Ele sabia que isso aconteceria.

Cleópatra enviara uma criança, escolhida na aldeia próxima ao seu esconderijo. Fazia sentido. Fora assim que Augusto tinha enviado um mensageiro a Marco Antônio, ela sabia, a mensagem que o levara à morte.

Nas cidades que tinham sido marcadas pela doença, tocadas pelos boatos de acontecimentos estranhos em Roma, sobre monstros, sobre um imperador moribundo, todos os que viram o mensageiro passar olharam para o céu e tentaram interpretar os sinais.

Certamente tinha sido fruto da imaginação terem visto a criança montada num tigre em disparada, a forma minúscula sacudindo e se segurando no pelo do felino. Certamente não tinha sido um tigre, mas algum outro tipo de animal.

O menino parado diante de Agripa e Augusto lhes entregou um bilhete endereçado a "Otaviano, Augusto, Imperador, Tolo".

Augusto o pegou, ressentido, e leu em voz alta. A escrita era elegante.

"Entregue meus filhos e a si próprio, e deixarei seu país e seu povo. Não retornarei mais."

Agripa olhou para Augusto.

— E o resto? — perguntou Agripa.

"Se escolher não se render, saiba que devastarei a Itália. Matarei todos a quem ama e destruirei seu país como você destruiu o meu."

— Roma não se renderá — informou Augusto ao mensageiro. — Roma não se rende. Seu imperador não é um covarde. Lutaremos.

— À meia-noite então — vibrou o menino, entusiasmado. — Sete noites a partir de hoje. Em Averno. Ela o encontrará lá e numa batalha justa.

— Averno? — perguntou Augusto, estarrecido.

Averno ficava ao sul de Roma, uma cratera por onde Eneias descera para o Hades, segundo as lendas. Lá os rios do Mundo Subterrâneo chegavam à superfície como fontes amargas e um lago venenoso, onde cavernas abrigavam criaturas que Augusto não queria encontrar. Havia uma caverna em particular, na antiga colônia grega de Cumas, da qual ele se lembrava bem até demais de sua luta contra o pirata Sexto Pompeu, vinte anos antes. O lugar dava calafrios e tinha uma profundidade que ia além do som. Era o esconderijo ideal para um monstro, com sua sinuosidade, penetrando a encosta até o fundo.

Augusto não queria ir a Averno. Nem queria ficar em Roma. Ele não podia lutar contra ela aqui, numa cidade cheia de gente. Ele pensou na peste, saltando de aldeia em aldeia. Muita gente morreria e as ruas e os prédios ofereciam amplos esconderijos para uma coisa como a rainha. Os grandes espaços que cercavam a caverna eram melhores. Disso ele sabia, mas ainda assim ficou inquieto.

— Ela vai lutar sozinha? — perguntou Augusto.

O menino deu de ombros.

— Isso não importa — disse Agripa. — Somos romanos. Não lutamos nas planícies e nas montanhas? Não abrimos caminho lutando nas cidades da Babilônia e nas florestas da Germânia? Já lutamos em Cumas e em Averno.

— Não muito bem — observou Augusto. Os vapores do lago da cratera deixaram os homens doentes. Diziam que os pássaros morriam no ar acima do lugar.

— Meus homens estão preparados e agora temos nossa arma.

Augusto retornou ao mensageiro, que aguardava do lado de fora da porta do gabinete e lhe deu uma moeda.

— Diga a sua senhora que iremos a seu encontro.

Ele se perguntou se havia imaginado o que viu em seguida. O pelo listrado e brilhante, o menino montando o animal selvagem como se fosse um cavalo, a movimentação fluida e arrogante da coisa e, segundos depois, sua cauda chicoteava o espaço, desaparecendo pelo canto do pátio.

Balançando a cabeça para dispersar a visão, ele retornou ao gabinete, onde Agripa havia tirado o arco de seu estojo. Fazendo uma careta de dor por causa da panturrilha ainda infeccionada, Agripa tentou puxar o arco, esticando sua corda.

— Não precisamos usar o arco de Hércules — observou Augusto. — O veneno está nas flechas.

Augusto sabia que Agripa ainda estava fraco e, além disso, o arco se destinava a ser manuseado apenas por um herói, o que Agripa claramente não era.

Quanto a isso, Augusto não tinha qualquer dúvida com relação a si mesmo. Ele puxaria o arco quando chegasse a hora e arremessaria as flechas. Ele mataria a rainha. Essa tarefa lhe estava destinada e seria apenas ele que a realizaria.

Agripa olhou nervoso as flechas.

— Prefiro a espada — disse ele.

— Assim como eu — respondeu Augusto. — Não podemos nos dar a esse luxo. Uma flecha e isso estará acabado. Uma flecha e ela estará morta. Pense nisso. Não se preocupe. Eu tomarei conta do arco.

— Preciso preparar meus homens para marchar — informou Agripa. Ele queria as flechas de Hidra de volta ao seu túmulo, longe dali. Sua panturrilha estava cheia de bolhas e purgava. Estava enrolada em várias camadas de ataduras e mesmo assim não curava. No fundo, ele sabia que morreria por causa daquele ferimento, se não em breve, em não muito tempo. Ele pressionou a atadura e saiu do gabinete mancando.

Augusto deliberou sobre os príncipes do Egito. Por fim, decidiu deixá-los em Roma, presos na segurança do cômodo de prata. Eram crianças, e ele não as levaria para a batalha. Não conseguia se resolver a matá-los. Também não conseguia se resolver a deixar que a mãe deles os matasse, como tinha certeza que ela o faria.

Ele venceria esta batalha com as flechas de Hércules e, dessa vez, ela seria completamente conquistada. Ele tinha a *seiðkona* e o *Psylli*. Tinha os poderes do Vento Oeste e da memória. Tinha o exército de Agripa. O que ela tinha?

Não importava do que Cleópatra e Sekhmet fossem capazes, elas não conseguiriam derrotar todas as forças de Roma.

Não haveria mais nada disso. Quando acabasse, ele retornaria a Roma e à sua filha. Retornaria a esses filhos do Egito. Eles se mostravam promissores, especialmente o menor. Augusto se lembrou da força do pequeno no Circo Máximo, de sua determinação ao correr para a arena. Eles se esqueceriam dos pais, como a irmã deles havia se esquecido. Ele sentiu uma agonia ao pensar em Selene, ainda semiconsciente no quarto. Afastou os pensamentos.

Ele seria o herói deles. Filhos.

Augusto foi para seus aposentos e chamou os criados, que o banharam e o perfumaram com óleos. Ele pôs a coroa dourada de louros na cabeça. Eles afivelaram a armadura em seu peito.

Ele levou Cleópatra Selene junto, comodamente instalada numa liteira acolchoada com a *seiðkona* ao seu lado. Os legionários que tinham saído em busca da feiticeira grega não encontraram Crisate e ele já não confiava nos guardas para manter a menina em segurança. Não importaria. Selene não se lembraria disso. Ela nem voltara a ser ela mesma. Dormia a maior parte do tempo para se recuperar, e só acordava ocasionalmente, muda.

Ele ficava arrepiado de raiva ao pensar na feiticeira. Depois de Cleópatra, ela seria a seguinte. Ele a encontraria, nem que precisasse ir pessoalmente à Tessália.

Ele saiu da residência e subiu os degraus da plataforma que havia sido construída para seu discurso. Uma legião armada o esperava, as fisionomias imóveis e alertas. Ao seu lado estavam Usem e Agripa, fortes e leais. O imperador de Roma estava pronto para lutar e arregimentou seus guerreiros.

— Marchamos em direção a um inimigo nunca visto antes, mas prevaleceremos! — gritou ele, ladeado por Agripa e Nicolau. — Voltaremos para casa, para nossas mulheres e nossos filhos!

Olhando de relance para o *Psylli*, ele sentiu uma pontada de ciúmes, comparando-se com a história do encantador de serpentes. Ele não amava sua família tanto quanto deveria. Amava mais a Roma. Roma não era uma família que bastava? Roma não era amor suficiente?

Era.

— Embora eu não possa lhes dizer o que encontraremos em Averno, posso afirmar que somos romanos. Nenhum inimigo é tão forte quanto nós. Somos originários de guerreiros e fomos adotados por lobos. Construímos Roma a partir da natureza selvagem e ela não retornará ao caos! Iremos lutar e venceremos, nossas espadas ensanguentadas, nossas flechas quebradas e nossas vozes sendo levadas pelo mundo. Este é o império de Augusto e vocês servem ao me lado! Eu luto com vocês!

Ele levou a espada bem alto, escutando os vivas de seu exército enquanto saía de Roma, na frente de uma legião de 6 mil guerreiros.

Chegara a hora.

O Palatino estava quase vazio quando a porta do quarto prateado se abriu e os príncipes olharam para cima, assustados com a luz. Eles haviam rezado para os deuses egípcios e rezado pela mãe, Alexandre Hélios conduzindo Ptolomeu. Em seu colchão, o mais velho abraçava o mais jovem, que chorara por dias a fio e seu irmão não sabia como consolá-lo.

Quando eles viram a mãe capturada na arena, Alexandre perdeu as esperanças. Mesmo assim, eles rezavam por ela. Rezavam pelo pai, que também tinham visto. De algum modo inexplicável, seus pais, que estavam mortos, tinham aparecido em Roma. Alexandre prometeu a Ptolomeu que os pais iriam buscá-los.

Ele próprio não tinha muita certeza disso. Eles estavam aprisionados. Ele não conseguia pensar num motivo para isso além do fato de que, por alguma razão, eles tinham se tornado inimigos de Roma. Ele passava dias e noites pensando num modo de escapar. Eles voltariam ao Egito e poderiam se esconder lá, em Alexandria, até crescerem o bastante para fazer alguma coisa. Então, ele tentaria endireitar as coisas. Ele nunca deveria ter confiado no imperador. Nunca deveria ter marchado no triunfo.

Ao ouvirem o som de passos no corredor, Alexandre ficou tenso.

A porta se abriu e era sua mãe, com a aparência que sempre tivera. Ela pôs um dedo nos lábios, mandando-os ficar quietos, mas Ptolomeu não conseguiu. Num salto, ele foi para os braços de Cleópatra, já gritando seu nome.

Alexandre Hélios ficou no colchão. Havia algo nela que o deixava desconfiado. Não conseguia saber o que era.

— Quem é você? — perguntou ele, chamando o irmão de volta. — Eu não a conheço.

— Como pode dizer tal coisa? — perguntou a mulher. — Como pode não reconhecer sua própria mãe?

Naquele instante, Alexandre viu os olhos dela reluzirem com um estranho brilho verde. Viu sua pele enrugada. Um embuste. Ela agarrou Ptolomeu e, sobre a cabeça do menino, sorriu malignamente para Alexandre.

Ele não teve escolha além de ir com ela. Levantou-se, fingindo acreditar que ela era sua mãe. Não tinha ideia do que fazer. A única opção era seguir Crisate, que saía do quarto de prata com seu irmão agarrado nos braços.

— Para onde está nos levando? — perguntou ele, tentando falar de modo natural.

— Estou levando vocês para casa — respondeu Crisate. — Estou levando vocês para sua família.

21

Aterra sacudia com a marcha das legiões, todas se dirigindo a Averno. Os mensageiros corriam em disparada, sussurrando aos centuriões, aos generais, passando instruções escritas acompanhadas de rumores enfeitados. Os cavalos, espumando, caíam na beira das estradas, assustando-se com as cobras estranhas que encontravam pelo caminho até a luz do dia. Seus cavaleiros saltavam e saíam correndo. Os homens seguiam marchando, suando sob o calor abrasivo do fim do verão, as armaduras pesadas, as espadas embainhadas e afiadas, os pés abrindo um trilho profundo no solo.

Usem cavalgava sem sela, com seus ornamentos de coral polido. Sua adaga brilhava com o metal mais escuro e mais estranho que qualquer coisa que os romanos já tinham visto. Todos que o olhavam sentiam-se inquietos. A pele do homem brilhava sob o sol e nada nele era romano. Ele usava algo nos ombros que às vezes era uma pele de leopardo e, noutras, parecia o céu noturno e ao seu lado, ao seu redor, viajava um tornado, que nada esfriava.

Os legionários viam Usem conversando com o turbilhão de vento e o ouviam falando com ele, sussurros levados pela brisa, se derramando em seus ouvidos e olhos. O encantador de serpentes cavalgava ao lado do imperador, protegendo-o de inimigos desconhecidos e, mesmo sem querer, os romanos o temiam.

Junto a Usem e Augusto, cavalgava o historiador do imperador, com a armadura chacoalhando e mal-ajustada. Os soldados esperavam que Nicolau fizesse o papel do poeta, que recitasse palavras de guerra à noite e cantasse canções de coragem de dia, mas, em vez disso, o damasceno estava quieto e isso deixava os romanos ainda mais nervosos do que já estavam.

O comandante, Marco Agripa, tinha ataduras na panturrilha e seu rosto mostrava dor durante a cavalgada. Os que serviam mais próximos a ele o viam desenrolando e renovando o curativo e relataram que o ferimento estava infeccionado, quente e vermelho, e não mostrava sinais de cura. Ele não deixava que nenhum criado o tocasse.

Apenas Augusto parecia ele mesmo, apesar de estar com os olhos cintilando de febre. Ele cavalgava com ferocidade para cima e para baixo das fileiras de homens em marcha, gritando incentivos ao exército, assegurando que eles levariam a melhor sobre um inimigo inimaginável.

À noite ouviam-se rugidos, mas era impossível saber de que direção eles vinham. A terra sacudia por instantes. Os soldados olhavam para o céu, pensando em Zeus e cogitando o lado em que ele estava, no do imperador de Roma ou no da rainha morta do Egito.

As bolsas das anciãs e dos adivinhos se enchiam de moedas com suas interpretações dos augúrios para os exércitos em marcha. Acima, águias voavam em círculos, e os abutres seguiam os restos deixados pelas tropas.

Agripa e Augusto, com Nicolau cavalgando ao lado, chegaram a Alba e descobriram que a legião que guarnecia aquela fortificação já marchava para o sul. Augusto ficou contente de ver que o exército havia recebido as ordens e reagido de acordo, mas Agripa ficou inquieto. Talvez fosse a dor em sua perna. Talvez algo mais.

A parada seguinte deles, Fórmia, também estava vazia. O próprio Agripa havia enviado as ordens com antecedência, havia escrito cartas, mas ainda assim ele desconfiou da quietude. A legião tinha viajado rápido demais. Seu rastro de poeira ainda devia estar à vista. Augusto, por outro lado, estava exuberante, suando com o calor do dia, cantando com o frescor da noite, relembrando sua juventude ao lado de Agripa e de Júlio César, da época gloriosa de antes de ter se tornado verdadeiramente Glorioso.

À noite, o céu se encheu de estrelas e Augusto olhava para cima, imaginando-se posicionado entre as constelações. Imaginava seus deuses observando suas façanhas e aprovando.

Ele venceria desta vez. Venceria. Tinha um exército por trás e o arco de Hércules nas costas. Quem sabia o que Roma seria quando esta batalha acabasse?

Quem sabia que mundos existiam a serem conquistados depois que Roma tivesse vencido tal inimigo?

Em sua liteira, Selene balançava ao longo da poeirenta Ápia, atrás do exército, os olhos fechados, a pele fria. A *seiðkona* viajava ao seu lado, tentando reunir as próprias forças. Ela tinha tão poucas agora. Seu tempo estava quase acabando.

Enquanto as legiões entravam em Averno, Cleópatra aguardava. Estavam no poente e a lua subia num crescente amarelado. Ela podia sentir o cheiro dos exércitos vindo em sua direção. Podia sentir seus passos e ouvir sua lascívia pela batalha. Podia sentir Augusto e Agripa.

Desde Áctio ela não enfrentava uma batalha.

Ela sentiu falta de Marco Antônio, de planejar com ele, das noites que antecediam a batalha. Ela tinha saudades de seu amante, seu general, seu parceiro.

Porém, ela sabia que teria que fazer isso sozinha. Ele se fora e esta luta era sua, não dele. Ela lutaria para salvar seus filhos e Antônio. Ela lutaria para se vingar do homem que lhe tirara tudo.

Ela pensou no coração de Augusto e de qual seria a sensação de tê-lo nas mãos. Dava para senti-lo batendo, dava para sentir seu entusiasmo ao se aproximar.

Ela terminaria sua tarefa. Depois daquela noite ela estaria condenada, se é que já não estava. Seu *ka*, se ela chegasse a recuperá-lo, cairia na pena de Maat e o Devorador de Almas a deteria. Ela rezava aos deuses de seu país, à Ísis, a deusa das mães há muito tempo negligenciada. A Thot, por conhecimento.

Ela não rezava por si, mas por seus filhos, pelo que já era falecido e pelos que ficaram. Quando estendeu as mãos à frente, elas foram tocadas pelas garras da leoa. Seu corpo se ondulou com músculos que não eram humanos.

Mesmo sem conseguir sentir Sekhmet, ela se tornara uma versão da deusa. Conseguia sentir-se perdendo as partes que haviam sido Cleópatra.

O redemoinho que ocupava o lugar onde antes havia seu coração já não a perturbava.

Finalmente, a rainha se levantou e começou a subir a colina rumo à boca da cratera.

Os exércitos de Roma tinham chegado.

Ela os encontraria.

Crisate havia encontrado uma bela caverna abandonada e, apesar de cheirar a felinos, morcegos e também a algo mais, serviria. A caverna se aprofundava na encosta de rochas, era fria, antiga, e seu frescor lhe acalmou a pele, rachada e queimada após dias de viagem. Não fora pouca a magia necessária para ocultar a si e aos filhos de Cleópatra na liteira da amante de um senador, uma mulher que ela estrangulara logo ao sul de Roma. O filho mais velho lutara com ela, arranhando-a e ferindo sua pele delicada. Finalmente, depois que ele conseguiu tirar o mais novo da liteira, gritando para que corresse, Crisate fora obrigada a drogá-lo. Uma grande quantidade de energia tinha sido necessária para pôr as mãos no menor, que estava bem escondido nos arbustos, e que a chutara, gritando que ela não era sua mãe.

A coisa toda tinha sido exaustiva.

Após alguns dias de viagem, eles deixaram a liteira que se movia lentamente e viajaram numa carroça, a pele de Crisate ressequida sob o pano que a cobria. A essa altura, sua carga estava pesada e embotada pelas poções, disfarçada pela magia em declínio da feiticeira. Não fora pouco trabalho mantê-los com ela, não fora pouco trabalho mantê-los escondidos.

Ela correu as unhas em Alexandre e Ptolomeu. Não gostava de crianças, especialmente de meninos. Não serviam para nada além disso.

Agora eles eram sua única moeda de troca, mas não era a hora. Ainda não.

22

Usem cruzou a colina até onde Augusto e Agripa estavam montados nos cavalos, com as armaduras e as insígnias brilhando. As fileiras de soldados romanos se espalhavam ao redor, cada homem a uma distância perfeita do outro, cada um imóvel e decidido. Aguardando.

— Se ela estiver lá, a batalha se iniciará logo — disse Usem, observando a posição da lua no céu, e o imperador estremeceu. — Lembra do meu preço?

Havia uma luz nos olhos do homem, um brilho âmbar, e seus dentes pareciam mais afiados que antes. As serpentes do *Psylli* se enroscavam em seus membros, silvando para Augusto, todos os olhos voltados para ele. O vento também o cercou, refrescando sua pele suada.

— Lembro — respondeu Augusto. A paz para o Império Romano não seria um preço caro demais por isso, agora ele sabia. Para se livrar de Cleópatra. Para se livrar de bruxas e de feiticeiros.

— Então minha família está preparada — avisou Usem, apontando o horizonte. — Lembre-se, precisamos matá-la, não prendê-la. — As nuvens se acumulavam lá, escuras e cheias de relâmpagos. Quando o *Psylli* apontou, Augusto viu chifres aparecerem numa caveira de nuvem, uma cauda de nuvem chicotear, um papo de nuvem se abrir num rugido. Os guerreiros *dele*.

Augusto olhou com apreço para as fileiras, tão uniformes, tão bem arrumadas. O que poderia resistir ao exército romano? Nada.

Os homens estavam silenciosos, alertas. Acima, Augusto viu um pássaro passar pelo céu e o vento começou a soprar, tocando cada área do campo de batalha.

Um leve som de tambores começou a ecoar sobre a cratera e Usem virou-se para os lados na escuridão, tentando descobrir de onde vinha. Nada.

Um único som, um rugido, longo, rouco e primitivo, chegou do outro lado do campo de batalha. Os legionários se mexeram, inquietos, olhando cegamente para a escuridão. O que quer que fosse, estava próximo.

Subitamente, porém, faíscas de luz rodeavam os romanos, animando a noite. Augusto prendeu a respiração. O que estava acontecendo? Ele se sentiu cercado, mas não conseguia ver o que o cercava. A luz era fria e parecia desprendida de um exército. As faíscas se moveram, lentamente, avançando.

No topo da colina, a escuridão se alongou em silhuetas e, em uníssono, os romanos sufocaram uma arfada, descrentes das formas que viam.

A lua saiu detrás de uma nuvem e revelou o exército de Cleópatra.

Augusto ficou sem fala.

As faíscas de luz eram milhares de olhos refletindo como joias. Cleópatra cintilou no centro da fileira e o som que Augusto pensara que fosse de tambores não era.

Eram passos.

A terra vibrava com sua chegada. A rainha estava cercada por um exército de animais. Eles cobriam a encosta como um tapete, sem espaço entre um e outro. Havia tantos animais quanto romanos. Tigres, leopardos e leões. Um elefante com as longas presas de marfim. Um rinoceronte. Tudo que os romanos tinham visto em arenas, em mercados, em sonhos e pesadelos. Animais que tinham sido capturados e obrigados a prestar serviço. Animais que dançavam em jantares, lutavam com gladiadores e ansiavam por vingança abaixo das ruas de Roma. Eles andavam num único ritmo, e as mãos de Cleópatra descansavam sobre o lombo de dois leopardos, brancas sob o luar, eles com suas pintas escuras, os dentes à mostra. O solo se enxameou, tomado por ratos e cobras.

— PREPARAR PARA A BATALHA! — berrou Agripa e, em segundos, todos os homens correram para suas bases, correndo por suas vidas.

— Entregue meus filhos — gritou Cleópatra. — Entregue-os e pouparei a Roma seu exército. Fique com eles e todos vocês morrerão.

A voz dela ecoava de modo artificial, amplificada. De onde estava, Augusto conseguia ver os detalhes de sua inimiga. O cabelo em seu penteado trançado. Os braceletes. Seu vestido longo de linho intacto durante todos esses meses, durante todo esse ano desde seu sepultamento. Dava para ver seu corpo curvilíneo embaixo do tecido transparente. Ela era um demônio, ele sabia. Ele sabia.

Dava para ver a maldita caixa prateada que ela tinha nas mãos. Ele podia sentir a respiração dela do outro lado do campo de batalha. Não era humana. Nada nela era humano.

Augusto reprimiu um grito ao ver um crocodilo saindo da água. E outro. E outro depois. A água se revolvia com suas caudas. Acima da cratera, os animais continuavam chegando, sinistramente quietos. Sem rugidos, sem cantos. Vinham como se fossem fantasmas, mas não eram. Augusto podia sentir o cheiro de sua fome, o cheiro forte dos felinos e o almiscarado das serpentes. O céu iluminado pela lua se escureceu de pássaros e morcegos.

— Meus filhos — repetiu Cleópatra. — Você tirou meu marido de mim e terei meus filhos de volta.

— Não os entregarei! — gritou Augusto, finalmente reencontrando a voz. — Não está em condição de tê-los. Quem é você para exigir sacrifícios de Roma? O que perdeu, perdeu na guerra!

Augusto sentiu seus homens começando a entrar em pânico. Olhou para Agripa e o viu gesticulando freneticamente, instruindo os homens a ficarem em suas posições.

Ela ainda estava muito distante para tocá-lo. Ele ficou agradecido por isso. Mas não temeroso. Ela era apenas uma inimiga e houvera tantos inimigos. Ainda tinha a coroa sobre a cabeça e ele sabia que era a coroa desejada por todos os homens que andavam sobre a Terra. E por todas as mulheres também. Não havia ninguém vivo que não desejasse governar o mundo.

Ela inclinou a cabeça para o lado, percebendo o homem que ladeava o imperador.

— Nicolau — disse ela e o imperador percebeu a mágoa em sua voz. Ao seu lado, o historiador se aproximou desconfortavelmente de Agripa.

Augusto o puxou de volta para o abrigo do pavilhão. Ele estava sabotando a negociação.

— Você perdeu o marido e os filhos ao perder sua cidade e perdeu sua cidade porque não foi forte o bastante para mantê-la. Você se renderá a mim — continuou Augusto, fitando os olhos escuros dela. Ele iria matá-la. Segurou o arco de Hércules em suas costas, com a flecha mortal.

— Acredita em suas palavras? — perguntou Cleópatra, num tom de voz mais animado. — Pareço fraca, Otaviano? Não sou a mulher que perdeu a guerra em Alexandria. Já não sou Cleópatra.

Augusto manteve sua posição.

— Não é nada — gritou Augusto. — É uma escrava deste império!

Agripa gritou um comando e os homens do exército romano avançaram em torno da borda da cratera em perfeita formação, apesar de escorregarem e deslocarem pedras. Um homem caiu, gritando, despencando no espaço escuro e afundando nas águas do lago lá embaixo, sendo puxado pelo peso da armadura.

Os outros de sua fileira mantiveram o espaçamento. Os escudos foram erguidos, formando uma parede de metal à frente.

Cleópatra apenas ergueu as mãos e o som dos animais, até então silenciosos, irrompeu no espaço. Não havia fileiras e esta não era uma formação normal de batalha.

Ao contrário, os romanos depararam com uma multidão de animais, lustrosos e ásperos, com presas e formidáveis. Os leões e os tigres rugiram, reunindo-se em aglomerados luzidios de violência, e os romanos sentiram seus corpos se liquefazerem de medo. Que tipo de guerra era esta? Eles não eram *bestiarii*. Não tinham sido treinados para combater animais e o comandante não os avisara que esse seria o caso. Ainda assim, continuaram em suas fileiras. Não olharam para a esquerda nem para a direita. Mantiveram suas posições. Marcharam para a frente, a cabeça protegida pelos escudos, que ocultavam seu medo. Contanto que ficassem em suas fileiras, nada os tocaria. Eles eram guerreiros.

Vários homens sussurravam orações.

O elefante, fugido da arena, urrou e se apoiou nas patas traseiras, erguendo a silhueta contra o céu estrelado. Um urso enorme se ergueu no topo da colina, observando o exército com olhos escuros e inteligentes. Jogou a cabeça para trás e soltou um berro, suas presas compridas como um dedo.

Um leopardo, magro e sedento de sangue, levantou o lábio e rosnou enquanto avançava.

A rainha marchava ao encontro da fileira romana, os animais seguindo-a, os corpos se movendo como que providos da energia de uma única alma. Seus olhos brilhavam com uma luz sobrenatural e, de onde estava, Augusto a observava, enraivecido. Que direito ela tinha de trazer animais contra ele?

Augusto fez um sinal de cabeça para Agripa.

— Arqueiros! — gritou o general.

Os arqueiros, posicionados atrás da infantaria, puxaram seus arcos das costas e encaixaram as flechas especiais, com ponteiras de prata. Cada homem recebera uma rica aljava cheia delas.

— Tolo — disse Cleópatra, baixinho, como que para si mesma.

— Disparar! — gritou Agripa.

Os homens se moveram para puxar as cordas dos arcos, mas só conseguiram olhar para si mesmos, aturdidos pela falta de tensão nas cordas, algum tipo de sabotagem em suas armas.

Um rato saltou de um estojo de flechas romano. E outro. Rapidamente, um aglomerado de ratos cobria o solo e todos os arqueiros romanos ficaram parados, horrorizados, as cordas roídas em seus dedos, os arcos inutilizados.

Os ratos fervilhavam entre os pés dos romanos, subindo pelos corpos, mordendo e arranhando, e os romanos ficaram, por um instante, em total desordem, os arqueiros incapacitados.

— Infantaria! — berrou Agripa, chamando as fileiras.

— Matem todos! — sussurrou Cleópatra, e cada animal do campo de batalha ouviu seu comando.

Seus felinos, os leopardos, leões e tigres se agacharam nas ancas e saltaram sobre os escudos, caindo sobre os legionários, as garras estraçalhando os homens despreparados, os dentes lhes rasgando a carne. Nenhum escudo foi capaz de salvá-los. Um tigre morreu, atravessado por uma espada e, ao cair, seu corpo esmagou o soldado atônito que o atingira.

O mundo sacudia com os gritos, com berros e gemidos, com brados diante dos inimigos, e Cleópatra avançava, tendo o imperador ainda em foco. Augusto mantinha o precioso arco nas costas. Ele sentiu um fio de suor escorrer em sua lateral. Agripa estava ao seu lado, gritando ordens.

Com certeza, o número de romanos devia ser superior ao de animais, pensou Augusto. Eles venceriam. Tinham a vantagem da ordem diante do caos. Não era possível que o caos prevalecesse. Uma guarda cercava Agripa e Augusto, unidos, os escudos erguidos.

Um relâmpago irrompeu no céu e trovões sacudiram a Terra. Bem acima, os céus ecoavam com o som de algo imenso, rugindo. Augusto ficou com a nuca arrepiada e sentiu o ar carregado com a presença do divino.

Ao seu lado, as mãos de Auðr se movimentavam febrilmente no ar, sua roca fiando, tentando equilibrar os mortos e os vivos. A deusa e Cleópatra estavam presentes, mas o fio do Massacre era uma extremidade puída no Mundo Subterrâneo e o fio de Sekhmet, onde tinha sido trançado o do filho, estava irregular.

Cleópatra ferira a deusa.

Ela tinha arrancado uma parte da alma de Sekhmet e, ainda assim, continuava a guerrear. Auðr ainda não conseguia enxergar toda a trama. Seus olhos palpitavam além da escuridão, um miasma que provocava o desfalecimento. Seus pulmões estavam contraídos. Ela não tinha força suficiente para manter os dois destinos, o da rainha e o da deusa, separados por muito tempo e sabia disso.

Sekhmet está aqui, disse a *seiðkona*, e Augusto a ouviu em sua mente. *Ela anseia por Roma. Não consigo mantê-la afastada de você. Ela o terá.*

Um raio atingiu o solo bem à frente do pavilhão de Augusto, que saltou para trás, a pele chamuscada. Agripa ficou firme, destemido, dedicado. Augusto se desfez do terror e gritou ordens à sua guarda.

Os homens olharam o céu e entraram em pânico quando morcegos se precipitaram do alto, atacando seus rostos. Os escudos foram usados para golpear. As espadas atacavam as criaturas, que mergulhavam no ar com suas asas finas, enegrecendo as estrelas. Com eles, vinham os pássaros noturnos, as garras abertas para os olhos, as asas batendo nos rostos, os bicos como lanças, os guinchos ensurdecedores.

As fileiras começaram a se desfazer.

Os homens ofegavam, golpeando as serpentes que lotavam o solo, que se enrolavam em seus tornozelos e lhe subiam pelas pernas, mordendo e se enroscando, apertando e se emaranhando. A cabeça de uma víbora, arrancada por uma espada, rolou pela cratera, manchando as águas e deixando o corpo da serpente se retorcendo sem cabeça, ainda estrangulando um homem moribundo no campo de batalha acima. Um aglomerado de crocodilos, os corpos quase invisíveis na escuridão do terreno rochoso, saiu da água, agarrando pernas e braços de soldados, puxando os homens para dentro do Averno.

Augusto observava, horrorizado. Seria possível que ele estivesse perdendo a batalha? Não. Certamente não. Onde estava o restante das legiões que tinham vindo antes deles? Agripa tinha jurado que elas estariam ali. Milhares de homens. O próprio general enviara as ordens. Augusto estava nervoso, vendo seus romanos se cansarem, observando-os sendo mortos e combatidos, indo ao solo e sendo pisoteados, matando uns aos outros inadvertidamente.

Usem lutava diante de Augusto, sua espada cintilando ao luar, ensanguentada, guardando a posição do imperador.

Cleópatra ainda estava longe demais para que ele atirasse, mas, conforme ele observava, os romanos progrediam um pouco. As fileiras foram rompidas e os homens lutavam cegamente, e os animais, embora selvagens, não eram estrategistas. Ele observou três homens erguerem um leão aos berros e jogá-lo na cratera, assistiu a seu exército agarrar serpentes venenosas e jogá-las de volta para o outro lado. Eram corajosos, mesmo diante de uma luta sem precedentes. Juntamente ao terror diante da cena monstruosa que encarava, Augusto sentiu orgulho. Isto não era Roma, nem era império. Isto era uma batalha das terras da mitologia, uma lenda.

Tudo é verdade, tinha dito o sacerdote de Apolo. *Tudo.*

Esta era uma lenda que lhe era contada no escuro, uma lenda para fazê-los dormir e no fim de lendas como esta, os romanos conquistavam os selvagens.

Entretanto, aquilo estava se desenrolando ali, diante dele. O sangue voava pelo ar e os gritos dos que morriam e daqueles tomados pela fúria ecoavam sobre a água. Augusto moveu a mão que segurava o arco de Hércules, sentindo a suavidade da madeira e do metal, o lugar gasto onde a arma fora empunhada por heróis muito maiores que ele próprio.

Ele era um herói. Ele jurou a si mesmo. Se não fosse um herói, o que era então?

Ele salvaria Roma dessa coisa monstruosa, dessa mulher.

Despina, as sibilas a chamaram, mas ela não seria a senhora do fim do mundo. Augusto a impediria.

Cleópatra continuava andando em direção a ele, a fisionomia calma e controlada, as mãos erguidas, comandando as criaturas.

O som de marcha subitamente chegou até eles e, com a marcha, um cântico.

— Graças aos deuses — respirou Augusto, e Agripa assentiu.

Augusto olhou para cima a fim de cumprimentar seus exércitos reservas que subiam a colina e, em vez disso, viu um exército em desacordo com o seu. Eles empunhavam uma bandeira, que não estava adornada com a águia de Roma, mas com uma serpente.

Um grupo de senadores idosos, com os crânios carecas e as togas brancas, recém-saídas dos pisoeiros, marchava para o topo da colina com seus homens e se reunia a Cleópatra e seu exército de animais selvagens. Augusto olhou para cima e viu um senador do outro lado do campo de batalha, sorrindo, triunfante, diretamente para ele.

Augusto sentiu Agripa se deter, furioso, ao seu lado.

— Romanos! — gritou ele. — Sou Marco Agripa, seu comandante! Fui eu quem os convocou a vir aqui!

Augusto endireitou os louros em sua cabeça e pulou em cima de uma pedra para se dirigir à multidão.

— Sou seu imperador! — gritou ele. — Vocês servirão a Roma ou serão declarados traidores!

Este era o seu império, o seu mundo. Os senadores não o venceriam e ele os mandaria matar quando isso acabasse. Ele salvaria Roma de todos esses traidores. Ele salvaria seu povo.

— Entregue-se! — gritou Cleópatra do outro lado. Um soldado leal correu até ela, a espada pronta para lhe fatiar o corpo.

Cleópatra agarrou o homem pelo pescoço e o ergueu no ar, partindo seu corpo com as mãos e depois o deixou cair como um brinquedo descartado.

Entre a multidão diante da pedra, Augusto viu um chifre de marfim jogar um legionário para o ar, perfurando seus rins e suspendendo-o antes de arremessá-lo em cima dos companheiros. Um olho preto cintilante e uma pele áspera pingando o sangue derramado.

Usem correu à frente e atacou o rinoceronte, que recuou, berrando, enquanto os romanos de Augusto, seus soldados, avançavam, os homens ainda leais a Roma. Augusto observava, a respiração presa no peito, conforme os soldados bem na sua frente, os homens que o guardavam, começavam a ceder.

Usem gritou e os animais do Vento Oeste foram soltos contra os romanos traidores. Rosnaram, seus corpos criados de poeira e luz, de escuridão e frio, de tornado e furacão, de raios e trovões. Seus corpos continham árvores arrancadas pelas raízes e pedras enormes, navios e criaturas. Os romanos traidores e os senadores que os comandavam hesitaram.

— Eu nunca lhe entregaria seus filhos! — gritou Augusto. — Por que iria entregá-los a uma mãe assim?

Ela só precisava chegar um pouco mais perto. Nas costas, ele posicionou o arco. A flecha já estava encaixada. Era puxar a corda e dispará-la.

— Terá que matá-la — silvou Usem. — Esta é a única maneira de acabar com isso. Espere por mim. Eu lhe darei a chance.

23

A visão de Cleópatra se anuviava de sangue e luz, do mesmo modo como ocorrera a bordo do navio, sua fome, sua fúria. Após momentos de inconsciência, ela se encontrava com sangue nas mãos. As águas abaixo estavam vermelhas e o lago, pontilhado de cadáveres romanos. O solo estava escorregadio e os mortos se empilhavam, os braços abertos, sem que seus deuses estivessem à vista.

Ela podia sentir a glória de Sekhmet. Ela era a glória de Sekhmet.

Tudo corria conforme seu plano. O exército de animais selvagens e os romanos espalhados pelo campo, lutando sob seu comando. Seu corpo se fortalecia com a violência, com o derramamento de sangue e, a cada morte que provocava, ela se sentia mais forte. Sekhmet, lá no alto, rugia.

Nicolau atravessou o campo de batalha em disparada, próximo demais, e ela saltou sobre ele.

— Traidor — sibilou.

— Não foi minha intenção — sussurrou o historiador, e ela pôde ver que era verdade. Ainda assim, ele seria punido.

Ela o dilacerou, de uma só vez, do ombro ao punho, a mão que escrevia. Depois, o largou no campo e seguiu em frente, aproximando-se cada vez mais do imperador.

De repente, surgiu um guerreiro inesperado diante dela. O encantador de serpentes. Ela silvou e ele silvou de volta, com a adaga dançando de uma mão para a outra. Ela o arranhou, cuspindo com fúria na adaga que lhe abriu um talho no braço, bem no lugar onde o veneno da Hidra a tinha ferido. Ele dançava mais rápido que a luz, que o ar e, subitamente, era como se estivesse voando.

O que ela combatia?

O *Psylli* se elevou sobre o lombo de um animal, que jogou poeira e ossos em seu rosto. Ofegando, o bicho cuspia água salgada, numa onda gigantesca de oceano e peixes, colhida das profundezas, e ainda havia Usem com seus olhos flamejantes a atacá-la.

Vingança. Ajuste de contas. Augusto estava atrás do homem, remexendo em algo que tinha nas costas, mas ela não conseguia passar por Usem.

O guerreiro e o vento eram mais fortes do que ela imaginava e exigiram todo seu poder de combate.

O menino mais velho se debatia, apesar de estar drogado, mas a feiticeira o subjugava com uma corda amarrada no pescoço. O que sobrara do rosto de Crisate se contorcia arrastando a criança colina acima, invisível aos combatentes lá em cima. O outro menino ela trazia pelo punho, com as unhas cravadas em sua carne. Seu instrumento divinatório revelara coisas estranhas, mudanças nos destinos. Ela o consultara logo antes da batalha. O que havia acontecido? O que a feiticeira nórdica havia feito?

O fim de tudo, mas ela nada via para si mesma. Nada sobre Crisate, nem sobre Hécate, nem sobre a caverna em Tessália. Nada.

Crisate tropeçou no corpo de um soldado e caiu, os dedos escorregando no sangue do cadáver. As crianças gemiam e choravam. Ela ouvia seus tons agudos se sobressaírem aos mais graves da batalha. Música. Os céus se curvavam para escutar. Os deuses, até os deuses do amor, amavam a guerra.

Crisate se pôs novamente de pé, arrastando consigo os prisioneiros. O menor lhe chutava as pernas e ela o sacudiu até ele afrouxar. O maior se arremessou sobre ela, mas ela o golpeou na testa com o cabo da espada que havia roubado. Mais fácil agora. Ela os deitou, quase gentilmente, na grama. Ninguém a observava. Todos lutavam, insensíveis ao que estava para acontecer.

Do outro lado do campo de batalha, ela podia ver a rainha, ouvir seus gritos de guerra e observar as legiões caindo diante de seu estranho exército de animais selvagens. Ela estava provocando uma grande devastação e Sekhmet a possuía, estava à sua volta. Nesse instante ela lutava com o *Psylli*, tendo toda a atenção voltada para ele.

Crisate sussurrou e o céu se alterou com sua provocação. Uma estrela se aproximou para iluminar seu trabalho, emitindo um raio luminoso sobre a feiticeira da Tessália e seus prisioneiros.

A superfície clara da lua ficou vermelha quando Crisate a enlaçou com seu feitiço, puxando-a para baixo, tirando-a de órbita até ela ficar pendurada sobre o topo da colina. Crisate se posicionara ali de propósito. Havia um preço, é claro, mas ela planejara isso. Tudo isso.

Alexandre Hélios e Ptolomeu Filadelfo, filhos do Egito. Crianças reais. A menina teria sido mais poderosa, mas os meninos serviriam.

Eram sacrifícios contra a própria vontade? Já não importava. Estavam drogados e Crisate, sacerdotisa de Hécate, *psuchagogoi* da Tessália, complementava sua força reduzida com o poder tomado emprestado do céu. As águas da base da cratera se abriram para ela e o lago amargo de ódio brilhou ao luar.

Ela puxou o punhal do cinto e abriu um talho na garganta do mais jovem, a pele macia e imberbe. Os olhos da criança se arregalaram quando ela foi cortada, mas ela não protestou. O narcótico a aquietara e ela estava paralisada, quase sem poder se mover. Ela deitou Ptolomeu novamente na margem para que a lua o tomasse como pagamento.

Crisate segurou Alexandre sobre a água e cortou sua garganta — os olhos embaçados, pensou ela, como os de um bode, e pobre de espírito, não combinava com seu título real —, deixando que seu sangue escorresse para a cratera. O sangue caiu no líquido escuro, um presente para Hécate.

— Eu a evoco — gritou ela, exultante. — Venha a mim!

O mundo congelou num instante quando o Hades se abriu, cobrindo de geada as armaduras dos romanos.

A neve começou a cair da escuridão.

Formas claras emergiram pela fronteira. Um lamento chegou do fundo do lago. Dedos abriram brechas na superfície da água congelada e então milhares de sombras, centenas de milhares de sombras, lamentavam o sangue real que havia sido derramado em sacrifício delas. Suicidas e heróis, guerreiros e mulheres, infantes e anciãos, subiam em volumes crescentes para a cruel luminosidade vermelha da lua e, atrás delas, o Mundo Subterrâneo se esvaziava.

— Hécate! Ouça-me! — gritou Crisate. — Fique com eles, fique com esses lutadores, fique com esses feridos, fique com esses moribundos e mortos! A você dedico o sacrifício deles! Regale-se e junte-se a mim!

A terra tremeu e debaixo da encosta os cães de Hécate começaram a uivar. Crisate ouviu o grande Cérbero rosnando de fúria.

As sombras bebiam a vida, as bocas escancaradas, sugando as gotas de sangue que caíam nas águas. O sangue das crianças se derramava para os mortos.

Crisate escutava outro som abaixo de todos, o arrastar de uma enorme corrente, uma canção, distorcida e arrebatadora, a canção de uma deusa ressurgindo de seu exílio, quando a sombra de Marco Antônio surgiu da fenda, o corpo atormentado pela angústia, movendo-se com mais rapidez que a luz.

A feiticeira deu uma risada quando ele emergiu. Estava muito atrasado.

Marco Antônio soltou um grito e seu lamento ecoou pelo Hades e por todo o mundo superior. Ele segurou os filhos nos braços escuros, mas o mais novo já tinha partido. O mais velho estava morrendo. Marco Antônio praguejou, um morto segurando seus filhos mortos.

Lutando contra Usem e sua mulher, Cleópatra ouviu os gritos de Antônio, flexionou o quadril e saltou sobre o exército romano, atravessando a distância impossível até Crisate, os dentes à mostra, as garras estendidas.

Houve um tremor pelo campo de batalha quando Crisate ergueu as mãos, estendeu as unhas compridas para a lua e a segurou com firmeza, arremessando-a em seguida para o outro lado da cratera, as pontas do crescente servindo de lanças. A lua girou no ar, brilhante, iluminando o mundo, mas Cleópatra levantou a mão, jogou a lua para o lado e continuou em frente.

Conforme avançava, Cleópatra crescia, inchada pelo caos, inchada pela guerra. Seu corpo era de leoa, seus braços eram serpentes e o rosto o seu próprio.

Berrando, ela mostrou os dentes para afundá-los em Crisate.

A lua adernou pelo campo de batalha, cortando quem tocava, incendiando o gramado. As sombras invadiram o campo de batalha, um exército de dentes, de garras, as bocas abertas e todo o sangue do mundo lhes sendo insuficiente.

O lago estava cheio de almas e, abaixo delas, outra coisa começou a emergir, uma escuridão fluindo com as águas do Lete.

A lua, voando pelo céu e batendo nas paredes da cratera, num instante era cegante e, no seguinte, era escuridão. E, na cratera, dedos enormes começaram a ficar visíveis, cabelos escuros flutuavam nas águas, a pele azul de frio, os olhos mais profundos que a noite, refletindo suas próprias luas e estrelas.

— Hécate — gritou Crisate, arrebatada. — HÉCATE!

Então, a filha do Vento Oeste, levada ao seu limite pelo sacrifício de mais crianças e pelo ressurgimento de Hécate do fundo da terra, parou de lutar contra Cleópatra e passou a lutar contra Crisate.

24

A batalha pareceu diminuir de intensidade em torno de Cleópatra, que rodopiava, braços voando, os cabelos se entrelaçando num vento que surgira do nada. Onde estava o *Psylli*? Transtornado, Augusto olhava em volta. O vento começou a soprar no rosto dos homens de Augusto, enchendo seus olhos de pó.

Cleópatra se arremessou sobre Crisate, sendo cercada pelas bestas do redemoinho.

Ao lado de Augusto, Auðr perdeu o controle sobre os fios do destino que separava a rainha da deusa e elas se encaixaram novamente. Ela curvou o corpo conquistado pelas Moiras. O que tinha que ser, seria. Ela era incapaz de controlar tudo. O que acontecesse a Sekhmet, aconteceria a Cleópatra. O que acontecesse a Cleópatra, aconteceria ao mundo.

O corpo da feiticeira estava por todo lugar, dilacerado e esfoliado, se contorcendo e rosnando, e Cleópatra a empurrou até o vácuo que levava ao Hades. A feiticeira mordia a rainha, que a agarrava com força, e se contorcia.

Aos berros, Usem dava orientações ao vento, que já não o escutava. Os animais avançavam com Cleópatra contra a feiticeira da Tessália e, gritando no meio do temporal, Augusto lançou o punho cerrado no ar e avançou contra os inimigos que vinham de outra direção.

O imperador levava nas mãos o brilhante arco de Hércules, armado com uma flecha.

Ele viu a coisa surgindo na cratera e soube, com uma certeza que nunca tivera antes, que não podia permitir seu ressurgimento.

Atrás de Crisate, Marco Antônio se levantou. Depois do sangue derramado que consumira e dos feitiços lançados, ele agora estava forte. Seus dedos conseguiam agarrar e os pés tocaram o solo. A ira o impulsionou em direção à feiticeira, que o viu, incandescente de raiva.

Crisate não se importava. Ele não poderia feri-la. Seus feitiços estavam funcionando. Ela podia sentir Hécate chegando do mundo inferior, saciada com os sacrifícios feitos em seu nome. Manteve a posição e os fantasmas se aglomeraram à sua volta, matando os moribundos e bebendo dos mortos.

Cleópatra cortou a garganta de Crisate, mas não fez diferença. A feiticeira bebia da escuridão, da escuridão infinita, e se renovou. Sua gargalhada chegou até a rainha, embriagada, em êxtase, enquanto o céu se enchia de monstros e o mundo sacudia. Cleópatra enfiou os dedos no coração da feiticeira, mas nada sentiu além da noite. No chão, seus filhos tinham o olhar perdido. No ar acima deles, pairavam dois fantasmas atordoados, filetes de dor.

Cleópatra gritou de agonia e raiva, mas de nada adiantou.

Augusto mirou o arco, primeiro na cratera, depois em Crisate, e então em Cleópatra. Quem deveria matar? Ele não sabia. Do outro lado da cratera, Usem gritou para ele, que não conseguiu ouvir. Ele conseguia ver a boca de Agripa se mexendo também, comunicando-se com ele, mas Augusto não sabia o que fazer.

Por fim, ele mirou o arco no coração de Crisate, o demônio que ele mesmo evocara a Roma. Ela sorriu para ele, desafiando-o a disparar e isso o fez decidir.

— Você morrerá — disse ele, e puxou a corda do arco de Hércules, mas ela não se mexeu. Como poderia ser? Era o seu arco. Ele o obtivera do esconderijo. Ele, César Augusto, o imperador de Roma. Este era o seu destino.

A feiticeira o fitou nos olhos e deu uma gargalhada.

Augusto puxou a corda com toda a força, mas ela não se mexeu. Com o coração disparado, a vergonha infinita, uma fúria sem fim, ele relembrou as palavras do sacerdote de Apolo.

O arco de Hércules só poderia ser manuseado por um herói.

Marco Antônio olhou para ele — uma sombra, seu inimigo, o homem que ele retratara como covarde, como escravo de uma mulher — e estendeu as mãos fantasmagóricas.

Augusto lhe entregou o arco sem dizer uma palavra. Não havia escolha. Marco Antônio puxou a corda do arco com facilidade. Mirou, tentando encontrar um ponto desobstruído para atirar na feiticeira, mas era impossível.

A boca de Cleópatra estava coberta de sangue e seu cabelo voava ao vento. Seus olhos estavam acesos por uma ira dourada e o corpo nada mais tinha de humano. Ela era uma deusa, cintilante e formidável. Atracada à feiticeira, seus pés não tocavam o chão. Agarrando o pescoço da mulher, ela a erguia bem alto, os corpos entrelaçados.

Marco Antônio apertou os olhos diante da luz que ela emanava. A luminosidade o cegava.

— Atire! — gritou Cleópatra. — Atire nela agora! Hécate está vindo!

Marco Antônio não podia atirar na feiticeira sem pôr sua mulher em risco. Seus dedos hesitaram na corda do arco, a flecha trêmula. A feiticeira ficou na posição superior e ele viu sua boca aberta, as garras dilacerando o peito de Cleópatra, sua força aumentada pela presença de Hécate.

Marco Antônio olhou para baixo. No gramado aos seus pés, Ptolomeu tinha o olhar perdido na lua. Alexandre estava coberto de sangue, sugado pelos fantasmas. As sombras de seus filhos gemiam, curvadas sobre seus corpos perdidos. Ele não sabia o que havia acontecido a Selene.

Marco Antônio se sentiu caindo, os dedos se enfraquecendo. Cleópatra se virou, o corpo entre Antônio e a feiticeira. Com toda a força, ela segurou Crisate, olhando para o marido.

— Se me ama, você o fará! — gritou Cleópatra.

Ele olhou para ela. Sua amada. Sua mulher, o cabelo ensanguentado, as mãos em forma de garras e os olhos dourados. Ele conseguia enxergá-la dentro de todo o caos. Cleópatra estava lá.

— Sou sua — disse Cleópatra, e então Antônio atirou nela.

25

A flecha de Hércules perfurou as duas, entrando pelas costas de Cleópatra e atravessando seu corpo até o de Crisate.

Um barulho estrondoso abalou o céu. A própria Terra rugiu, soltando um grito, e o grito de Marco Antônio se misturou ao de Cleópatra em agonia e ao uivo de desespero de Crisate. Presa a Cleópatra, que dividia sua alma, Sekhmet gritou em uníssono com ela, curvando-se, pressionando o lugar onde o veneno imortal da Hidra lhe atingira o corpo. Estrelas caíram e se dispersaram.

Cleópatra pressionou o ferimento e, pela primeira vez desde que evocara a deusa, havia sangue.

A rainha soltou Crisate, que caiu, girando, aos berros.

— Dedico esta alma ao Hades! — gritou Cleópatra com a voz sufocada.

O brilho de Hécate enfraqueceu na cratera e a água a levou de volta, a corrente dos mortos lhe envolvendo o tornozelo e puxando-a para baixo. A cratera aguardava Crisate e nela os milhões de fantasmas que ela chamara do Hades.

O exército de sombras a ergueu e a levou para baixo das águas, e Crisate, a feiticeira da Tessália, sumiu na escuridão com sua deusa, arrastada e vencida.

Segurando o ferimento, com lágrimas correndo pelas faces, Cleópatra pendia no ar sobre o abismo e se virou para observar Augusto, que a observava atônito.

Ela sorriu para ele, que estremeceu, incapaz de se mexer. O olhar dela tinha o azul profundo do crepúsculo e, lá de dentro, surgiu a escuridão.

Formidável, Cleópatra cintilou acima dele, cegando, com o olhar perdido nele. Uma deusa.

Não terminamos, disse ela, e sua voz estava apenas na mente dele.

Ela estendeu a mão e, embora não o tocasse, Augusto foi invadido por um calafrio. Ele a sentiu tocando seu coração, apertando-o nas garras e então o arrancando dele. Seria seu coração? Ou alguma outra coisa? Ele não sabia o que estava acontecendo.

Ficou sem fôlego, sentindo uma súbita ausência em seu centro, uma perda. Uma dor abrasiva, como se tivesse sido atingido por um raio, dominado por aquela ausência, e ele sentiu um vento em redemoinho no peito. Cleópatra sorria.

Augusto caiu de joelhos, sem forças, aturdido, curvando-se em torno da ausência.

Cleópatra deu as costas ao imperador e olhou para seu marido.

Marco Antônio estava na beira da cratera, a pele já oscilante, enfraquecendo conforme a feiticeira que o evocara morria.

— Eu a verei de novo — disse Marco Antônio à sua mulher.

— *Vos es mei* — disse Cleópatra

— Como você é minha — disse Marco Antônio. — Ficarei esperando por você.

O rosto de Cleópatra se contorceu de dor quando ela tirou a flecha do corpo e a jogou na cratera.

— Talvez espere até o fim dos tempos — disse ela.

Marco Antônio sorriu.

— Esperarei — disse ele, e pegou nos braços os filhos mortos. Uma luz surgiu no oeste, como se o sol tivesse aparecido no horizonte e tivesse se virado para o campo de batalha.

Os que estavam olhando naquela direção, os que conseguiram fazê-lo, vislumbraram algo na luminosidade. Um barco, talvez, e seu capitão inclinado para fora da embarcação com os cabelos longos e brilhantes, os olhos azuis como lápis-lazúli, a pele feita de ouro.

Depois sumiu e Marco Antônio se foi também, com os filhos deles e as flechas de Hércules.

Cleópatra deitou no chão, o corpo pálido, o ferimento mortal.

Finalmente, ela estava morrendo. Seus lábios se abriram num sorriso.

Ela deu um último suspiro, olhando o céu noturno e depois ficou imóvel.

Houve um último rugido divino de pesar, que fez o oceano além do Averno subir e se jogar contra o penhasco, e então a batalha acabou.

26

Petrificado de terror, Augusto deu um passo em direção ao corpo de sua inimiga. Ela não se mexeu. O sangue escorria ao lado dela. Ela lhe fizera algo, algo que ele não entendeu. Suas mãos tatearam. Uma moeda para pagar por sua passagem. Ele não tinha nada.

Ele se ajoelhou ao lado de Cleópatra, estendeu uma mão trêmula, tirou a neve de seu rosto e fechou os olhos dela.

Na escuridão da cratera, Augusto viu um único ponto fantasmagórico de luz, um vulto brilhante, oscilante, veio à superfície por um momento, seus milhares de dentes, sua forma aquosa cintilante, o corpo coberto de penas cortantes, antes de também mergulhar nas profundezas, voltando ao seu lar no Mundo Subterrâneo. Alguma coisa puxava Augusto. Lar. Ele oscilou na beira da cratera, incerto.

Augusto observou a devastação no campo de batalha à sua volta.

Olhou os monstros que ainda andavam por ali, os leões e tigres espreitando suas presas, comendo os mortos.

Do outro lado do campo de batalha, o *Psylli* o encarava.

— Vencemos — disse Usem. — Isto é uma vitória. Não o verei mais.

— Não — respondeu Augusto.

— Nem Roma — completou Usem e assentiu para ele, uma vez apenas. — Que possa viver em paz, imperador.

Os monstros de areia e vento o cercaram e foram encolhendo conforme ele se movia. Usem lhes estendeu as mãos e eles convergiram para uma forma única. Uma mulher com os cabelos esvoaçantes parou subitamente diante do encantador de serpentes e Augusto a viu beijá-lo. Depois, ele observou a filha do Vento Oeste segurar o marido nos braços, viu o ar formar um redemoinho em volta deles e os levar para o céu, e eles desapareceram juntos na escuridão por trás da colina.

A manhã se aproximava, cinzenta e doentia no horizonte. Augusto oscilou, olhando as legiões de romanos parados, ensanguentados, reunidos num único e ofuscante agrupamento de homens. Diante dele havia senadores mortos, assim como soldados leais. Ele viu Agripa abrindo caminho entre eles, falando com os feridos, dedicando suas sombras ao Hades, e a *seiðkona*, segurando a roca, tocava os homens e levava consigo suas lembranças.

Quando Auðr chegou diante de Augusto, ele já não a temia. Ela pôs sua roca na testa dele e, ao ser tocado, ele sentiu a mente entretecida por uma filigrana de gelo. Naquele instante, toda dor sumiu, assim como as lembranças das coisas destruídas, da culpa.

Por um glorioso instante, ele não sabia quem era e ficou agradecido.

Ele não queria saber quem era. Não queria saber o que havia perdido.

Auðr seguiu adiante e Augusto se ajoelhou no topo da colina ao lado da mulher morta, uma mulher que agora mal reconhecia. Ele ficou ali, aturdido, incerto, sem saber por quanto tempo. Finalmente, ensanguentado, o rosto marcado por novas rugas, Agripa subiu a encosta da colina atrás dele.

— Eu a achei entre os feridos — disse ele.

Uma mãozinha segurou os dedos de Augusto. Sobressaltado, ele olhou para baixo. Selene, o rosto sujo de terra, neve nas pestanas. Ele a reconheceu num ímpeto de pesar.

— Roma venceu — disse ela, a voz vacilante. — E eu sou romana. Irei com você.

Então, sem olhar o corpo da mãe, sem olhar para baixo, ela conduziu Augusto colina abaixo, para longe do campo de batalha.

— Nós vencemos — disse ela e só então Augusto percebeu que estava chorando.

Depois que eles partiram, Auðr se curvou sobre o corpo de Cleópatra, tossindo ao se ajoelhar. Faltava pouco para que seu próprio fio, emaranhado com todos esses, chegasse ao fim. Ela podia ver sua extremidade esfiapada sob a luz do alvorecer, cortada e puída.

Ela observou o rosto da rainha. Tranquilo. Para onde ela teria ido? Quais dos deuses a levara? A *seiðkona* se perguntava.

Auðr torceu a roca, empregando as forças que lhe restavam para enrolar o fio da rainha. Gemendo, ela desfiava os destinos, desembaraçando os fios, ao mesmo tempo que seus poderes se enfraqueciam.

Acima dela, o universo se modificou. Uma configuração no céu, uma ondulação no cinza quando o céu começou a se revirar, uma mudança de estações, a noite virou dia e voltou a ser noite. As últimas estrelas recuaram para revelar o sol e o último sol recuou para revelar o vazio e, ainda assim, a *seiðkona* trabalhava, tecendo o padrão, a trama do futuro, tendo em suas mãos as bordas do universo.

Por fim, ela se levantou e foi até o historiador.

Estava quase tudo acabado.

Nicolau não conseguia se mexer, nem mesmo ao ver Auðr se aproximar dele. O sangue corria do talho que ia de seu ombro ao punho. Ele iria morrer, sabia, mas não conseguia se resolver a sair correndo.

Ele queria morrer.

O campo de batalha estava cheio de corpos e as águas corriam vermelhas. Os abutres circulavam no alto e logo iriam descer.

Os cabelos da *seiðkona* tinham se soltado e se entrelaçavam no ar, uma nebulosa branca. Ela fez uma careta ao examiná-lo. Estendendo a mão, tocou-lhe a boca com dedos gelados, azulados. A outra mão segurava a roca.

Nicolau se preparou para o toque e descobriu que chorava. As lágrimas congelaram em seu rosto e uma caiu, se espatifando ao atingir o solo. Ele virou a cabeça para ela, entregando-se.

Que ela o tocasse. Que levasse embora as coisas que ele tinha visto e feito. Que levasse sua mente e seus pensamentos. Que o levasse e a todas as palavras a que estava apegado.

Não, disse ela, os lábios imóveis. *Você se lembrará de tudo.*

Ele olhou para cima e foi capturado, alfinetado, pelo seu olhar prateado.

Lembrará de tudo isso. Contará esta história. Você a escreverá.

A *seiðkona* ergueu a roca sobre a cabeça e Nicolau observou-a movê-la na direção de sua testa.

Ao ser tocado, sua mente se abriu, dando espaço para tudo o que podia abranger. Ele sentiu suas lembranças se estilhaçarem e girarem como bolinhas de gude para as bordas da consciência e lá se perderem.

A roca o tocou por um único instante e, ainda assim, ele já não era apenas Nicolau.

Ele *percebeu*. Tudo. Sua mente se dilatou, agonizando, horrorizada, cheia além de sua capacidade e depois se encheu ainda mais. Amor e pesar. Morte e desespero. Fome. Derramamento de sangue. Armaduras sendo vestidas e espadas sendo afiadas, crianças acordando de sonhos, mães segurando seus bebês, leoas caçando suas presas. Todas as histórias dos mortos. Todas as histórias dos vivos. Todas as memórias que ela havia lhes tirado eram dele para guardar. Ele soltou um grito, pressionando a testa com as mãos, sentindo seu crânio se partir com o conteúdo do mundo. Não podia haver espaço suficiente dentro dele para isso. Mas havia.

Agora sua história era a história de milhões. Ele sabia de tudo e não havia esquecimento. Seria ele quem lembraria.

Nicolau saiu correndo do campo de batalha, segurando o braço ferido, as lágrimas escorrendo pela face. Enquanto corria a pele começou a se curar e ele percebeu que entrelaçara seu destino com alguma outra coisa. Soube que não morreria naquela noite.

Ele tinha um propósito.

Ele era o guardião da história desse dia e dos que o antecederam. Ele contaria a história das serpentes e dos soldados, de deuses e deusas. Contaria a história da rainha e de seu amante, dos seus filhos e das sombras que tinham vindo de debaixo da terra.

Tudo aquilo, tudo sobre tudo e todos estava contido dentro dele.

Enfim, ele era um historiador, de modo total e completo.

Ele contaria ao mundo.

Epílogo

Mancando, o imperador passeava por um pomar ao sopé do Vesúvio, o vento soprando seus mantos, resfriando sua pele fina, emaranhando seu cabelo ralo. Algo lhe era familiar ali. A configuração das estrelas no céu talvez fosse igual à tatuagem que certa vez ele vira nas costas de uma mulher. Augusto buscou os detalhes na memória, mas era inútil. Tinha sido apenas uma identificação fugaz, talvez algo com que tivesse sonhado tempos atrás. Ele riu consigo mesmo, uma tossida áspera de diversão amarga. Sua mente ficara como o Oceanus, e todos os lugares que ele havia conhecido estavam afogados no mar salgado, habitados por fantasmas. Ele já não conseguia diferenciar a verdade da ficção, nem suas lembranças das coisas que tinha inventado.

Augusto estava com 76 anos. Havia reinado sobre Roma, sobre seu império, por quase 44 anos. Era 19 de agosto, o mês que nomeara em homenagem a si mesmo. Outros agostos lhe preenchiam a memória, um deles passado em Alexandria. De repente ele pensou em Marco Antônio. Augusto vivera muito mais que seu antigo inimigo, seu antigo amigo, seu antigo ídolo, mas não sabia por que pensava nele agora. Lembrou-se de andar pelas profundezas frias de um mausoléu e...

Não, não. Não iria pensar nisso.

Um relance de memória, outro agosto, este num campo de batalha. Tigres rugindo e um vazio onde antes estava seu coração, a neve caindo sobre ele. Um deus gritando no céu e sua inimiga, sua bela inimiga, sangrando na neve. O que ela havia feito com o coração dele? Que estranheza era essa que ele sentia? Sua alma...

Ele não sabia.

Lembrou-se de uma anciã de olhos prateados, tocando as testas com sua roca, esvaziando suas histórias e substituindo-as com desconhecimentos.

Ele voltara a Roma, servira o império, servira o povo. Aturdido, fechara os Portões de Jano e levara paz aos seus domínios. Um preço devido a um guerreiro, um preço que ele sabia que deveria pagar, mas sua própria vida não fora pacífica.

Roma era sua única filha agora. Júlia, a única herdeira de sangue, o traíra, tendo uma aventura amorosa com o último filho sobrevivente de Marco Antônio, além de fazer sacrifícios às antigas religiões, dançar nua nos templos da cidade, oferecendo-se a qualquer um que desejasse a filha do imperador. Ela usava no dedo um anel com o rosto de Hécate gravado, algo que afirmava ter encontrado na casa do próprio Augusto.

Augusto a banira de Roma e mandara matar seu amante, mas esses castigos não aliviaram sua dor. Horas antes de chegar a esse pomar, ele dera a ordem de execução de seu último neto, o filho mais jovem de Júlia. O menino era o rebento de um pai desconhecido e o imperador não podia correr o risco de Roma ser herdada por um descendente de seu antigo inimigo. Não. Ele devia passar Roma a Tibério, seu enteado, um homem de quem não gostava e em quem não confiava. Não havia outra opção. Todos seus outros herdeiros estavam mortos e sua linhagem havia se rompido.

O imperador sentiu um aperto no peito, onde seu coração deveria estar.

Os amigos ele também tinha banido. Nicolau de Damasco, seu biógrafo, fora mandado embora depois de entregar ao imperador uma cópia de sua história do universo. Foi exasperante. Até as partes relativas a Augusto, que ele mesmo ditara, pareciam estranhas, cheias de inverdades. Será que ele tinha falado enquanto dormia? Era impossível saber.

Ele mandara Ovídio para o Mar Negro porque alguma coisa em suas fábulas, naquelas *Metamorfoses*, naquelas mulheres que se transformavam em animais selvagens, naquelas bestas que se transformavam em mulheres, naqueles deuses andando entre os homens, lembravam Augusto de...

Quê?

Alguma coisa nelas fazia Augusto crer que alguém tinha ido ao poeta, sussurrado em seu ouvido, lhe contado todas as coisas secretas, iniciando-o nos mistérios que o próprio imperador não relembrava.

E foi assim que ele queimou as peças, os versos, queimou as fábulas, as biografias. Nos degraus do Palatino, segurando uma tocha, ele pôs fogo nas páginas. Ele não sabia o que estava ocultando. Queimou tudo, até os próprios escritos.

Ele deixou as *profecias sibilinas*, mas censurou-as, cortando palavras ofensivas com o punhal. Frases e passagens inteiras. Augusto se lembrou de uma delas, arrepiando-se com a lembrança.

"E não será mais uma viúva, mas coabitará com um leão devorador de homens, terrível, um guerreiro furioso. E então será feliz e conhecida entre todos os homens; E vocês, os nobres, serão encerrados num túmulo, pois ele, o rei romano, lá os porá, mesmo que estejam entre os vivos. Embora a vida tenha acabado, haverá algo imortal entre vocês. Embora sua alma tenha partido, sua ira permanecerá e sua vingança se insurgirá e destruirá as cidades do rei romano."

Ele mutilou essa parte, desnorteado, fazendo acréscimos e subtrações, mudando o que dizia. Era tudo bem familiar, mas mesmo assim ele não conseguia entender exatamente o que o irritava tanto. Por fim, afastou-se da tabuleta, vermelho de raiva, sem entender por que se sentia assim. Ainda não sabia.

Augusto choramingava agora. De repente, só se lembrava das coisas horríveis.

Pensou em Marco Agripa, morto aos 55 anos, de septicemia, o legado de um ferimento antigo. Ele havia estado numa campanha e mergulhara a perna no vinagre numa tentativa de aliviar a dor de seu antigo ferimento. Quando Augusto chegou, ele tinha morrido por causa disso.

Augusto quase conseguia se lembrar de como ele tinha se ferido daquele jeito. Algo a ver com uma flecha, algo sobre um veneno, sobre um erro, sobre um clarão.

Os dentes do imperador estavam frouxos. Ele passou a língua pelo espaço onde, há muito tempo, ele tinha perdido um dente numa viagem de navio. Jogou-o no mar entre o Egito e a Itália. Talvez agora fosse uma pérola. Ele estava tão velho que seus ossos agora poderiam ter se transformado em ouro. O cabelo em lápis-lazúli. Os dentes em pérolas. Em algum lugar de sua memória havia um deus cujo corpo era feito de pedras preciosas, um deus que cruzava o céu num barco.

Augusto pensou nisso com saudades. Sentia frio mesmo ao calor do sol, e agora, sob o luar, congelava.

Ele virou o rosto para o céu, cerrando os olhos para ver com mais clareza. Ao mover a cabeça, sua coluna protestou, mas ainda havia beleza ali, nessa noite, nesse pomar, as árvores pendendo, carregadas de figos maduros, o cheiro da grama, a perfeição do lugar. O pomar de seu pai. Fazia anos que ele não ia lá. Seu pai tinha morrido exatamente nesse lugar, muito tempo atrás, quando o imperador era apenas uma criança. Era tudo tão familiar e, mesmo assim, quando ele tentava agarrar, a coisa voava.

Colheu um figo da árvore. Uma coisa macia, o figo, perfeitamente maduro. Ele os preferia verdes. Havia perigo no desfrute.

Uma mulher linda saiu detrás da figueira e sorriu para ele, que se sentiu retribuindo o sorriso, desdentado e velho. Sua mão, quando ele a levou à boca, mostrava as manchas senis.

Ela era linda e encantadora. Uma criada, mas bonita demais para ser uma criada. Uma hóspede? Uma dignitária?

Ele devia conhecê-la. Algo no fundo de sua mente gritava como uma criança.

Augusto pensou, mas não conseguiu reconhecê-la. Seus olhos estavam delineados com kajal e os braços, adornados com braceletes enrolados em forma de serpentes. Seu corpo era curvilíneo e estava envolto num vestido justo de linho branco. Sua boca era carnuda, pintada de vermelho.

Ele mordeu o figo — doce como mel, quase maduro demais — e então relembrou. Ele fora amante dela há muito tempo. Ou a amara.

— Eu a conheço? — perguntou ele.

— Otaviano — disse ela, pondo a mão na cintura.

— Está ferida?

— Estive — respondeu. — Fui ferida uma vez, gravemente. Fiquei me curando por muito tempo e você teve uma vida longa. Não era o que eu pretendia, mas não lamento. Sofreu.

Augusto ficou indignado.

— Não sofri — começou ele, mas ainda enquanto dizia isso ele se lembrou das noites insones, assombradas. Ao mesmo tempo, cogitou consigo mesmo. Ele não estava vestido para a noite, nem para receber companhia. Estava quase nu. Ele sentia a pele se arrepiando ao olhar para ela.

— Não me reconhece, Otaviano? — perguntou a mulher diante dele.

— Não — insistiu ele, sentindo a garganta começando a inchar. O figo estava lhe arranhando a língua. Ele tossiu, sentindo-se infeliz. Estava com frio, ali, ao ar noturno. Queria entrar, ir para a cama, dormir. Queria acordar de manhã e ver o sol nascer.

— Fiz um trato uma vez — disse a mulher. — Com um rei poderoso, num país não distante daqui.

— Uma aposta? — perguntou Augusto. Ele pensou em jogos feitos com ossos e seixos, jogos com moedas. Horrorizado, lembrou-se de ter posto uma moeda na boca de Agripa, o pagamento ao barqueiro do Hades. O frio da língua ao toque de seus dedos. A dureza apodrecida dos dentes. A umidade do túmulo onde ele pusera o amigo, com todas as cerimônias cabíveis, com todos os rituais.

Uma lembrança súbita de outra sepultura e de uma placa vazia lá dentro. Uma caixa de prata entalhada com a imagem de Ísis. Uma serpente, uma serpente. Involuntariamente, ele se encolheu.

— Uma aposta — concordou ela.

Ele tossiu e se sentou com todo o peso na grama coberta de orvalho. Um criado devia lhe trazer uma capa. Ele não devia estar ao relento à noite.

— Foi uma aposta por uma alma — disse ela.

Com cuidado, Augusto se deitou de costas, na expectativa de uma história e temendo-a, ao mesmo tempo. Durante a vida, ele havia contratado muitos contadores de histórias, tinha ouvido inúmeras fábulas e dormido pouco. Ele se flagrou quase ansioso por isso. Dormir. Repousar.

A mulher o olhava com firmeza.

De repente, ele pensou em dois meninos, perdidos muito tempo atrás num campo de batalha. Ele levara para Roma a última das crianças egípcias, Selene, e a casara com o rei da Mauritânia, dando-lhe um dote em ouro como se fosse sua própria filha. Ele lhe devia algo, embora mesmo na época ele não conseguisse se lembrar por quê. Oito anos depois Selene morreu e ele nomeou um poeta grego para fazer seu elogio fúnebre. Uma boa filha. A única boa filha que ele tivera, e nem sequer era sua de fato.

— *A própria lua escureceu, subindo com o poente* — sussurrou Augusto. Foi um belo epigrama, o elogio e, por alguma razão, lembrava-o da mulher diante dele. Selene se parecia com ela, talvez fosse por isso. — *Encobrindo seu sofrimento com a noite, pois ela viu sua bela homônima, Selene, sem vida, descendo ao Hades. Com ela, havia compartilhado a beleza de sua luz e combinou a própria escuridão com sua morte.*

A mulher diante dele sorriu dando a impressão de estar com os olhos brilhando de lágrimas, mas devia ter sido o luar.

Ele lamentava tudo sobre a Terra.

— Uma alma? — perguntou ele. — De quem? A sua?

— Não — disse ela. — Ao fazer esse trato eu já tinha vendido minha alma. Não, Otaviano. Não agi para salvar a minha alma, mas a do meu amado. A sua alma ficou comigo todos esses anos, desde a batalha em Averno. Você viveu sem ela, assim como eu vivi sem a minha. Nunca percebeu sua ausência? Diga-me, Otaviano, foi uma vida gloriosa? Amou? Encontrou alegria?

Infeliz, Augusto a encarou. Uma mulher tão linda. Seus lábios eram luminosos, mesmo no escuro.

Ela parecia mais alta agora e sua pele mais clara, como se tivesse absorvido a luz da lua. Ela sorria de modo condescendente para ele.

Seus dentes eram pontudos.

A garganta dele estava se fechando. Ele mal conseguia respirar. Um nome chegou derivando do passado, um nome que ele nunca deveria ter esquecido. Ele não entendia como o esquecera.

— Cleópatra — disse ele.

— *Vos es mei* — disse ela a Augusto. — É meu.

Ela se inclinou e o pegou com as mãos fortes. Aproximou-se, roçou os lábios frios em seus lábios frios e o imperador olhou dentro dos olhos dela, vendo incêndios, vulcões, destruição.

Num instante, ele viu Roma cair, observou o céu se encher de asas metálicas, assistiu a tudo o que construíra se desmoronar.

Ele sentiu Cleópatra lhe mordendo o pescoço e se debateu sem muito ânimo. A mão dela o pressionava, pesada como um cobertor, e ele relaxou sob seu peso, era um beijo.

Sim. Eles já tinham sido amantes, ele tinha certeza. Tudo indicava que eram amantes novamente. O beijo era doce.

Cleópatra, rainha do Egito. Rainha dos reis.

— Você viverá — disse sua voz para ele e, em seus últimos momentos, ele era um menino de novo, febril em seu leito. — Terá uma vida longa. Então se acabou.

Cleópatra se levantou, deixando no chão a casca que tinha sido o imperador de Roma e foi embora do país que, contra sua vontade, lhe servira de lar por todos aqueles anos.

Ao morrer em Averno, muitos anos atrás, ela sentiu Sekhmet abandonando seu coração, sentiu os espaços ocos sendo preenchidos de novo com o seu *ka*. Ela relembrou a morte, os flocos de neve caindo em sua pele, o sangue fluindo lentamente, frio e sem fim.

Ela se encontrou deitada na margem coberta de musgo de um lago prateado. Era noite no mundo, a luz redonda e perolada estava alta no céu e mesmo assim o sol nascia, todo o horizonte ressurgia, dourado e coral. Até onde sua vista alcançava havia colinas e vales, a relva verdejante coberta de orvalho e de brotos de flores silvestres de verão, mas isso não era a Terra.

Havia estrelas no céu e, olhando para cima, ela viu as formas familiares exibidas pelas constelações, formas que ela conhecia em todas as terras onde tinha vivido. Ela via as sombras das estrelas na grama à sua volta e na água prateada e tranquila, o que a consolou, o traçado de sua vida anterior na natureza selvagem do mundo que despertava.

— Está no Elísio — disse uma voz. — Morreu em meus portões.

— Onde está Antônio? — perguntou ela, virando-se e vendo o Deus dos Mortos. — Preciso ir para onde ele está.

Hades assentiu, pesaroso.

— Como quiser. Fez-me um grande favor. Devo a você uma recompensa.

Um clarão, e ela se viu transportada outra vez.

Avistou a Ilha do Fogo, com a balança que pesaria seu coração, com a pena lustrosa de Maat em cima. Marco Antônio e seus filhos estavam ao seu lado, todos os seus mortos amados, Cesário, Alexandre Hélios e Ptolomeu.

Ela estava indo em direção a eles, cheia de alegria, quando de repente, sem qualquer aviso, foi arrancada do Duat e enfiada em seu corpo alquebrado novamente.

A fiandeira do destino trouxera Cleópatra de volta da morte desejada. Impotente, paralisada no campo de batalha, a rainha sentiu Sekhmet reentrar em seu coração.

Agora consigo ver tudo, a *seiðkona* expressou num som áspero, as mãos no rosto de Cleópatra. *Consigo ver tudo.*

Cleópatra seguiu em frente rumo ao seu futuro. Seu amado estava no Duat, esperando por ela, e ela estava na Terra, sonhando com ele. Mas ainda não chegara a hora de estar com ele.

É seu destino destruir o mundo, a *seiðkona* tinha lhe sussurrado naquele dia há tantos anos. *Mas deve salvá-lo também. São dois aspectos do mesmo destino.*

Cleópatra foi andando pela escuridão, as estrelas acima brilhando, a lua num crescente pontudo, seu corpo cheio de sangue, sua mente preenchida pela noite. Sekhmet ressurgiria agora que Cleópatra tinha acabado de se curar. A rainha podia sentir sua fome. Sekhmet também fora ferida com o veneno da Hidra, mas ainda tinha seis Massacres em sua aljava: Fome, Terremoto, Dilúvio, Seca, Loucura e Violência.

Embora isso tivesse acabado, Cleópatra não tinha terminado. Ela não sabia quando terminaria. A decisão não era sua.

O imperador de Roma estava morto.

Vida longa à rainha.

ACTA EST FABULA.

Nota histórica

Muitas das coisas contadas neste livro realmente ocorreram. Muitos dos personagens retratados realmente existiram. Assim como aconteceram muitas de suas façanhas e iniquidades e também muitos de seus atos loucamente improváveis — inclusive alguns que você teve certeza de que eu inventei.

Deixem-me esclarecer isso. Muitas das coisas que acontecem neste livro realmente *têm base histórica*. Entretanto, grande parte da história em que nos baseamos para lhes contar a verdade do que aconteceu a Marco Antônio, Cleópatra, Otaviano, Agripa e o restante dos personagens do início do Império Romano foi tão realçada pela ficção, imaginação e mitologia quanto foi este livro.

A história é escrita por e para os heróis conquistadores — neste caso, os romanos — e, portanto, as fontes clássicas que lidam com Cleópatra e Marco Antônio são documentos fascinantemente distorcidos, cheios de hipérboles, humor, histeria e contradições. Bem como na atmosfera política atual, as pessoas de ambos os lados dos acontecimentos tinham muito a dizer sobre os atores, parte verdadeira (talvez) e parte invenção.

Nenhuma das principais fontes foi contemporânea aos eventos históricos aqui retratados — Plutarco escrevia quase cem anos após a morte de Cleópatra, que cometeu suicídio (ou talvez não) em 30 a.C. Essas fontes se basearam em fontes anteriores, em boatos, em licença poética e com uma forte dose de subserviência ao Império Romano. Assim sendo, as obras de estudos contemporâneos sobre esses tópicos — como concordam os próprios autores — dispõem de uma limitada combinação de recursos no que se refere a narrativas factuais do que aconteceu ou não em Alexandria e dali em diante.

Como um sacerdote de Apolo afirma neste livro ao falar das flechas míticas de Hércules, "*Tudo é verdade. Uma vez que uma história é contada, torna-se verdadeira. Toda fábula improvável, toda fábula sobre maravilhas, tem algo real em seu âmago*".

Isso é absolutamente verdadeiro na história que inspirou e forneceu informações a esta fábula em particular

Isto dito, fico em enorme dívida com uma variedade de volumes que lidam de fato com os "fatos", mais especificamente a Suetônio por *A vida dos doze Césares*, a Plutarco por *A vida dos nobres gregos e romanos*, a Joyce Tyldesley por *Cleópatra: a última rainha do Egito* e a Anthony Everrit por *Augusto: a vida do primeiro imperador de Roma*. Para os que se interessam por biografias fictícias fantásticas — e numa abordagem totalmente diferente dos vários personagens que aqui retrato — recomendo o premiado romance de John Williams, *Augustus*, vencedor do prêmio norte-americano National Book Award. Consultei também Ovídio, Virgílio, Horácio, Dio, Estrabão, Shakespeare e muitos outros, alguns textos poéticos e outros históricos.

Um dos maiores prazeres de escrever *A Rainha dos reis* foi a possibilidade de usar detalhes biográficos de Marco Antônio, Cleópatra, Augusto e de outros com um novo efeito, entrelaçando a história com as possibilidades da minha imaginação. A morte de Cleópatra, por exemplo, é retratada por Plutarco como um mistério a portas fechadas — a rainha e suas criadas foram encontradas mortas com a única marca visível de um par de picadas em Cleópatra. Nenhuma víbora auxiliar no suicídio jamais foi encontrada e o próprio Plutarco parece desconfiar de que foi isso que realmente aconteceu. Com o passar do tempo, a morte pela picada de uma serpente passou a ser a visão aceita. Exigiu um pequeno salto de imaginação para calcular um prelúdio diferente para a "morte" de Cleópatra e outra explicação para as marcas de presas em seu corpo.

Em termos de antiga feitiçaria, religião, presságios e mitologia, eu me inspirei e me informei com a obra de Apuleio, *O asno de ouro* (às vezes conhecida como *Metamorfoses*), de Ovídio, *Metamorfoses*, de Kimberley Stratton, *Naming the Witch*. Pesquisei as grandes ideias sobre o terror e a criatividade das armas de guerra no mundo antigo e sobre o veneno da Hidra na obra de Adrienne Major, *Greek Fire, Poison Arrows, and Scorpion Bombs: Biological and Chemical Warfare in the Ancient World*.

Quanto à feitiçaria grega, Hades e às sombras, consultei diversas fontes e inspirações, tanto clássicas como contemporâneas, inclusive *A Eneida* (que os leitores reconhecerão como a inspiração para a geografia de Hades), *A Odisseia*, *Medeia* (a personagem se encontra tanto na peça do Eurípedes quanto na *Metamorfoses* de Ovídio). O processo classicamente aceito de evocação das sombras é bem semelhante ao que esbocei aqui. Ele realmente requer um sacrifício de sangue, que lhes devolve a consciência e memória anuviada do mundo de Hades. No Epílogo, a breve experiência de Cleópatra no Elísio foi inspirada no belíssimo poema de James Agee, *Descrição do Elísio*.

Tenho a sorte extraordinária de contar entre meus amigos com uma estudiosa em magia clássica e do cristianismo primitivo. Portanto, usei o trabalho e as palavras, algumas publicadas, outras não, de Dayana S. Kalleres como orientação no processo de pesquisa.

Quanto à história, magia, religião, folclore e provas hieroglíficas egípcias, consultei uma variedade de documentos, tanto antigos quanto contemporâneos, inclusive *O livro egípcio dos mortos*, mais conhecido como *The Book of Going Forth by Day*. Sekhmet é de fato uma deusa e grande parte de sua história, como consta neste livro, é sustentada pela sabedoria popular egípcia. Uma narrativa particularmente boa sobre a relação entre Sekhmet e Rá, e a tentativa de Sekhmet de destruir a humanidade, pode ser encontrada em *Magia no antigo Egito*, de Geraldine Pinch. A discussão sobre os Sete Massacres de Sekhmet também consta nesse excelente livro, embora a Peste, como retratada em *A Rainha dos reis*, tenha sido inspirada na lenda irlandesa da Infância de Finn e Birgha, na lança que ele usa para derrotar o gigante de voz adorável, Aillen. A encarnação mais contemporânea de Sekhmet, pós-Ísis, a colocou como uma "deusa das mulheres" — significando que ela governa os partos e a menstruação — um rebaixamento definitivo de suas primeiras responsabilidades, que eram de travar batalhas e destruir os inimigos de Rá e dos faraós egípcios. Não é de admirar, em minha opinião, que neste livro ela esteja pronta para algo um pouco mais interessante.

O capítulo 4 do *Livro das profecias* foi inspirado em minha parte predileta de *Drácula*, de Bram Stoker. A ideia de um navio fantasma cujos passageiros e tripulação (todos menos o capitão) foram assassinados pelo monstro que eles, inadvertidamente, levaram a bordo, sempre me deixou arrepiada e me encantei ao ver a oportunidade de criar minha própria variação. O navio do romance de Stoker chama-se *Démeter*.

Os Oráculos Sibilinos são uma coleção complicada de documentos criados principalmente nos séculos II a V d.C., mas que encerram fragmentos datados do século I a.C. São falsificações acadêmicas de textos proféticos anteriores — os Livros Sibilinos — que em sua maioria foram perdidos num incêndio em 83 a.C. Na época de Augusto, tornaram-se propaganda encomendada e escrita por acadêmicos de ambos os lados. Eram consultados e lidos em voz alta como palavras dos deuses. No entanto, os acadêmicos que escreviam os Oráculos eram oriundos de lados variados dos acontecimentos — até de Alexandria — e, portanto, alguns previam a destruição de Roma por Cleópatra e outros a ascensão resplandecente de Roma sob a soberania de Augusto. As citações apresentadas no início do Livro das profecias e do Livro dos raios e que são mencionadas ao longo de *A Rainha dos reis* originam-se das partes mais antigas dos Oráculos Sibilinos, Livros III a V. As citações foram copiadas sem alteração da tradução de 1899 e geralmente estão de acordo ao se referirem a Cleópatra e suas interações com Marco Antônio e Augusto.

Por mais incrível que pareça, dada a descrição dos Oráculos Sibilinos de *"a viúva"*, *"cataratas de fogo"* e a coabitação com um *"leão devorador de homens"*, assim como os fragmentos mutilados que envolvem o sepultamento de Cleópatra: *"tu, a majestosa, deverá ser encerrada no túmulo... sumiu... vivendo dentro"*, este livro não se inspirou neles. Encontrei esses trechos impressionantes muito depois de ter concebido o enredo do livro, quando já estava escrevendo a batalha final. Nem é preciso dizer, dei gritos de alegria ao descobri-los. É verdade que Augusto historicamente queimou uma vasta quantidade de livros e pessoalmente censurou os Oráculos Sibilinos. Tive alguns arroubos de imaginação, totalmente prazerosos, sobre a criação dos fragmentos Sibilinos e de sua natureza literal.

O historiador Nicolau de Damasco é um personagem real, que teve um esboço de sua verdadeira biografia retratado aqui bem ao estilo de *Zelig*: filósofo da corte do rei Herodes, tutor dos filhos de Cleópatra e num determinado momento, biógrafo de Augusto. Reorganizei um pouco sua cronologia. A história do universo em 144 volumes, em sua maioria perdidos, é uma descrição precisa da obra de Nicolau — embora os segredos que possam ter sido revelados naquele conjunto de 144 volumes sejam invenção minha. Ainda existem fragmentos da obra de Nicolau sobre Augusto, principalmente versando sobre a infância de Otaviano e esses eu consultei ao pesquisar para este livro.

O esboço da biografia de Selene, filha de Cleópatra e Marco Antônio, pode ser descrito como uma licença poética significativa aqui — mas é verdade que ela foi para Roma com os dois irmãos após a morte dos pais. Alexandre Hélios e Ptolomeu Filadelfo desaparecem sem explicação dos registros históricos logo depois e a maioria dos historiadores imagina que ambos tenham morrido de doenças infantis. Não creio que seja um grande salto imaginar um destino sinistro para os filhos de Marco Antônio e Cleópatra na Roma de Augusto. Cleópatra Selene, por outro lado, permaneceu leal a Roma e acabou se casando com um grande dote fornecido por Augusto, com o jovem rei africano Juba II. É curioso o fato de Juba, aos 3 anos, ter acompanhado a procissão triunfal de Júlio César entrando em Roma após seu idílio alexandrino — o que pôs Cleópatra no trono. Selene reinou como rainha da Mauritânia (a atual Argélia), leal e subserviente a Roma, e morreu em 6 d.C. O epigrama que Augusto recita para Cleópatra no epílogo é de autoria de Crinágoras de Mitilene, um famoso poeta grego que viveu em Roma como poeta da corte. Portanto, é bem possível que o citado epigrama tenha realmente sido encomendado por Augusto para homenagear sua única "filha" leal.

Por falar nisso: para meu grande pesar, não consegui incluir no livro mais informações sobre as filhas. A única filha de Augusto, Júlia, acabou se apaixonando pelo filho órfão mais velho de Marco Antônio com Fúlvia, Iullus, tendo um longo caso amoroso com ele (durante seu casamento com Marco Agripa e depois com Tibério) o que a levou a ser banida pelo pai e à execução de Iullus. Corriam boatos também sobre suas outras atividades, algumas delas envolvendo danças ilícitas em templos e talvez uma conspiração contra a vida de Augusto. Este morreu sem herdeiros de sangue, tendo banido não apenas Júlia, mas a filha desta também. Um de seus últimos atos foi ordenar a execução de seu último neto, filho de Júlia. Pessoalmente, desconfio que isso deve ter tido algo a ver com a suspeita de Augusto de que o sangue de seus netos podia ter sido manchado pela infidelidade de sua filha com o filho de Marco Antônio. De qualquer maneira, a linhagem de Marco Antônio acabaria herdando o Império. Os imperadores Cláudio e Nero eram descendentes das filhas romanas de Marco Antônio e Fúlvia.

Usem, o *Psylli*, foi tirado da história clássica. Ele pertence a uma tribo citada por Plutarco (levado para examinar Cleópatra depois de sua morte) e por Heródoto, e essa tribo é famosa por sua relação com serpentes e por guerrear com o Vento Oeste. Nas fontes clássicas, a tribo perde a guerra e é enterrada sob dunas de areia. No entanto, seu reaparecimento mais tarde, na época de Cleópatra, me intrigou, então...

Crisate, a feiticeira da Tessália, é uma criatura tirada dos pesadelos da minha imaginação, assim como de uma variedade de fontes clássicas (inclusive Medeia, que por tradição é da Tessália e certamente realizou alguns famosos sacrifícios infantis. Os ingredientes e o procedimento para o feitiço de juventude de Crisate foram tirados da *Medeia* de Ovídio), assim como muitos de seus feitiços, apesar de não haver ligação histórica com Augusto. O preço de puxar a lua para baixo realmente é o sacrifício de uma criança ou um dos olhos da própria feiticeira.

Auðr, a *seiðkona*, se baseia na história e mitologia norueguesas (veja as lendas de Freya e os nórdicos, assim como vários contos com base mais histórica, sobre a *völva* e a *seiðkona* — duas palavras para o mesmo tipo de feiticeira e vidente) assim como são sua roca e seus poderes sobre o destino e a memória. Também me inspirei na tribo germânica dos cimbros e suas videntes, mulheres grisalhas vestidas de branco, que acompanhavam os homens na batalha. Os cimbros eram conhecidos dos romanos desde o século II a.C. como "povo de pirataria e belicoso", e foram descritos por Estrabão. Embora as terras ao norte da Inglaterra, neste livro a pátria de Auðr, fossem desconhecidas dos romanos da era de Augusto, sendo denominada "Oceanus", não resisti à tentação de trazer minha *seiðkona* para a briga.

Em 365 d.C. houve um maremoto e um grande tsunami que provocou o desmoronamento de muitos prédios de Alexandria, inclusive do Palácio de Cleópatra, que deslizaram para baixo do porto. Até o século VIII, outros terremotos (embora Alexandria não se encontre sobre nenhuma falha geológica) tinham destruído grande parte da cidade antiga. Na época em que escrevo este livro, os prédios do Palácio de Cleópatra foram descobertos, mas há muito tempo os arqueólogos (e outras partes interessadas) procuram pelas sepulturas de Marco Antônio e Cleópatra, até agora sem sucesso.

Uma das poucas imagens confirmadas de Cleópatra existentes hoje está no Egito, no Templo de Dendera, encomendada por Cleópatra, mas terminada por Otaviano após sua morte. Há uma imagem em tamanho natural da rainha em sua fachada. Nela, ela viaja com seu filho, Cesário, para entregar uma oferenda a Ísis. Seu filho é acompanhado por uma pequena figura que representa seu *ka*.

Cleópatra, por outro lado, viaja só, desacompanhada de sua alma.
Realmente.

— MDH, novembro de 2010
Seattle, Washington

Agradecimentos

Todo escritor tem um coro grego de conselheiros, um círculo de companheiros de bar, seus inspiradores, construtores de celeiros e fantasmas, e o meu talvez seja ainda maior que o da maioria. Após o lançamento do meu último livro, alguém publicou uma crítica sobre meus agradecimentos, dizendo que (não estou brincando) eu era "agradecida demais" a muitas pessoas. Bobagem. No que se refere a ganhar a vida por meio de mundos imaginários, não existe tal coisa como ser agradecida demais. Libações e sacrifícios a:

O FÓRUM

Michael Rudell, um grande leitor/casamenteiro, assim como é um grande advogado. Tenho a maior sorte de ser representada por essa coisa rara, uma agência cheia de pessoas que seriam companhias fantásticas numa ilha deserta: David Gernert, cuja risada rouca, apetite interminável por páginas e habilidade para contar histórias abalam o mundo editorial. Stephanie Cabot, com sua sagacidade seca, seu carinho e sua excelente coleção de clássicos raros. Rebecca Gardner, pelas brilhantes ideias e a comida grega, juntamente com Will Roberts pelos direitos estrangeiros. Minha editora, Erika Imranyi, por comprar e editar este livro enorme, este monstro selvagem, juntamente a Brian Tart e todos da Dutton pelo apoio à sua jornada desde os rascunhos até sua realização. John Power e Steve Twersky, sempre crentes, sendo contadores, o que já diz alguma coisa. Lisa Bankoff, que, por pura bondade, falou muito bem de *A Rainha dos reis* pela cidade. Simon Taylor, que ficou eufórico com este livro e o comprou para o mercado britânico. Obrigada a todos os outros editores estrangeiros que o *receberam* e o compraram.

O CORO

Que seja dito publicamente: sem todos os amigos que contribuíram de boa vontade com seus ouvidos, crença e álcool, este romance não teria sido escrito. Eu estava trabalhando havia vários anos em outro livro, que deixei de lado ao ter a primeira minúscula ideia, a primeira semente louca para *A Rainha dos reis*. Devo agradecer a todas as pessoas que não apenas escutaram minhas lamúrias sobre o esforço exigido pelo outro projeto durante anos, mas que também me incentivaram a escrever *este*, depois de todas as horas que tinham passado com grande paciência me consolando por outra coisa.

Não pensem que vocês acabaram de me consolar, amigos, romanos, compatriotas. Esta é uma trilogia.

Eu não teria tido mais sorte se tivesse tido uma lamparina mágica e um milhão de desejos. Obrigada a: Zay Amsbury, Mark Bemesderfer, Chris Bolin, Stesha Brandon, Ed Brubaker e Melanie Tomlin, Tom Bryant, Matt Cheney, Thea Cooper, Kate Czajkowsky, Laura Dave, Caitlin DiMotta e Duffy Boudreau, Kelley Eskridge e Nicola Griffith; Lance Horne, Dayna S. Kallerers, Greg Kallerers, Hallie Deaktor Kapner, Doug Kearney, Jay Kirk, Park Krausen e Joe Knezevich, Josh Kilmer-Purcell, Thomas Kohnstamm e Tábata Silva, Erik Larson, Hana Lass, Bem McKenzie, Jenny Mercein, Michaela Murphy, Ruth McKee e Brian K. Vaughan, Samantha Temple Neukom, Leslie e Mark Olson, Rebecca Olson, Amanda Palmer, Matthew Power e Jessica Benko, Steven Rinella, Kim Scott, Sxip Shirey, Jennie Shortridge, Ed Skoog, Garth Stein e Danielle Trussoni.

O MUSEION

Ao extraordinário Martin Epstein (que devia aparecer também na categoria dos amigos), Deloss Brown e Carol Rocamora da NYU, todos que pegaram meu cérebro e o encheram com os clássicos, Shakespeare e coros espetaculares, quando eu ainda tinha 20 anos. As coisas precisaram assentar por algum tempo, mas tenho certeza de que este livro é, em parte, o resultado do trabalho de base que eles fizeram. Quanto à minha biblioteca pessoal de Alexandria, muitos destaques são mencionados nas Notas Históricas e no Coro, mas Jonathan Carroll, Angela Carter, Michael Chabon, Isak Dinesen, Rikki Ducornet, Neil Gaiman, Mark Helprin, Stephen King, Madeleine L'Englc, Ursula K. Le Guin, George R. R. Martin, China

Miéville e Peter Straub merecem menção especial por escreverem livros que continuam a me deixar extasiada e a renovar minha mente. Tudo que eles escrevem (variadamente) informa a minha escrita. Leiam os livros deles. Não vão se arrepender. E preciso fazer um agradecimento especial a um auxílio a este livro. Nunca fui fã do metal. Nunca. Mas enquanto escrevia *A Rainha dos reis*, descobri o Iron Maiden. Este livro foi escrito com a trilha sonora em partes iguais de The Mountain Goats, The National, Iron Maiden e ao som de "Gold Dust Woman" de Stevie Nick.

TRIBO

Toda minha família sofreu com telefonemas malucos à meia-noite quando recitava discursos de Cícero e reestruturava um livro que eles nem tinham lido ainda. Mais uma vez, eu tenho a maior sorte tanto com as pessoas com quem me relaciono quanto com as com quem me casei. Todo meu amor e gratidão a Adriane Headley, Mark Headley e Meghan Koch, Molly Headley e Idir Benkaci, à família Lumpkin, à família Moulton e à família Headley, ao meu filho, Joshua Schenkkan e à minha filha, Sarah Schenkkan (Gente, vocês foram promovidos. Sim, vocês são meus enteados, mas são minha família e eu os reivindico), à família Schenkkan/Rothgeb. E o coro de sombras: meus avôs R. Dwayne e Marguerite Moulton, meu pai, Mark Bryan Headley. Sinto saudade de vocês. Como eu queria que cada um pudesse receber um exemplar deste livro.

Agradeço também aos meus dois leopardos domésticos. Eles não ligam se agradeço, mas escrevi este livro com sua particular ajuda felina e os leões e tigres se baseiam neles.

Finalmente, mais importante, minha gratidão e adoração a Robert Schenkkan, minha pessoa favorita no universo, meu amor, meu querido. Você leu este livro, pelo menos, umas sete vezes, emprestou-me suas estantes de livros, me segurou quando eu gritava, me serviu o jantar, o uísque, me beijou, me alegrou, debateu e debateu, me deu todo o seu coração formidável e sempre me deixou muito orgulhosa de ser sua. As pessoas me perguntam como eu consigo ficar casada com outro escritor e a resposta é que o outro escritor é você. Você é tão brilhante, tão generoso e tão o homem perfeito para mim. Este livro, com toda a sua magia, monstros, tesouros e casos de amor eterno, assim como eu, é dedicado a você por uma boa razão. *Vos es mei.*

Este livro foi composto na tipologia Janson Text LT Std,
em corpo 11/15,6, e impresso em papel off-white,
no Sistema Cameron da Divisão Gráfica
da Distribuidora Record.